W0331428

rororo

rororo

Rebecca Maly, geboren 1978, studierte Skandinavistik und Archäologie und arbeitete zunächst als Lektorin, bevor sie selbst zu schreiben begann. Sie liebt Reisen und ist fasziniert von der Kultur nordischer Völker, von ihrer Geschichte, ihren Lebensweisen und Landschaften. Dieser Leidenschaft geht sie im Sommer bei verschiedensten archäologischen Ausgrabungen nach – und im Winter beim Schreiben ihrer atmosphärischen Romane. In ihrer Freizeit genießt sie es, lange Ausritte in die Natur zu unternehmen, zu klettern oder gemütlich mit ihren Katzen zu Hause zu lesen.

Rebecca Maly

Die Schwestern vom Eisfluss

Roman

Rowohlt Taschenbuch Verlag

Originalausgabe
Veröffentlicht im Rowohlt Taschenbuch Verlag,
Reinbek bei Hamburg, November 2016
Copyright © 2016 by Rowohlt Verlag GmbH,
Reinbek bei Hamburg
Epigraphe aus «Die Edda. Götterdichtung, Spruchweisheit und
Heldengesänge der Germanen», Heinrich Hugendubel Verlag,
Kreuzlingen/München 1981
Umschlaggestaltung any.way, Barbara Hanke/Cordula Schmidt
Umschlagabbildungen Mark Owen/Trevillion Images; mauritius
images/nature picture library
Satz aus der Minion OT, InDesign,
Das Herstellungsbüro, Hamburg
Druck und Bindung CPI books GmbH, Leck, Germany
ISBN 978 3 499 27254 7

Gewidmet meiner Skandinavistik-Professorin
Frau Dr. Else Ebel-Vary

KAPITEL 1

Das rat ich zum ersten,
dass du rechtschaffen dich
gegen deine Nächsten benimmst;
sei langsam zur Rache,
tun sie auch Leid dir an!
Das bringt Heil nach dem Hinscheiden.

Die Edda, Das dritte Sittengedicht, Strophe 1

Der Rhythmus war tief und regelmäßig. Er wummerte durch seinen Körper, pulsierte in seinem linken Oberschenkel, im Bauch und an einigen anderen Stellen.

Er wälzte sich herum und bereute die unbedachte Bewegung sofort. Der Schmerz steigerte sich zu purer Qual.

Erlendur stöhnte und riss die Augen auf.

Vor ihm schälte sich eine flache Küstenlandschaft aus dem Nebel. Die Sonne erhob sich soeben im Osten und umriss schroffe schwarze Felsen mit weißlichem Zwielicht. Es musste Morgen sein, das erstaunte ihn. Die Zeit war ihm entronnen, war wie sämige Milch durch ein Siebtuch geflossen und hatte nur Verunreinigungen zurückgelassen. In Erlendurs Mund lag noch der saure Geschmack der Rache. Das war das letzte Gefühl, an das er sich erinnerte.

Seitdem waren offenbar ein Abend und eine Nacht vergangen. Mit tränenden Augen starrte Erlendur in das fahle Licht der aufgehenden Sonne.

Nach und nach kehrte das Empfinden in seinen Leib zurück. Da war noch mehr als der Schmerz seiner Wunden. Unter seiner Wange taute froststarres Moos. Weich schmiegte es sich jetzt an seine Haut, weich und kalt. Er sank langsam ein, fand nicht die Kraft, sich aufzurichten. Der erdige Geruch schien Erlendur festzuhalten.

Dies könnte dein Grab sein, flüsterte das Moos, *bleib hier in meinen weichen Armen. Gib dein kümmerliches Dasein auf.*

Ich kann mich glücklich schätzen, die Nacht überlebt zu haben, dachte er.

Vielleicht trug er seinen Beinamen «der Glückliche» doch nicht zu Unrecht? Die Leute nannten ihn so, seitdem er am Strand einen Walkadaver gefunden und mit dem Verkauf der Barten viel Geld verdient hatte. Seitdem konnte er sich mehr leisten als viele andere junge Männer seines Alters, kein drittgeborener Sohn ganz Südislands zog mit ihm gleich.

Andererseits lag er wohl wegen seines Fundes auch hier, blutete ins Küstenmoos und würde vielleicht nie wieder aufstehen.

Hinter seinem Rücken schimpfte man ihn einen Betrüger. Einen unehrlichen Mann. Erlendur hatte versucht, dem Gerede ein Ende zu machen, doch die Menschen liebten Verleumdungen mehr als die Wahrheit. Die Wahrheit war fad, nicht das Rechte, um die endlosen Wintertage zu vertreiben.

Möwen zogen über den Himmel und riefen mit ihren

schrillen Stimmen durcheinander. Auch sie lästerten über ihn, über den Sterbenden im Moos.

Nur langsam wich die Kälte und machte mehr Platz für den Schmerz in seinem Körper. Jetzt begannen seine Zehen zu kribbeln.

Zumindest waren sie nicht abgefroren, das erleichterte ihn. Die dicken Stiefel aus Robbenfell waren ihm von dem Händler nicht umsonst angepriesen worden. Ein ehrlicher Händler, dachte Erlendur. Am liebsten hätte er laut gelacht.

Mit einem Mal spürte er, wie die zähe Trägheit, die ihn seit seinem Erwachen fest im Griff gehalten hatte, endlich nachließ. Er sammelte alle Kraft, die er aufbringen konnte, und setzte sich ruckartig auf.

Schmerz schoss in seine Seite, doch Erlendur schaffte es, sich mit den Händen abzustützen. Auf allen vieren verharrte er und schöpfte Atem. Wer hätte gedacht, dass Atmen so anstrengend sein konnte?

Schwindel kam und legte sich wie ein Schleier über seine Augen, sodass er für eine Weile nur noch Schemen erkennen konnte. Als sich sein Blick wieder klärte, wünschte sich Erlendur, er wäre nie aufgewacht.

Drei Körper ragten wie schlafende Sagengestalten vor ihm auf. Keiner davon regte sich.

Deutlich erkannte er seine Axt, die aus dem Rücken des Mannes ragte, der ihm am nächsten lag. Das Blut auf dem milchweißen Wollumhang war braun geworden.

Erlendur biss sich auf die Unterlippe, damit sie aufhörte zu zittern. Plötzlich hatte er Angst.

Jón Atlisson war tot. Ermordet. Das halblange weißblonde Haar gehörte unverkennbar zu ihm, dem jüngeren der beiden Atlisson-Brüder. Erlendurs eigene Axt steckte in seinem Rücken.

Erlendur schmeckte bittere Galle und spie aus. Wütend schlug er mit der Faust auf den sumpfigen Grund und brüllte seinen Zorn heraus. Die Möwen ergriffen kreischend die Flucht, ihre Schreie klangen wie Gelächter. Bestimmt hatte man ihn reingelegt. Jemand, der listiger war als er, musste ihn zu Fall gebracht haben. Erlendur der Glückliche hatte sein Glück verloren!

Aber so leicht würde er sich nicht geschlagen geben. Schon seit er sich erinnern konnte, hatte seine Mutter Silja ihn für seine Sturheit getadelt und sein Vater ihn für die gleiche Eigenschaft gelobt.

«Wenn du glaubst, dass ich jetzt einfach liegen bleibe, hast du dich getäuscht!», rief er mit rauer Stimme.

Mit einem Mal fühlte Erlendur sich nicht mehr so schwach wie noch einen Moment zuvor und kämpfte sich auf die Beine. Der Schwindel kam und ging. Erlendurs Knie blieben weich.

Er sah sich um, nirgends war ein Mensch zu sehen. Ringsum nur Hügel, auf deren Schattenseiten sich Schneefelder abzeichneten. Im schwachen Licht des Morgens wirkten sie schmutzig grau. Tauwasser zerfurchte die vergilbten Wiesen wie Narben und rann ins Tal. Dort sammelte es sich zu einem weiten Flusslauf, um schäumend und strudelnd den kurzen Weg zur Küste zurückzulegen. Auf einer Sandbank hatten sich die Möwen niedergelassen, die zuvor über ihm gekreist waren. Eine saß noch immer in der Nähe auf einer struppigen Kriechweide und starrte ihn mit schiefgelegtem Kopf an.

«Verschwinde!», schrie Erlendur.

Kreischend spreizte der Vogel die Flügel und ließ sich vom Wind emportragen, der über der Kuppe heftiger blies.

Nun war Erlendur ganz allein. Schwerfällig ging er zu Jóns Leiche, zögerte kurz, dann zerrte er die Axt aus dessen Rücken. Kein Zweifel, es war seine eigene. Aber er konnte sich nicht daran erinnern, sie gezogen zu haben!

Eigentlich war er ausgeritten, um am Strand nach Treibholz zu suchen, das für den Hausbau taugte. Auf Island wuchs kaum ein Baum mehr als mannshoch. Nur Kriechweiden und Krüppelbirken hatten die Altvorderen übrig gelassen. Man erzählte sich, dass es hier einst große Wälder gegeben hatte, doch vielleicht war das alles nur Gerede. So oder so, es änderte nichts an der jetzigen Situation: Jeder, der dieser Tage ein Haus bauen wollte, musste Holz aus Europa kaufen, wenn er nicht in einem finsteren Loch aus Erde und Soden hausen wollte.

Auch die Wände seines elterlichen Hofs bestanden aus Soden, doch für die Tür und die Stützbalken kam nur Holz in Frage. Auf dem Land von Erlendurs Familie gab es gar keine Bäume, aber die Frühjahrsstürme brachten oft Treibgut mit, und Erlendur hatte es sich zur Gewohnheit gemacht, in gefundene Balken sein Kennzeichen mit der Axt einzuschlagen.

Nun klebte Blut am frischpolierten Stahl. Erlendur biss die Zähne aufeinander und wischte die Schneide am weichen Moos sauber, dann ging er zu dem zweiten Toten und drehte ihn um. Es war Brynjar Atlisson, der zweite Sohn des Nachbarbauern Atli Ormsson und nicht weniger sein erklärter Feind. Brynjar und Jón hatten jede Gelegenheit genutzt, um Lügengeschichten über ihn zu erzählen. Auch jetzt, als er in das breite, sommersprossige Gesicht des Toten blickte, erfasste ihn kalte Wut.

Konnte es sein? Hatte er tatsächlich gegen die beiden Brüder die Hand erhoben? Erlendur wog die Axt in seiner Hand. Es bestand kein Zweifel, mit welcher Art von Waffe Brynjar erschlagen worden war.

Aber da war noch der dritte leblose Körper. Sleipnir, Erlendurs ganzer Stolz. Der Hengst lag mit ausgestreckten Beinen auf der Seite, sein goldbraunes Fell schimmerte in der Morgensonne. Jemand hatte dem Tier die Kehle durchgeschnitten wie einem Schlachtvieh.

Erlendurs Eingeweide krampften sich zusammen, sein Hals wurde eng. Er kniete nieder und strich Sleipnir über die breite Stirn. «Das hast du nicht verdient, Junge.»

Er kämpfte mit den Tränen, wischte sich zornig über das Gesicht. Nur langsam gewann er seine Fassung zurück. Er würde jetzt nicht heulen wie ein Weib.

Erlendur riss sich zusammen. Wenn er auch nur die geringste Chance haben wollte, ein freier Mann zu bleiben, durften die Leichen der Brüder nicht gefunden werden. Er musste sie verstecken, und zwar schnell. Wenn es ihm nicht gelang, würde man ihn früher oder später verhaften und zur Verurteilung ins ferne Dänemark bringen. Von dort war so gut wie kein Angeklagter je zurückgekehrt.

Hastig sah er sich um. Am Himmel zogen große graue Wolken auf und warfen ihre Schatten auf das karge Land. Landeinwärts brach ein Hang zum Schmelzwasserfluss hin ab. Ein Erdrutsch, der vor nicht allzu langer Zeit niedergegangen war, hatte die dünne Erdschicht abgeschält und das darunterliegende Geröllfeld freigelegt. Derer gab es auf Island viele, und man hörte immer wieder von Wanderern, die durch die dünne Vegetationsschicht gebrochen und für immer zwischen den darunterliegenden Felsen verschwunden waren. Früher hatte man ihren Tod den Trollen zugeschrieben.

Entschlossen packte Erlendur Jón Atlissons Leiche am Arm und begann zu ziehen. Sofort spürte er einen heftigen Stich in der Seite, und warmes Blut rann über seine Haut. Er presste eine Hand auf die Wunde und zerrte den leblosen Körper weiter. Um nicht vor Schmerzen zu schreien, biss er die Zähne zusammen. Dann kam ihm ein altes Lied in den Sinn, das ihm früher immer die Magd vorgesungen hatte. Es war kein Lied für Kinder, sondern kündete von Schrecken und Entbehrungen, die einem Reisenden widerfuhren, wenn er die Missetäterwüste *Odáðahraun* durchquerte.

Er fühlte, wie sich seine Schritte dem Rhythmus des Liedes anpassten. In seinem Kopf erklang die altvertraute Stimme, und bald sang er laut gegen den Schmerz in seinem Körper an: «*Ríðum, ríðum rekum yfir sandinn, rennur sól á bak við Arnafell. Hér á reiki er margur óhreinn andinn úr því fer að skyggja á jökulsvell.»* Wir reiten, jagen über den Sand, die Sonne sinkt hinter dem Arnarfell. Unreine Geister steigen aus den Schatten der Gletscher … *«Drottinn leiði dröslinn minn, drjúgur verður síðasti áfanginn.»* Herr, führe mein Ross, die letzte Wegstrecke wird schwer.

Die Anstrengung ließ seine Lungen brennen, der schwarze Fels verschwamm vor seinen Augen. Den Anfang der dritten Strophe keuchte er nur noch, während er das abschüssige Geröllfeld erreichte. Er ließ den Arm des Toten fallen, aber das Gefühl kalter Haut ließ sich nicht so leicht abschütteln. Erlendur wischte die Rechte an seiner Jacke aus grobem *Vaðmál* ab und rang nach Luft.

Er gönnte sich nur eine kurze Rast, dann erkundete er das Geröllfeld. Der Grund war uneben, das Tauwetter der letzten Tage hatte ihn in Bewegung versetzt. Erlendur trat auf einen wackeligen Stein, der plötzlich unter seinen Füßen wegglitt – der Sturz war nicht mehr aufzuhalten. Er fiel auf die Knie und rutschte mitsamt einigen losen Erdbrocken und Steinen abwärts. Es tat höllisch weh. Erlendur blieb der Atem weg. Er presste die Hand erst auf die blutende Seite, dann auf den Oberschenkel. Seine Knie brannten, aber was waren schon einige blaue Flecke gegen die anderen Verletzungen? Auf allen vieren kroch er ein kleines Stück bergauf. Die Hände tief im Morast versunken, fluchte er zornig.

Doch was war das? Der dunkle Fleck zwischen zwei großen Felsen sah vielversprechend aus. Mühsam kam Erlendur wieder auf die Beine.

Ja, das war genau das, was er zu finden gehofft hatte. Die Grube unter den Felsen war tief, beschattet und zur Hälfte mit Schmelzwasser gefüllt.

Nun gab es keine Zeit zu verlieren. Erlendur wusste, dass er mit jeder Minute schwächer werden würde. Vielleicht verblute ich, bevor die Atlisöhne von der Erde verschluckt sind, dachte er bitter.

Aber dann würden seine Eltern und Brüder ihn wenigstens nicht als Mörder in Erinnerung behalten.

Die Mittagsstunde war bereits vorüber, als Erlendur den Ort der Bluttat verließ. Dort, wo die Toten gelegen hatten, blieben nur ein paar Abdrücke im Moos, das sich bereits wieder aufrichtete.

Allein der Pferdekadaver lag noch immer dort, und es gab keine Möglichkeit, ihn zu verstecken. Erlendur nahm dem Tier den Sattel und das Zaumzeug ab. Zum Abschied strich er Sleipnir über die nachtkalte Stirn. Aus dieser Nähe konnte er noch immer den Blutgeruch wahrnehmen, der der klaffenden Wunde an der Kehle entströmte.

In einigen Tagen würde niemand mehr erkennen, wessen Tier dies einst gewesen war. Schon jetzt waren die Möwen zurück und warteten darauf, sich an dem Aas gütlich zu tun.

Auch ein paar große Raben hatten sich dazugesellt, ihr Blick kam ihm seltsam weise vor. Während die Möwen lärmten und einander jagten, saßen die Schwarzgefiederten ruhig nebeneinander und legten nur hin und wieder den Kopf schief, wenn Erlendur etwas tat, das sie verblüffte.

Kein Wunder, dass die Altvorderen ihnen magische Kräfte zugeschrieben hatten.

Erlendur zog ein Messer und schnitt dem Pferd das Brandzeichen aus dem Fell. Das kleine Stück Haut warf er den Raben zu. Die stolzierten näher, sträubten das Gefieder, dann schlangen sie den Fetzen herunter.

Erlendur schauderte innerlich. Schließlich schulterte er sein Gepäck und ging davon, ohne sich noch einmal umzusehen.

KAPITEL 2

Gut ist ein Hof,
ist er gross auch nicht:
daheim ist man Herr;
dem blutet das Herz,
der erbitten die Kost
zu jeder Mahlzeit sich muss.

Die Edda, Das alte Sittengedicht, Strophe 29

Die Tränen froren auf ihren Wangen fest, während Jorun gebeugt weiterstapfte. Pfeifend peitschte der Wind über die Ebene und drückte das Wollgras nieder; einen Horizont gab es seit einem halben Tag nicht mehr, nur noch zerfasertes Grau in Grau. Schnee und Graupel mischten sich mit Vulkanstaub zu einem undurchdringlichen Schleier. Es roch nach Eis und Eisen.

Klangen dort nicht Stimmen im Wind?

Jorun zog das Tuch enger um den Kopf, wollte nichts hören, nicht ihren Ängsten noch mehr Raum geben.

Vor ihr wurde Schnee über den Weg getrieben, verdreckt von Asche. Schon jetzt ragten die Wegmarken kaum noch aus den Verwehungen hervor, die sich im Windschatten der Steine bildeten.

Jorun hatte diese Reise erst ein Mal unternommen: im Sommer vor drei Jahren, bei schönstem Wetter. Jetzt zeigte sich das Land von seiner ungastlichen Seite. Der bewaldete

Höhenzug Þórsmörk, der Wald des Thor, war nur hin und wieder durch das Schneetreiben zu erkennen. Er war von den ersten Siedlern nach dem Wettergott benannt worden, der auch dem kahlen Bergrücken seinen Namen gegeben hatte. Nun ragte er drohend wie ein gespenstischer Schemen vor Jorun auf. Von den Gletschern des Mýrdalsjökull war in dem weißen Treiben nichts zu sehen.

Jorun versuchte, sich an die Predigten des Pfarrvikars Olafur zu erinnern, doch kein tröstendes Wort wollte ihr in den Sinn kommen.

Mit einem Mal mischte sich ein anderes Geräusch unter das Heulen des Sturms. Wasserrauschen. Das musste der Gebirgsfluss Hamarsfljót sein, den Jorun auf jeden Fall überqueren musste, wollte sie die Nacht nicht ungeschützt auf der Ebene verbringen und damit riskieren zu erfrieren.

Das Rauschen des Wassers wurde mit jedem Schritt lauter. In den letzten Tagen hatte es immer wieder ein wenig getaut, überall schwollen die Bäche.

Sie schickte ein Stoßgebet gen Himmel. *Bitte lass die Brücke noch da sein!*

Der Fluss schnitt tief in das Land, und in engen Kehren wand Joruns Pfad sich nun hinab in die Klamm. Mit einem Schlag verschwand der Wind, und befreit von dem ständigen Gegendruck, stolperte sie vorwärts.

Durch die dünnen Sohlen ihrer abgetragenen Stiefel bohrte sich kantiges Lavageröll. Joruns Bewegungen waren ungelenk, die Muskeln steif vor Kälte. Sie rutschte und schlitterte, beinahe wäre sie in die Tiefe gestürzt, doch im letzten Moment bekam sie einen Felsbrocken zu fassen. Der Stein war scharf wie zerborstenes Glas.

Blut sickerte unter ihren Fingern hervor und lief über das schwarze Gestein. Jorun wagte nicht, ihre Hände anzuschauen, wollte nicht sehen, wie schlimm sie zerschnitten waren. Vielleicht würde es mehr weh tun, sobald sie die Verletzungen ansah? Der Schreck jagte Hitzewellen durch ihren Körper, und Jorun war klar, dass sie einen Teil der Schmerzen dämpften. Also biss sie die Zähne zusammen, ballte die Hände zu Fäusten und versuchte, das Blut zu ignorieren, so gut es ging.

Jorun fürchtete sich vor dem, was sie weiter unten in der Schlucht erwartete. Aber sie musste weiter, bald würde die Dunkelheit hereinbrechen.

Mühsam kam sie wieder auf die Beine, hob die hölzerne Rückentrage auf, mit der sie ihr weniges Hab und Gut transportierte, und nahm den Rest des Abstiegs in Angriff.

Am Ufer endete der Weg abrupt, milchige Wellen spülten über Sand und Kiesel. Der Gebirgsbach brüllte wie ein wütendes Tier. Fassungslos sah Jorun sich um. Ja, hier musste die Brücke gestanden haben. Auf der anderen Seite ging der Weg weiter und wand sich in Bögen wieder aus der Klamm hinaus – zum Teil von Schneeverwehungen verdeckt, doch sie irrte sich nicht. Genau dort musste sie hin. Deutlich markierten zwei hohe Steinhaufen den Pfad. Jetzt fiel Jorun auch ein abgerissenes Seil auf, das zerfasert in der Strömung trieb, und sie entdeckte zwei behauene Bretter, verkeilt zwischen Stöcken und vergilbten Grasbüscheln. Mit einem Schlag war ihre Hoffnung dahin.

Der Fluss gurgelte bedrohlich, als wartete er nur darauf, Wanderer zu ertränken, die sich in seine Fluten hineinwagten.

Zornig lief Jorun ein Stück flussabwärts. Was sie brauchte, war eine breite Stelle, wo das Wasser nicht so tief war und ruhiger floss. Auch dann war die Überquerung noch schwierig, wenn nicht sogar lebensgefährlich. Schon jetzt war die Kälte des Flusses deutlich spürbar, die mit dem Wasser vom Gletscher hergetragen wurde.

Dort! Hinter einigen Birkenschösslingen, wo die Klamm einen Knick machte, hatte sich etwas zwischen Findlingen verkeilt. Das Wasser zog und zerrte daran, doch es saß fest: ein Teil der Brücke, größtenteils erhalten. Nur einige Planken fehlten.

Von neuem Mut erfüllt, erklomm Jorun den nächsten Felsen, den sie vom Ufer aus erreichen konnte. Er war glatt geschliffen und mit Moos bewachsen, auf dem sie kaum Halt fand. Das Blut machte ihre aufgerissenen Hände glitschig, ihren Griff unsicher. Doch Jorun blieb keine andere Wahl, wenn sie die Nacht nicht schutzlos im Schneesturm schlafen wollte.

Auf dem Felsen stehend, sah sie sich um. Genau vor ihr gab es eine tiefe Stelle, in der das Wasser grünlich strudelte. Wenn ich dort hineinfalle, ist es aus, dachte sie. Aber ich werde nicht fallen! Ich darf nicht!

Die sperrige Holztrage auf ihrem Rücken erschwerte es

Jorun, das Gleichgewicht zu halten. Sie überprüfte die Ladung und richtete wohl zum dritten Mal die Schulterriemen.

Hier, in der Mitte der Klamm, war auch der Wind zurück. Er trieb sein Spiel mit den Schneeflocken, formte Wirbel und dichte Vorhänge aus den weißen Kristallen.

Als Jorun sich einen Schritt weiter vorwagte, wurde sie von einer Bö erfasst, die ihr beinahe den Umhang vom Körper riss. Ihre Knie wurden weich. Jorun schwankte unter dem Ansturm des Windes, kippte vorwärts und erwischte gerade noch ein Stück der Brücke. Das Holz vibrierte von der Kraft des Wassers. Es war unheimlich.

Die Brücke lag auf der Seite. Jorun packte fest zu und rüttelte, doch zu ihrer Erleichterung bewegte sich nichts. Der Strom presste die Holzteile so stark gegen die Felsen, dass sie beinahe unverrückbar waren.

«Du kannst das, Jorun», sagte sie sich laut vor, aber ihre Stimme zitterte. Überzeugen konnte sie sich nicht. Trotzdem griff sie mit beiden Händen nach dem Holz, versuchte, die Schmerzen zu ignorieren, und setzte den ersten Fuß auf das schmale Brett. Die Strömung ließ es beben wie einen lebendigen Körper. Nur zögernd belastete Jorun das Bein und löste dann auch den zweiten Fuß vom sicheren Felsen.

Stückchen für Stückchen schob sie sich weiter vorwärts. Bald war die tiefste Stelle des Flusses erreicht, und sie konnte in den Malstrom hinabsehen. Das Rauschen und Gurgeln war ohrenbetäubend, ihr schwindelte. Der Anblick des Wassers zerrte an Jorun, als säße ein Teufel in dem Strudel und riefe ihren Namen.

Jetzt weiter, nur weiter!

Der nächste Schritt, dann noch ein kleiner. Plötzlich gab das hochkant stehende Brett unter ihrem Fuß nach. Jetzt nur nicht zurückweichen! Jorun überwand ihre Angst und tat zwei große Schritte. Das Ufer war schon fast in rettender Nähe, als plötzlich ein tiefes Poltern erklang, direkt aus dem grünen Herzen des Flusses.

Jorun zuckte zusammen und blickte auf. Ein Felsen rollte langsam, aber unaufhaltsam genau auf die Brücke zu. Hastig zog sie sich weiter, rutschte ab, fand wieder Halt, da krachte es.

Das Holz splitterte. Die beiden Hauptbalken gaben ein gequältes Ächzen von sich, bevor auch sie zerbarsten. Dann bewegte sich die Brücke, wurde von der Strömung weitergezogen, und Joruns Abstand zum Ufer vergrößerte sich. Sie hatte keine Wahl, sie musste springen, wenn sie nicht mit den Trümmern fortgerissen werden wollte.

Es blieb keine Zeit mehr für ein Bittgebet. Jorun biss die Zähne zusammen und stieß sich ab.

Wellen schlugen über ihrem Kopf zusammen. Das Wasser war so kalt, dass ihre Haut augenblicklich gefühllos wurde.

Jorun riss die Augen auf und sah nur milchiges Grau. Orientierungslos ruderte sie mit Armen und Beinen. Ihre Füße erreichten den Grund oder vielleicht auch nur irgendeinen rollenden Felsen, einen Unterschied machte es nicht. Sie stieß sich ab und tauchte auf. Luft! Verzweifelt strampelnd kämpfte sie sich gegen den Strom in Richtung Ufer und fühlte, wie sie von Augenblick zu Augenblick an Kraft verlor. Es war so schrecklich kalt.

Endlich bekam Jorun einen Felsen zu fassen und zog sich daran hinauf. Die Trage zerrte ihre Schultern hinunter. Doch Jorun wollte nicht in einem nassen Grab enden! Mit letzter Kraft ließ sie sich vornüberfallen und spürte Kiesel an ihrer Wange. Geschafft! Die schmerzenden Hände in das Ufer grabend, zog und zerrte sich Jorun ganz an Land.

Ihre Zähne schlugen laut klappernd aufeinander, durch ihre Beine zuckten Krämpfe. Was sollte sie nur tun? Die Kälte saß tief in ihr, der mitgebrachte Zunder war nass, sie konnte kein Feuer machen, und schon bald würde die Nacht hereinbrechen. Jorun war klar, was das bedeutete. Als sie diese Erkenntnis akzeptierte, wurde sie langsam ruhiger.

Sie hatte sich umsonst aus den Fluten des Hamarsfljót gekämpft. Sie würde sterben. Erfrieren. Jorun wälzte sich auf den Rücken und sah zum Himmel hinauf, wo der Wind die Schneeflocken zu atemberaubenden Wirbeln trieb.

In das Weißgrau mischte sich Nebel, Konturen verschwanden, und langsam versiegte auch der Schmerz. Alles fühlte sich leicht an. Jorun schloss die Augen. Der Tod würde sanft sein. Hoffentlich.

EIN TAG ZUVOR – HALLDORSHOF

Eine seltsame Ahnung packte Jorun wie eine Hand im Genick und zerrte sie aus einem traumlosen Schlaf.

Es war früher Morgen, zu früh, um aufzustehen. Stille hing wie dichtes Gewebe zwischen den Erdwänden und drückte auf ihre Brust. Joruns Herzschlag stolperte, als wäre er durch irgendetwas aus dem Takt geraten.

Ihr schlichtes Lager knisterte, während Jorun sich herumwälzte und in das zähe Dämmerlicht starrte. In dem mit Moos und Stroh gefüllten Sack, der ihr als Unterlage diente, hauste Ungeziefer. Er war seit einem halben Jahr nicht mehr ausgetauscht worden, und schon der Gedanke, was sich im Laufe der Zeit darin angesammelt haben mochte, ließ ihre Haut kribbeln. Jorun kratzte sich in der Armbeuge und dachte nach.

Um ihre Schlafstatt sollte sie sich heute als Erstes kümmern. Der Frost würde einigen Flöhen und Wanzen sicher den Garaus machen. Damit die Bäuerin Ragnheiður nicht mit ihr schimpfte, sie würde sich mehr um ihre eigenen Angelegenheiten als um die aufgetragene Arbeit sorgen, wollte Jorun es jetzt gleich erledigen, bevor die anderen aufstanden. Vielleicht war es sogar gut, zu früh wach geworden zu sein.

Joruns Rücken schmerzte, kaum dass sie sich aufsetzte. Das tat er im Winter immer, selbst nach Tagen mit wenig schwerer Arbeit. Sie presste sich die Hände ins Kreuz und drückte die Wirbelsäule durch, dass es krachte. Gleich würde der Schmerz hoffentlich nachlassen.

Müde zog sie ihren Zopf nach vorn, löste ihn und fuhr sich mit einem dreizinkigen Holzkamm durchs Haar, dann band sie es wieder zu einem einfachen, festen Zopf zusammen. Im Zwielicht sahen Joruns Haare fast braun aus, dabei waren sie eigentlich richtig rot. Wie Feuer, hatte ihre Mutter früher immer gesagt, und genau passend für ein wildes Mädchen, wie sie es damals gewesen war.

Bei der Erinnerung musste Jorun schlucken. Obwohl Mutter jetzt schon sieben Jahre tot war, verging kein Tag, an dem Jorun nicht an sie dachte. Aber ihre Wehmut änderte nichts. Mutter war nicht da, würde es nie wieder sein. Seufzend schob Jorun den Zopf über die Schulter zurück und rieb sich die Augen.

Noch immer war da diese beunruhigende Ahnung. Sie durchwehte den Raum wie ein Geist, der darauf wartete, sich an jemandem zu rächen. Beinahe kam es Jorun so vor, als wäre sie nicht allein. Mit weichen Knien musterte sie ihre karge Kammer. Hatte sich dort nicht etwas im Schatten bewegt?

War vielleicht doch jemand vom heimlichen Volk anwesend? Eigentlich glaubte Jorun nicht an diese alten Sagen, aber einen Schwur, dass es die Alfen nicht gab, hätte sie trotzdem nicht geleistet.

Joruns Großmutter hatte immer behauptet, mal einen vom heimlichen Volk gesehen zu haben. *Er hockte neben einem kleinen Lamm und würgte es. Er hat mich nicht gesehen. Und ich habe nicht gewagt, mich bemerkbar zu machen, aus Angst, er würde auch mich würgen.*

Als Kind hatte Jorun diese Schauergeschichte wieder und wieder hören können und sich begierig jedes Detail ausschmücken lassen. Jetzt entstand bei der Erinnerung ein eisiges Kribbeln in ihrem Nacken.

Mit einem kurzen Gebet auf den Lippen zerrte Jorun ihre Decke aus grauem *Vaðmál* um die Schultern und stand auf. Für so einen Unsinn bin ich entweder zu alt oder noch zu jung, dachte sie. An das Volk, das in Hügeln und Steinen wohnt, glauben doch nur Kinder und rührselige Mütterchen.

Heute kam ihr die kleine Kammer noch winziger vor als sonst. Rauchgeruch stieg aus Joruns Kleidung und auch von der Haut auf. In ihrer Lunge kratzte der Qualm des Torffeuers von letzter Nacht und reizte sie zum Husten. Schnell löste Jorun die dünne Schafsblase von den Knebeln, die sie im Rahmen des winzigen Fensters hielten, und spuckte nach draußen. Die kalte Luft wehte herein, als hätte sie nur auf diese Gelegenheit gewartet, und verwandelte Joruns Atem in kleine, geisterhafte Wölkchen.

Fröstelnd zog sie die Decke dichter um die Schultern. Das Gewebe war dünn und verschlissen wie die abgetragenen Kleider, die sie von der Bäuerin bekam. Sie waren häufiger geflickt, als Jorun zählen konnte. Erst wenn Ragnheiður die Röcke selbst bei grober Arbeit nicht mehr tragen wollte, gab sie sie an Jorun weiter. Ihre Herrin war eine geizige Frau.

Meist spürte Jorun die Kälte nicht einmal mehr, so sehr hatte sie sich daran gewöhnt.

Draußen war es noch dunkel, doch Jorun benötigte kein Licht, um zu wissen, was dort war. Sie konnte den dichten, eisigen Nebel riechen, der vom Meer herantrieb und wie mit kalten Fingern Salzgeschmack auf ihre Lippen strich.

In dem niedrigen Bau mit Joruns schlichtem Lager war es immer zugig. Zwischen den Lehmsoden, aus denen die Wände geschichtet waren, befanden sich breite Lücken. Überschüssige Zeit, sie mit Moos zu stopfen, gab es nicht. Immerhin trennte Jorun nur eine dünne Flechtwand von den Kühen des Hofes, und die Tiere teilten bereitwillig ihre Wärme mit ihr.

Früher, so erzählte man sich, hatte man die Rinder im Winter in den Ställen eingemauert, damit sie nicht erfroren. Nur eine Luke blieb noch offen, durch die man ihnen Heu hineinwarf. An abgelegenen Orten hielt man es vielleicht noch heute so. Im Frühjahr mussten die Menschen die ausgezehrten Tiere dann auf die Weiden tragen. Oft war es dann aber zu spät, und die Kühe verendeten, obwohl sie mitten im sprießenden Grün lagen.

Der Halldorshof war nicht so arm wie viele andere, aber auch nicht reich. Der Bauer Arður Halldorsson hatte den Hof seines Vaters als einziger Sohn übernommen und bewirtschaftete ihn seither allein.

Jorun zerrte den Strohsack aus dem feuchten Winkel, der ihr als Bett diente, und warf ihn sich über die Schulter.

Hinter der Tür empfing sie warmer Stallgeruch. Die Rinder hoben ihre zottigen Köpfe, und die drei guten Reitpferde des Bauern schnaubten leise, während sie an ihnen vorbeiging. Es war so dunkel, dass Jorun nur Schemen erkennen konnte.

Draußen angekommen, suchte sie sich eine Stelle, wo der Boden schneefrei, aber hart gefroren war, breitete den

Strohsack aus und beschwerte ihn mit einigen Steinen, damit der Wind ihn nicht davonwehte.

Eilig machte sie sich dann gleich auf den Weg in die Küche, wo bereits Arbeit auf sie wartete. Das Feuer im Ofen war über Nacht zu einem matten Glimmen geschrumpft. Sie legte einige dürre Äste und zwei Torfscheite hinein und blies, bis die Flammen am Holz emporzüngelten.

Es rauchte gewaltig; der Torf war von minderer Qualität und nicht ausreichend durchgetrocknet. Der gute war schon im Herbst an einen Händler nach Reykjavik verkauft worden, um für den langen Winter ausreichend Getreide und andere Dinge kaufen zu können, die nicht selbst angebaut oder hergestellt worden waren.

Der schwere Eisenkessel stand schon seit gestern Abend frisch geschrubbt auf dem Herd. Jorun goss Wasser hinein und setzte Brei an. In einer Tonschüssel stand *Skyr* bereit, den sie mit einer Handvoll getrockneter Beeren verrührte, um die säuerliche Quarkspeise etwas wohlschmeckender zu machen.

Für Jorun, die Bäuerin und die zwei Kinder reichte das karge Mahl, doch Arður Halldorson gab sich damit nicht zufrieden. Für den Hausherrn musste sie ein Stück *Hangikjöt* aus dem Rauchhaus holen. Es lag auf der windabgewandten Seite des Hauptgebäudes, der Weg dorthin war kurz. In dem Schuppen hingen die Vorräte hoch unter der Decke, es roch intensiv nach haltbar gemachtem Fleisch und Fisch.

Die Vorräte an geräuchertem Lammfleisch gingen zur Neige, und seit es an manchen Tagen wieder wärmer geworden war, hatte sich eine dünne grünliche Schicht auf dem Fleisch gebildet, die Jorun immer hauchdünn entfernte, um bloß nichts zu verschwenden.

Mit einem langen Stock, an dem ein Haken befestigt war, hob sie das *Hangikjöt* herunter und schnitt ein fingerbreites Stück davon ab.

«Jorun?»

Sie zuckte zusammen, beinahe hätte sie das Fleisch fallen lassen. Die tiefe, polternde Stimme des Bauern hatte sie aufgeschreckt.

Was tat er hier so früh? Wollte er sichergehen, dass sie nichts stahl? Das hatte sie noch nie getan, niemals. Er hatte keinen Grund, an ihr zu zweifeln.

Jorun drehte sich um. Arður Halldorsons Gesicht war gerötet wie eigentlich immer, das blonde Haar klebte ihm strähnig an den Schläfen. Mit seinen tiefliegenden Augen unter den buschigen Brauen sah er sie lauernd an.

Das bedrohliche Gefühl, das sie verfrüht aus dem Schlaf gerissen hatte, kehrte zurück, stärker noch als am Morgen.

Arður Halldorson hustete, auch ihm lag der Torfrauch auf der Lunge. Er musterte das Fleischstück in ihrer Hand.

«Schneide noch eins ab und nimm auch noch einen Fisch herunter. Einen kleinen.»

«Ja, Herr», antwortete sie irritiert und beeilte sich, seinem Wunsch nachzukommen. Wollte er verreisen und benötigte Proviant? Er hatte doch gar keine Reise erwähnt?

Warum ging er nicht wieder zurück, sondern wartete hier bei ihr und sah sie so seltsam an?

Arður hielt die Arme über seiner mächtigen Brust verschränkt, offenbar nicht bereit, etwas zu erklären.

«Komm mit», sagte er knapp.

Jorun folgte ihm zurück zum Haupthaus, das im dämmrigen Morgenlicht aussah wie eine niedergekauerte Kreatur. Die dicken Wände aus Erdsoden wölbten sich nach außen, auf dem buckeligen Dach ragten dünne Bäumchen durch den schwindenden Schnee. Zahnreihen aus Eiszapfen hingen von der Dachkante aus Birkenrinde. Als sie an den schimmernden Spitzen vorbeigingen, konnte Jorun sie tropfen hören – eine stete Melodie, die den Frühling ankündigte, an diesem Tag aber nicht ihre Stimmung hob.

«Bring das Essen in die Küche, dann komm in die *Baðstofa*, Jorun. Die Bäuerin und ich haben dir etwas zu sagen.»

«Ja, Herr Arður.» Joruns leerer Magen krampfte sich zusammen. «Aber ich muss noch den Brei fertig kochen», wand sie schwach ein.

«Das kann Tinna machen», beschied Arður.

Seine ältere Tochter half oft in der Küche, trotzdem hätte Jorun das Morgenmahl lieber selbst zubereitet und so noch ein wenig Zeit gewonnen. Plötzlich fürchtete sie sich davor, den Herrschaften in der guten Stube entgegenzutreten. Bestimmt wollten sie Jorun tadeln oder bestrafen. Was hatte sie nur falsch gemacht?

Fieberhaft durchkämmte sie ihre Erinnerung an die vergangenen Tage. Die meiste Zeit war sie damit beschäftigt gewesen, Wolle zu reinigen und für das Verspinnen vorzubereiten. Eine eintönige Arbeit, die nicht viel Fingerspitzengefühl verlangte.

Schließlich legte sie zögernd Fisch und Fleisch auf einen Holzteller, wischte die Hände am Kittel ab und betrat die *Baðstofa.*

Zwei Tranlichter erhellten die gute Stube des Halldorshofs mit weichem Licht. Die hagere Bäuerin Ragnheiður saß angekleidet auf der Kante ihrer Bettstatt, hinter ihr war der Vorhang zugezogen.

Sie blickte ihr mit steinerner Miene entgegen. Ohnehin war sie eine herbe Frau, die seit dem Tod ihrer jüngsten Tochter vor drei Jahren nicht ein einziges Mal gelacht hatte. Doch so wie heute hatte Jorun sie noch nie gesehen. Ihretwegen, das war Jorun sofort klar.

«Setz dich, Jorun. Wir müssen mit dir reden.»

Sie sah sich nach dem dreibeinigen Schemel um, doch ihre Beine versagten den Dienst, die Gelenke schienen plötzlich unbrauchbar. Joruns Hände begannen zu zittern, kalter Schweiß machte die Haut klebrig. Sie stolperte rückwärts und schaffte es irgendwie, sich auf den Schemel fallen zu lassen. «Wenn ich einen Fehler gemacht habe, ich ...» Ihre Stimme brach.

Tinna betrat die Stube und stellte die Schale mit *Skyr* auf den Tisch, dann zog sie sich mit gesenktem Kopf zurück, als könnte sie der Situation nicht schnell genug entfliehen.

«Du hast nichts falsch gemacht, du bist eine gute Magd. Du bist fleißig, gottesfürchtig und ehrlich. Jeder kann sich eine Helferin wie dich nur wünschen.»

Jorun schluckte, schwieg, begann zu ahnen, worauf diese Unterhaltung hinauslaufen würde. Und sie ahnte auch, dass es unabwendbar war.

Die Bäuerin warf ihrem Mann einen bittenden Blick zu. Offenbar scheute sie sich davor, die Worte selbst auszusprechen.

Arður Halldorson räusperte sich. «Du kannst nicht länger hierbleiben, Jorun. Wir haben selbst nicht genug. Es tut mir leid.»

Da war es also. Die Ahnung hatte Gestalt angenommen. Ihre Kehle schnürte sich zu, bei dem säuerlichen Geruch des *Skyr* wurde Jorun übel. Sie können mich nicht entlassen, nicht nach drei Jahren, dachte sie. Nicht jetzt, nicht in dieser Jahreszeit!

Niemand würde eine Magd einstellen. Es war die härteste Zeit auf den Höfen. Vieh und Menschen starben am Anfang des Frühjahrs in einer solchen Zahl, als ginge der Tod rastlos von Haus zu Haus, von Hütte zu Hütte.

«Nein!», keuchte sie.

«Es tut uns leid.» Die Bäuerin sah Jorun nicht ins Gesicht, blickte lieber zu dem kleinen gekreuzigten Heiland im Winkel über dem Esstisch. Jorun hatte die Schnitzerei nie gemocht, sie war so voller Qual.

«Ich verzichte auf meinen Lohn, behaltet mich nur hier, schickt mich nicht fort», flehte Jorun und wusste doch, dass sie ihre Herrschaften nicht würde umstimmen können.

«Du wirst den Hof noch heute verlassen müssen», sagte Arður Halldorson. «Pack deine Sachen und nimm dir Wegzehrung mit. Den Trockenfisch und einen Laib Brot, mehr können wir dir nicht geben.»

Die Bäuerin griff hinter sich und reichte Jorun ihr gutes besticktes Wolltuch. «Nimm es, vielleicht kannst du es verkaufen. Deinen Lohn müssen wir dir schuldig bleiben.»

KAPITEL 3

Gut ist ein Hof,
ist er gross auch nicht:
daheim ist man Herr;
hat man zwei Ziegen
und aus Zweigen ein Dach,
das ist besser als betteln gehn.

Die Edda, Das alte Sittengedicht, Strophe 28

Salbjörg drückte ihrer Stute die Fersen in die Flanken, die sogleich in einen ruhigen Passgang fiel. Das stete Klopfen der Hufe lullte Salbjörg ein.

Heute war ein guter Tag. Jeder Tag, den sie nicht an der Hofstatt verbrachte, war ein guter Tag, doch heute war auch noch Glück dazugekommen. Sie war nicht nur den Launen ihres Mannes Torger entgangen, sondern hatte einen schönen Fang gemacht. Versonnen strich sie über die beiden Füchse, die leblos am Sattel herunterbaumelten. Ein Weibchen und sein Gefährte, beide waren ihr fast gleichzeitig in die Falle gegangen. Sie hatte die Räuber nur noch erschlagen müssen. Dieses Jahr würden die Eiderenten in Sicherheit brüten, das machte sie froh.

Schon seit Generationen ernteten die Frauen vom Steinurshof die Daunen der freundlichen Vögel. Dafür beschützten sie die Brutplätze der Tiere, und kein Mensch tötete sie, um sie zu essen, oder raubte ihnen die Eier. Selbst in den schlechtesten Zeiten des Jahres hielt sich ein jeder daran, auch wenn Torger protestierte und Salbjörg einmal sogar geschlagen hatte, weil sie auf dieser Tradition bestand.

Heute Abend würde er keinen Grund haben, wütend auf sie zu sein. Schon ihre Großmutter hatte einen wunderbaren Eintopf aus Fuchsfleisch gekocht, und Torger liebte dieses Essen. Allerdings würde er noch einige Tage darauf warten müssen. Vielleicht reichte die Vorfreude auf seine Lieblingsspeise, um ihn gut zu stimmen.

Salbjörg würde das Fleisch in den Schmelzwasserbach neben dem Haus hängen, bis der beißende Beigeschmack ausgespült wäre. Der Pelz taugte nicht zum Verkaufen, die Füchse befanden sich mitten im Fellwechsel. Das weiße Winterhaar fiel ihnen aus, und das braune Kleid des Sommers zeigte sich erst an einigen Stellen. Das bedeutete, dass sie die Felle für sich benutzen konnte.

Salbjörg war tief in Gedanken versunken, als ihre Stute plötzlich schnaubte und ruckartig stehen blieb.

Die Bäuerin war mit einem Schlag hellwach.

«Vorwärts, du dummes Mädchen!» Sie gab dem Pferd die Fersen zu spüren, doch das Tier wurde immer aufgebrachter, lief nun rückwärts statt weiter geradeaus.

Irgendetwas schien ihm gewaltige Angst einzujagen. Salbjörg spürte deutlich, wie es jeden Muskel anspannte, bereit, im nächsten Moment davonzusprengen.

Sie zwang sich zur Ruhe und fasste die Zügel kürzer. Wenn das Pferd hier in Panik geriet und lospreschte, konnte es sich in den Felsen schnell die Beine brechen. Sie hoffte, dass es so vernünftig war, auf seine Reiterin zu hören.

Sosehr die Stute sich auch dagegen auflehnte, Salbjörg gab die Zügel nicht frei und tätschelte ihr den Hals. Angstschweiß tränkte das Fell.

«Ganz ruhig, da ist nichts.»

Bislang war sie einen Weg entlanggeritten, der nah an der Küste verlief. Im Moment war Ebbe, und dort, wo sonst Wellen gegen das Land brandeten, lagen muschelverkrustete schwarze Felsen trocken. In der Ferne vereinte sich der Horizont mit dem Meer. Wolken zogen schnell landeinwärts auf die Berge zu, wo sie ihre nasse, dunkle Fracht abladen würden.

Salbjörg lauschte. Es war seltsam still. Bis auf den Wind, der durch die Küstenvegetation pfiff, und das aufgeregte Schnauben ihres Pferdes schwieg die Natur.

Vor ihr wand sich der Pfad um eine grasbewachsene Kuppe. Dahinter, im Windschatten, wuchs dichtes Weidengestrüpp. Eigentlich der perfekte Ort für einen Verbrecher, um ihr aufzulauern.

Was für ein verrückter Gedanke! Es gab kaum noch Gesetzlose auf Island, und wenn, dann wagten sie sich nicht so weit in den Süden, wo sie schnell entdeckt wurden.

Langsam beruhigte sich das Pferd wieder ein wenig. Zögernd setzte es einen Huf vor den anderen, jeden einzelnen hörte Salbjörg knirschend aufkommen.

Mittlerweile wagte sie kaum noch zu atmen. Dort war etwas, ganz bestimmt. Zum ersten Mal seit vielen Jahren wünschte sie sich, Torger sei bei ihr. Er war ein Mann, mit dem keiner leichtfertig Streit suchte. In seinem Blick lag etwas, das den Menschen Angst einflößte.

Mit einem Mal riss die Wolkendecke auf, und sofort flutete gleißendes Licht über das Land. Geblendet hob Salbjörg die Hand, um ihre Augen abzuschirmen, da entdeckte sie etwas. Ein Stück Metall reflektierte die Sonnenstrahlen. Es lag zwischen einigen kahlen Birkenschösslingen und Krähenbeeren zur ihrer Linken. Das musste sie sich näher ansehen.

«Weiter, Mädchen, nur weiter», flüsterte sie ihrer Stute zu, die Stimme so sehr gesenkt, dass sie selbst nicht sicher war, ob sie überhaupt laut gesprochen oder die Worte nur gedacht hatte. Nun konnte sie deutlich erkennen, dass dort ein Zaumzeug auf der Erde lag. Es schien frisch poliert und blitzte nur so in der Sonne. Sicher hatte es jemand verloren.

Aber wer? Diesen Weg nutzte eigentlich nur, wer zum Steinurshof wollte. Wahrscheinlich würde sie demjenigen, der den Zaum verloren hatte, auf ihrem eigenen Hof begegnen. Ein Reisender konnte nicht ahnen, wie ungern der Hausherr Besuch empfing. Dennoch würde Torger jedem Fremden Essen und einen Schlafplatz zur Verfügung stellen. Er wollte nicht ins Gerede kommen. Den meisten Isländern war die Gastfreundschaft heilig, denn manchmal bedeutete eine Nacht im Freien den Tod.

Salbjörg hielt das Pferd an und ließ sich aus dem Sattel gleiten. Es tänzelte am Zügel, während sie sich nach ihrem Fund bückte.

Im selben Augenblick, in dem sich ihre Finger um das Leder schlossen, sah sie ihn. Salbjörgs Herz schien auszusetzen. «Gnade Gottes!», keuchte sie.

Der Mann, der dort lag, rührte sich nicht. Er schlief nicht, das war ihr sofort klar. Niemand, der sich schlafen legte, tat das auf verholztem Gestrüpp und mit derart verrenkten Gliedern.

War er tot?

«He da! Hörst du mich?»

Salbjörgs Knie fühlten sich weich an, die Füße wie mit dem Boden verwachsen.

Der Mann lag reglos da. Sie konnte nur seinen Rücken sehen, der Kopf wurde von dem Sattel verdeckt, den er offenbar ebenfalls bei sich getragen hatte.

Ihm muss ein Unglück zugestoßen sein, fuhr es ihr durch den Kopf. Sein Pferd ist verunglückt, und er hat es zurücklassen müssen.

Das Zaumzeug in ihrer Hand war von guter Qualität, auch der Sattel sah gepflegt aus, und die Kleidung des Fremden gehörte zu keinem ärmlichen Besitzer. So jemand täuschte doch nicht vor, verletzt zu sein, um einer einsamen Frau aufzulauern!

«Du, verhalte dich still», mahnte Salbjörg ihre Stute, während sie die Zügel um einen jungen Baum wickelte. Kurz blieb sie unschlüssig stehen. Vielleicht sollte sie doch besser erst zum Hof reiten und Torger holen? Aber dann war es womöglich zu spät, und der Fremde starb ... Wenn er nicht bereits tot war.

Von einem Toten ging allerdings auch keine Gefahr mehr aus. Salbjörg biss die Zähne aufeinander und ging näher.

Da! Er atmete. Oder bildete sie sich das nur ein? Sie wartete ab, lauschte auf ihren eigenen schnellen Herzschlag und starrte auf den Rücken des Mannes. Eine kleine Ewigkeit verstrich, bevor sich die Rippen unter dem nächsten Atemzug hoben und senkten.

So atmete kein Mensch, der bei Bewusstsein war.

Sofort fühlte Salbjörg sich sicherer.

Schnell lief sie zu dem Ohnmächtigen, zog den Sattel zur Seite, der stark nach Pferdeschweiß roch, und kniete neben dem Fremden nieder.

Es war ein junger Mann, die Gesichtszüge ungewöhnlich kantig für einen Isländer. Oder war es der Schmerz, der ihn zeichnete? Denn Schmerzen hatte er zweifellos gehabt, bevor er bewusstlos geworden war. Ganz deutlich konnte sie getrocknetes wie frisches Blut an seiner rechten Hand ausmachen.

«Mein Herr, kannst du mich hören?», versuchte sie es erneut und berührte ihn an der Schulter.

Als nichts geschah, nahm sie ihren Mut zusammen und drehte ihn auf die Seite.

Es war schwieriger als gedacht, der Verletzte war schwer, und ständig kamen ihr die sperrigen Sträucher in den Weg.

Als er endlich anders lag, entwich ihm ein Stöhnen.

Salbjörg zuckte zurück, fasste sich aber rasch wieder.

«Wo bist du verletzt? Wie ist das passiert?»

Die Augenlider des Fremden zitterten, während er darum kämpfte, wach zu werden. Sobald er sie schließlich öffnete, schienen seine hellblauen Iriden Salbjörg anzuziehen wie brüchiges Eis den glücklosen Wanderer. Um das ungewöhnliche Gletscherblau zog sich jeweils ein schwarzer Kranz. Hell und dunkel. Der Mund war schmal, die Haut aufgesprungen. Braunes Haar bedeckte die hohe, blutbesudelte Stirn.

Sie kannte diesen Mann, wurde ihr plötzlich klar – doch als sie ihn das letzte Mal gesehen hatte, war er fast noch ein Junge gewesen. Er war der jüngste Sohn vom Ketilshof und besaß die typischen eckigen Brauen, die alle Kinder des alten Ketil Bjarnarson zeichneten und ihnen etwas Energisches, ja beinahe Verschlagenes gaben.

Sie hatte den Namen des Jüngsten vergessen, aber damals, bei ihrer letzten Begegnung vor sieben oder acht Jahren, war er bei einem Pferderennen geritten und hatte sich gegen seine erwachsenen Gegner durchgesetzt, obwohl ein heftiges Gewitter tobte. Bei dem Rennen waren zwei Reiter mit ihren Pferden verunglückt, einer davon war gestorben.

Viele Tage nach dem Rennen, das jedes Jahr zum Schaftrieb stattfand, hatte sie noch an den mutigen Jungen denken müssen, der es bei diesem Höllenritt mit erfahrenen Männern aufgenommen hatte.

Was für ein Mensch war aus ihm geworden? Ein Draufgänger? Man erzählte sich, dass auf dem Ketilshof Glück und Unglück besonders nahe beieinanderlagen.

Ein Beben durchlief den Körper des Mannes, und er presste die blutige Hand auf seine rechte Seite. Dort musste die Verletzung sein, die ihn so plagte. Er verzog das Gesicht vor Schmerzen.

«Lass mich mal sehen.» Vorsichtig versuchte sie, seine Hand zur Seite zu ziehen, doch er stieß sie mit letzter Kraft fort.

«Geh weg, lass mich allein.»

«Dann wirst du sterben!»

«Dann ist es so.»

«Es ist meine Christenpflicht …»

Sein eisiger Blick schnitt ihr das Wort ab. «Nein», knurrte er nur und schloss gepeinigt die Augen.

Seine heftige Ablehnung weckte wieder die tiefsitzende Angst in ihr, die ihr Mann Torger unverrückbar in ihr Herz gepflanzt hatte.

Doch dieser Fremde war dem Tod näher als dem Leben.

Er kann mir nicht gefährlich werden, beschwor sie sich.

«Entweder du lässt mich dir helfen, oder ich hole meinen Ehemann und schicke nach einem Arzt.»

Der Verwundete ließ die Hand sinken.

Erleichtert zog Salbjörg den verkrusteten Stoff auseinander, doch dann stockte ihr vor Schreck der Atem. Da war eine Stichverletzung wie von einem Messer. Die Haut darum war angeschwollen und glühend heiß. Die Wunde hatte sich nicht geschlossen, und es traten Blut und eine trübe Flüssigkeit aus. Das war nicht gut. Salbjörg beugte sich vor und roch an der Wunde. «Wann ist das passiert?»

«Gestern, vielleicht auch vorgestern. Ich habe mein Gefühl für die Zeit verloren.»

«Hast du noch mehr Verletzungen?»

«Am Bein. Ich kann nicht mehr weiterlaufen.»

«Wo wolltest du denn hin?»

«Weg», stöhnte er, «nur weg.»

Er ist gesetzlos, schoss es Salbjörg durch den Kopf, dieser Mann ist gefährlich. Erzählte man sich nicht, dass der Teufel oft mit einem hübschen Gesicht daherkam? Vielleicht sollte sie ihn doch einfach hier liegen lassen, vielleicht war es besser so. Aber ihr Gefühl sagte etwas anderes. Sie musste ihm helfen.

«Ich habe ein Pferd. Du wirst bis zum Hof reiten müssen.»

«Nein, bitte.» Er sah sie aus seinen betörend blauen Augen an. «Niemand darf wissen, wo ich bin.»

Also stimmte ihre Ahnung. Sie nahm all ihren Mut zusammen. «Hast du ein Verbrechen begangen?»

Er zögerte, suchte nach den richtigen Worten. «Ich weiß es nicht», brachte er endlich hervor.

Salbjörg musterte ihn unschlüssig. Er schien die Wahrheit zu sagen, zumindest speiste er sie nicht mit einer simplen Lüge ab. Fieberhaft überlegte sie, was sie tun sollte. Hier bleiben konnte er nicht, auf den Hof bringen konnte sie ihn auch nicht.

«Es gibt eine kleine Hütte auf Austurengi, nicht weit von hier. Wir treiben die Schafe erst in einigen Wochen auf diese Weide», schlug sie ihm endlich vor.

Er richtete sich unter großer Anstrengung auf. «Danke, ich werde es dir vergelten, wenn ich kann. Aber ich kenne deinen Namen noch nicht.»

«Salbjörg Jakobsdóttir», erwiderte sie unsicher. War es richtig, ihm ihren Namen zu nennen? «Du bist ein Sohn Ketil Bjarnarsons, nicht wahr?»

Er schien erschrocken darüber, dass sie ihn erkannt hatte. «Erlendur, der Jüngste», gab er schließlich zu.

«Komm, es wird bald dunkel. Mein Mann soll keinen Verdacht schöpfen.»

Sie zog ihn hoch, so gut sie konnte, bis er schwankend auf die Beine kam. Erlendurs Gesicht war kreidebleich, er blinzelte, als würde ihm schwarz vor Augen.

«Geht es?»

Er nickte nur und hielt sich an einem dürren Baum fest, der sich unter der Belastung gefährlich bog.

Salbjörg führte ihre Stute ganz nah an ihn heran und half ihm in den Sattel, den er unter größter Anstrengung erklomm. Er musste sich an der Mähne des Pferdes festhalten, um nicht herunterzufallen, während Salbjörg zu Fuß den Weg zur Schäferhütte von Austurengi einschlug.

Der Himmel war feuerrot, als sich Salbjörg in den Sattel schwang, zuerst zum Küstenweg zurückritt und sich dann im raschen Tölt heimwärts wandte.

Sie hatte Erlendurs Wunden, so gut sie konnte, verbunden und ihn bei Einbruch der Dämmerung zurückgelassen, obwohl es ihr schwergefallen war.

Salbjörg hatte ihm untersagt, Feuer zu machen, das wäre zu auffällig gewesen. Zum Glück lagerte in der Hütte noch immer etwas Heu, Erlendur hatte sich mitten hineingelegt und sich in seinen warmen Umhang gewickelt. Zusätzlich hatte Salbjörg eine dicke, duftende Heuschicht über ihn gedeckt.

Ein wenig Wasser und ein Stückchen alter Schafskäse waren alles, was sie noch an Proviant bei sich gehabt hatte. Erlendur bekam beides. Als Salbjörg aufbrach, war er bereits in einen tiefen Schlaf gesunken.

Je näher sie dem Hof kam, desto angespannter wurde sie. Die Gebäude von Steinurshof lagen in einem langgestreckten Tal, das sich von den Gletschern bis zum Meer zog. Es war fruchtbares Land, viele Nachbarn beneideten sie um die Wiesen, die schon früh im Jahr schneefrei waren und gutes Gras trugen. Sogar Kartoffeln, Rüben und Kohl konnte sie in ihrem kleinen Garten anbauen. Für Getreide reichte es dennoch nicht, Hafer und Gerste reiften in den kurzen Sommern nicht aus und taugten allenfalls als Viehfutter.

Es gab ein Wohnhaus und zwei Stallgebäude, alle bestanden aus übereinandergeschichteten Grassoden, Torf und Steinen.

Stolz war Salbjörg auf die zwei Fenster im Wohnhaus, die nicht aus Schafsblase, sondern aus echtem Glas bestanden und den ganzen Weg aus Reykjavík auf dem Pferderücken transportiert worden waren.

Besonders im Frühjahr, wenn die Tage lang wurden und es nur wenig zu tun gab, genoss sie es, davorzusitzen und zu stricken oder in ihrer Bibel zu lesen.

Nun konnte sie ein Licht hinter dem Fenster zur guten Stube ausmachen, und gleich schlug ihr Herz noch ein wenig zaghafter.

Torger wartete also bereits auf sie. Sicher war er nicht besonders gut gelaunt; das Essen hätte längst auf dem Tisch stehen müssen. Ihr Ehemann war keiner, der sich selbst etwas zubereitete. Er erwartete, dass sie ihren Pflichten nachkam, und eigentlich war es ja auch richtig so.

Salbjörg hatte ihr Ehegelübde aus voller Überzeugung geleistet und versucht, es in den darauffolgenden Jahren so gut wie möglich zu erfüllen. Aber das änderte nichts daran, dass ihr Ehemann ein Tyrann war, dem sie nichts recht machen konnte. Er genoss es einfach zu sehr, über sie zu herrschen.

Ihre Stute wieherte laut; die Pferde im Gatter gaben Antwort. Jetzt wusste auch Torger, dass sie heimkam.

Schon konnte sie im letzten Abendlicht sehen, wie er aus dem Haus trat, ein dunkler, klobiger Schemen vor der rot gestrichenen Tür, bedrohlich wie eine Kreatur aus alten Sagen. Sie spürte seinen Blick schon von weitem. Er drückte ihr auf die Brust, als läge ein Stein darauf.

«Ich dachte schon, die Erde hätte sich aufgetan und mein Weib verschlungen», spie Torger ihr entgegen, sobald Salbjörg in Hörweite war.

Ihre Stute scheute. Sie mochte Torger nicht, und im Gegensatz zu ihrer Reiterin durfte das Tier seine Gefühle zeigen. Manchmal kam Salbjörg sich vor wie ein Stein, während alles Leben um sie herum die Empfindungen zeigte, die sie selbst zu verbergen suchte. Fieberhaft suchte sie nach einer Antwort. Ihr wollte einfach nicht einfallen, was sie sagen sollte, um Torgers Zorn zu entgehen.

Er musterte sie wie eine Fremde. Kurz blieben seine Augen an den Füchsen hängen, da kam ihr eine Idee. «Ich habe die Zeit vergessen, es tut mir leid. Es hat gedauert, bis der zweite in die Falle gegangen ist.» Schnell sprang sie aus dem Sattel, zog die Füchse herunter und hielt sie ihrem Mann hin. «Schau, wie groß sie sind! Ich weiß doch, wie gerne du Fuchsfleisch isst.»

Torger ließ seinen Blick über die leblosen Tiere schweifen, und für einen Augenblick gab sie sich der Wunschvorstellung hin, er würde sich freuen.

«Ich habe jetzt Hunger und nicht erst in drei Tagen. Ich habe geackert wie ein Vieh, und du hast die ganze Zeit auf der faulen Haut gelegen. Kein Wunder, dass du nicht merkst, wie der Tag sich neigt.»

Er riss ihr die Füchse aus der Hand und warf die Tierkadaver zu Boden.

Salbjörg fühlte sich schrumpfen, spürte, wie ihre Schultern verkrampften. Doch ganz gleich, wie klein sie sich machte, am Ende des heutigen Tages würde er ihr weh tun, sehr, sehr weh tun.

Trotzdem bereute sie es nicht, dem jungen Ketilsson geholfen zu haben. Es hatte etwas in ihr berührt, ihn dort so hilflos liegen zu sehen. Auch wenn Erlendur sie zuerst hatte fortschicken wollen, wusste sie, dass er Dankbarkeit für sie empfand.

Es erfüllte Salbjörg mit einer ganz und gar unbekannten Wärme, sich daran zu erinnern, wie er in der Hütte ihre Hand zwischen seine beiden genommen, ihr in die Augen gesehen und gesagt hatte, dass er tief in ihrer Schuld stand. Kein Mann war ihr je dankbar gewesen.

Während Salbjörg wie ein geprügelter Hund an Torger vorbeischlich, sehnte sie sich bereits wieder nach diesem Gefühl. Endlich wurde sie von jemandem gebraucht, der es zu schätzen wusste.

In der guten Stube war es dunkel. Es roch nach abgestandener Luft und der Erde der Sodenwände. Salbjörg hielt sich nicht damit auf, ihren Umhang abzulegen, sondern ging direkt in die Küche, um Torger nicht noch mehr zu reizen. Er folgte ihr wie ein bedrohlicher Schatten.

«Iss doch schon mal ein wenig Käse, wir haben auch noch Brot», schlug sie ihm zögernd vor.

Doch Torger knurrte nur missmutig und gab ihr einen kräftigen Stoß gegen die Schulter, sodass sie in Richtung Herd stolperte.

Salbjörg versuchte, sich nichts anmerken zu lassen, und schob einige getrocknete Heidezweige und kleine Holzstücke in die Ofenluke, um das Feuer schnell in Gang zu bringen. Dann stellte sie einen schweren gusseisernen Topf auf die Feuerstelle.

Sein Atem übertönte das leise Knistern des Feuers, immer schneller ging Torger hinter ihr auf und ab. Ob er ihr wohl die ganze Zeit über zuschauen wollte?

Ihr Nacken verspannte sich immer mehr. Was konnte sie nur sagen, damit er seine Feindseligkeit aufgab? Sein Schweigen erstickte die Worte in ihrer Kehle, bevor sie Form angenommen hatten, und raubte ihr die Luft.

Salbjörgs Hände zitterten, während sie Zwiebeln und Speck schnitt. Torger sah es, da war sie sich sicher. Womöglich bereitete es ihm ein ebenso gutes Gefühl, seine Macht über sie auszukosten, wie es ihr wohlgetan hatte, für Erlendur zu sorgen.

Als sie endlich zwei Schüsseln mit würzigem Gerstenbrei füllte und auf einem Brett schwärzliches Walfleisch und Fett anrichtete, setzte Torger sich wortlos an den Tisch und begann sofort zu essen.

Salbjörg sah ihm nur zu. Ihr war der Hunger vergangen, sie war so angespannt, dass sie nichts mehr spürte.

Torger schmatzte, während er den Gerstenbrei in sich hineinlöffelte. Einige Tröpfchen blieben in seinem blonden Bart hängen.

Die Schale war schnell geleert. Sofort sprang Salbjörg auf. «Möchtest du noch etwas?»

«Was glaubst du denn?», gab Torger mürrisch zurück und zog das Brett mit dem Walfleisch zu sich heran.

Sie füllte die Schale und stellte sie erneut vor ihm ab.

«Geh mir weg damit!»

«Aber ich dachte, du wolltest ...»

«Du sollst nicht denken, sondern zuhören und tun, was ich dir sage.» Er stieß die Schüssel zur Seite und packte Salbjörg am Handgelenk.

Sie erstarrte und richtete ihren Blick krampfhaft auf den vergossenen Brei, der über den alten Tisch mit seiner tiefen Maserung floss. Alles in ihr war still, ganz still.

«Du kannst froh sein, dass dein Schoß verdorrt ist, Weib. Kinder hättest du mit dem Fraß längst vergiftet.»

Salbjörg zuckte zusammen. Da waren sie wieder, die Worte, die mehr weh taten als jeder Hieb und jeder Tritt. Sie war unfruchtbar, wertlos.

Als Torger zum Schlag ausholte, war es ihr fast egal.

KAPITEL 4

Feuer braucht,
wer fernher kam,
an den Knieen kalt;
Gewand und Speise
der Wanderer braucht,
der übers Hochland hinzog.

Die Edda, Das alte Sittengedicht, Strophe 3

Der Herr Jesus oder das heimliche Volk in den Hügeln musste Jorun beigestanden haben, denn sie erfror nicht in der Klamm. Eine Weile war ihr Leib unschlüssig gewesen, ob er sich der Macht der Kälte beugen sollte. Jorun hatte die Taubheit begrüßt, die ihr die Schmerzen nahm und ihren Verstand auf die Reise in ein wärmeres Land schickte.

Dann zuckte sie plötzlich zusammen, wie es manchmal im Schlaf geschah, bevor der Geist in den Abgrund fiel, der Traum von Wirklichkeit trennte.

Das Geräusch, mit dem ihre Füße durch den Uferkies schnitten, riss sie ins Leben zurück. Bei der Erkenntnis, wie nah sie dem Tod gekommen war, fuhr sie auf, und mit einem Schlag war der Schmerz zurück und auch die Angst.

Mühsam richtete Jorun sich auf und begann, mit den Fäusten auf ihre Beine zu schlagen und wie verrückt darüberzureiben, damit das Blut wieder schneller durch ihre Glieder floss.

Die Schatten waren lang geworden und hatten bereits die gesamte Klamm in ihrer Gewalt. In den dunkelsten Winkeln glitzerte Frost. Wasser sickerte überall aus den Wänden, tropfte aus moosigen Polstern und gefror an der Luft.

Auch vor Joruns nasser Kleidung hatte der Winteratem keinen Halt gemacht, an manchen Stellen war ihr Rock steifgefroren.

Beinahe wäre auch ich erstarrt wie der alte Stoff, dachte sie entsetzt und verstärkte ihre Bemühungen. Bald taten ihre Beine weh von den Faustschlägen, die sie sich selbst versetzte, doch das war ein gutes Zeichen. Wo Gefühle waren, da musste auch Leben sein.

Jorun wagte noch immer nicht, ihre zerschnittenen Hände zu öffnen, und so drückte sie schließlich die Knöchel auf den Boden, um aufzustehen. Kurz schwindelte ihr, dann wurde es besser. Jorun ließ die Arme kreisen, um auch dort Blut hineinzutreiben. Jeder Moment, den sie länger in der eisigen Klamm verweilte, raubte ihr mehr Kraft.

Sie setzte sich die Trage auf den Rücken, die nun sicher ein Drittel mehr wog, und zerrte die Riemen über ihrer nassen Kleidung gerade. Jorun schwankte unter dem zusätzlichen Gewicht. Ihre Füße spürte sie kaum, doch sie wollte sich nicht entmutigen lassen. Wenn das Schicksal es bestimmt hatte, dass sie bei der unglücklichen Flussüberquerung weder ertrunken noch erfroren war, dann würde sie kämpfen, damit das auch so blieb.

Entschlossen wandte sie sich dem Pfad zu, der sich in engen Kehren den Steilhang hinaufzog.

Irgendwo da oben war die Schutzhütte.

Die ersten Schritte fielen ihr besonders schwer. Ihre Lunge begann schon nach kurzer Zeit zu brennen. Husten schüttelte sie so sehr, dass die Trage verrutschte und Jorun beinahe von den Beinen riss. Sie stützte sich an einem Felsen ab und spie einen Schwall Wasser aus.

Vor ihr verschwammen die Steine des Weges zu grauem Brei. Erst nach und nach setzte sich das Bild vor ihren Augen wieder zu der Klamm mit dem alten Pfad zusammen.

Energisch biss Jorun die Zähne aufeinander und lief weiter, während sie am ganzen Leib vor Kälte zitterte. Nach den ersten beiden Kehren spürte sie mehr von ihren Füßen, nach zwei weiteren hörten ihre Muskeln auf zu beben. Feuer und Eis fochten in ihrem Leib, als sie schließlich den Kamm erreichte.

Hier oben tobte der Wind wie ein wütender Dämon über das karge Land und fuhr in ihre nasse Kleidung.

Jorun schlug die Arme um den Körper und versteckte die wunden Hände unter den Achseln. Sie hatte keinen Blick für das weite Hochtal, in das der Vorfrühling Einzug hielt. Sie sah nur schmutzig graue Schneefelder und schutzlose Weiten. Der Pfad war an vielen Stellen matschig, und sie musste alle Konzentration aufbringen, um nicht zu fallen.

Die Kälte fraß an ihrem Verstand. So mancher Wanderer war in der Einsamkeit und unter der Macht der Elemente irr geworden und als ein Fremder heimgekehrt.

Laufen, nur laufen, wiederholte Jorun in ihrem Kopf und versuchte, sich mit dem Gedanken zu trösten, dass sie noch

Proviant bei sich trug, mit dem sie sich in der Schutzhütte belohnen würde.

Unablässig stolperte sie vorwärts, in kleine Senken hinein und auf der anderen Seite wieder hinaus. Gebeugt wie eine alte Frau, um dem Wind möglichst wenig Angriffsfläche zu bieten. Trotzdem schien es ihr, als würde sie kaum vorwärtskommen.

Erst als die Sonne ganz untergegangen war und am Himmel nur noch blassgraue und gelbe Schlieren an sie erinnerten, konnte sie endlich die Schutzhütte ausmachen, die sie noch von ihrer letzten Reise kannte.

Vor dem alles überragenden Felshang nahm sie sich winzig aus – und doch bedeutete der kleine Verschlag so viel.

Im Näherkommen erkannte Jorun die einzelnen Findlinge, aus denen die Wände aufgeschichtet waren. Auch das Dach des Baus bestand aus Felsplatten, die man übereinandergelegt hatte. Wind und Wetter hatten die Steine ausgebleicht und sie mit einem bunten Teppich aus Flechten überzogen. Einige der ausdauernden Gewächse waren grün, andere weißlich oder leuchtend orange.

Ihr Ziel fest vor Augen, lief Jorun mit neuer Kraft weiter. Fast hatte sie es geschafft!

Doch was würde sie in dem winzigen Schutzbau erwarten? Sie versuchte, sich selbst Einhalt zu gebieten. Noch war sie nicht in Sicherheit. Wenn die Hütte leer war, würde sie in ihrer nassen Kleidung darin genauso sicher erfrieren wie auf offenem Feld.

Sie rannte los, hielt die Unsicherheit keinen Augenblick länger aus. Trotzdem ließ sich die Erschöpfung nicht abschütteln. Jorun strauchelte mehrmals, beinahe wäre sie gefallen. Die Trage schlug auf ihrem Rücken hin und her.

Die letzten Meter führten Jorun über große, wackelige Findlinge, und sie musste die Füße wieder langsam und vorsichtig aufsetzen. Endlich nicht mehr den schneidenden Wind auf der Haut spüren!

Als Jorun die Hand schließlich auf den hölzernen Knebel legen konnte, der die Tür verschloss, brannten ihre Augen.

Das Herz polterte wie ein scharfkantiger Stein in ihrer Brust. Auf einmal konnte sie sich kaum überwinden, die Tür zu öffnen und ihrem Schicksal ins Gesicht zu blicken.

Schließlich gab sie sich einen Ruck.

Sie würde so viel des letzten Taglichts brauchen wie möglich, wenn sie sich in dem fensterlosen Häuschen zurechtfinden wollte.

Vorsichtig hob sie den dicken Riegel an und setzte ihn auf dem Boden ab, dann drückte sie mit dem Handrücken gegen die Tür. Sie war schwergängig und vom steten Wetterwechsel verzogen. Jorun half mit der Schulter nach, das schwere Holzblatt schabte über den Steinboden, und plötzlich schwand der Widerstand. Taumelnd betrat Jorun die kleine Kammer, dann entledigte sie sich ihres Gepäcks und des Umhangs, dessen Walkstoff sich mit Wasser und Schlamm vollgesogen hatte.

Die Hütte war noch immer genau so eingerichtet, wie sie es in Erinnerung hatte. Eine kleine, schlichte Pritsche war mit getrocknetem Moos und Heidekraut gepolstert. Zwei zierlose Truhen dienten als Tisch, Stuhl und Aufbewahrungsort zugleich.

Jorun trug die kleinere Truhe zur Tür in den letzten Rest des Tageslichts, schlug den Deckel zurück und sank in die Knie, als gälte es, einen Schatz zu heben. Vorsichtig nahm sie eine Tranlampe heraus, die noch zur Hälfte gefüllt war, fand einen alten Lappen und schließlich ein Kästchen, das ihre Rettung enthielt: Zunder und einen Zunderstein.

«Danke, danke, danke», flüsterte sie. Nun kamen ihr doch die Tränen. Sie würde in der Nacht nicht frieren müssen.

Im Nu hatte sie trockenes Brennmaterial zusammengetragen und es in der kleinen Feuerstelle mit drei Holzscheiten vorsichtig hergerichtet. Sie schlug Feuer, Funken sprühten. Winzige blaue Flämmchen fuhren in das Reisig und züngelten rasch daran empor. Es war das Schönste, das sie an diesem Tag gesehen hatte.

Schnell entzündete Jorun die kleine Lampe und hängte sie an einen Haken, dann ging sie noch einmal hinaus, um etwas vom Torf zu holen, der auf der wetterabgewandten Seite der Hütte aufgestapelt war.

Als sie endlich die Tür von innen verschloss, kam sie sich vor wie eine der Frauen in den alten Sagen, die sich in einen befestigten Hof zurückzogen und keinen noch so wilden Angreifer fürchten mussten.

Noch war es kalt in der Hütte, doch schon beim Anblick des prasselnden Feuers wurde ihr wärmer. Jorun fand eine alte Decke, die aus mehreren schlechten Schaffellen zusammengesetzt war, und beschloss, dass sie für eine Weile ihre Kleidung ersetzen konnte.

So nah wie möglich stellte sie sich ans Feuer, legte ihr nasses Kleid, die triefenden Beinlinge und Schuhe ab und hängte alles zum Trocknen auf.

Jede Bewegung schien eine zu viel.

Erst hier, in Sicherheit, spürte sie das ganze Ausmaß ihrer Erschöpfung. Ihr Körper musste nicht mehr kämpfen und wollte nur noch ruhen.

Selbst der Hunger plagte sie nun nicht mehr.

Trotzdem nahm Jorun sich die Kiepe vor und breitete gewissenhaft ihr weniges Hab und Gut aus. Sie trocknete, was sich trocknen ließ, und saß schließlich vor einem glitschigen Kanten Brot und dem Räucherfisch, den sie seit ihrem Aufbruch nicht angerührt hatte.

Das Brot legte sie vorsichtig auf einen Stein und schob ihn, so nah es ging, an die Flammen. Auch einen kleinen Teil des fetten Fischs wärmte sie auf.

Bald duftete es köstlich in ihrem winzigen Heim auf Zeit.

Das Brot war knusprig und wieder genießbar, Jorun kam es vor wie eine Köstlichkeit. Sie aß langsam, immer abwechselnd ein Bröckchen Brot und ein Stück Räucherfisch. In einem Kessel, der vom jahrelangen Gebrauch verbeult und vom Ruß geschwärzt war, erhitzte Jorun Wasser und warf etwas von den Kräutern hinein, die sie auf ihrer glücklosen Wanderung gesammelt hatte. Der Tee schmeckte nach nichts, doch er dampfte und wärmte sie von innen so gut wie das Feuer von außen. Schon spürte sie ihre Wangen, Hände und Füße glühen, wo der Frost sie zuvor besonders gebissen hatte.

Jorun konnte den Blick nicht von dem Feuer wenden, das sie vor dem sicheren Tod bewahrte. Es verwunderte sie nicht, dass ihre Vorfahren in den Flammen überirdische Wesen und Geister gesehen hatten.

Wie gelbe und bläuliche Tänzer zuckten sie über Holz und Torf und zogen glühende Spuren hinter sich her.

Schon als Kind hatte Jorun ganze Winterabende damit verbracht, vor dem Feuer zu sitzen und hineinzusehen.

Plötzlich bekam sie Heimweh nach dem Steinurshof. Sofort verspannte sich ihr Nacken.

Eigentlich hatte Jorun nie wieder auf den elterlichen Hof zurückkehren wollen – und wenn es sich noch abwenden ließ, würde sie das auch jetzt nicht tun.

Sie nahm noch zwei Stücke Torf und legte sie in die Feuerstelle, dann streckte sie sich zum Schlafen aus. War sie vor Augenblicken noch sterbensmüde gewesen, zupften und zerrten nun die Erinnerungen an ihr. Sie konnte ihnen genauso wenig entgehen wie ein störrisches Schaf einem guten Hütehund; wenn sie nicht in die richtige Richtung lief, setzte es schmerzhafte Bisse.

Jorun wickelte sich dichter in die Felldecke, als könnte sie die Boten der Vergangenheit auf diese Weise aussperren. Doch es gelang ihr nicht, dafür waren sie zu sehr Teil von ihr.

Was Mutter wohl denken würde, wenn sie ihre Tochter so sehen könnte, überlegte Jorun. Allein, in Lumpen gekleidet, in einer Hütte im Nirgendwo. Lebte Mutter noch, dann wäre das alles niemals geschehen.

Eine der letzten schönen Erinnerungen an ihre Mutter trug sie viele Jahre in die Vergangenheit.

Es war der Beginn des Herbstes gewesen. Damals lag ein glückliches Jahr hinter ihnen, ein Jahr des Überflusses. Nicht nur die Tiere waren prächtig gediehen, auch die beiden Felder, auf denen die Familie Weizen, Kartoffeln und Kohl anbaute, brachten überreichen Ertrag.

Joruns Mutter war zum Erstaunen aller, sogar ihres eigenen Mannes, noch einmal schwanger geworden, vierzehn Jahre nach der Geburt ihres ersten Kindes und acht Jahre nach Jorun.

Würde sie nun endlich den ersehnten Sohn bekommen?

Jorun lächelte bei dem Gedanken an den sonnigen Spätsommertag. Sie waren mit drei Packpferden ausgezogen, um das Getreide zu Mehl zu mahlen. Die Mühle stand an einem kleinen Bach weiter talwärts.

Insgesamt gab es dort vier kleine Hütten, die verschiedenen Familien gehörten. Die Ansammlung sah aus, wie sich Jorun ein Dorf des verborgenen Volks vorstellte: Grasbedeckte Dächer, niedrige Türen, und in den Balken der Holzwände fanden sich zahlreiche Schnitzereien. Damals kamen sie ihr wunderschön vor, tatsächlich handelte es sich aber nur um die Ritzereien gelangweilter Jungen und Mädchen, die den Mühlen beim Arbeiten zusehen mussten und sich damit die Zeit vertrieben.

Sobald sie die Mühlhäuschen sah, rannte Jorun voraus. Das gutmütige schwarz-weiße Packpferd folgte ihr widerwillig. «Nun komm schon, komm schon!», rief sie und zerrte an dem Strick, bis die Stute schnaubend nachgab und hinter ihr hertrabte.

«Jorun, du Wildfang, vorsichtig! Wenn die Ladung verrutscht, darfst du jedes Körnchen einzeln aus dem Gras fischen, Gott sei mein Zeuge!»

Der Ruf ihrer Mutter blieb nicht ungehört. Jorun sah im Lauf über die Schulter, tatsächlich rutschten die beiden Getreidesäcke im Packsattel gefährlich hin und her. Sie bekam einen Schreck und blieb augenblicklich stehen. Doch die Stute war auf den plötzlichen Halt nicht gefasst und stieß Jorun mit dem Maul in den Rücken, sodass sie mit einem Schrei im Gras landete.

Als sie sich zur Seite wälzte und sah, dass die Säcke noch immer sicher auf dem Pferderücken befestigt waren, musste sie grinsen. Sobald sie dem Blick ihrer Mutter begegnete und ihr klarwurde, dass diese ihr nicht böse war, konnte sie nicht mehr anders und lachte laut auf.

Ihre ältere Schwester blieb neben ihr stehen und sah verächtlich zu ihr hinab.

Salbjörg war anstrengend, fand Jorun. Immer versuchte sie, alles möglichst richtig und anständig zu machen, als könnte jeden Moment ein junger Mann vorbeikommen und um sie freien. Dabei war sie noch viel zu jung zum Heiraten. Sie benahm sich einfach lächerlich. Salbjörg war eine dumme Gans, aber ihre Freundinnen auf den Nachbarhöfen verhielten sich genauso seltsam. Deine Schwester ist kein Kind mehr, erklärte Mutter ihr oft, wenn sie Joruns Unmut bemerkte. Sie ist eine junge Frau geworden.

Wenn Frauen alle so waren, wollte Jorun lieber niemals erwachsen werden. Sie lag lieber im Gras und hielt sich den Bauch, weil sie so schrecklich lachen musste. Mutter lachte auch, und schließlich stimmte doch auch Salbjörg ein, aber erst, nachdem sie sich umgesehen und ihr Kleid glatt gestrichen hatte.

«Nun kommt, Mädchen, wir wollen heute noch im Hellen heimkehren. Jorun, hoch mit dir, du Sturmkind. Dein Korn ist als Erstes dran. Aber vorher wird gründlich ausgekehrt.»

Seufzend kam Jorun auf die Beine. Ihr Bauch tat noch immer weh vom Lachen. Sie bürstete sich das Gras vom Rocksaum, nahm den Strick ihres Pferdes und zog das Tier hinter sich her, damit sie das Korn nicht so weit schleppen musste.

«Komm, kleine Schwester, ich helfe dir», bot Salbjörg an, doch Jorun überhörte ihren herablassenden Tonfall nicht. Gemeinsam hoben sie die Säcke aus den Halterungen und stellten sie an einen trockenen, sonnigen Platz, dann gingen sie ihrer Mutter zur Hand, die mit ihrem großen Kindsbauch schon genug Last zu tragen hatte. Sie fegten die kleine Hütte gründlich aus, damit sich keine Insekten oder Unrat ins Mehl verirrten.

Jorun, die noch nie gesehen hatte, wie eine Mühle gebaut wurde, staunte immer wieder über die beiden riesigen Steinräder, die das Herzstück des Häuschens bildeten. Sie konnte sich nicht vorstellen, wie sie an diesen Ort gelangt sein sollten. Mutters Erklärung, mehrere Männer hätten das gemeinsam bewerkstelligt, wollte ihr nicht in den Kopf. Viel lieber stellte sie sich vor, wie die Steinriesen aus den Märchen sie eines Nachts aus den Bergen hierhergerollt und für die Menschen zusammengesetzt hatten.

Auf einen mahnenden Fingerzeig ihrer Mutter hin, nicht zu trödeln, kletterte Jorun unter das Häuschen und löste dort ein Seil, an dem eine hölzerne Rinne befestigt war. Dann senkte sie die Rinne in den Bach und entfernte schnell noch einige Steine im Bett des kleinen Laufs, damit mehr Wasser in die Konstruktion floss.

«Fertig!», rief sie, raffte ihren Rock und kletterte den grasbewachsenen Hang wieder hinauf.

Im Inneren des Häuschens setzte sich bereits das Mahlwerk in Gang, das von dem Wasser angetrieben wurde. Es knarrte und ächzte wie ein lebendiges Wesen, das unsanft aus einem langen Schlaf geweckt worden war.

Während Salbjörg sich draußen im Sonnenschein um die Pferde kümmerte, beeilte Jorun sich, in die Hütte zu kommen und den ersten Sack Getreide zu öffnen. Im dämmerigen Zwielicht des Mühlhäuschens war sie bald voll und ganz von ihrer Aufgabe vereinnahmt.

Ihre Mutter saß drinnen auf einer steinernen Bank und strich sich langsam und kreisend über den Bauch. Eine Bewegung, die ihr in den letzten Monaten so sehr zur Gewohnheit geworden war, dass sie sie wahrscheinlich gar nicht mehr bemerkte. Ihr Blick war weich.

«Jorun, nimm den kleinen Scheffel, der dort an der Wand hängt.»

«Warum nicht den großen? Der ist nicht zu schwer.»

«Ich weiß, wie tüchtig du bist, Kind. Aber glaube mir, dass du sonst nach dem ersten Sack Getreide deine Arme kaum noch heben kannst.»

Jorun seufzte, fügte sich aber und stieß den kleineren Scheffel in das goldgelbe Getreide. Sie füllte ihn nicht ganz, damit kein Korn verloren ging, hob ihn vorsichtig mit beiden Händen und schüttete den Inhalt durch ein kleines Loch im oberen Mühlstein, der sich unablässig drehte.

«Darf ich noch einen Scheffel hineingeben?»

«Ja, einen noch. Aber dann setz dich zu mir.»

Jorun gehorchte, aber vor Ungeduld wippte sie mit den Beinen, bis ihre Mutter ihr eine Hand auf das Knie legte.

«Du wildes Mädchen.»

Sie wusste nicht, ob Mutter das gut oder schlecht meinte, aber Jorun beschloss, ihre Worte als Lob zu verstehen. Sie war gerne wild, wie der Fluss im Frühjahr, wie die zweijährigen Füllen, die Vater von den Bergweiden trieb, und wie die Krähen, die im Sturm spielten, als wäre er nur ein laues Lüftchen. Salbjörg hingegen war nicht wild. Sie war eher wie ein Schaf oder wie die gemütliche braun-weiße Kuh Fleck.

Bei dem Gedanken daran musste Jorun wieder grinsen.

«Worüber lachst du, Kind?»

«Ich bin gerne wild.» Stolz drückte sie den Rücken durch.

«Deine armen Eltern.» Mutter strich ihr durch das rote

Haar, zog ihren Kopf zu sich heran und gab ihr einen Kuss auf die Stirn. Jorun kam es vor, als formten ihre Lippen ein Versprechen, dass sie immer für sie da sein, dass sie immer Mutter sein würde.

In diesem Moment fühlte sie sich ganz und gar geborgen. Hätte sie nur gewusst, dass es das letzte Mal war, dass sie dies so intensiv empfand.

Jorun sprang von der Bank, schüttete noch einen Scheffel Getreide in die Mühle und legte dann vorsichtig ihre Hände auf den Bauch ihrer Mutter. Er war prall und fest, und das kam ihr seltsam vor, denn eigentlich hatte es sich immer weich und gut angefühlt, in Mutters Armen zu liegen.

Der Kindsbauch erschien ihr fremd, und es fiel ihr schwer, das Menschlein zu lieben, das darin heranwuchs. Gehörte es überhaupt hierher? Vater hatte sich immer einen Sohn gewünscht. Wenn sie tatsächlich einen Bruder bekäme, was bedeutete das dann für sie selbst und für Salbjörg? Ihre ältere Schwester träumte davon, einen mutigen, wohlhabenden Bauern zu heiraten, und bislang standen ihre Chancen gut. Viele junge Männer wollten eine Frau ehelichen, die als Mitgift einen guten Hof mitbrachte. Ein Bruder würde das alles ändern. Jorun war sich sicher, dass sie in dieser einen Sache mit ihrer Schwester gleicher Meinung war. Sie wollten keinen Bruder. Eine kleine Schwester hingegen war mehr als willkommen.

«Mutter, glaubst du, dass es ein Junge wird oder doch ein Mädchen?», fragte Jorun schließlich, und dabei fühlte sie, wie sich etwas unter ihrer Hand regte. War das ein Knie, ein Fuß vielleicht? Es schien sie wegstoßen zu wollen.

«Ich glaube, es wird ein Junge, die Schwangerschaft verläuft so anders als bei euch Mädchen. Was denkst du?»

Jorun zog die Hand fort und sah betreten auf den dünnen Strom Mehl, der aus der Enge zwischen den beiden Mühlsteinen herabrieselte. «Ich weiß es nicht, eine kleine Schwester wäre schön.»

Mutter lachte. «Ich glaube, noch ein Mädchen können wir deinem Vater nicht antun.»

Jorun seufzte. Schon jetzt gefiel ihr das Warten nicht, und über ihr neues Geschwisterchen wollte sie eigentlich auch nicht reden. «Kann ich rausgehen? Bestimmt finde ich ein paar Kräuter ...»

«Nein, Jorun», erwiderte ihre Mutter scharf. «Du kannst nicht immer wie ein Trollkind draußen herumrennen. Bald bist du eine Frau. Es wird Zeit, dass du lernst, dich wie eine zu betragen.»

«Wie Salbjörg?» Jorun verzog den Mund.

«Ja, genau. Du kannst dir ein Beispiel an ihr nehmen. Wenn dein Korn gemahlen ist, darfst du nach draußen, aber vorher wirst du deine Arbeit tun. Und die erledigt sich nicht schneller, wenn die Mühle leer läuft.»

Schnell sprang Jorun auf und füllte so viel Korn in den Trichter, wie gerade noch hineinpasste, dann ließ sie sich wieder auf ihren Platz fallen. «Und Salbjörg ...», wollte sie weiterklagen.

«Deine Schwester stickt sicher bereits wieder an ihrem

Tuch. Ich werde mich jetzt zu ihr setzen und den Rock fertig nähen, den du dir so gewünscht hast. Bis dein Korn gemahlen ist, kannst du darüber nachdenken, ob ein Mädchen sich so betragen sollte wie du.»

Schweigend sah Jorun zu, wie ihre Mutter schwerfällig aufstand und zu Salbjörg ging, die tatsächlich vertieft in ihre Stickarbeit auf einem flachen Stein in der Sonne saß.

Für Salbjörg schien es nichts anderes im Leben zu geben, als sich für ihren zukünftigen Ehemann herauszuputzen, den sie noch nicht einmal kannte.

Ob ich auch so werde? Ob Mutter recht behält und es zum Frauwerden dazugehört, sich so sehr zu verändern?, überlegte Jorun. Die Salbjörg von früher, mit der sie umhergetollt und durch die Felsen geklettert war, hatte ihr so viel besser gefallen. Sie nahm sich vor, nicht so zu werden. Mutter sollte ruhig sehen, dass Jorun für immer sie selbst bleiben würde. Und am Sticken und Nähen hatte sie ohnehin nie Freude gefunden.

Der sonnige Tag an der Mühle hatte damals ein schlimmes Ende genommen. Danach war Joruns Leben dunkel geworden. Sosehr die Sonne auch an klaren Tagen schien, ein Teil des Lichts ihrer Welt war für immer verschwunden. Ausgelöscht wie Mutter, ausgelöscht wie ihr eigenes fröhliches Kinderlachen.

Jorun schreckte auf. Draußen heulte der Wind um die kleine Schutzhütte, in der es merklich kälter geworden war. Sie blinzelte in die Dunkelheit. Die Erinnerung schnürte ihre

Brust zusammen wie ein dickes Tau, und der Knoten lag genau über ihrem Herzen.

Sie presste eine Hand auf die Rippen.

«Mutter», sagte sie leise. Ihre Stimme klang, als hätte sie verlernt zu sprechen.

Warum kam die Vergangenheit ausgerechnet jetzt zu ihr? Hatte Mutter ihr diesen Traum geschickt, um ihr eine Nachricht zu überbringen?

Ihre letzten Worte klangen noch immer in Joruns Gedanken nach: «Ihr Schwestern müsst immer zusammenhalten, auch wenn ihr erwachsen seid und längst eigene Kinder habt. Familie ist das Wichtigste. Und in der Familie sind es die Frauen, die dafür sorgen, dass sie nicht auseinanderdriftet.»

Doch genau das war passiert, Salbjörg und sie hatten einander seit sechs Jahren nicht mehr gesehen. Nachdem sie Steinurshof verlassen hatte, war Jorun nie wieder heimgekehrt. Bis zu diesem Augenblick hatte sie versucht, nicht mehr an ihren Geburtsort zu denken, von dem sie einst vertrieben worden war.

Steinurshof bedeutete ihr nichts.

Aber stimmte das? Der Hof war die Wurzel all dessen, was ihr geschehen war. Dort wohnte der Schmerz, dort lebte die Trauer. Schmerz und Trauer, die über die Jahre nicht mehr scharf und bitter, sondern faulig geworden waren wie schimmelndes Holz.

Jorun setzte sich auf, um etwas zu trinken und die Erinnerungen fortzuspülen. Das Wasser war kalt und schmeckte nach dem vulkanischen Fels, durch den es geflossen war.

In der Feuerstelle glommen matt die Kohlen. Der Großteil der Nacht musste bereits vorüber sein. Jorun legte Torf nach und streckte sich dann wieder auf ihrem Lager aus.

Ihr Traum war nicht mit dem Rauch durch den Abzug verschwunden. Sie musste sich ihm stellen.

Eigentlich hatte sie es schon geahnt, als sie am Vortag aufgebrochen war – Steinurshof war der einzige Ort, von dem man sie nicht würde wegschicken können.

«Ich finde schon eine Anstellung», verkündete sie trotzig in die Dunkelheit hinein. Die Worte wurden von den Steinwänden gefressen. Zurück blieb Stille, die Jorun zu bedrängen schien, als sollte die junge Magd endlich einsehen, dass ihr Weg längst vorgezeichnet war.

Jorun presste die Zähne aufeinander und hielt die Luft an, bis sie ihren Puls in den Ohren hämmern hörte. Sie wollte nicht zurück. Schließlich hatte sie sich geschworen, fortzugehen und kein einziges Mal zurückzusehen.

Damals hatte sie ihren Schwur gehalten und die Kuppe südwärts überquert, ohne sich umzuwenden, war im gleichmäßigen Schritt weiter und weiter gelaufen.

Trotzdem wusste sie noch genau, wie der Steinurshof aussah. Die langgestreckten Bauten mit ihren leuchtend grünen Grasdächern, auf denen manchmal die Ziegen weideten. Das Haupthaus mit seinen buckeligen Wänden, der große Findling, auf dem sie in der Sonne Wäsche getrocknet hatten, und das kleine Webhaus direkt daneben.

Sie hätte alle Namen der Milchkühe nennen können und die der Reitpferde sowieso. Wehmütig zählte sie im Geiste die Tiere auf und fragte sich, welche davon noch lebten. Einige der Pferde hatten ihre beste Zeit schon hinter sich gehabt, als sie fortgegangen war, die Stute Hatta etwa. Aber solange sie jedes Jahr ein Fohlen gebar und willig und viel Milch gab, wurde sie nicht geschlachtet.

An Salbjörg versuchte Jorun nicht zu denken und tat es doch die ganze Zeit. Als Ältere von beiden hatte sie alles bekommen. Einen Mann und den verdammten Hof mit jedem einzelnen Ding und jedem Tier darauf.

Salbjörg hatte tatenlos zugesehen, wie Jorun davongejagt worden war, und nicht ein einziges Mal protestiert. Das würde Jorun ihrer Schwester niemals verzeihen.

Bislang war sie sogar froh gewesen, ihr Leben als Dienstmagd auf einem fremden Hof zu verbringen statt an ihrem Geburtsort, wo sie nicht willkommen war.

Seltsamerweise hatte sich nun doch Heimweh in ihr Herz geschlichen und sich darin festgesetzt. Wahrscheinlich würde es Tage dauern, bis es wieder verschwand.

Die Zeit bis zur Morgendämmerung verbrachte Jorun damit, auf ihrem einfachen Lager auszuharren und in die züngelnden Flämmchen in der Feuerstelle zu starren. Obwohl sie müde war und ihre Glieder sich schwer und zerschlagen anfühlten, fand sie keinen Schlaf mehr.

Am Morgen war sie mit ihren Überlegungen noch kein Stück weiter.

Ungelenk zog sie sich an und nahm ein karges Mahl zu sich. Ihr wollener Umhang und der Rock waren noch klamm, und so beschloss sie, einen weiteren Tag in der Schutzhütte zu bleiben.

Es gab ohnehin keinen Ort, wohin sie gehen konnte, und ihr Proviant reichte noch aus, wenn sie sich alles sorgsam einteilte. In der Schutzhütte hatte jemand etwas Weizen zurückgelassen, von dem sie sich die Hälfte nahm.

Sie konnte kaum etwas dafür zurückgeben.

Als sich der Himmel am Nachmittag aufklärte und die dicken bleigrauen Wolken abzogen, machte sie einen kleinen Rundgang, auf dem sie neues Reisig und dünne Hölzer sammelte, die sie für die nächsten Wanderer bereitlegte.

Auch eine Stelle, an der sie Torf stechen konnte, war schnell gefunden, und so ersetzte sie, was sie verbraucht hatte und legte noch ein paar weitere Stücke auf der überdachten Seite der Hütte zum Trocknen aus.

Der Abend kam schneller als gedacht, und mit ihm kehrten der Zweifel und die quälenden Gedanken über ihre ungewisse Zukunft zurück.

KAPITEL 5

Der Unweise
wacht alle Nächte,
denkt an dies und das;
müde ist er,
wenn der Morgen kommt,
die Sorge dieselbe ist.

Die Edda, Das alte Sittengedicht, Strophe 48

Salbjörg hatte abseits vom Hof ein kleines Feuer entfacht und einen alten Topf hineingestellt, der bis an den Rand mit Rinderurin gefüllt war. Die Flüssigkeit kochte brodelnd, aber es würde noch eine ganze Weile dauern, bis sie zu einem dunklen Konzentrat eingekocht wäre.

Nur hin und wieder sah sie nach dem Gebräu, die restliche Zeit bereitete sie ihren kleinen Gemüsegarten für die Aussaat vor. Die Arbeit war mühsam, in der Nacht hatte es wieder gefroren, die obere Erdschicht war hart und widersetzte sich stur ihrer Hacke. Salbjörg spürte jeden Hieb bis in die Schultern. Die Erschütterungen taten noch nicht weh, aber sie fürchtete sich vor dem Abend, wenn jede Bewegung zur Anstrengung wurde.

Schwitzend richtete sie sich auf und drückte den Rücken durch. Einige hundert Schritt entfernt konnte sie Torgers stämmige Gestalt ausmachen. Er arbeitete an einer Wasserrinne, die Schmelzwasser und Regen vom Hof wegleiten sollte. Das Tauwetter hatte einige Fußbreit Erde abrutschen lassen, die nun den Abfluss versperrte. Seit Tagen verwandelte sich die Weide, die sie eigentlich für die Mutterschafe vorgesehen hatten, zusehends in einen Sumpf.

Salbjörg konnte ihren Mann laut fluchen hören, dann polterte ein großer Stein den Hang hinab.

Sosehr sie Torger verabscheute, so war sie doch von seiner Kraft beeindruckt. Stark wie ein Stier, das war er schon bei ihrer Hochzeit gewesen. Damals hatte sie sich gefreut, war sogar für einige Zeit glücklich gewesen. Die anderen Mädchen hatten sie um diesen Prachtkerl beneidet.

«Wenn ihr wüsstet», murmelte sie leise und schlug die Hacke wieder mit aller Kraft in den Boden. Die abgeflachte Spitze durchdrang die harte Frostschicht mühelos und grub sich tief in den weichen Boden darunter, so tief, dass Salbjörg den Fuß zu Hilfe nehmen musste, um sie wieder herauszuziehen. Klatschend fiel die nasse Scholle zur Seite.

Damals, als er um sie geworben hatte, war Torger freundlich gewesen. Er brachte ihr Geschenke und sagte ihr schmeichelhafte Dinge, sodass ihr der große Altersunterschied bald nicht mehr wichtig schien. Er gab ihr Silberbroschen und ein milchweißes Füllen. Salbjörg trug die Schmuckstücke zum sonntäglichen Kirchgang und führte das junge Pferd zur herbstlichen Viehschau, als hätte sie es selbst auf dem Steinurshof gezogen.

Dass Torger ein Freund ihres Vaters war, gab ihm viele Freiheiten, und sie freute sich schon auf den Tag, an dem er zu ihnen ziehen und sie eine eigene Familie gründen würden.

Torger brachte wenig Land in die Ehe, doch es waren gute Weiden, und sie grenzten direkt an die des Steinurshofs.

Die ganze Familie würde zusammenbleiben können, das machte Salbjörg glücklich. Natürlich musste Jorun fortgehen, doch auch sie würde irgendwann heiraten. Damals zweifelte Salbjörg nicht daran, dass ihre Schwester auch bei einer kleinen Mitgift einen guten Mann finden würde. Jorun war vielleicht eigensinnig, aber doch auch tüchtig und freundlich und besaß eine ungewöhnliche wilde Schönheit.

Und dann war alles anders gekommen.

Salbjörg ließ die Hacke stehen, um nach dem Feuer zu sehen. Im Topf befand sich nur noch die Hälfte der Flüssigkeit, der Rest war verdampft. Es stank, und Salbjörg trat sofort aus dem Wind.

Torger beobachtete sie; sie spürte seinen Blick auch aus der Ferne. Sofort verspannte sie sich, dabei drohte ihr auf diese Distanz garantiert keine Gefahr.

Er wusste, was sie tat, doch er wusste nicht, für wen die Salbe war, die sie herstellen wollte. Ihm gegenüber hatte sie behauptet, sie sei für das Vieh. Für die Schafe, die bald geboren würden, und die jungen Hengste, die sie noch im Frühjahr verschneiden wollten. In Wirklichkeit war sie für Erlendur, zumindest ein kleiner Teil.

Am Vortag war es ihr nicht gelungen, sich vom Hof fortzuschleichen. Gemeinsam mit ihrem Mann hatte sie den Tiefstall ausgemistet, eine Knochenarbeit, die sie vom Morgen bis in den Abend beschäftigt hatte.

Ständig hatte sie dabei an Erlendur Ketilsson denken müssen, der verletzt und ohne Nahrung in der Hütte ausharrte. Ob er noch lebte? Wenn seine Wunden aufbrachen, konnte er verbluten. Oder vielleicht folgten diejenigen, die ihm das angetan hatten, seiner Spur und brachten zu Ende, was sie begonnen hatten?

Heute musste sie zu ihm. Aber dafür musste Torger erst verschwinden. Sobald er die Wasserrinne wieder freigelegt hatte, wollte er die Pfade abgehen, über die sie die Tiere auf die Weiden trieben. Dann würde er für den Rest des Tages unterwegs sein.

Aber noch schien die Rinne seine gesamte Kraft zu beanspruchen. Salbjörg überlegte kurz, ob sie hochgehen und ihm helfen sollte, doch damit hätte sie sich verdächtig gemacht. Torger belauerte sie wie eine Spinne ihr Opfer.

Du wirst nie von Erlendur erfahren!, dachte Salbjörg und spürte einen seltsamen Stolz in sich wachsen. Der junge Mann sollte ihr Geheimnis sein, etwas, das ihr Torger nie würde nehmen können.

Vorausgesetzt, es gelang ihr, ihn geheim zu halten.

Ich darf nicht die Nerven verlieren. Wenn er bis jetzt ausgehalten hat, schafft er es auch noch ein wenig länger.

Entschlossen kehrte sie zu ihrer Feldarbeit zurück, hackte und grub wie besessen. Sollte Torger nur schauen, wie tüchtig sie war. Am Abend musste sie trotzdem so viel geschafft haben, dass es nicht auffiel.

Der Mittag war vorüber, als sich Torger endlich auf den Weg machte. Mit einem lauten Pfiff, der die Vögel vor Schreck verstummen ließ, gab er ihr Bescheid, dass er sich auf seine Wanderung begab.

Sie hob zum Abschied die Hacke und arbeitete noch eine Weile weiter, um sicherzugehen, dass Torger auch wirklich fort war.

Die Salbe stand schon bereit. Salbjörg hatte den eingekochten Harn erkalten lassen und ihn dann mit Kräutern und Schafsfett vermischt, bis eine bräunliche, strengriechende Paste entstanden war.

Im Haus packte sie noch etwas Essen und eine alte *Vaðmál*-Decke ein, dann machte sie sich auf den Weg.

In raschem Tölt flog ihre Stute nur so dahin. Salbjörg wurde immer aufgeregter. Schon war der Steinurshof hinter ihr im Tal verschwunden, und in einiger Entfernung entdeckte sie das graue Rechteck, das beim Näherreiten immer deutlicher als Hütte zu erkennen war. Aufmerksam hielt Salbjörg Ausschau nach Spuren.

Nirgends war etwas zu sehen, nur ein kleines Odinshühnchen hüpfte piepsend durch das vergilbte Gras des Vorjahres. Auch direkt vor dem Hütteneingang waren die Halme noch von Reif bedeckt und zeigten so an, dass Erlendur den kleinen Bau an diesem Tag nicht verlassen hatte.

Salbjörg ließ sich aus dem Sattel gleiten. Im gleichen Augenblick wurde ihr klar, dass es dumm von ihr gewesen war, auf dem Pferd herzureiten. Das Tier war weithin sichtbar, sie konnte es nirgends verstecken. Dabei hatte sie doch nur Zeit sparen wollen. Wäre die Tür nur ein wenig größer gewesen, hätte sie die Stute mit hineinnehmen können. So blieb ihr nur, sie auf der Seite der Hütte anzubinden, die am wenigsten einzusehen war.

Salbjörg nahm Decke und Satteltasche an sich und trat ein. Drinnen war es dunkel, und es roch nach Krankheit.

«Erlendur Ketilsson? Ich bin es, Salbjörg vom Steinurshof.»

Sie ließ die Tür geöffnet, damit etwas Licht hineinfiel, und lauschte. Ihre Augen mussten sich erst an das dämmerige Zwielicht gewöhnen. Sie blinzelte, doch davon wurde es nicht besser. Das Grauschwarz vor ihr war flockig wie geronnene Milch. Salbjörgs Atem ging laut vor Aufregung. Endlich hörte sie auch einen zweiten Rhythmus. Leiser, langsamer, aber eindeutig den Atem eines schlafenden Menschen.

«Erlendur?», versuchte sie es noch einmal.

Heu raschelte, jemand bewegte sich.

«Wer ist da?», hörte sie Erlendurs Stimme leise und krächzend.

«Ich bin es, Salbjörg. Es tut mir leid, dass ich gestern nicht kommen konnte. Es war nicht sicher.»

Endlich besserte sich ihre Sicht, aus der Schwärze bildeten sich Konturen und Linien.

Erlendur war in dem Durcheinander des Heulagers fast völlig verschwunden, und es schien ihr, als hätte er sich kaum von der Stelle bewegt. Das war kein gutes Zeichen, wirklich nicht.

Salbjörg legte Decke und Satteltasche auf den Boden und kniete sich neben ihn. Im Dämmerlicht sah er bleich aus, seine Haut glänzte schweißfeucht und roch säuerlich.

Erlendur mühte sich, sie anzulächeln, scheiterte jedoch kläglich dabei. Es gelang ihm noch nicht einmal, Blickkontakt zu halten.

«Wie geht es dir?», erkundigte sie sich.

«Ich lebe noch», erwiderte er gequält und versuchte sich aufzusetzen. Er brauchte drei Versuche, bevor er sich schließlich schwer atmend mit dem Rücken an die Steinwand lehnen konnte. In seiner Brust rasselte es, als wäre er eine weite Strecke gerannt. «Hast du etwas gehört? Suchen sie nach mir?»

Salbjörg schüttelte den Kopf. «Steinurshof liegt weit draußen, zu uns verirrt sich selten jemand. Ich weiß nicht, ob sie nach dir suchen. Bei uns war keiner.»

«Gut.» Er ließ die Schultern sinken, als weiche jede Spannung aus ihm.

«Soll ich deinem Vater Bescheid geben, wo du bist?» Salbjörg wollte mit der Sorge um ihn nicht alleine sein. Andererseits hoffte und ahnte sie, wie seine Antwort ausfallen würde. Und wirklich, er lehnte ab – mehr noch, er beschwor sie, niemandem von ihm zu erzählen.

«Wenn sie mich finden, bringen sie mich um.»

«Sag mir, was ist mit dir geschehen? Wer trachtet dir nach dem Leben?»

Er stöhnte und lehnte den Kopf gegen die kalte Mauer hinter sich. «Wenn ich das wüsste.»

«Du weißt nicht, wer dir das angetan hat? Du musst die Männer doch gesehen haben, die …»

Abwehrend hob er die Rechte. «Kein Wort mehr darüber. Ich bin ein ehrlicher Mann.» Er nahm ihre Hand und drückte sie. «Du gute Frau hast nichts zu befürchten. Ich bin dir zu großem Dank verpflichtet.»

Salbjörg erschauerte. Ein seltsames Beben ergriff von ihrem Körper Besitz. Der Grund dafür war Erlendurs warme, fiebrige Hand, mit der er ihre kühle hielt.

Plötzlich fühlte Salbjörg sich tatsächlich kalt, als hätte Torger in seinem Zorn alles Weiche, Weibliche und Lebendige Stück für Stück aus ihr herausgeschlagen. Erschrocken zog sie ihre Hand zurück. «Ich muss mir deine Verletzungen ansehen. Ich habe nicht viel Zeit, mein Mann …»

«Schon gut.»

«Schaffst du es bis zur Tür? Ich brauche Licht.»

«Versuchen kann ich es.»

Halt suchend presste Erlendur eine Hand gegen die Außenwand und lehnte Salbjörgs angebotene Hilfe ab.

Er stöhnte, Schweiß trat ihm auf die Stirn. Mit einem Ruck stemmte er sich hoch, schwankte und fiel rücklings wieder ins Heu. Ein Schmerzenslaut entfuhr seiner Kehle.

Beim nächsten Versuch ließ er zu, dass sie ihm unter die Arme griff und ihn stützte, bis er unter größter Anstrengung die Tür erreichte. Dort ließ er sich an der Wand hinabsinken und streckte sein verwundetes Bein ins Freie.

Als sie seine zerschnittene Hose auseinanderzog und den alten Verband löste, schlug ihr fauliger Gestank entgegen.

Sie drehte das Gesicht weg, wollte Erlendur nicht sehen lassen, wie schlecht es um ihn stand. Der Geruch versetzte ihrer Hoffnung für diesen Mann einen herben Dämpfer. Das Bein war brandig.

«Wie sieht es aus?», fragte er zögernd. Seine Stimme klang belegt, er wusste also Bescheid.

Durch die Tür zog frische, kühle Frühlingsluft herein, salzig vom Meer und süßlich nach erwachendem Gras duftend. Salbjörg sog diese Luft ein, die sie von dem Wundgeruch ablenkte, und wandte sich wieder ihrem Gast zu. «Ich werde es mir anschauen.»

Vorsichtig wickelte sie den Verband ab, der von Blut und Eiter durchtränkt war. Sobald sie die letzte Schicht entfernt hatte, brach die Wunde auf und ergoss ihren fauligen Inhalt auf den Boden.

«Erlendur, es ...» Ihre Worte versiegten.

Er beugte sich vor und schwieg. Schwer und zäh breitete sich die Stille zwischen ihnen aus, schien ihnen beiden auf den Schultern zu lasten.

Schließlich blickte er auf und fixierte sie mit seinen eisblauen Augen. «Schneid es aus.»

«Aber ich ...»

«Schneid es aus. Wenn du es nicht tust, sterbe ich sowieso.» Als sie zögerte, schnaubte er ungehalten. «Wenn du nicht willst, dann gib mir ein scharfes Messer, und ich versuche es selbst.»

Salbjörg riss sich zusammen. Erlendur war so schwach, dass es ihm schwerfiel, aufrecht zu sitzen. Wie sollte er da saubere Schnitte führen können? Hatte sie sich nicht vorgenommen, alles in ihrer Macht Stehende zu unternehmen, um sein Leben zu retten?

Sie verstand selbst nicht, warum sie das alles für einen Fremden wagte, sie wusste nur, dass sie es tun musste. Erlendurs Nähe stimmte sie selbst in dieser schlimmen Lage froh.

«Ich mache es», sagte sie also, denn sterben lassen konnte sie ihn nicht – nicht bis sie alles versucht hatte und auch das letzte Fünkchen Hoffnung aufgebraucht war.

Erlendur nickte. Seine Kiefer mahlten, sodass sein bleiches Gesicht ganz kantig aussah. «Gib mir etwas, worauf ich beißen kann. Ich will nicht, dass meine Schreie uns am Ende verraten.»

«Dein Gürtel», schlug Salbjörg vor.

«Ja.» Er kämpfte mit der Schließe, während sie das kleine Messer reinigte, mit dem sie eigentlich nur den Verband hatte schneiden wollen.

Konzentriere dich und bleib ruhig, mahnte sie sich. Sein Los ist schwerer als deines.

Die kleine scharfe Klinge glänzte im Licht. Salbjörg hatte sie noch am Morgen geschliffen. Sie wusste, es gab nur diese eine Möglichkeit. Leichter wurde ihr deshalb nicht.

Erlendur schob sich noch etwas weiter nach draußen. Das Licht fiel nun direkt auf seinen Oberschenkel und beleuchtete auch sein markantes, aschfahles Gesicht. Die schwarzbraunen Haare klebten an seiner Stirn wie Rabenfedern.

«Bist du so weit? Dann bin ich es auch.»

«Du darfst nicht zaghaft sein, Salbjörg vom Steinurshof.»

«Das werde ich nicht, versprochen.»

Er nickte nur und schob sich den Gürtel zwischen die Zähne, dann ließ er sich schicksalsergeben nach hinten sinken.

Salbjörg kniete sich neben ihn und goss Wasser aus einem Schlauch über die Wunde, bis sie freigespült war. Sie würde bei der Prozedur wohl den gesamten Trinkwasservorrat aufbrauchen, den sie ihm mitgebracht hatte, doch darum konnte sie sich später kümmern.

Sie war schrecklich nervös. Ihre Hände begannen zu zittern, aber das durften sie nicht. Salbjörg atmete tief durch und sprach ein kurzes Gebet, dann zog sie die Wundränder auseinander. Es war deutlich zu erkennen, wo das Fleisch noch von Blut durchströmt und wo es abgestorben war. Sie musste tief bis ins Leben schneiden, wenn Erlendur eine Chance haben sollte.

«Jetzt», sagte sie leise, die Stimme nicht mehr als ein Flüstern.

Erlendur bäumte sich auf, krallte die Hände in den Stoff seiner Jacke und warf den Kopf zurück. Sein Bein, das sie mit dem Knie herunterdrückte, rührte er nicht.

Frisches Blut wallte hervor. Sie spülte und schnitt, spülte und schnitt, so schnell sie es mit Sorgfalt vermochte, alles heraus. Erlendur stöhnte zwischen grimmig gebleckten Zähnen.

Sobald Salbjörg fertig war, schossen ihr Tränen in die Augen, und alles verschwamm. Sie wich zurück und ließ das Messer einfach fallen.

Die Hände fest auf die Lider gedrückt, hielt sie inne. Wie schrecklich, wie schrecklich das alles war! Was, wenn Gott längst beschlossen hatte, Erlendur Ketilsson zu sich zu holen und sie sein Leid nur unnötig verlängerte?

Doch ihre späte Sorge nützte jetzt auch nichts mehr. Sonst hätte sie den Fremden vor zwei Tagen einfach liegen lassen sollen, wo sie ihn gefunden hatte. Aber das wäre nicht recht gewesen. Ihre Christenpflicht und die Gastfreundschaft, die schon den Altvorderen ein hohes Gut gewesen war, verlangten etwas anderes von ihr. Sie hatte richtig gehandelt.

Als sie die Hände sinken ließ, traf ihr Blick auf Erlendurs. Er lag ausgestreckt auf dem Boden. Tiefe Atemzüge hoben und senkten seine Brust. Er sah viel schmaler aus als vor zwei Tagen. Die Verletzung zehrte an ihm, stärker, als es eine Hungerzeit vermocht hätte. Die nächsten Wochen würden über sein Schicksal entscheiden.

Aus der gereinigten Wunde trat noch immer ein steter Blutstrom aus, aber keine bedrohliche Menge. Wenigstens das war ein gutes Zeichen. Salbjörg hoffte, dass sein Körper sich auf diese Weise auch von den letzten Spuren des toten Gewebes befreite.

Vorsichtig tupfte sie Erlendurs Bein ab und trug dann eine dicke Schicht Salbe auf. Als sie endlich seinen Oberschenkel verbunden hatte, war sie erleichtert.

«Wie ist es mit der anderen Verletzung?», fragte sie.

«Sie fühlt sich besser an. Dabei dachte ich, sie wäre gefährlicher.»

Er zog sein Hemd und die Weste hoch. Der Verband sah noch frisch aus, nirgends war Blut durchgedrungen. Salbjörg beugte sich vor und war erleichtert, nicht den charakteristischen Gestank der Fäulnis wahrzunehmen wie zuvor an seinem Bein.

Sie schnitt den Verband auf, statt ihn umständlich abzuwickeln. Die Wunde hatte sich geschlossen, die Haut um die Verkrustung wies nur eine leichte Rötung auf.

«Es ist nicht entzündet, denke ich.» Salbjörg drückte vorsichtig auf den Bauch. «Tut das weh?»

«Nein.»

«Auch hier nicht?»

«Nein.»

Sie atmeten beide gleichzeitig erleichtert aus. Salbjörg musste lächeln und ertappte sich dabei, wie sie kurz an Erlendurs Blick hängenblieb. Beschämt senkte sie die Augen und widmete sich wieder seiner Verletzung. Plötzlich scheute sie sich davor, ihn zu berühren.

Was geschah nur mit ihr?

Das Töpfchen mit der strengriechenden Salbe in den Händen, sah sie auf seine blasse Haut. Auf die wenigen schwarzen Haare, die sich um seinem Nabel gruppierten, von dort eine Linie bildeten und unter seinem Hosenbund verschwanden.

«Ist doch etwas nicht in Ordnung?», fragte Erlendur verunsichert. Während er sprach, spannten sich seine Bauchmuskeln an, und der Anblick verstörte sie zutiefst.

Vielleicht hatte doch der Teufel Erlendur Ketilsson gesandt, um sie zu prüfen? Sie musste diese Sache schnell hinter sich bringen und dann zum Hof zurückkehren.

«Nichts, es ist nichts», murmelte sie. Salbjörg versuchte, sich nur noch auf die Wunde zu konzentrieren, was ihr wie durch ein Wunder auch gelang. Sie bestrich sie mit Salbe und legte eilig einen neuen Verband an, dann zog sie Erlendurs Kleidung wieder zurecht, bis keine bloße Haut mehr zu sehen war.

Ihr Patient musterte sie irritiert.

«Ich habe nur wenig Zeit», sagte sie entschuldigend. «Mein Mann ist sicher bald zurück.» Es klang falsch, und doch war es genau das, was er hören musste.

«Natürlich. Ich bin dankbar für deine Hilfe, wirklich, das bin ich.»

«Ich habe dir Essen mitgebracht. Es reicht für zwei Tage. Die Salbe lasse ich dir hier, und den Wasserschlauch fülle ich noch auf. Falls du rausgehst, sei vorsichtig.»

«Nur in der Dunkelheit, ich verspreche es. Und falls mich doch jemand entdecken sollte, werde ich schweigen. Niemand soll erfahren, dass wir uns begegnet sind.»

«Ja, so ist es sicher besser.»

Salbjörg stand hastig auf, nahm den leeren Wasserschlauch und lief hinaus.

* * *

Erlendur sah ihr nach, dieser Fremden, die womöglich sein Leben retten würde. Er nahm sich fest vor, es ihr irgendwann zu vergelten – vorausgesetzt, er überlebte, und vorausgesetzt, es gelang ihm, seine Unschuld zu beweisen.

Aber bin ich denn unschuldig?, grübelte er. Noch immer fehlte ihm jede Erinnerung an einen Streit mit den Brüdern. Er war alleine von Ketilshof fortgeritten, das wusste er noch.

Als Nächstes erinnerte er sich daran, mit Schmerzen aufgewacht zu sein, neben den Leichen, neben seinem toten Hengst. Der Verlust des Pferdes schmerzte ihn seltsamerweise am meisten. Es war ein gutes, ein sehr gutes Tier gewesen.

Er ließ den Blick aus der kleinen Türöffnung gleiten. Draußen wurde es Frühling, zwischen Schneeresten und vergilbtem Gras war erstes Grün zu erkennen. Und er war in dieser Hütte gefangen und konnte sich glücklich schätzen, wenn das Fieber ihm nicht Sinne und Verstand raubte.

«Womit habe ich das nur verdient», seufzte er leise, ausgerechnet in dem Moment, in dem Salbjörg zurückkam.

«Hast du etwas gesagt?», erkundigte sie sich mit gesenktem Kopf.

«Nein, nichts.»

«Ich bringe das Wasser nach hinten neben das Heulager, da liegt auch das Essen.» Ihre Stimme klang verändert, härter. Aber vielleicht ließ ihn auch nur das Fieber Dinge hören, die nicht stimmten.

«Ich danke dir.»

«Gerne.» Sie räusperte sich, sah ihn noch immer nicht an. «Ich muss jetzt los. Soll ich dir helfen ...?»

«Nein, ich bleibe hier. Ich werde die Tür ein wenig offen lassen, sonst verliere ich in der Dunkelheit noch den Verstand.»

Sie straffte die Schultern, schob sich einige blonde Strähnen zurück in den Zopf und ging mit steifen Schritten fort.

Erlendur sah zu, wie sie auf ihrem gescheckten Pferd bergab ritt. Sobald die Hufe den festen Grund des Weges erreichten, trieb sie es an. In raschem Tölt verschwand sie hinter der nächsten Biegung.

Erlendur war wieder allein mit der Stille, und doch fühlte er sich leichter. Salbjörg war eine merkwürdige Frau. Mal spröde wie verwitterter Fels, mal zart wie ein unberührtes Mädchen. Er wusste nicht, ob er ihre Gegenwart genoss. Auf jeden Fall kam es ihm vor, als trüge sie ein Gewicht auf der Seele, das sich auf jeden ausdehnte, der ihr zu nahe kam.

Ob sie es schon immer mit sich getragen hatte? Ob sie es selbst überhaupt wahrnahm? Eins wusste er sicher: In seinem Leben vor dem Unglück hätte er eine Frau wie Salbjörg gemieden. Er mochte fröhlichere Mädchen. Dennoch zweifelte er nicht an ihrer Freundlichkeit und Güte, die sie ihm nun schon zum zweiten Mal bewiesen hatte.

Erlendur starrte vor sich hin und versuchte, sich von dem pochenden Schmerz abzulenken, der in seinem Oberschenkel wütete. Aber nichts konnte seine Gedanken fesseln. An der kargen Unterkunft mit ihren vier Wänden aus Feldsteinen und dem Heuhaufen in der Ecke hatte er sich längst sattgesehen. Von der Tür aus konnte er eine wellige Landschaft ausmachen, weich, fließend wie Stofffalten, gesprenkelt mit schmutzigen Schneeflecken, viel Braun und ein wenig Grün. Vor den Wolken kreisten zwei Seeadler und riefen einander zu. Ihre schrillen Stimmen trugen weit und weckten in Erlendur das Verlangen, seine täglichen Ritte zum Strand wiederaufzunehmen.

Ob er dazu je wieder in der Lage sein würde?

Vielleicht sollte ich beten, dachte er. Doch Erlendur war kein frommer Mann, und jetzt einer zu werden wäre unehrlich gewesen. Es gab kaum etwas, das er mehr verabscheute als unehrliche Menschen, sie waren ihm zuwider.

Die Seeadler packten einander an den Klauen und ließen sich in einem halsbrecherischen Taumel vom Himmel fallen. Erst wenige Schritt vor dem Boden breiteten sie die Schwingen aus und stiegen wieder auf, um ihr selbstmörderisches Spiel von Neuem zu beginnen.

Wehmütig wandte er sich ab.

Nachdem Salbjörg die Wunde freigeschnitten hatte, war ihm vom Schmerz eine Weile flau im Magen gewesen. Jetzt fühlte er sich ein wenig besser, und er war neugierig darauf, was sie ihm zu essen mitgebracht hatte. In den letzten beiden Tagen hatte er sich mit so gut wie nichts begnügen müssen – ohnehin war das Fieber am zweiten Tag so stark gewesen, dass er die meiste Zeit geschlafen hatte.

Erlendur wälzte sich herum und stützte sich mühsam mit den Händen auf.

Der plötzlich einsetzende Schwindel warf ihn beinahe wieder zu Boden. Jede Bewegung, jedes Anspannen der Muskeln brannte in seinem wunden Bein.

Ganz langsam schob er sich an der Außenwand hoch und krallte die Finger in die Mauerritzen. Nur nicht fallen!, beschwor er sich. Wenn er fiel, standen die Chancen schlecht, dass er überhaupt wieder hochkam.

Die Wände und der Boden schienen zu schwanken und ihn abschütteln zu wollen wie ein bockiges Pferd seinen Reiter. Erlendurs Sicht verschwamm, doch er schob sich entlang der Mauer weiter, kämpfte um jeden Schritt, bis endlich Heu unter seinem Fuß raschelte. Vorsichtig ließ er sich in das duftende Lager sinken. Sein Puls raste und jagte heiße und kalte Schübe durch seinen Leib. Schwärze beherrschte Erlendurs Sichtfeld, rote Punkte irrlichterten hindurch.

Es dauerte lange, bis er wieder ruhig atmen konnte. Blinzelnd starrte er in das Dämmerlicht. Endlich war auch der Schwindel vorbei.

Brot, sie hatte ihm Brot gebracht, Erlendur konnte es riechen. Ihm lief das Wasser im Mund zusammen. Er nahm den Laib, drückte ihn an sein Gesicht und meinte, noch einen Hauch Ofenwärme zu spüren.

Auch ein Töpfchen mit *Skyr* gab es.

Hungrig riss Erlendur einen Kanten Brot ab und tunkte ihn in die säuerliche Creme. Hatte ihm je etwas so gut geschmeckt? Erlendur aß mit Heißhunger, doch schon der dritte Bissen blieb ihm beinahe im Hals stecken. Sein Körper rebellierte, und er musste kämpfen, um das Essen nicht wieder von sich zu geben.

Beide Hände auf den Unterleib gepresst, ließ er sich zurück ins Heu sinken.

KAPITEL 6

Nach allen Türen,
eh ein man tritt,
soll sorglich man sehn,
soll scharf man schaun:
nicht weisst du gewiss,
ob nicht weilt ein Feind
auf der Diele vor dir.

Die Edda, Das alte Sittengedicht, Strophe 3

Jorun folgte den zerrissenen Linien der Küste, immer den salzigen Geschmack des Meeres auf den Lippen, umtobt vom Wind, der wütend an ihrer Kleidung und ihren Haaren riss.

Nach ihrem Aufenthalt in der Schutzhütte hatte sie bei zwei Höfen Rast gemacht. Die Menschen waren freundlich gewesen, hatten sie mit kargen Mahlzeiten und sicheren Schlafplätzen versorgt, doch niemand hatte ihr angeboten zu bleiben. Im Gegenteil, die Bauern bedauerten sie, eine Magd ohne Anstellung in der schlimmsten Zeit des Jahres. Jorun fragte jeden, dem sie begegnete, ob er wisse, wer eine tüchtige Helferin brauche. Alle schüttelten nur den Kopf. Nicht hier, sagten sie, nicht zu dieser Zeit.

Mit jedem Schritt, den sie voranging, sank Joruns Hoffnung. Mittlerweile war sie beinahe bereit, sich ihrem Schicksal zu fügen.

Sie musste zum Steinurshof. Von ihrem Geburtsort konnte man sie nicht fortschicken. Bei dem Gefühl, auf diesen letzten Ausweg angewiesen zu sein, zog sich ihr Herz zusammen, und sie fühlte sich innerlich ganz klein.

Die schier übermächtige Landschaft trug zusätzlich dazu bei. Alles hier war gewaltig. Der unendliche Ozean, die riesigen Wellen, graublau und kalt, die gegen die Felsen krachten, als wollten sie Welten zerstören.

Die Pflanzen hatten diesen Angriffen wenig entgegenzusetzen. Kein Baum, kein Strauch wagte sich hierher, nur das unermüdliche Gras und bunte Flechten überzogen die bloßliegenden Felsen wie Flickenteppiche.

Bis auf das Rauschen von Meer und Wind war alles still, sogar die Möwen segelten schweigend die Küste hinauf.

Jorun sang nicht mehr, um sich die Zeit zu vertreiben. Auch leise Melodien zu summen oder nur zu denken, war ihr vergangen.

Da weckte der Anblick mehrerer Reiter sie jäh aus ihrem sturen Gleichschritt. Jorun zögerte. Hastig sah sie sich um. Das Land bot nirgends Deckung. Es war zu spät, sich zu verstecken, sicher war sie schon bemerkt worden.

Jorun war ein vorsichtiger Mensch. Sie wusste, wie gefährlich es war, allein zu reisen. Unter den Bediensteten auf den Höfen kursierten schaurige Geschichten von Frauen, die auf der Suche nach einer Anstellung Fremden in die Hände gefallen waren. Manchen Männern galt eine Magd nichts, sie zu missbrauchen, war nicht mehr als eine Nebensächlichkeit.

Die Reiter nutzten den gleichen Weg wie Jorun und kamen in raschem Tölt auf sie zu. Ihre Pferde waren gepflegt und wohlgenährt. Diese Männer waren keine armen Leute, keine Räuber aus der berüchtigten Missetäterwüste *Ódáðahraun*.

Joruns Angst legte sich ein wenig. Sie straffte den Rücken, presste die schmerzende Muskulatur gegen das harte Gestell der hölzernen Kiepe und richtete ihre Kleidung. Sie wollte einen ordentlichen Eindruck machen. Man konnte nie wissen, wann und auf welche Weise man seinem neuen Brotherrn begegnete.

Nun waren die Reiter schon so nah, dass sie deutlich erkennen konnte, wie nass geschwitzt ihre Pferde waren. Trotz des dichten Winterfells stand den Tieren weißschäumiger Schweiß unter dem Zaum. Die Gesichter der Männer waren vom scharfen Wind und dem anstrengenden Ritt gerötet.

Die Gruppe wurde von einem älteren Herrn mit gepflegtem grauem Bart angeführt. Jorun sah sofort, dass er wohlhabend sein musste. Zwar trug er die übliche Bauerntracht, aber die Stoffe waren besser, und nirgends waren Abnutzungsspuren zu erkennen. Einzig die ehemals polierten Stiefel waren vom schnellen Ritt im unteren Drittel mit Schlamm und Grasfetzen verdreckt.

Die beiden anderen Männer waren jünger als er und schlichter gekleidet. Sicher handelte es sich um seine Dienstmänner, vielleicht auch seine Söhne, denn Jorun glaubte, gewisse Ähnlichkeiten festzustellen.

«Góðan og blessaðan daginn!», grüßte der Bärtige förmlich.

«Ich wünsche auch einen guten Tag, Herr.» Jorun verbeugte sich kurz.

Die Männer hatten ihre Pferde angehalten, die nun mit aufgerissenen Augen und schäumenden Mäulern vor ihr tänzelten. Die Tiere schienen eine Rast bitter nötig zu haben, doch die Reiter hatten sie so lange getrieben, bis die Unruhe in jede Faser ihrer Körper übergegangen war.

«Sag, gute Frau, bist du diesen Weg schon weit gegangen?»

«Seit heute Morgen bin ich unterwegs und bin nicht vom Pfad abgewichen», gab sie offen Auskunft.

«Hast du etwas Ungewöhnliches gesehen, oder bist du jemandem begegnet?»

«Nein, niemandem. Nur der Wind und die Möwen waren mir zur Gesellschaft.»

Der Ältere wechselte enttäuschte Blicke mit seinen Begleitern. «Das ist betrüblich.»

«Nach wem sucht ihr denn, wenn ich fragen darf?»

«Nach meinem Sohn, Erlendur. Ich fürchte, ihm ist etwas zugestoßen.»

«Ich werde die Augen offen halten», versprach Jorun.

Schon verabschiedeten die Reiter sich und sprengten davon. Bald war nur noch das Klappern der Hufe zu hören.

Wie leicht ein Mensch hier verloren gehen kann, dachte Jorun bei sich und ging eilig weiter, umso mehr bestrebt, diese Nacht nicht im Freien zu verbringen. Die Begegnung mit den Reitern gemahnte sie zur Vorsicht. Wenn hier schon ein Mann spurlos verschwand, was geschah dann erst mit einsam reisenden Frauen?

Der Bärtige hatte ein Gewehr mitgeführt – das wurde ihr erst im Nachhinein klar. Es war unter einem Schaffell verborgen gewesen, das er an den Sattel gebunden hatte. Was sonst hätte der lange Gegenstand sein sollen?

Sie war sich nicht sicher, aber meist lag sie mit ihren Ahnungen richtig. Diese hinterließ ein unangenehmes Kribbeln in der Magengegend. Joruns Müdigkeit war verflogen, und sie marschierte wie eine Getriebene weiter.

Als die Sonne nur noch zwei Handbreit über dem Horizont stand, bog der Pfad ins Inland ab. Nur noch ein schmaler Trampelpfad folgte der windgeplagten Küste. Jorun entschied sich für den Hauptweg, in der Hoffnung, er führe sie zu einer Schutzhütte oder einem Hof.

Sobald der Wind nachließ, veränderte das Land sich merklich. Viehweiden erstreckten sich entlang eines Wasserlaufs. Jorun bemerkte Schafe, nicht wenige Tiere, und in der Ferne suchten einige Pferde nach dem ersten frischen Grün.

Sie hatte Glück, in der Nähe musste es einen Hof geben, und Jorun vermutete bereits, welchen. Schon ragte ein riesiger Findling vor ihr auf. Auf die flache Vorderseite waren Runen und die Umrisse eines Schiffs eingeritzt, die erst vor kurzem mit roter Farbe nachgemalt worden sein mussten. Der Findling stammte wohl aus der Zeit ihrer Vorväter, aus der Landnahme, als mutige Familien aus Dänemark und Norwegen über das Meer gesegelt waren, um diesen abgelegenen Ort zu ihrer Heimat zu machen.

Der von weit her sichtbare Stein markierte eine Gabelung. Jorun folgte jetzt nicht mehr dem Hauptweg, sondern einem mit Findlingen markierten Pfad, auf dem frische Hufabdrücke ihre Spuren hinterlassen hatten.

Dann sah sie ihn. Ketilshof. Den größten Bauernhof im Umkreis einer halben Tagesreise. Er musste es sein, Anzahl und Größe der Gebäude ließen keinen anderen Schluss zu. Erleichtert beeilte sich Jorun, die letzte Strecke hinter sich zu bringen.

Sobald sie die Umzäunung passiert hatte, stürmte ihr eine kleine Hundemeute bellend entgegen. Jorun versuchte, ihre Unsicherheit zu verbergen. Zurückzuweichen hätte die Tiere nur noch mehr gereizt.

«Hallo?», rief sie. «Guten Abend!»

Jemand pfiff, und die Hunde drehten folgsam ab. Aus einem Gatter, in dem einige Schafe mit ihren Lämmern untergebracht waren, trat ein junges Mädchen. Es hielt einen Eimer aus Birkenholz in der Hand, in dem helle Milch schäumte.

«Guten Abend, Fremde.»

«Guten Abend. Ich bin Jorun Jakobsdóttir, und ich suche einen sicheren Platz für die Nacht.»

«Den wirst du hier bestimmt finden. Auf dem Ketilshof sind Reisende immer willkommen. Ich bringe dich zur Herrin.»

«Vielen Dank.» Dankbar und staunend folgte Jorun der zierlichen jungen Frau zum Haupthaus.

Flache Steine waren zwischen den einzelnen Bauten auf dem Boden verlegt worden und erleichterten das Vorankommen selbst bei schlechter Witterung. Die Stirnseite des Haupthauses wurde nicht von Holzbalken, sondern von riesigen Walknochen gestützt. Sie wirkten porös und waren von Wind und Regen grauweiß verwittert.

Als sie das Haus fast erreicht hatten, blieb ihre Begleiterin stehen und wandte sich zu ihr um.

«Eigentlich ist dies ein fröhlicher Ort, aber der jüngste Sohn der Herrschaften ist verschwunden. Sein Saumpferd kam am Sonntag allein zurück. Wundere dich also nicht, wenn die Bäuerin ...»

«Dann habe ich unterwegs Herrn Ketil und zwei seiner Männer getroffen?», fiel Jorun ihr ins Wort.

«Das ist gut möglich, sie suchen schon seit Tagen die Gegend ab. Mittlerweile fürchten die meisten, dass sie Erlendur nicht mehr lebend finden werden. Aber niemand wagt es, das laut auszusprechen.» Sie biss die Zähne aufeinander, ihre Augen bekamen einen verräterischen Glanz. Sie mochte diesen Erlendur wohl sehr. «Ich fürchte, er ist von den Klippen gestürzt oder von einer großen Welle mitgerissen worden.»

«Gib die Hoffnung nicht so schnell auf», versuchte Jorun, sie aufzumuntern. Sie wollte nicht, dass sie vor ihr Tränen vergoss.

Die junge Magd zog schniefend die Nase hoch und rieb

sich mit dem Ärmel über das Gesicht. «Also gut, dann komm», sagte sie, öffnete die Tür und lugte hinein. «Frau Silja? Wir haben einen Gast.»

Jorun hörte leise eine Antwort, verstand sie aber nicht.

«Sie kommt gleich. Sag ihr, Alva habe dich hergeleitet. Ich muss zurück zum Melken.» Das Mädchen zuckte entschuldigend mit den Schultern.

«Geh nur», erwiderte Jorun.

Die Magd rannte über die Steinplatten davon und hob dabei ihren Rock, dann verschwand sie hinter einem kleinen Schuppen.

Jorun betrachtete den gepflegten Hof und die umliegenden Wiesen. Die Sonne ging unter und goss warmes gelbliches Licht über das Land, und die Luft hatte einen besonderen, beinahe magischen Schimmer hinzugewonnen.

Holzschuhe klackerten über den Boden und kündigten das Nahen der Hausherrin an.

Sobald die Tür geöffnet wurde, verneigte sich Jorun und rang sich ein Lächeln ab, das von Bäuerin Silja höflich erwidert wurde.

«Guten Abend. Mein Name ist Jorun, deine Magd Alva hat mich hergebracht. Ich bin auf Wanderschaft und suche nach einem Schlafplatz.»

«Und das um diese Jahreszeit! Du musst müde und hungrig sein. Tritt ein, willkommen auf dem Ketilshof.»

«Ich danke dir.»

Jorun folgte der Hausherrin. Aus dem Gebäude schlug ihr der intensive Geruch von fettem Speck und Zwiebeln entgegen. Sie wollte sich nicht anmerken lassen, wie hungrig sie war, doch ihr Magen, der miese Verräter, knurrte laut. Erschrocken drückte Jorun die Hände auf den Unterleib und fühlte gleichzeitig, wie ihr die Röte in die Wangen stieg.

Silja führte sie direkt in die Küche, aus der es so verführerisch duftete. Dort wies sie auf einen Tisch, um den drei einfache Stühle standen. «Setz dich.»

Unbeholfen nahm Jorun ihre Rückentrage ab und lehnte sie gegen die Wand, dann kam sie der Aufforderung der Bäuerin nach.

Ehe sie den Stoff ihres zerschlissenen Rocks zurechtgezogen hatte, stellte Frau Silja bereits eine hölzerne Schüssel vor ihr ab. Jorun traute ihren Augen kaum, als sie schwärzliches Fleisch, Fett und eine große Kelle *Skyr* darin entdeckte.

«Das … das ist viel zu viel!»

Besänftigend legte die Hausherrin ihr eine Hand auf die Schulter. «Ist es nicht», erwiderte sie weich. «Du armes Ding bist ja nur noch Haut und Knochen. Im letzten Herbst hatten wir Glück, und es ist ein kleiner Grindfang gelungen, auch wenn unsere Walbucht nur wenig taugt. Von uns mag nach dem langen Winter keiner mehr das Fleisch sehen, lang also zu. Nachher kannst du noch einmal mit dem Gesinde essen.»

«Das hier ist doch mehr als genug. Danke.» Vorsichtig schnitt Jorun ein dünnes Stück Fett ab und schob es sich genießerisch in den Mund. Sie ließ einen Löffel *Skyr* folgen, dessen leicht säuerlicher Geschmack einen herrlichen Kontrast dazu bildete. Das schwärzliche Fleisch war würzig und erinnerte sie an ihre Kindheit, als sie noch häufiger Grindwal zu essen bekommen hatte. Damals hatte ihr Vater so oft an der Jagd teilgenommen, wie er konnte.

«Wo kommst du her, Mädchen?»

Jorun hätte die Frage beinahe überhört, so sehr war sie von der Holzschüssel voller Speisen eingenommen. Der Walspeck war zart und besaß trotz des langen Winters nur einen leichten Trangeschmack. Hastig leckte sie sich über die fettigen Lippen und sah auf. Plötzlich kam ihr der Bissen in ihrem Mund schrecklich groß vor, trocken und viel zu sperrig, um ihn herunterzuschlucken. Sie versuchte es trotzdem und musste husten.

Wie musste sie jetzt auf die Hausherrin wirken? Tumb und gefräßig wie die dümmste Magd. «Entschuldigung», brachte sie kleinlaut hervor und wischte sich über den Mund.

Silja lächelte gutmütig. «Ich sollte dich besser in Ruhe essen lassen.»

Jorun wollte nicht, dass die Bäuerin ging und sie schlecht in Erinnerung behielt. Schon polterten die Worte nur so aus ihr heraus, von ihrem Geburtsort, ihrer letzten Dienststelle und davon, wie lang und beschwerlich die Reise gewesen war.

Silja hörte sich alles in Ruhe und mit gefalteten Händen an, doch Jorun sah, wie sich die Stimmungen in ihrem Gesicht spiegelten. Als sie mit ihrem Bericht endete, ballte die

Bäuerin eine Hand zur Faust, auf ihrer Stirn hatte sich eine steile Falte gebildet.

«Und diese Leute haben dich um diese Jahreszeit einfach vor die Tür gesetzt, mit nichts als deiner Kleidung am Leib?»

«Ja», erwiderte Jorun leise, als müsste sie sich für das Verhalten ihrer ehemaligen Dienstherren entschuldigen. «Sie haben mir Brot und Trockenfisch für die Reise gegeben, und von der Bäuerin bekam ich ihr gutes Tuch.»

Silja richtete sich kerzengerade auf und sah sie durchdringend an. «Und das ist die Wahrheit? Es ist nichts vorgefallen?»

«Nein, zumindest nichts, wovon ich weiß. Sie hatten nur nicht mehr genug, um mich auch noch zu versorgen.»

Die Bäuerin schüttelte den Kopf. «Wenn das stimmt, hast du eine schlechte Herrschaft gehabt.»

Jorun wusste nicht, was sie antworten sollte. Vielleicht hatte die Hausherrin recht, und sie war Arður Halldorsson und seiner Frau Ragnheiður auf den Leim gegangen, aber vielleicht waren sie auch wirklich so arm. Jorun überlegte. Sie besaßen Vieh, auch die Vorratsscheune war nicht leer gewesen. Hatten diese Leute sie ausgetrickst und um ihren Lohn gebracht?

Aber was hätte sie tun sollen? Niemand glaubte einer einfachen Magd! Sie wollte nicht darüber nachdenken und senkte den Blick auf ihren Teller. Von allem hatte sie jeweils etwas über die Hälfte gegessen. Trotzdem fühlte ihr Magen sich noch immer an, als tobte darin ein gieriger Malstrom.

Zögernd schnitt sie sich einen weiteren Streifen Fleisch herunter und schob ihn sich in den Mund.

«Was hast du nun vor?» Silja sah ihr aufmerksam zu.

«Ich suche mir eine neue Anstellung.» Jorun wagte nicht, jetzt geradeheraus danach zu fragen, doch die Bäuerin sah ihr den Gedanken wohl an.

«Wir brauchen kein weiteres Gesinde auf dem Ketilshof … eigentlich. Derzeit ist ein Teil der Leute allerdings damit beschäftigt, nach meinem Sohn zu suchen. Es fehlt an allen Ecken und Enden, und Arbeit gibt es genug.»

Jorun sah ungläubig auf. «Das heißt …?»

«Nein, ich will dir keine falsche Hoffnung machen. Aber du darfst einige Tage hierbleiben, bis Erlendur gefunden wird, und die fehlenden Hände ersetzen. So kannst du dir Proviant und ein paar Münzen für deinen weiteren Weg verdienen.»

Hin- und hergerissen zwischen Freude und Enttäuschung ergriff Jorun die Hand der Bäuerin. «Das will ich gerne tun. Ich werde so hart arbeiten, wie ich kann.»

«Das glaube ich. Bist du schon satt? Iss ruhig noch weiter.»

Jorun nahm noch ein Stückchen Speck, aber noch immer schämte sie sich, sich vor der Hausherrin so den Bauch vollzuschlagen. Frau Silja musste denken, ihr Gast sei halb verhungert – in der Tat, so fühlte sie sich auch.

Als endlich nichts mehr auf dem Teller war, kam die Bäuerin wieder auf sie zu. «Komm, ich zeige dir, wo du schlafen kannst. Sicher besitzt du eine eigene Decke.»

«Ja, die habe ich.»

Als Jorun ihre Rückentrage anheben wollte, um der Herrin zu folgen, kam ihr das beladene Gestell unendlich schwer vor, dabei enthielt es doch kaum etwas. Schließlich fasste Jorun die Riemen mit beiden Händen und zerrte sich die Kiepe auf den Rücken. Wenn sie ihre Arbeitskraft anpries und danach schon an ihrem eigenen Gepäck verzweifelte, warf das sicher kein gutes Licht auf sie.

Gemeinsam verließen sie das Haupthaus. Draußen war der Abend angebrochen. Während die Sonne im Westen noch ihren letzten Schimmer über den Horizont sandte, funkelten im Osten schon die ersten blassen Sterne am Himmel.

Wieder begegneten sie Alva, die gerade die frische Milch durch ein Tuch seihte, um sie von Verunreinigungen zu befreien. Die saubere Flüssigkeit lief in ein Butterfass; wie es schien, war der Arbeitstag für die junge Frau noch nicht zu Ende.

Die Bäuerin blieb bei ihrer Magd stehen. «Alva, wenn du deinen Bruder siehst, sag ihm, er soll einige Tranlaternen in den Hof bringen, damit die Männer etwas sehen können, wenn sie heimkehren.»

«Ja, Frau Silja, gerne.»

Jorun war das leichte Beben in der Stimme der Hausherrin nicht entgangen. Wie sehr musste sie unter dem Verschwinden ihres Sohnes leiden! Hoffte sie noch? Oder wollte sie nur Gewissheit haben über seinen Tod und Erlendurs Körper in christlicher Erde begraben?

Jorun wollte sie nicht bedrängen, nahm sich aber vor, besonders aufmerksam zu sein, um zu erfahren, was für ein Unglück hier geschehen war.

Bäuerin Silja führte sie in ein Nebengebäude, das ganz aus Erdsoden bestand. Im Inneren war es dunkel, durch die wenigen winzigen Fenster fiel jetzt, zur Dämmerung, fast gar kein Licht herein.

Sie hatte eine kleine Tranlampe für Jorun mitgebracht, und nachdem sie den Docht gerichtet hatte, wurde es hell genug, um sich zurechtzufinden.

Die Bäuerin deutete auf einen schmalen, durch eine Mauer abgetrennten Bereich. Auf dem Boden lag eine Schicht ausgeblichenes Heu. «Dort kannst du dich einrichten. Du findest frisches Heu direkt neben der Tür, das alte kannst du den Rindern bringen, in den Stall dort drüben.»

«Vielen Dank», sagte Jorun. Schon spürte sie, wie die Müdigkeit vollkommen von ihr Besitz ergriff.

«Hast du alles? Wenn nicht, frage einfach. Ich gehe jetzt zurück in die Küche, damit später alle etwas Warmes in den Bauch bekommen.»

«Ich komme zurecht, vielen Dank.»

Kaum hatte die Herrin die Hütte verlassen, ließ Jorun die Trage von der Schulter rutschen und lehnte sie gegen die Wand. Schnell fand sie eine Nische für die Tranlampe, die Silja ihr dagelassen hatte. Im warmen flackernden Licht raffte Jorun das alte Heu zusammen, trug neues heran und ließ es auf den Boden rieseln, bis eine gleichmäßige Schicht entstand. Es duftete wunderbar. Hier würde sie sicher gut schlafen können, vor dem Wetter geschützt und auch vor der leisen Angst, die sie in jeder einsamen Übernachtung befiel, sei es im Freien oder in einer Schutzhütte.

Sie breitete noch ihre Decke auf dem duftenden Polster aus, die etwas klamm geworden war, dann raffte sie das alte Heu zusammen, um es den Tieren als Futter zu bringen.

In der Zwischenzeit hatte Alvas Bruder im Hof die Lichter entzündet. Von den Reitern, die über Tage nach dem verschwundenen Sohn gesucht hatten, war nichts zu sehen.

Jorun hinterließ eine Spur aus rieselndem Heu, während sie zu dem von Silja genannten Stall lief.

Drinnen war es warm und roch intensiv nach Tieren. Große Schemen bewegten sich in der Dunkelheit. Jorun warf das Heu über ein aus Treibhölzern zusammengezimmertes Gatter, und die Tiere stürzten sich sofort auf das Futter. Es waren drei Kühe, die bereits Kälber bekommen hatten und im Stall untergebracht waren, damit sie regelmäßig gemolken werden konnten.

Sie kniete sich hin und streckte ihre Hand nach einem kleinen Kälbchen aus, das auf dem Boden lag und döste. Das Jungtier leckte ihr über die Finger und begann sofort, daran zu saugen. Jorun musste lächeln und kraulte eine Weile sein zartes Fell.

Es war erstaunlich, wie schnell sie sich an diesem Hof heimisch fühlte, an dem sie doch nicht bleiben durfte. Aber für einige Tage war sie hier sicher, bekam einen Schlafplatz und reichlich zu essen, sodass ihre Sorgen sich weniger drückend anfühlten. Hier konnte sie die Last der Ungewissheit abstreifen und sie wie ihre Rückentrage für einige Tage abstellen, um sich zu strecken und durchzuatmen.

Es war schon spät, als die Reiter endlich kamen. Sobald das Geräusch von Hufschlägen laut wurde und die Hunde zu bellen begannen, liefen alle erwartungsvoll in den Hof.

Die Männer waren zu dritt wie bei ihrer Begegnung mit Jorun auf dem Küstenweg. Sie musterte die Tiere, keines trug eine zusätzliche Last. Herr Ketil und seine Begleiter hatten den Vermissten also weder lebend noch tot gefunden.

Silja trat auf ihren Mann zu, der sich schwerfällig aus dem Sattel gleiten ließ, und sah ihn einfach nur an. Er schwieg, schüttelte langsam den Kopf und drückte ihr einen Kuss auf die Stirn. Dann gingen beide zusammen ins Haupthaus, während sie leise miteinander sprachen.

Jorun blieb mit dem Gesinde im Hof zurück, wo die Männer die erschöpften Pferde versorgten.

Offenbar bemerkte Alva, wie sie verloren dem Geschehen folgte, und gesellte sich zu ihr. «Dein Weg hat dich in einer schwierigen Zeit hergeführt. Ich hatte so gehofft, dass sie ihn heute finden.»

KAPITEL 7

Der ist glücklich,
der Gunst und Achtung
sich zu erwerben weiss:
unsicher ist,
was in des andern Brust
man besitzen soll.

Die Edda, Das alte Sittengedicht, Strophe 50

Das Fieber blieb Erlendur ein hartnäckiger Begleiter. Mit ihm kamen Wellen von Schüttelfrost und Herzjagen, aber auch Erinnerungen. Mal waren sie schön, mal quälend und immer so intensiv, dass er beim Erwachen oft nicht wusste, wo er sich befand.

Erlendur begrüßte es, wenn sein Geist auf Reisen ging. Dann schmerzte seine Wunde nicht mehr so sehr, und das Brennen und Pochen, das sich unablässig in seinen Oberschenkel fraß wie ein irr gewordenes Tier, wurde schwächer.

Als der nächste Fiebertraum mit Macht auf ihn einstürzte, krümmte sich Erlendur ins Heu.

Er schloss die Augen und fand sich in einer Sommerwelt wieder, die viele Jahre zurücklag, in einer Zeit, in der er noch mehr Junge als Mann gewesen war. An jenem Tag war er vom Pferd gefallen.

Der Aufprall war hart. Auf dem Boden liegend, glaubte er seine Hoffnung, je am Pferderennen teilzunehmen, zerplatzt.

Sein junger Hengst Sleipnir hatte vor einer bellenden Hundemeute gescheut und war gestiegen. Erlendur war es gerade noch gelungen, den Fuß aus dem Steigbügel zu ziehen, bevor er stürzte und sich ungeschickt abrollte. Die Zügel hatte er verloren.

Nun konnte er nur noch Sleipnir hinterherstarren, der mit fliegendem Schweif davonjagte. Erlendur war furchtbar zornig. Und doch schlich sich auch ein wenig Stolz in sein Herz. Wie schnell der Falbe war! Wie er rannte! Wie der Sturmwind selbst!

Schon als er das unscheinbare graue Füllen zum ersten Mal auf der Weide entdeckt hatte, hatte er gewusst, dass es etwas ganz Besonderes war.

Sein Vater Ketil hatte ihn nur belächelt. Für ihn taugte das Tier allenfalls als Schlachtfohlen, aber nicht für den Sattel. Erlendur benötigte nicht viel Überredungskunst, damit er ihm das Fohlen überließ. Fortan setzte der Junge alles daran zu beweisen, wie sehr sich sein Vater irrte.

Er benannte den schlaksigen Hengst nach dem mythischen Ross Sleipnir. Bis auf die graue Farbe bestand zwar wenig Ähnlichkeit mit dem Götterpferd, doch das Tier schien zu ahnen, welche Chance es bekommen hatte, und war bestrebt, seinem großen Namen Ehre zu machen.

Der Sturmwind läuft allerdings nicht Gefahr, von Hunden gehetzt zu werden und sich in einem Geröllfeld die

Beine zu brechen, dachte Erlendur mit plötzlicher Ernüchterung.

«Sleipnir, warte!», rief er entsetzt. «Nicht da lang, nicht!»

Doch das junge Tier hörte nicht. Die Hunde hatten es in Panik versetzt und jagten ihm noch immer kläffend hinterher. Erlendur vergaß seine schmerzenden Beine und aufgeschürften Hände. Im Nu war er auf den Beinen und rannte los. Er wusste, dass er eigentlich keine Chance hatte, das Pferd einzuholen, was ihn aber nicht davon abhielt, es zu versuchen.

Seine aufgeschürften Knie brannten wie Feuer. Er achtete kaum darauf, wohin er trat, Steine, Schlamm, moorige Löcher. Wie durch ein Wunder fiel er nicht.

Auch Sleipnir wurde endlich langsamer, die kläffende Meute noch immer hinter sich. Endlich stellte sich der Hengst seinen Verfolgern.

«Na los, zeig es ihnen!», brüllte Erlendur mit rasselndem Atem.

Da warf der Graue den Kopf hoch, als erinnerte er sich plötzlich seines berühmten Namensvetters, drehte sich blitzschnell herum und schlug aus. Das schrille Jaulen des getroffenen Hundes hallte weit über das karge Land.

Im Näherkommen sah Erlendur, wie die anderen Hunde nach den herunterhängenden Zügeln, nach den Hufen und dem peitschenden Schweif schnappten. Schnell hob er einen Stein auf, um ihn zu werfen.

Diese Bewegung genügte, dass die Meute kläffend Reißaus nahm.

Erlendur schleuderte ihnen wütend den Stein hinterher, der mit einem feuchten Klatscher in einem Moosbuckel verschwand.

«Die sind wir los.»

Sleipnir schüttelte sich, als wäre nichts geschehen, und Erlendur brauchte nur zwei Versuche und ein Stückchen Brot, um sich dem Pferd zu nähern und die Zügel zu erhaschen.

«Was machst du nur für einen Unsinn?», tadelte er es mit einem erleichterten Seufzer und klopfte ihm über die schweißnasse Flanke.

Sorgfältig untersuchte er das Tier auf Verletzungen. Er fand eine kleine Bisswunde, und im Fell hingen ein paar Tropfen Blut. Es war nicht weiter schlimm, trotzdem tastete Erlendur die Beine sorgfältig auf Schwellungen und heiße Stellen ab.

«Komm, gehen wir heim.» Schon stapfte er los und zog am Zügel. Sleipnir schnaubte leise und drückte Erlendur das weiche Maul in die Hand.

Vor ihnen lag schier endloses weites Hügelland. Die Wiesen wurden von schroffen schwarzen Felsen zerteilt, von denen manche hoch und schmal aufragten wie zu Stein gewordene Wesen aus einer anderen Zeit.

Sie befanden sich weit weg vom Ketilshof – wie weit, wurde Erlendur erst jetzt klar, als er überlegte, die ganze Strecke zu Fuß zu gehen. Bereits nach wenigen Schritten rieb seine Hose schmerzhaft über die aufgeschürften Knie.

Trotzdem trottete er stur vorwärts, bis er eine Kuppe erreichte. Schwarzer Lavasand bildete eine kleine Wüstenei, in der sich nur verblichene Gräser hielten. Sleipnirs Hufe sanken kaum ein, und als eine salzschwangere Bö vom Meer herübertrieb, begann er übermütig zu tänzeln. Der junge Hengst hatte sich von der kurzen Hetzjagd erholt und schien begierig, erneut seine Kräfte auszutesten.

Einen Augenblick lang zweifelte Erlendur, ob es die richtige Entscheidung war, dann schwang er sich in den Sattel.

Die schnelle Bewegung tat weh, und er fluchte laut. Zum Glück konnte ihn seine Mutter hier nicht hören. Sie hätte ihn sonst sicher getadelt und ihm einen liebevollen Klaps auf den Hinterkopf gegeben.

Sleipnir war erst wenig an ein Reitergewicht gewöhnt und schnell angespannt, doch sobald Erlendur ihn in einen flotten Tölt trieb, wurde seine nervöse Kraft in eine sinnvolle Bahn gelenkt.

Es ging rasch voran; sie hielten in gerader Linie auf die Küste zu. Plötzlich riss Sleipnir den Kopf hoch und spitzte die Ohren, dann hörte Erlendur es auch: Hundegebell.

«Dieses Mal lässt du dir keine Angst einjagen. Los, weiter!»

Er presste die Beine gegen den Bauch des Pferdes und drängte es vorwärts.

Bald konnte er auch sehen, woher das Gebell kam. Am Strand hatte die Meute, die auch ihnen zugesetzt hatte, einen jungen Seehund gestellt und weit von der Wasserlinie weggetrieben. Zwei Reiter waren bei ihnen und feuerten die Hunde an, die sich immer wieder auf ihr Opfer stürzten, es bissen und traktierten.

Von einem Augenblick auf den anderen kochte in Erlendur die Wut hoch. Wahrscheinlich wäre es besser gewesen, unbemerkt zu verschwinden – auf jeden Fall sogar, aber Erlendur brachte es nicht über sich.

Er war doch kein Feigling!

Energisch trieb er sein Pferd vorwärts und ritt zum Strand herunter. Der Sand war schwarz, und die niedrig stehende Sonne brachte das Seehundblut darauf zum Glänzen wie flüssigen Rubin.

Noch hatten die Reiter ihn nicht bemerkt, zu sehr waren sie damit beschäftigt, über ihr Opfer zu lachen, das sich verzweifelt gegen die Hunde zur Wehr setzte. Die Robbe schnaufte kläglich, während sie versuchte, zum rettenden Wasser zu gelangen. Die Reiter, nicht viel älter als Erlendur, versperrten dem Tier den Weg und trieben es wieder in die Fänge ihrer Hunde.

«Heda, warum tötet ihr ihn nicht?»

Erstaunt sahen die beiden Jungen zu ihm auf. «Du bist es, Ketilsson.» Dann feixten sie. «Du hast uns gar nichts zu sagen. Du schaffst es ja nicht mal, auf deiner hässlichen Märe sitzen zu bleiben.»

Die Worte trafen Erlendur wie ein Faustschlag in den Magen. Es war also kein unglücklicher Zufall gewesen, sie hatten ihre Köter mit Absicht auf ihn gehetzt! Trotzdem versuchte er, ruhig zu bleiben. «Was ihr da tut, ist nicht recht. Erschlagt die Robbe oder ruft die Hunde zurück.»

«Und wo bleibt da der Spaß?», spottete der Ältere der beiden.

Erlendur kannte die Brüder von Viehtrieben und gelegentlichen Feiern. Sie hießen Jón und Brynjar Atlisson, ihr Vater besaß einen Hof und gutes Land ein Stück weiter im Osten. Aber obwohl die Familien Nachbarn waren, hatten sie nur wenig miteinander zu tun. Wenn in dieser Sippe alle so waren wie diese beiden Söhne, wusste Erlendur auch, warum.

Soeben verbiss sich ein Hund in der Schwanzflosse der Robbe, die einen schrillen Ton ausstieß und hilflos nach dem Angreifer schnappte.

Nun reichte es Erlendur endgültig. Er schrie die Hunde an und hieb seine Fersen in Sleipnirs Bauch, der einen überraschten Satz vorwärts machte und mit Jóns Pferd zusammenstieß. Ein Hund geriet beinahe unter die Hufe, die Pferde schnappten nach einander. Sleipnir schien die Wut seines Reiters zu spüren und stieg.

Erlendur hielt sich mit einer Hand in der Mähne fest und trat Jón mit aller Kraft gegen die Schulter. Der fiel aus dem Sattel, und plötzlich hatte sein Bruder alle Hände voll zu tun, das Pferd einzufangen und Jón vor Tritten zu bewahren.

Unterdessen hetzte die Robbe zum Spülsaum, eine schmale Blutspur hinterlassend und die Hunde im Schlepptau.

Schon war Jón wieder auf den Beinen und schnappte nach Sleipnirs Zügeln. Erlendur reagierte nicht rechtzeitig, konnte es nicht mehr verhindern – Jón hielt den grauen Hengst fest, damit er nicht flüchten konnte, und schlug ihm mit der Faust aufs Maul.

«Hör auf, du feiger Idiot!»

Erlendur grub die Hand noch tiefer in die Mähne, um sich festzuhalten, dann schlug und trat er den anderen, bis der sein Pferd endlich in Ruhe ließ. Doch jetzt war auch Brynjar heran, und Erlendur kassierte ordentlich Prügel, bevor Sleipnir sie beide mit ein, zwei großen Sprüngen außer Reichweite brachte.

Jón hielt sich die blutende Nase. «Du wirst mit deinem idiotischen Gaul nie das Rennen gewinnen, gegen uns kommst du nicht an!»

«Das werden wir ja sehen!»

Erlendur preschte über den schwarzen Strand davon. Er würde es ihnen allen zeigen. Jetzt erst recht!

* * *

Drei Tage schuftete Jorun nun bereits auf dem Ketilshof. Oft war es Männerarbeit, die sie verrichtete, aber sie beklagte sich nicht, denn auch die anderen arbeiteten, so hart sie konnten. Der Lohn dafür waren eine freundliche Herrschaft und immer genug zu essen.

An diesem Morgen hatte Jorun steinerne Mauern ausgebessert und Findlinge geschleppt, mittags hatte es *Skyr* und geselchtes Pferdefleisch gegeben. Danach war es mit leichterer Arbeit weitergegangen. Jorun war den anderen auf eine kleine Erhebung hinter dem Hof gefolgt, wo jemand bereits Material hingeschafft hatte. Während die Männer Pfähle in den Boden schlugen, flochten Jorun und einige andere Frauen Zäune aus dünnen Birkenzweigen. Die alten waren morsch und von den Winterstürmen umgerissen worden.

Am späten Nachmittag erschienen auf dem Weg von der Küste her plötzlich Reiter.

«Sie kehren früh zurück, das ist kein gutes Zeichen», meinte ein Knecht, während er sich ächzend die Hände in den schmerzenden Rücken drückte.

Auch Jorun richtete sich auf. Von ihrem Platz auf dem Hügel konnte sie die üppigen Wiesen im Tal und einen Teil des Weges überblicken. Alva trat neben sie, so dicht, dass sich die Schultern der beiden Frauen berührten. Mit weit aufgerissenen Augen starrte sie hinab.

Dort kamen drei Reiter, und es herrschte kein Zweifel, um wen es sich handelte: Es waren eindeutig der Großbauer und seine älteren Söhne. Eines der Pferde, die sie zum Wechseln mitführten, war schwer beladen und riss immer wieder nervös den Kopf hoch.

Das Tier hatte Angst.

Jorun befiel eine schreckliche Ahnung, bei der sich ihr Magen zusammenkrampfte. Lieber wäre sie nicht den anderen Knechten gefolgt, die nun eilig zum Hof liefen.

Schließlich ging sie ihnen doch hinterher. Sie kam gerade noch rechtzeitig hinzu, um zu hören, wie jemand sagte: «Es ist nicht Erlendur.»

Die Menschen seufzten erleichtert. Einige Knechte beruhigten das aufgeregte Pferd, das mit angelegten Ohren mit dem Schweif peitschte, und banden den Toten los.

«Tragt die Leiche in die Scheune.»

Sie fassten die Enden des Tuches, mit dem der Tote bedeckt war, und zogen ihn hinunter.

Jorun wich ein Stück zurück, doch dem Geruchsgemisch von Moorwasser und fauligem Fleisch konnte niemand entgehen. Sie mochte gar nicht hinsehen. Als plötzlich das Tuch verrutschte, mit dem der Tote bedeckt war, erhaschte sie aus dem Augenwinkel ein Bild, das sich ihr sofort in den Kopf brannte wie die Marke eines Bauern in die Haut seines Viehs.

Das Gesicht der Leiche war fahl und aufgedunsen, als gehörte es einem beleibten Mann, von denen es in diesem Teil des Landes sicher kaum einen gab. Jorun kam es vor, als verspottete der Teufel den Toten, indem er ihn nach dem Dahinscheiden aussehen ließ, als hätte er im Lebtag nie Hunger gekannt.

Doch am unheimlichsten waren die Augen, denn sie waren weiß, gänzlich ohne Farbe – und doch meinte Jorun, der Mann würde sie ansehen. Anklagend war sein Blick, als hätte sie etwas mit seinem grausigen Ableben zu schaffen.

Schnell rieb sie sich über die Arme, um die frostige Kälte zu vertreiben, die über ihren Körper zog.

«Das ist nicht gut. Gott schütze uns», murmelte eine alte Magd mit bebender Stimme und schob ihre knotige Hand in Joruns. Überrascht von der plötzlichen Berührung, musste sie sich überwinden, sich ihr nicht zu entziehen.

«Weißt du, wer das ist?», fragte sie und wunderte sich selbst über ihre Neugier.

«Ich glaube, ja, Kindchen. Aber warten wir ab, was Herr Ketil zu sagen hat. Es schickt sich für das Gesinde nicht, Vermutungen anzustellen.»

«Wie du meinst, Mütterchen», entgegnete Jorun enttäuscht. Sie hätte sich gerne irgendwie abgelenkt, und sei es mit Rätseleien um das Unglück selbst.

«Liebe Leute», setzte nun der Hausherr an, der vor seine Knechte und Mägde getreten war. «Wir sind aufgebrochen, um meinen Sohn zu suchen. Gefunden haben wir die Leiche eines vertrauten jungen Mannes. Es ist Jón Atlisson, zu dessen nassem Grab uns Gott an diesem Tage geführt hat. Diejenigen von euch, denen es zufällt, den Toten herzurichten, werden schnell sehen, dass er von einem anderen Menschen schrecklich zugerichtet wurde. Es obliegt nun mir, seinem Vater die schreckliche Nachricht zu bringen. Und ich werde nach dem *Sysselmann* schicken.»

Ein Raunen ging durch die versammelten Hofleute. Offenbar versetzte sie etwas in Aufregung, von dem Jorun nichts wusste.

«Ausgerechnet ein Atlisson», stöhnte die alte Magd und drückte Joruns Hand so fest, dass es weh tat.

«Was bedeutet das?»

«Wenn Gott kein Einsehen hat, kommt womöglich viel Ärger auf uns zu. Seit Generationen sind die beiden Familien einander Feind, man erzählt sich sogar von Duellen und Morden. Aber seit vielen Jahren ist nichts mehr geschehen. Sie gehen einander aus dem Weg.»

«Und du meinst, wenn nun ein Toter Atlisson gefunden wird, denkt jeder, der junge Herr Erlendur …»

«Sprich nicht weiter, Mädchen.»

Jorun biss sich auf die Lippen und nickte. Trübe glaubte

sie sich an Erzählungen ihres Vaters zu erinnern, die sich um diese Fehde rankten, doch damals war sie zu jung gewesen, um sich dafür zu interessieren.

«Geht wieder an die Arbeit, gute Leute. Der *Sysselmann* soll über den Hof nichts Schlechtes sagen können, wenn er herkommt.»

Jorun war mit die Erste, die sich wieder auf der Kuppe einfand, wo sie ein neues Reisigbündel aufnahm. Die anderen stiegen langsam und mit nachdenklichen Gesichtern den Hang hinauf. Es war, als wäre ein Schatten auf sie gefallen.

Schweigend flochten die Frauen weiter an dem Zaun, während die Männer Pflöcke aus Treibholz in den nur halb getauten Boden trieben. Für eine Weile waren nur das Keuchen der Männer, die Hammerschläge und ein gelegentliches Husten oder Schniefen zu hören.

«Jorun!», hallte plötzlich ein Ruf herauf.

Sie fuhr auf, straffte die Schultern und erspähte die Hausherrin, die sie mit einer Geste zu sich winkte.

Jorun wischte sich die Hände an der Schürze ab und strich die Haare zurück unter ihr Tuch.

Die anderen um sie herum schwiegen beharrlich weiter, und sie beschlich eine unheilvolle Ahnung. Sie wollte die Bäuerin nicht warten lassen, und doch schien der Boden ihre Füße bei jedem Schritt regelrecht festzuhalten.

«Ich brauche deine Hilfe, Jorun», empfing Silja sie ohne Umschweife, sobald sie in Hörweite war. «Hol den Kessel mit warmem Wasser aus der Küche, dann komm in die Scheune.»

Ihre Anweisung sowie die Tücher und Lappen, die über dem Arm der Bäuerin hingen, waren Jorun Hinweis genug. Sie fühlte, wie sich alles in ihr verkrampfte, am liebsten hätte sie jetzt schon das üppige Mittagsmahl wieder von sich gegeben.

Trotzdem schaffte sie es irgendwie, den Weg zur Küche einzuschlagen, statt davonzulaufen, und zu tun, was die Herrin vom Ketilshof ihr auftrug.

Am Herd traf sie auf Alva, die mit bleichem Gesicht Seife und getrocknete Kräuter in einen Korb packte und alles mit einem guten Wolltuch abdeckte.

«Du also auch?», fragte Alva mit belegter Stimme, die so gar nicht zu ihrem sonst so fröhlichen Wesen passte.

Jorun nickte nur, fasste den großen Wasserkessel, aus dem es dampfte und intensiv nach Johanniskraut roch, und folgte ihrer Schicksalsgenossin hinaus.

In der Scheune stank es fürchterlich.

Der Tote lag auf einer Leiter, die von zwei Fässern gestützt wurde. Bäuerin Silja stand daneben und starrte auf ihn hinab. Sie schien das Kommen der beiden Mägde gar nicht zu bemerken, so sehr war sie in Gedanken versunken.

Als Jorun den Kessel abstellte, zuckte sie zusammen, fasste sich aber sofort wieder. «Tun wir unsere Christenpflicht. Jorun, du füllst die Schüssel dort mit Wasser und gibst etwas von dem Kräutersud hinein.»

Jorun tat, wie ihr geheißen. Der grünliche Sud duftete nach Minze und Wacholderöl und vertrieb die Übelkeit. Wenn sie nur hierbleiben und den Kopf weiter in den

Dampf stecken könnte! Doch sie wusste, das würde nicht gehen. Sie stellte die Schüssel bei Alva und der Bäuerin auf einer Truhe ab.

«Wir müssen ihn waschen und in Leinen hüllen, bevor sein Vater ihn zu Gesicht bekommt.»

Gemeinsam schnitten sie den aufgedunsenen Toten aus seiner vom Moorschlamm schweren Kleidung. Jorun fühlte sich dabei seltsam entrückt, beinahe als beobachtete sie sich selbst bei ihrem Tun. Alva sang leise ein frommes Lied, und Silja schien erneut tief in Gedanken.

Stück für Stück fiel die verdreckte Kleidung zu Boden und entblößte einen Leib voller Totenflecke und Wunden, aus denen stetig faulige Flüssigkeit austrat. Immer wieder wischte Alva über einen tiefen Schnitt im Rücken, doch ihre Arbeit war vergebens. Sie zitterte mit jedem Versuch mehr.

«Verschließe die Wunde mit Wachs», sagte Silja mit einem Mal und hielt die bebende Hand der jungen Magd fest. «Wenn du es dir nicht zutraust, tue ich es.»

«Ich will es versuchen», meinte diese tapfer und schluckte.

Jorun hingegen wandte sich ab und rang um Fassung.

Nach einer schier endlos erscheinenden Zeit hatten sie ihre Aufgabe erledigt.

Die Leiche Jón Atlissons lag sauber und mit einem weißen Wolltuch bedeckt da. Auf beiden Seiten seines Kopfes dufteten Bündel getrockneter Kräuter. Die Hände ruhten gefaltet und mit einem schlichten Holzkreuz zwischen den Fingern auf seiner Brust; die Fingernägel waren blauschwarz wie die Totenflecke auf seinem Leib.

Frau Silja hatte Jón mit einer Binde um Kinn und Kopf den Mund geschlossen. Irgendwie war es ihr auch gelungen, seinem Starren aus den blindweißen Augen ein Ende zu setzen. Hatte sie auch dafür Bienenwachs verwandt? Jorun wollte es gar nicht so genau wissen.

«Stellt noch zwei Kerzen auf, Mädchen, dann ist es geschafft. Ich danke euch für eure Hilfe. Der Herr im Himmel wird euch entlohnen, aber auch ich will euch euren Dienst vergelten.» Sie reichte jeder eine silbern schimmernde Münze.

Alva knickste schnell, und Jorun tat es ihr nach.

«Wenn ihr alles weggeräumt habt, heizt das Rauchhaus ein», fügte die Bäuerin hinzu. «Wartet nicht auf mich, falls der *Sysselmann* oder Atli kommen.»

Bei Einbruch der Dämmerung saß Jorun nun mit der anderen jungen Magd in dem dunklen Sodenhaus und schwitzte in der wohligen Hitze, denn das Rauchhaus des Ketilshofs wurde von Herrschaft und Gesinde seit jeher auch als Sauna benutzt. Aus den Wänden stieg würziger Humusgeruch, als wären sie im Schoß der Erde gefangen. Sie hatten ein kleines Tranlicht mit hineingenommen und saßen einander auf Bänken gegenüber.

Alva hatte den Kopf in den Nacken gelegt und die Augen geschlossen. Schweiß perlte an ihren Armen hinab und tropfte von ihren kleinen spitzen Brüsten. Sie reifte gerade erst zur Frau heran, das Kind in ihr war noch gut zu erkennen.

Jorun ließ den Blick schweifen, denn immer, wenn sie die Augen schloss, sah sie wieder die tiefen Wunden des Toten vor sich. Sie mussten von einer Axt oder einem Messer stammen – oder von beidem.

Die Schatten der Schwitzhütte erschienen ihr freundlicher. Wie einst die Soden aufeinandergeschichtet worden waren, war längst nicht mehr zu erkennen. Der Balken, der den First trug, hatte sich mit der Zeit unter seiner Last durchgebogen. Jorun entdeckte Ritzungen im Holz, primitiv, aber kraftvoll. Sofort fühlte sie sich von ihnen eingenommen. Da waren Kreise mit Punkten in der Mitte, seltsam unförmige Kreuze, Hengste, die miteinander kämpften. Ein Hengst, der offenbar im Zentrum der Schnitzereien stand, hatte ein großes, aufgerichtetes Glied.

«Das Rauchhaus ist das älteste Gebäude auf dem Ketilshof», brach Alva schließlich die Stille. «Sieh dort nicht zu lange hin. Das sind Teufelszeichen.»

«Teufelszeichen?» Jorun erschrak.

«Sie stammen aus der Zeit, in der die Ahnen Christus noch nicht erkannt hatten. Ich wünschte, sie würden sie entfernen, aber der Bauer will, dass sie bleiben. Er sagt, er zerstöre sonst das Andenken an seine Familie.»

Alva beugte sich vor und senkte die Stimme zu einem Flüstern. «Er hat Angst, dass der Hof dann vom Unglück heimgesucht wird. Dabei ist das Unglück doch längst hier!»

Jorun wusste nicht, was sie darauf antworten sollte.

Schweigend rieb sie sich stattdessem mit einem kleinen Schaber den Schweiß vom Körper. Als sie sicher war, dass Alva die Augen wieder geschlossen hatte, musterte sie erneut die magischen Ritzungen. Was sie wohl bedeuteten? Beschworen sie die Fruchtbarkeit herauf? Baten sie um gutes Wetter? Stand der Kreis für die Sonne? Es wäre schön gewesen, hätte ihr jemand mehr darüber erzählen können.

Zweimal ertrugen sie die Hitze so lange wie möglich und übergossen sich danach im Vorraum mit kaltem Quellwasser.

Als sie sich schließlich wieder anzog, fühlte sich Jorun so rein wie lange nicht mehr. Selbst die Flohbisse – auf dem Ketilshof waren nur wenige neue hinzugekommen – juckten nicht mehr.

Die Dunkelheit lag längst schwer und schwarz auf dem Land. Aus dem Haupthaus drangen Licht und der gedämpfte Klang von Stimmen. Mehrere Männer sprachen laut, doch weder lachten noch stritten sie.

Im Innenhof hatte jemand gesattelte Pferde angebunden und ihnen Heu hingeworfen, eine großzügige Geste in der magersten Zeit des Jahres. Da galt Futter für das Vieh manchmal mehr als eine Schüssel Grütze für die Menschen: Die Grütze machte nur einen Tag lang satt, vom Vieh aber hing das Leben ab.

Die Pferde waren gute Reittiere. Daraus schloss Jorun, dass der *Sysselmann* schon heute gekommen sein musste.

Das war ungewöhnlich. Sie hatte erst morgen oder gar in einigen Tagen mit ihm gerechnet – aber vielleicht schätzte sie auch die Entfernungen falsch ein, die man mit einem guten Pferd schnell zurücklegen konnte.

Ratlos sah Jorun zum Haupthaus. Was wurde von ihr erwartet? Sollte sie dabei helfen, die Gäste zu bewirten? Das hatte sie noch nie getan. Sicher würde ihr vor Aufregung alles aus der Hand fallen.

«Kommst du jetzt?», rief Alva und warf keck ihren langen nassen Zopf über die Schulter.

«Meinst du, die Herrin will, dass ich …»

«Das ist doch egal. Bist du denn gar nicht neugierig?»

«Schon, aber …» Jorun war Alvas Leichtfertigkeit unangenehm. Es gehörte sich nicht, die Herrschaft zu belauschen, auch wenn das bei ihrer vorherigen Anstellung wegen der Enge oft nicht zu vermeiden gewesen war.

Zögernd folgte sie Alva in die Küche des Haupthauses, und sofort umhüllte sie warmer Essensgeruch.

Bäuerin Silja schien sie wie gerufen zu kommen. Jorun bekam eine Schüssel mit dampfendem Brei in die Hand gedrückt und wurde mit einem sanften Schubs in den Hauptraum befördert. «Auf den Tisch damit!», rief ihr die Hausherrin hinterher.

In der guten Stube ging es hoch her. Der *Sýslumaður* war schwer zu übersehen. Thorleif Sigurdsson thronte auf dem Ehrenplatz, und seine Glatze glänzte im Licht zahlreicher Bienenwachskerzen. Heute brannte keine einzige der Tranlampen, die sonst den dunklen Bau erhellten.

Neben ihm saßen Bauer Ketil und seine Söhne Arnar und Eivar. Die Leute auf den anderen Plätzen mussten Männer des *Sysselmanns* sein. Insgesamt zählte Jorun vier Fremde.

«Vorsicht, bitte», murmelte sie leise, um das Gespräch der Herren nicht zu stören, und stellte die Schüssel ab. Na bitte, es war gelungen, ohne dass etwas danebengegangen war.

«Ich werde einen Suchtrupp losschicken, gleich morgen», verkündete der *Sýslumaður* mit sonorem Bass. Seine Stimme klang wie ein Donnergrollen.

Wahrscheinlich hat Gott ihm dieses Organ gegeben, damit er bei der Rechtsprechung Gehör findet, überlegte Jorun beeindruckt.

«Wir waren doch schon überall», klagte der Hausherr. «Seit neun Tagen sind meine Söhne und ich von früh bis spät unterwegs, um meinen Erlendur zu suchen.»

«Und doch habt ihr den Toten erst heute gefunden. Ich sage, wir durchkämmen die Gegend noch einmal, und beginnen werden wir genau dort, wo ihr Jón Atlissons Leiche entdeckt habt. Es kann nicht sein, dass in meinem Bezirk ein Mörder sein Unwesen treibt und nicht gestellt wird!» Er schlug mit der Faust auf den Tisch, dass es nur so schepperte.

Jorun zuckte zusammen.

«Ich glaube, ich mache deiner jungen Magd Angst», feixte der Ratsherr und zwinkerte ihr zu.

«Das ist Jorun. Sie ist auf der Durchreise und für einige Tage bei uns untergekommen», erklärte der Hausherr. «Ihre alte Herrschaft hat sie in der schlechtesten Jahreszeit vor die Tür gesetzt, ist das zu glauben? Dabei zeigt sie sich bei uns wirklich sehr tüchtig. Jeder, der sie einstellt, wird sich glücklich schätzen können.»

Sigurdssons Mund verzog sich zu einem anzüglichen Grinsen. «Wenn sie will, kann sie nachher zu mir kommen und mich von ihren Qualitäten überzeugen, wenn sie eine neue Anstellung sucht.»

Der Glatzköpfige lachte schallend, und seine Männer stimmten ein.

Jorun bereute es, die gute Stube überhaupt betreten zu haben, und floh in die Küche. Dabei stieß sie beinahe mit Alva zusammen, die eine Platte mit Fisch und dampfenden Würsten herbeitrug.

«Komm, Kindchen», wurde Jorun von Silja empfangen, die offenbar alles mit angehört hatte. «Wenn du nicht willst, musst du nicht wieder hinein.» Im Flüsterton setzte sie hinzu: «Vor solchen Männern sollten sich anständige Frauen hüten, ganz gleich ob Großbäuerin oder Magd. Für die ist es nur eine Lappalie, wir können alles verlieren.» Sie rieb Jorun über den Rücken. «Kümmere dich um die getrockneten Beeren, sie müssen mit Honig gekocht werden. Wenn der *Sysselmann* nichts Süßes bekommt, wird er übellaunig, und das will keiner von uns erleben. Nicht jetzt, nicht heute.»

«Danke», seufzte Jorun und machte sich sofort an die Arbeit.

In einem kleinen Topf verrührte sie Blaubeeren und Himbeeren mit Wasser und gab zwei große Löffel Honig hinzu. Es duftete verführerisch, und schon bald hatte sie den *Sysselmann* und seine anzüglichen Blicke vergessen.

Dann war auch Alva zurück in der Küche, während die Bäuerin den Gästen in der *Baðstofa* Gesellschaft leistete.

«Stell dir vor», berichtete die junge Magd gepresst, «Sigurdsson hat gerade behauptet, Erlendur hätte Jón Atlisson ermordet und wäre in die Missetäterwüste geflohen!»

«Das hat er gesagt, genau mit diesen Worten?» Jorun horchte überrascht auf.

«Nicht genau so», meinte Alva zögernd, «aber ich bin mir sicher, dass er genau das gemeint hat.»

«Es zu sagen und es zu meinen sind zwei ganz unterschiedliche Dinge, Alva. Das eine ist eine Anschuldigung. Das andere sind nur Worte, auch wenn sie weh tun können.»

«Zumindest hat er gesagt, dass es so passiert sein könnte, und die andere Idee gefiel mir noch weniger.»

«Wie war die?»

«Er meinte, ein Unbekannter könnte auch Erlendur und Brynjar Atlisson umgebracht haben, und sie hätten nur noch nicht die Leichen gefunden.» Ihr traten Tränen in die Augen. «Ich könnte damit leben, wenn Erlendur es diesem idiotischen Hundsfott gezeigt hätte. Aber dass er tot sein soll? Nein, das will ich nicht glauben, das darf nicht sein.»

Jorun sah überrascht auf und bemerkte, wie Alva zitterte. «Hast du Erlendur sehr gemocht?»

Die junge Frau nickte und biss sich auf die Unterlippe. «Ich weiß, dass ich mir nie Hoffnungen machen durfte. Aber er war immer so freundlich zu mir, und mutig ist er auch. Sie haben ihn den Glücklichen genannt, weißt du? Dann kann er doch jetzt nicht so ein Pech haben!»

«Vielleicht wird ja alles wieder gut, warte nur ab», versuchte Jorun, ihre junge Freundin zu beruhigen.

Alva nickte schnell und zog die Nase hoch. «Ich wünsche es sehr, aber der *Sysselmann* und Atli Ormsson sind Jugendfreunde. Da wird sein Urteil wohl kaum gerecht ausfallen.»

Am nächsten Tag wurde eine weitere Leiche auf den Ketilshof gebracht. Es war Jóns Bruder. Nun waren beide Erben Atli Ormssons tot.

Der Großbauer holte die Leichen seiner Söhne mit einem Karren ab. Nur die Anwesenheit des *Sysselmanns* sorgte dafür, dass es nicht zum Streit zwischen ihm und Ketil kam. Bei wem er die Schuld am Schicksal seiner Jungen suchte, war klar: Erlendur. Allein durch sein Verschwinden wurde er in Atli Ormssons Augen zum Hauptverdächtigen.

Dort, wo die Leichen geborgen worden waren, hatte man auch die Überreste eines Pferdes gefunden. Wem es gehört hatte, konnte nicht mehr festgestellt werden. Alles war möglich, sogar dass das Tier beim Herbstabtrieb von den Hochweiden vergessen worden und dem Winter zum Opfer gefallen war.

Der *Sysselmann* und seine Männer reisten gemeinsam mit Atli ab, und zwei Tage darauf war auch für Jorun die Zeit gekommen, den Hof zu verlassen. Thorleif Sigurdsson hatte die Suche nach Erlendur übernommen, und damit befanden sich wieder genug Leute auf dem Hof, um die anfallenden Arbeiten zu erledigen.

Bäuerin Silja hielt ihr Versprechen und entlohnte Jorun reichlich. Mit einer neuen Decke, Proviant für ihre Reise und einigen Münzen besaß sie nun viel mehr, als sie bei ihrer letzten Anstellung bekommen hatte.

«Ich danke dir für alles», sagte Jorun überschwänglich, während sie versuchte, die Wehmut nicht an sich heranzulassen.

«Sei vernünftig und geh zum Hof deiner Schwester», riet ihr die Bäuerin. «Familienbande helfen über die schwersten Zeiten hinweg.»

«Ich habe wohl keine andere Wahl.»

«Wenn ich in nächster Zeit wieder eine Magd brauche, werde ich nach dir schicken.»

Alva umarmte Jorun und drückte sie so fest, dass ihr beinahe die Luft wegblieb. «Ich werde dich vermissen.»

«Ich dich auch.»

«Möge Gott deinen Weg behüten», rief Silja ihr hinterher, als Jorun dem Hof den Rücken zuwandte. Doch dieses Mal sah sie zurück, denn sie wollte wiederkehren.

Es war ein freundlicher Tag, der Himmel war blau, als würde es nun endlich richtig Frühling. Nur einige wenige Wolken zogen rasch von der See ins Landesinnere.

Jorun marschierte mit flottem Schritt voran. Ihre hölzerne Rückentrage war schwer beladen, doch sie kam ihr leichter vor als bei ihrer Ankunft auf dem Ketilshof. Das viele gute Essen hatte ihren Leib gestärkt, und sie fühlte sich, als wäre auch ihr Geist in den wenigen Tagen, die hinter ihr lagen, gewachsen.

Bald hatte sie die fruchtbaren Länder des Ketilshofs hinter sich gelassen. An die Stelle von Gräsern traten Teppiche von Krähenbeeren und Moos. Hinter jeder Steinkuppe, und sei sie auch noch so klein, lag Schnee, aber überall taute und tropfte es.

Der Weg hatte sich in eine morastige Rinne verwandelt. Schon bald waren Joruns Schuhe durchnässt, ihre Kleider bis zu den Knien mit Schlamm verschmiert. Doch solange Jorun sich bewegte, fror sie nicht. Hier und da erleichterten Bündel aus Heidekraut das Vorankommen, die von einer guten Seele an den rutschigsten Stellen ausgelegt worden waren.

Jorun übernachtete im Freien, im Windschatten eines kleinen Gestrüpps. Die Nacht war frostig, klar und kalt. Sie fand nur wenig Schlaf und lauschte angestrengt in die Dunkelheit, ob sich von irgendwoher ein Mörder näher schlich.

Siljas warme Decke schenkte ihr ein kleines Stückchen Geborgenheit, und schon im ersten Tageslicht setzte sie ihren Weg fort. Nun war es nicht mehr weit bis zum Hof ihrer Schwester.

KAPITEL 8

Hast du einen andern,
dem du übel traust
und von dem du doch Gutes begehrst,
freundlich magst du sprechen,
aber Falsches sinnen,
zahlen Täuschung für Trug.

Die Edda, Das alte Sittengedicht, Strophe 41

Salbjörg sah zum Himmel auf, wo langsam ein dunkelgraues Einerlei vorübertrieb. An den nahen Gebirgen rissen die Wolken auf und gossen ein Gemisch aus Schnee und Regen über das Land. Noch war es bei dem kleinen Hof trocken, doch es würde nicht mehr lange dauern, bis der nächste Schauer auf sie niederging. Diese Jahreszeit war wirklich nur zu ertragen, weil man wusste, dass danach der Frühling kam.

Es gab noch einen Grund, weshalb der Vorfrühling Salbjörg verhasst war: Das nasskalte Wetter war Gift für die Gelenke. Torger litt schon seit Tagen unter Schmerzen. Doch statt sie schweigend hinzunehmen wie ein richtiger Mann, jammerte er und machte ihr das Leben noch mehr zur Hölle als sonst. Warum hatte Gott sie bloß mit einem derart wehleidigen Mann gestraft?

Sie ertappte sich bei dem Gedanken an Erlendur und wie tapfer er die Schmerzen aushielt, die doch weit schlimmer waren als Torgers geschwollene Gelenke. So sollte ich nicht denken, ermahnte sie sich mit plötzlicher Reue. Es ist zwar keine Sünde, aber nah dran. Meine erste Sorge sollte meinem Ehemann gelten.

Schon wieder rief er nach ihr. Seine Stimme drang bis in den Stall, wo sie eben die Ziege molk, die in diesem Jahr als erste ihre Zicklein geboren hatte.

«Ich komme ja», schrie sie zurück und löste rasch den Strick, mit dem sie der Gefleckten die Hinterbeine zusammengebunden hatte; in den ersten Tagen wehrten die Tiere sich noch gegen das Melken.

«Den Rest können deine Kleinen haben», sagte sie beruhigend und kraulte das Muttertier zwischen den Hörnern. Dann ließ sie die beiden Zicklein aus dem Verschlag, die sofort an das Euter ihrer Mutter stürmten und gierig tranken.

Die Ziege würde bald wieder genug für ihre Kleinen haben. Salbjörg stellte ihren Schemel zur Seite, nahm den Holzeimer mit seinem schäumenden Inhalt und machte sich auf den Weg zum Haus. Noch ehe sie die Tür erreicht hatte, schrie Torger wieder nach ihr und ließ dieses Mal ihrem Namen eine Reihe von Schimpfworten folgen.

Im Haus ließ Salbjörg die Holzschuhe stehen und betrat die *Baðstofa*, wo Torger auf dem Bett lag und sich stöhnend zu ihr umdrehte. «Wo warst du denn, elendes Weib?»

«Ich habe die Ziege gemolken, du willst doch sicher frische Milch trinken.»

«Gib her, gib her.» Er winkte sie ungeduldig zu sich.

Salbjörg reichte ihm das Eimerchen, wohl wissend, dass

er sich nicht mit einem Becher Milch zufriedengeben würde. Torger setzte es an und trank es binnen Augenblicken fast vollständig leer. Er reichte es ihr zurück, mit nicht mehr als einer Pfütze darin, und wischte sich den Milchschaum mit dem Ärmel von der Oberlippe. Über sein Gesicht huschte ein Ausdruck der Zufriedenheit.

Salbjörg atmete innerlich auf. Sie stellte das leere Gefäß ab. «Kann ich deine Schmerzen irgendwie lindern?»

«Stell dich nicht so dumm, du weißt genau, wie.»

«Ich hole die Salbe.»

Sie eilte zu einer Truhe, in der sie ihre Heilmittel aufbewahrte, und nahm einen kleinen Tiegel heraus.

Torger schälte sich unterdessen aus seinem Pullover und stöhnte dabei schmerzgeplagt. Von seinem Körper ging säuerlicher Schweißgeruch aus, der Salbjörg die Luft anhalten ließ.

«Wo schmerzt es dich denn am meisten, Torger?»

«Die Schultern. Dieses Dreckswetter ...»

«Gleich ist es besser», sagte Salbjörg, wobei sie versuchte, ihre Stimme weich klingen zu lassen.

Vorsichtig begann sie, ihm die linke Schulter zu massieren, und hoffte, ihre Hände wären nicht zu kalt.

Torger beschwerte sich nicht. Er ließ den Kopf nach vorne sinken und schloss die Augen.

Salbjörg rieb und drückte stetig fester, um die knotigen Muskeln zu lösen.

Wie lange er sie wohl hier festhalten würde? Eigentlich hatte sie den Besuch bei Erlendur fest eingeplant und sich schon seit dem Morgen darauf gefreut zu sehen, ob es ihm besserging.

Mit einem lauten Rauschen setzte draußen ein heftiger Regenguss ein. Dicke Tropfen schlugen gegen die kleinen, mit Schafsblase bespannten Fenster auf der Westseite. Sie klangen wie Geschosse.

Torger fluchte, und Salbjörg stimmte ihm in Gedanken zu. Dieses verdammte Unwetter würde sie ans Haus fesseln. Niemals würde Torger ihr glauben, dass sie bei diesem Wetter zu den Eiderenten-Kolonien hinausritt.

Schicksalsergeben bemühte sie sich, ihrem Mann Linderung zu verschaffen und dem Tag zumindest auf diese Weise etwas Positives abzugewinnen. Vielleicht schlief er nach der Behandlung ein und sie hatte danach ihre Ruhe.

Es gab nur noch eines, was wirksamer war, wollte sie dieses Ziel erreichen. Sie musste seine Lust befriedigen, die sich regen würde, wenn sie sich nur lange genug in seiner Nähe aufhielt.

Salbjörg fragte sich, seit wann sie ihren Mann so sehr verabscheute, dass der Gedanke, ihn zu berühren, ihr einen frostigen Schauer über den Rücken trieb. Einst hatte sie ihn doch geliebt! Zumindest glaubte sie das.

Vor all den Jahren, als er um sie warb, dachte sie, er sei das Beste, was ihr je passieren könne. Und wie sehr hatte sie befürchtet, dass er die jüngere Jorun wählen würde.

Für eine Weile hatte Salbjörg ihre Schwester regelrecht gehasst für ihr volles rotes Haar und die grazile Anmut, die ihr Gott einfach so in die Wiege gelegt hatte. Selbst wenn

Jorun sich meistens aufgeführt hatte wie ein ungezogener Junge, ging ihr dieser Zauber nicht verloren.

Vater hatte Torger schnell klargemacht, dass die reiche Mitgift an Salbjörgs Schleier hing und er sich mit Jorun keine Hoffnung auf die Übernahme des Hofs machen durfte.

Die Entscheidung war schnell gefallen, und nach den vielen Ehejahren war Salbjörg klar, dass es nicht an der großen Liebe zu ihr gelegen hatte.

Torger war ein praktisch veranlagter Mensch, bis in die letzte Faser seines Leibes auf seinen eigenen Vorteil bedacht. Das galt auch und vor allem in der Beziehung zu seiner Ehefrau. Auch jetzt verschwendete er wohl kaum einen Gedanken an sie, sondern nur an sich selbst.

Manchmal wünschte Salbjörg sich, sie könnte in seinen Kopf schauen, um ihn besser zu verstehen. Aber zu wissen, wie er über sie dachte – nein, das wollte sie dann doch nicht. Womöglich waren seine Gedanken noch viel schlimmer als seine Worte.

Während der Massage beobachtete Salbjörg, wie sich seine Männlichkeit zu regen begann und sich die Hose vorn aufwölbte. Sie rang kurz mit sich, dann ließ sie die Hände über seine Brust abwärts wandern.

«Ah, du bist doch eine gute Frau», keuchte Torger die ersten freundlichen Worte seit Tagen.

Salbjörgs Widerwillen wurde etwas schwächer, und sie nahm sich vor, ihm um des Haussegens willen häufiger Befriedigung zu beschaffen.

Sein Glied fest in den Händen, sah sie zu dem mit Schafsblase bespannten Fenster hinüber. Dicke Regentropfen ließen die gewachste Haut vibrieren. Wind heulte um das Haus und pfiff unter der Tür hindurch. Torger atmete jetzt schneller und kehliger, bog den Rücken durch und lehnte den Kopf nach hinten. Sein Kiefer zeichnete sich wie eine scharfe Linie ab, früher hatte sie ihn dort gerne liebkost.

«Salbjörg», stöhnte Torger und wand sich unter ihrem Griff. Er versuchte, sie beim Nacken zu fassen, um ihren Kopf tiefer zu ziehen. Sie sollte mit dem Mund beenden, was sie mit den Händen begonnen hatte.

Salbjörg ignorierte seinen Wunsch und drückte stattdessen fester zu. Bald schon änderte sich das trockene Geräusch zu einem feuchten Schmatzen, und Torger sank mit einem Seufzer zurück auf das Bett. Auf seiner Stirn standen Schweißtropfen; auch Salbjörg war es in ihrem dicken Wollgewand warm geworden.

Sie blieb neben ihrem Mann stehen und sah ihm dabei zu, wie er mit einem seligen Lächeln auf den Lippen dem Schlaf entgegendämmerte, genau so, wie sie es vorhergesehen hatte.

Doch draußen stürmte es. Wenn sie zu Erlendur wollte, dann musste sie jetzt los.

Sie zog Torger die Decke über den bloßen Oberkörper. «Ich sehe zu, ob ich Flechten finde, mit denen ich die Löcher in den Wänden stopfen kann. Es zieht wirklich recht stark, vielleicht kommen deine Schmerzen auch daher. Du ruhe dich aus», sagte sie und bekam als Antwort nur ein zustimmendes Brummen.

Mit leisen Schritten ging sie in die Küche und wusch sich den angetrockneten Samen von der Hand. Dann hüllte sie sich in ihren gewachsten Umhang und trat hinaus in den Regen. Die Stute war schnell gesattelt. Als Salbjörg endlich aufbrach, war es für einen Moment trocken, doch der Wind peitschte bereits die nächsten Regenwolken heran. Sie musste sich beeilen.

Sie zwang sich, langsam vom Hof zu reiten – wer galoppierte schon davon, um Flechten zu sammeln?

Sobald sie die Umzäunung hinter sich gelassen hatte, war es, als fiele ein großes Gewicht von ihren Schultern.

Sie ritt zu der Scheune von Austurengi wie zu einem heimlichen Geliebten, mit diesem aufregenden Drücken in der Brust und dem Gefühl, dass alles, selbst die Regenwolken, etwas schöner aussah als sonst.

* * *

Jorun war bis auf die Haut durchnässt, als sie den Grat erreichte, der in ihrer Familie seit jeher Hechtkopf genannt wurde. Jetzt stand sie auf dem flachen, windumtosten Teil, der aus der Ferne betrachtet die Schnauze des Fischs bildete. Seitlich klafften Risse und Spalten im Fels, die bei dem richtigen Lichteinfall aussahen wie spitze Zähne.

Nach der Hochzeit ihrer Schwester, kurz bevor sie den Hof endgültig verlassen hatte, war Jorun oft hergekommen, um über das Land zu schauen und dabei in sich hineinzuhorchen. Es war ein Ort zum Nachdenken und Entschlüssefassen.

Auch heute blieb sie trotz des ungastlichen Wetters eine Weile und sah auf das schmale Tal hinab, in dem sie ihre Kindheit verbracht hatte und das in beinahe gerader Linie auf den Gletscher zulief, über dem sich die Wolken zu grauen Türmen ballten. Sie wusste um die blaue Farbe des Gletschereises, auch wenn sie es nicht sehen konnte.

Hin und wieder hatten sie im Sommer Ausflüge dorthin unternommen, um Beeren zu pflücken und Kräuter zu sammeln. Das kühle Blau hatte Jorun immer fasziniert, ihr aber auch ein wenig Angst eingeflößt, wenn Stücke herausbrachen und mit großem Getöse in die Tiefe stürzten. Der Eislauf war wie ein lebendiges Wesen, mal gut und mal schlecht gelaunt. Besonders schlecht war seine Stimmung im Sommer, wenn die Temperaturen mild waren und es viel regnete.

Dann blutet der Gletscher, hatte ihre Großmutter gesagt und warnend den Finger gehoben. Der Vatnajökull mit seiner tiefen, polternden Stimme war wie ein schlafendes Ungeheuer, das den Eingang zur Hölle bewachte. So musste es sein, denn man erzählte sich von glühender Lava, die gegen den Himmel geschleudert wurde, und von Ascheregen.

Auch Jorun konnte sich an dicke schwarze Wolken erinnern, die sich zu riesigen Säulen auftürmten. Damals musste sie ungefähr zehn Jahre alt gewesen sein. Nachts hatte es sogar in den Wolken geblitzt.

Ihre Großmutter hatte den Namen des alten Gottes Thor geflüstert und war deshalb von ihrer Tochter angegangen worden. Aber nicht so sehr wie manch anderes Mal und vielleicht auch nur, weil Jorun und Salbjörg dabeistanden und Mutter sie vor derlei Teufelszeug schützen wollte.

Heute sammelten sich über dem Vatnajökull nur die Regenwolken, die vom Meer herantrieben, aber auch die boten keinen freundlichen Anblick. Ich sollte mich mit dem Abstieg beeilen, dachte Jorun. Dabei sträubte sich noch immer alles in ihr, zum elterlichen Hof zurückzukehren.

Der Pfad schlängelte sich in Zickzacklinien an der Schulter des Berges hinab; rutschiges Geröll aus scharfkantiger Schlacke bildete den Untergrund. Wenn sie dagegentrat, klirrte es wie zerbrochenes Glas. Hier hielt sich kaum eine Pflanze. Hinter größeren Findlingen wuchs sonst mageres Gras, doch um diese Jahreszeit waren dort allenfalls Schneeverwehungen zu finden, die langsam tauten.

Jorun wandte den Blick vom Tal ab und konzentrierte sich auf den Pfad. Beständig kreisten ihre Gedanken um Salbjörg und deren Mann. Wie sie wohl auf die unerwartete Ankunft reagieren würden? Waren sie immer noch zu zweit auf dem Hof, oder hatten sie Kinder? Vielleicht auch einen Knecht oder eine Magd, die ihnen zur Hand ging?

Auf dem Steinurshof gab es eigentlich immer genug zu tun. Aber Torger war ein geiziger Mann und ein Eigenbrötler noch dazu. Ihm machte die Einsamkeit sicher nichts aus, doch Salbjörg hatte das Familienleben immer sehr genossen.

Oder wünsche ich mir das nur?, dachte Jorun und fühlte sich ertappt. Vielleicht hoffte sie nur, auf Steinurshof die Schwester aus ihrer Kindheit wiederzufinden, die Salbjörg, wie sie einst gewesen war.

Viel zu schnell bewältigte Jorun den Abstieg und gelangte in ein kleines, nicht mehr als mannshohes Wäldchen von Birken und einigen Ebereschen, das sich hier im Schutz großer Steine gebildet hatte. Das Geröll schützte die Pflanzen vor den hungrigen Schafen, die sonst jedem Bäumchen zu Leibe rückten, bevor es groß genug war.

Der Hain bot einen merkwürdigen Anblick inmitten dieses kahlen Landes. Irgendwie passte er nicht hierher, und doch erzählte man sich, dass in der Zeit der Landnahme viel mehr solcher Wäldchen existiert hatten. Richtige Bäume, mehr als vier, fünf Schritt hoch, wie in Þórsmörk, wo es noch immer Wälder gab.

Jorun legte den Kopf in den Nacken und sah zum Himmel hinauf, an dem die Regenwolken näher zogen. In einem richtigen Wald hätte sie sie nicht sehen können, nur Äste und Blätter, die sich im Wind bewegten.

Als Kind hatte sie sich hin und wieder hierhergeschlichen und sich hingelegt, den Kopf auf einen Unterarm gebettet und sich vorgestellt, ganz klein zu sein. So klein, dass dieser Hain für sie die Welt war und sie nicht mehr auf Steinurshof helfen musste, weil sie auch dafür zu winzig und zu schwach war.

Der Weg von hier bis zu der Tür, an die sie bald klopfen musste, war kurz.

Ein Donnergrollen erklang und hallte an den Talhängen auf und nieder. Und dann raste auf Jorun eine Regenwand zu. Aus Südwesten rauschte sie heran, als hätten die Wolken einen Riss bekommen. Jorun begann zu rennen. Kurze

Zeit sah es so aus, als könnte sie dem Schauer tatsächlich davonlaufen, dann wurde sie von einem Moment auf den anderen durchnässt.

Die Wollkleidung sog sich voll und hing als zusätzliches Gewicht an Joruns Leib. Der Rocksaum klebte an ihren Beinen fest, mit den durchweichten Stiefeln spritzte sie den Schlamm hoch. Jorun hörte auf zu rennen. Was hatte es auch für einen Sinn? Nasser konnte sie nicht werden. Der Regen rann über ihr Gesicht und perlte ihr von den Wimpern. Der dichte Wasserschleier ließ alles verschwommen aussehen, und doch erkannte sie vieles wieder.

Etwas zog schmerzhaft in ihrer Brust.

Dies ist mein Zuhause, dachte sie wehmütig. Wie konnte ich nur so lange fortbleiben?

Eine Kuh muhte im Stall, einige Schafe hatten im Windschatten der Scheune vor dem Schauer Schutz gesucht.

Wo war Salbjörg? Sicher drinnen.

Im Haus brannte kein Licht. Es gab ein Fenster mehr, stellte Jorun fest. Das Dach war ausgebessert worden und neigte sich an der linken Seite nicht mehr so weit herunter. Die Türbalken waren die alten und wiesen noch die Schnitzereien auf, die ihr Vater einst angefertigt hatte. Der Hof war gut in Schuss, aber das hatte sie von Salbjörg auch erwartet; sie war eine tüchtige Wirtschafterin.

Jorun stellte sich schnell unter das Vordach, endlich raus aus dem Regen, der hinter ihr unablässig hinunterrauschte, von der Dachkante strömte und tiefe Rillen in den Boden grub.

Jetzt musste sie nur noch die Kraft finden zu klopfen – und dann die richtigen Worte, um Schwester und Schwager zu erklären, was geschehen war.

Sie hob ihre Hand und legte sie flach an das raue Holz. Lauschte.

Im Haus war es still. Niemand lief umher, niemand redete. War womöglich keiner da?

Dumpf hallte ihr Klopfen ins Innere. Jorun hielt den Atem an, wartete bang, doch als dann nichts geschah, stieß sie ratlos die Luft aus.

Sollte sie wieder gehen? Warten? War all ihr aufgebrachter Mut umsonst gewesen? Jeder Moment, den sie länger wartete, brachte sie näher an den Punkt, an dem sie einfach umdrehen und gehen würde.

Noch einmal klopfte sie, dann drückte sie vorsichtig die Tür auf.

Drinnen war es dunkel und still. Essensgeruch hing in der Luft. Eintopf, nach der Art, wie ihre Mutter ihn immer gekocht hatte. Salbjörg hatte schon als junges Mädchen viel von ihr abgeschaut. Jorun dagegen hatte zu spät bereut, dass sie nie lernen und alles selber erkunden wollte.

Der Geruch und der vertraute Klang ihrer Schritte auf den Holzdielen schnürten ihr die Kehle zusammen. So sehr, dass ihr Ruf zu einem Flüstern geriet.

«Hallo?»

Jemand schnaufte, Holz knarrte. Die Geräusche kamen aus der *Baðstofa*.

«Salbjörg, Schwester, bist du das?»

«Wer ist da?» Die Stimme klang tief und ließ Jorun zusammenzucken.

Torger. Er hatte ihr schon früher Angst eingeflößt, und es war ihr ein Rätsel, warum Salbjörg sich ausgerechnet einen solchen Kerl zum Mann gewählt hatte. Er sah gut aus, das ja, aber er hatte auch etwas Böses an sich.

«Ich bin es, Jorun, deine Schwägerin», antwortete sie, wobei sie versuchte, so gefasst zu klingen, als wäre sie zu einem Besuch vorbeigekommen.

«Wer ist da? Jorun?»

«Ja.» Sie wich einen Schritt zurück.

In der *Baðstofa* wurde es heller, offenbar drehte Torger eine Öllampe hoch. Jorun zwang sich, näher zu gehen.

Ihr Schwager hatte geschlafen. Sein Oberkörper war bloß, und ihm hing eine Wolldecke um die Schultern. Er war noch etwas breiter im Rücken als vor einigen Jahren, die Falten in seinem Gesicht wirkten tiefer. Jetzt sah man ihm deutlich sein Alter von über vierzig Jahren an.

Die flackernde Lampe warf unheimliche Schatten.

«Wo ist meine Frau?»

«Das ... das weiß ich nicht. Ist Salbjörg denn nicht hier?»

«Nein, wie du siehst, ist sie das nicht. Sie hat etwas von Moos gefaselt, dass sie holen wollte.»

«Dann hat sie sich sicher irgendwo untergestellt. Es regnet fürchterlich.» Jorun öffnete ihren Wollumhang, aus dem es heftig tropfte.

«Du machst alles nass», knurrte er. «Lass dich mal ansehen.»

Plötzlich wollte Jorun ihren durchweichten Wollumhang gar nicht mehr ablegen. Torger trat nahe an sie heran und blickte von oben auf sie herab. Er war ein ungewöhnlich großer Mann, das machte ihn umso furchteinflößender. Jorun merkte kaum, wie sie zurückwich, bis sie die Wand im Rücken spürte.

Torger musterte sie wie ein Stück Vieh, das er zu kaufen gedachte, und Jorun bekam schreckliche Angst.

KAPITEL 9

Von seinen Waffen
gehe weg der Mann
keinen Fuss auf dem Feld:
nicht weiss man gewiss,
wann des Wurfspiesses
draussen man bedarf.

Die Edda, Das alte Sittengedicht, Strophe 56

Der riesige Wal lag einfach so da.

Erlendur traute seinen Augen nicht. Eigentlich war er an den Strand geritten, um Bauholz zu suchen, das der letzte Sturm angespült haben könnte. Nach Unwettern lagen oft ganze Bäume im schwarzen Sand, verkeilt zwischen den mit Seetang bewachsenen Felsen.

Schon als Kind hatte Erlendur sich einen Ruf dafür erarbeitet, besondere Dinge zu finden. Das interessierte ihn mehr als die übliche Arbeit auf dem Hof.

Was er am Strand fand, hatte eine weite Reise hinter sich, jedes Ding enthielt eine Geschichte. Baumstämme, Fässer und Kisten kamen von Orten, die er noch nie gesehen hatte und wahrscheinlich auch niemals sehen würde.

Er war früh losgeritten, gleich nachdem er eine große Schüssel von der Grütze gegessen hatte, die seine Mutter beim Morgenmahl oft auftischte und die ihn den halben Tag sättigte. Sein Vater ließ ihn gerne ziehen, denn er konnte Erlendurs gefundene Hölzer gut gebrauchen. Andere mussten diese kaufen, wenn sie bauen wollten, und die Schiffer ließen sich ihre Lieferungen aus Norwegen und Schweden gut bezahlen.

Bis ihm der charakteristische Verwesungsgeruch in die Nase gestiegen war, hatte Erlendur kaum etwas Brauchbares entdeckt. Nur ein kümmerliches Holzstück, das wohl am ehesten dazu taugte, getrocknet und verfeuert zu werden.

Er folgte dem Geruch, eigentlich nur aus Neugier, was dort sein Leben gelassen hatte. Eine Robbe? Ein Delfin oder gar ein Mensch? In seiner jugendlichen Phantasie malte er sich die tollsten Abenteuer aus.

Aber was er dann erblickte, war erstaunlicher als alles, was er sich erhofft und ausgedacht hatte.

Das Tier, das dort lag, war länger als ein großes Sodenhaus. Sein schwerer Körper war ein Stück im Sand versunken und würde sich auch bei der nächsten Flut nicht mehr davonspülen lassen.

Erlendur band sein Pferd an einem Felsen fest und näherte sich vorsichtig seiner Entdeckung.

Dort war das Auge, winzig im Vergleich zum übrigen Körper. Es blickte trüb in seine Richtung, blind vom Tod. Trotzdem schien es ihn anzusehen, und es wirkte dabei nicht einmal unfreundlich.

Die Haut des gewaltigen Wals war schwarz und schälte sich in Fetzen vom Körper ab. Möwen und Krähen hatten Löcher in den dicken Speck gepickt und überall ihren weißlichen Kot hinterlassen.

Langsam ging Erlendur um seinen Fund herum.

Als ihm klarwurde, dass es sich um einen Bartenwal handelte, tat sein Herz vor Aufregung einen Satz. Das Fischbein war so viel wert wie mehrere gute Pferde!

«Ich ... ich bin reich», stotterte er und riss sein Messer vom Gürtel. Den Griff mit beiden Händen umfasst, kerbte er sein Zeichen an mehreren Stellen in die feste Haut.

Dann hörte er ein unheilvolles Gluckern, das aus dem Inneren des Tieres drang, und trat schnell einige Schritte zurück. Was war das? Es mussten die Gase sein, die durch die Verwesung entstanden, genau wie bei anderen aufgedunsenen Tierkadavern. Der Leib des Wals war an einer Seite aufgerissen. Dort hatten riesige Fische an ihm gefressen, vielleicht Haie, und dort kam auch das Geräusch her. Auf dieser Seite floss ein rötlich brauner Strom aus dem Kadaver und vermischte sich mit dem Meereswasser.

Erlendur hielt sich die Nase zu und beendete seinen Rundgang. Er hinterließ auch hier hastig sein Zeichen, schwang sich dann wieder auf sein Pferd und ritt so schnell heim, wie er konnte.

Kurze Zeit später war er wieder zurück, und dieses Mal waren sein Vater und seine Brüder dabei, die gleich Lastpferde mitgebracht hatten.

Doch als sie den Strand erreichten, waren sie nicht mehr allein. Die Brüder Brynjar und Jón Atlisson bearbeiteten bereits den Kadaver mit Äxten.

«Hey, was soll das?», schrie Erlendur und galoppierte direkt auf sie zu.

«Erlendur ...», klang die mahnende Stimme seines Vaters hinter ihm her, doch er war zu wütend, um auf ihn zu hören.

Die Atlisöhne wandten sich um, die Äxte fest umklammert. Ihre Blicke sagten deutlich, was sie über Erlendurs plötzliches Auftauchen dachten – offenbar hatten sie seine Begleiter noch nicht bemerkt und glaubten sich im Vorteil.

Erlendur zügelte sein Pferd im letzten Moment, auch wenn er die beiden am liebsten niedergeritten hätte. «Was soll das, habt ihr meine Marke nicht gesehen?»

«Hier war nichts, was bildest du dir ein? Verschwinde, Erlendur.»

«Er wird garantiert nicht verschwinden, Atlisson», tönte da der beeindruckende Bass von Erlendurs Vater. «Sogar von weitem kann man die Zeichen sehen, die mein Sohn in den Wal gekerbt hat. Es ist ganz klar, wer hier im Recht ist und wer sich an fremdem Eigentum vergreift.»

«Und wer will das bezeugen? Schau dort, unser Zeichen.»

«Verschwindet!», brüllte Ketil nun. «So unverschämt ist nicht mal euer Vater, und mit dem werde ich reden, wenn ihr weiterhin versucht, mich zu bestehlen. Außerdem liegt der Wal auf meinem Land.»

Die Brüder besprachen sich, und schließlich ließ auch der ältere seine Axt sinken.

«Wir könnten den Fund teilen, dann müsste es keinen Streit geben», wandte der jüngere Jón ein.

«Niemals», knurrte Erlendur.

«Wer weiß schon so genau, wo des einen Land anfängt und des anderen aufhört», meinte Brynjar.

Erlendurs Vater erwiderte nichts, sondern ritt einfach langsam auf die beiden zu.

Brynjar und Jón tauschten nervöse Blicke. Sie schienen ratlos. Selbst sie hätten es nicht gewagt, das Oberhaupt einer anderen Familie anzugreifen. Erst recht nicht, wenn dieser im Recht und mit seinen Söhnen in der Überzahl war. Erlendur und seine Brüder schlossen zu ihrem Vater auf.

«Los, verschwinden wir», gab sich Brynjar schließlich geschlagen und wendete sein Pferd. Jón zögerte noch einen Augenblick länger, dann folgte er ihm.

Erlendurs Herz machte einen Satz. Denen hatte Vater es gezeigt! Triumphierend sah er mit seinem Vater, Arnar und Patrek zu, wie die Atlisöhne den Strand hinunter nach Süden preschten. Sie schreckten einen Schwarm kleiner Vögel auf, der in alle Richtungen davonstob. Schließlich, als sie kaum noch zu erkennen waren, lenkten sie ihre Pferde einen Pfad hinauf, der zu den Ländereien der Familie führte.

Erlendur wünschte, sie hätten eine andere Sippe als Nachbarn. Irgendwann würde es nicht mehr bei diesen Streitereien bleiben.

«Beeilen wir uns», sagte Ketil. «Wenn wir heute nicht fertig werden, bestehlen sie uns in der Nacht.»

«Das denke ich auch. Wir sollten auf jeden Fall Wachen aufstellen.» Erlendur sprang aus dem Sattel.

Sein Vater schlug ihm anerkennend auf die Schulter. Mehr Lob brauchte es nicht.

«Es ist immer gut, einen Mann zu kennen, der das Glück auf seiner Seite hat. Allerdings wäre es mir lieber gewesen, du hättest ein Schiffswrack aufgebracht», meinte Arnar und ging an Erlendur vorbei, um zu sehen, was die Atlisöhne getan hatten. «Immerhin haben uns diese Dummköpfe schon etwas Arbeit abgenommen.»

Erlendur würde nie vergessen, wie sie den ganzen Tag die Barten des Wals bargen. Es war ungewöhnlich warm, und die Arbeit war schmutzig und schrecklich anstrengend. Sie setzten sie noch bis in die Nacht fort, während Fackeln den Strand erhellten. Es dauerte Wochen, auch das Fett des Tieres zu Tran zu verkochen und die Fässer nach Reykjavík zu verkaufen.

Sein Vater war stolz auf Erlendur und sprach ihm den Großteil des verdienten Geldes zu – auch wenn er ihm die Summe nicht sofort überließ, sondern nur einen geringen Teil. Den Rest sollte Erlendur bekommen, wenn er sich irgendwann einen eigenen Hof aufbaute.

Das änderte aber nichts daran, dass bald das gesamte Kirchspiel von Erlendurs großartigem Glücksfund hörte. Brynjar und Jón versuchten, ihm einen Diebstahl anzuhängen, aber es gab nur wenige, die ihnen Glauben schenkten. Stattdessen veränderten viele Nachbarn ihre Sicht auf Erlendur und nahmen ihn wichtiger. Ketil wurde angeboten, ihn früh zu verheiraten, wie zufällig kamen Familien zu Besuch und brachten ihre herausgeputzten Töchter mit.

Doch damals war Erlendur erst fünfzehn Jahre alt. Er interessierte sich nicht fürs Heiraten, wenngleich er die eine oder andere Schönheit gerne näher und besser kennengelernt hätte, als ihren Eltern lieb gewesen wäre.

Von dem Teil des Geldes, den er von seinem Vater ausgehändigt bekam, kaufte er sich einen neuen Sattel und schönes Zaumzeug für Sleipnir, auf dem er das nächste Pferderennen bestreiten wollte.

Seiner Mutter schenkte er eine Bahn teuren Stoff, den sie sich selbst nie geleistet hätte. Für seine Brüder und sich selbst besorgte er zudem schöne Messer mit beinernen Griffen, in die ihre Initialen eingeschnitten waren.

Das Kostbarste war ihm allerdings der Zorn der Atlisöhne, über die er triumphiert hatte. Auf jedem Viehtrieb und jedem Kirchgang führte er ihnen seinen Sieg vor Augen. Oft zog er sie auf oder redete wie zufällig über seinen Glücksfund.

Erlendur der Glückliche, ja, so hatte er sich damals wirklich gefühlt. Aber er hätte wissen sollen, dass es nicht für immer so bleiben würde.

Wie dumm ist nur die Jugend, dachte Erlendur reumütig und drückte die Schultern fester ins raschelnde Heu. Der Schmerz in seinem Oberschenkel wurde immer intensiver und rief ihn aus den Erinnerungen zurück.

Was eben noch in seinen Ohren wie Meeresrauschen geklungen hatte, entpuppte sich nun als heftiger Regenschauer. Es klang, als würde dort draußen die Welt untergehen. Schon bahnten sich einzelne Tropfen ihren Weg durch das morsche Dach. Sie waren eisig.

Waren sie wirklich so kalt, oder schien es ihm nur so als Auswirkung seines Fiebers? Denn dass er Fieber hatte, merkte er an dem Schwindelgefühl und dem klebrigen Schweiß an seinem Körper.

Plötzlich wurde die Tür aufgerissen.

Erlendur griff sofort nach dem Stock, den er sonst nutzte, um sich fortzubewegen, und hob ihn abwehrbereit. Mittlerweile war er zu der Entscheidung gelangt, er würde lieber sterben, als in ein dänisches Gefängnis zu gehen.

«Ich bin es, Salbjörg.»

Erlendur ließ die verkrampften Schultern sinken; der Schreck dagegen schwand weniger schnell. «Du? Bei diesem Wetter?»

Salbjörg nickte knapp und eilte näher. Sie war völlig durchnässt, was sie aber nicht zu stören schien, denn ihre Augen leuchteten, und ihre Wangen waren gerötet.

«Du siehst glücklich aus», stellte er fest.

Salbjörg wandte sich ab. «Ich musste doch nach dir sehen. Wie geht es dir?»

Erlendur verzog den Mund. «Nicht schlecht, nicht gut. Anscheinend kann der Tod sich nicht entscheiden, ob er mich holen will oder nicht. Ich glaube, er ist ein Spieler. Fragt sich nur, mit wem er um mich würfelt und warum das so lange dauert.»

«So solltest du nicht reden. Bete zu Gott, dass er dir schnelle Genesung schenkt.» Sie reichte ihm ein tönernes Fläschchen mit Ziegenmilch.

«Die ist ja noch warm.»

«Es ist nicht viel, mein Mann hat das meiste getrunken. Ich habe noch mal gemolken, direkt vor meinem Aufbruch, aber sie hatte fast nichts mehr.»

«Wäre es nicht besser, deinem Mann von mir zu erzählen? Vielleicht versteht er meine Lage», überlegte Erlendur laut, einer Eingebung folgend.

Salbjörg tat erschrocken einen Schritt zurück. «Niemals! Er würde dich höchstens an den *Sysselmann* ausliefern, wenn es dafür Geld gäbe. Torger ist immer nur auf seinen eigenen Vorteil bedacht.»

Das sagte sie so schnell, als wären ihr die Worte bereits eine Weile im Kopf herumgegangen. Ein Hauch von Abscheu zeigte sich dabei in ihrem Gesicht wie ein vorüberziehender Schatten. Die Bitterkeit machte sie hässlich, doch der Eindruck hielt nur kurz an, dann strahlte sie wieder.

«Lass uns nicht über mein Unglück reden. Berichte mir lieber, wie es dir geht.»

Sie trat ganz dicht vor Erlendur und strich sich das feuchte Haar aus der Stirn. Die Art, wie sie ihn dabei ansah, war ihm unangenehm. Sie war doch eine verheiratete Frau und schien sich auf etwas Hoffnung zu machen, was nicht sein durfte. Er musste sie von ihrem Weg abbringen, ohne sie gegen sich aufzubringen.

«Das Fieber plagt mich und die Erinnerung, die mit ihm kommt. Ich wünschte, es würde aufhören.»

«Leider habe ich nichts, was das Fieber lindern würde, mir fehlen die richtigen Kräuter. Der nächste Arzt ist in Reykjavík.»

«Es wird schon so gehen.»

«Lass mich deine Wunden ansehen. Ich habe leider nicht viel Zeit.»

Erlendur nickte. Sie würde wieder etwas faules Fleisch wegschneiden müssen, das spürte er. Wenigstens betraf die Entzündung nur noch eine kleinere Stelle, an den anderen wuchs und heilte es.

Schweigend nahm Salbjörg sich seiner Wunden an. Dieses Mal zögerte sie nicht lange, ihr Messer anzusetzen. Erlendur biss die Zähne zusammen und zwang sich stillzuhalten. Dreimal schnitt sie, dann war es vorbei, und frisches, sauberes Blut wallte aus seinem Fleisch heraus.

Sie wusch die Wunde sorgfältig und beobachtete ihn immer dann, wenn sie glaubte, er sähe nicht hin. «Sag, Erlendur», erkundigte sie sich schließlich, «wartet daheim ein Mädchen auf dich? Du bist alt genug, um eine Familie zu gründen, auch wenn du der jüngste von Ketils Söhnen bist.»

«Nein, niemand wartet auf mich. Ich habe nicht den Wunsch, früh zu heiraten. Warum fragst du?»

«Ich wollte mich nur ein wenig unterhalten. Aber du hast recht, vielleicht ist dies nicht das richtige Gespräch in deiner Lage.»

Er nickte. «Erst einmal muss ich überleben und herausfinden, wie ich meine Unschuld beweisen kann. Danach werde ich wieder anfangen, mir über meine restliche Erdenzeit Gedanken zu machen.»

«Recht so. Vielleicht solltest du Gott um Beistand bitten.»

Erlendur verzog unwirsch den Mund. «Wenn ich den ganzen Tag beten wollte, wäre ich Priester geworden.»

Salbjörg packte die Verbände zusammen, die sie nicht verwendet hatte. Dieses Mal hatte sie die Wunde mit weißen Flechten bedeckt, bevor sie den Stoff darüber befestigte.

Unter dem Schmerz kam es Erlendur vor, als machte sich eine Armee von Ameisen an seinem Oberschenkel zu schaffen. Hoffentlich blieb das nicht so! Doch er würde es aushalten. Bislang hatte seine Retterin ihn bestens versorgt.

«Wann kommst du zurück?», fragte er.

«Vielleicht schon morgen, aber ich weiß nicht, ob es mir möglich sein wird. In zwei Tagen auf jeden Fall.»

* * *

Als Salbjörg die Hütte verließ, setzte die Dämmerung gerade ein, der Regen hatte nachgelassen. Ihr Pferd war dennoch völlig durchnässt. Sie sattelte die Stute hastig und ritt mit gemischten Gefühlen davon.

Die Nähe zu Erlendur bewegte etwas in ihr, das sie sich nicht genau erklären konnte. Sie wollte mit ihm reden, bei ihm sein, einfach nur dasitzen und gemeinsam schweigen. Andererseits hatte sie es kaum erwarten können, der kleinen Scheune zu entfliehen. Erlendur umgab eine merkwürdige Stimmung. Er schien mit jedem verstreichenden Tag schlechter gelaunt zu sein.

Sicher lag es an seiner schier ausweglosen Situation und nicht an ihr.

Ich wünschte, ich könnte immer bei ihm sein und mich

um ihn kümmern, dachte sie wehmütig. Dann würde er sicher auch wieder freudiger in die Zukunft blicken.

Salbjörg zog an den Zügeln, bis ihre Stute stehen blieb und unwillig mit dem Kopf schlug. Das Tier wollte heim, zurück zu Stall und Futter. Sie konnte es ihm nicht verübeln. Trotzdem blickte sie noch einmal zu der kleinen Hütte, in der sich Erlendur verbarg.

Im Abendlicht sah der Schafstall von Austurengi grau und kümmerlich aus, beinahe als wäre der Tod dort vorbeigekommen und hätte nachgesehen, ob er den jungen Mann schon holen könnte. Unter den Schritten des dunklen Engels war die Farbe aus dem Gras und den Steinen gewichen.

Aber ich werde darum kämpfen, dass Erlendur am Leben bleibt, dachte sie mit einer Heftigkeit, die sie selbst überraschte.

Was war geschehen, dass sie für einen Fremden ihre eigene Zukunft riskierte? Torger, so war sie sicher, würde sie erschlagen, wenn er von Erlendur erfuhr.

Mit einem Mal beschlich sie eine schreckliche Ahnung.

«Gott steh mir bei, wenn er etwas merkt», sagte sie und trieb die Stute wieder an.

Sie überließ es nun dem Pferd, wie schnell es laufen wollte. Bald preschte es im Galopp über aufgeweichte Wege. Schon von weitem sah sie das Licht durch die kleinen Fenster vom Steinurshof scheinen.

Torger war also wach. Das war nicht gut. Aber sie hatte eine Entschuldigung: Vorne am Sattel hing ein Beutelchen mit weichstem Rentiermoos, das auch gegen Torgers Schmerzen helfen würde. Sie hatte es an der Küste bei den Eiderenten von den Steinen geklaubt, wo es besonders gut wuchs. Schon begann sie, sich die Worte zurechtzulegen, die sie zu ihm sagen wollte, als sie etwas Ungewöhnliches bemerkte. Dort bewegten sich zwei Schatten hinter den Fenstern – zwei, nicht einer. Und standen dort nicht Stiefel vor der Tür? Sie waren nass und voller Schlamm, als wäre der Reisende zu Fuß gekommen.

Hatten sie einen Gast? Dann war es nicht verwunderlich, dass Torger nicht mehr schlief.

Salbjörg brachte schnell ihr Pferd in den Stall, nahm den Sattel ab und warf der Stute etwas Heu hin, die sich gierig auf die magere Ration stürzte.

Eilig suchte Salbjörg im Hühnerstall noch einige Eier, um Torger und den Gast bewirten zu können, dann trat sie ein.

«Ehemann, ich bin wieder zurück!», rief sie und lugte neugierig aus der Küche in die gute Stube. Dort stand eine Frau mit feuerrotem Haar!

Salbjörg glaubte, ihr Herz bleibe stehen. Hatte Torger eben tatsächlich eine Strähne der Fremden berührt?

* * *

«Ich bin es, Schwester», sagte Jorun leise, und die Angst wurde sofort weniger. Endlich entkam sie den gierigen Händen ihres Schwagers. Salbjörg erschien keinen Moment zu früh. Wer weiß, wie weit Torger sonst noch gegangen wäre?

Aber warum sagte Salbjörg nichts? «Schwester, erkennst du mich nicht?»

Jorun ging langsam zu ihr, doch Salbjörgs Gesicht blieb reglos wie eine Maske. Schmal sah sie aus, und in ihrem goldblonden Haar zeigten sich erste graue Strähnen.

Meine Schwester ist alt geworden, dachte Jorun, und ihr Leben war in den vergangenen Jahren nicht glücklich.

«Willst du mich denn nicht umarmen?»

«Jorun?», würgte Salbjörg hervor, als wäre ihr Name ein bitterer Bissen, den es auszuspeien galt. Beinahe erwartete Jorun, dass ihre Schwester ihr vor die Füße spuckte.

Sie sah hinab auf ihre löchrigen, völlig durchweichten Socken. Und das waren noch ihre besten. Hatte sie sich zuvor eher selten geschämt, so tat sie es jetzt, vor ihrer Schwester, umso mehr. Wie sollte sie erklären, dass sie noch nicht mal genug besaß, um Wolle zum Ausbessern zu kaufen?

Eigentlich hatte sie Salbjörg umarmen wollen, doch die stand einfach nur da und rührte sich nicht, als hätte sie einen Geist gesehen.

Schließlich nahm Jorun all ihren verbliebenen Mut zusammen, überbrückte die letzte Distanz und schloss Salbjörg in die Arme. Unter den Händen spürte sie knochige Schultern, das Haar ihrer Schwester war feiner, als sie es in Erinnerung hatte, aber zumindest der Geruch war vertraut. Sie benutzte noch immer die Seife aus violetten Quendelblüten und viel Kamille nach einem Rezept ihrer Mutter.

Als Jorun schon glaubte, ihr Herz sei so verschlossen

wie ihr Gesichtsausdruck, erwiderte Salbjörg endlich die Umarmung. Zaghaft strich Jorun der Älteren über den Rücken.

«Was machst du hier?», raunte diese leise. «Du hast doch versprochen, nie wieder herzukommen.»

«Ich habe die Anstellung verloren. Ich hatte keine andere Wahl. Es tut mir leid.»

«Was hast du getan?»

«Nichts, ich schwöre es.»

Salbjörg sah sie an, als wollte sie eigentlich etwas erwidern. Zum Beispiel, dass sich Jorun früher schon immer gerne Geschichten ausgedacht habe, dass sie ein faules Mädchen gewesen sei und es jetzt sicher nicht besser um sie stehe. Stattdessen musterte sie ihren unwillkommenen Gast von Kopf bis Fuß.

«Dein Haar ist immer noch so feuerrot wie damals», sagte sie, und es klang wie eine Anschuldigung, wie: Deines ist rot und dicht, meins nur blond und dünner noch, als es schon früher war.

«Wir haben uns jahrelang nicht gesehen, nicht Jahrzehnte.»

«Es kommt mir aber so vor. Was erwartest du von uns, Jorun? Was willst du jetzt tun? Niemand stellt dich ein um diese Jahreszeit.»

Jorun schoss die Röte ins Gesicht. So musste sich eine Bettlerin fühlen, die das erste Mal um Almosen bat. «Ich habe gehofft, dass ihr mir für einige Wochen Obdach gewährt. Ich gehe so bald wie möglich», erwiderte sie.

«In der schlechtesten Zeit?», fragte Salbjörg, als hätte Jorun ihre Worte nicht verstanden.

Sie würde es nicht noch einmal sagen, so tief wollte sie nicht sinken. Dann doch lieber fortgehen, ohne sich selbst völlig zu verlieren.

«Lass sie doch bleiben», brummte Torger schließlich. «So wenig haben wir auch nicht, dass du deine Sippe fortjagen musst wie streunende Hunde.»

Jorun entging nicht, wie Salbjörg überrascht nach Luft schnappte. Offenbar war Torger der Letzte, von dem diese Güte zu erwarten war. Misstrauisch beäugte sie erst ihren Ehemann, dann Jorun.

«Gut, soll sie bleiben.»

Jorun konnte nicht anders, als ihre Schwester wieder zu umarmen. «Danke, danke, du ahnst ja nicht, wie dankbar ich dir bin.»

Auch Torger stand plötzlich da und forderte still eine Umarmung von seiner Schwägerin. Jorun zögerte nur kurz, dann ließ sie sie über sich ergehen und auch dass er sie auf die Wange küsste. Seine Lippen berührten ihre Haut nicht flüchtig, wie es sich geziemte. Selbst als sie längst wieder Abstand genommen hatte, meinte sie, noch das Kratzen seines Bartes und ein klein wenig Speichel zu spüren, der langsam trocknete.

«Bist du hungrig, Jorun?», erkundigte sich Salbjörg schließlich geschlagen.

«Ich bin seit heute Morgen unterwegs.»

«Dann koche ich jetzt.»

«Darf ich dir helfen?»

«Nein, das schaffe ich noch allein. Es ging in den letzten Jahren schließlich auch ohne deine Hilfe», erwiderte sie brüsk.

Jorun, die ihr bereits in die Küche gefolgt war, blieb abrupt stehen. Sie wollte etwas erwidern, doch zwischen ihr und Salbjörg gab es so viele ungesagte Worte, dass sie nicht unbedingt jetzt damit anfangen wollte.

«Ich werde mir ein Lager einrichten. Ist auf dem Dreschboden in der Scheune noch Platz?»

«Kommt nicht in Frage!», rief Torger. «Sie schläft in der *Baðstofa*, bei uns.»

Jorun hielt wie erstarrt inne, dann rang sie sich zu einem Lächeln durch und wandte sich um. «Nur wenn es auch meiner Schwester recht ist?»

Salbjörgs Gesichtsausdruck gab ihr Rätsel auf, doch schließlich nickte sie. «Es würde sich nicht gehören, dich in der Scheune schlafen zu lassen wie einfaches Gesinde. Was man dann über uns reden würde!»

Jorun zog sich mit ihrer Rückentrage in die Speisekammer zurück, um sich dort umzukleiden. Es vor Torgers gierigen Augen zu tun war unvorstellbar.

Was habe ich eigentlich geglaubt?, dachte sie. Dass Salbjörg sich nach allem, was zwischen uns geschehen ist, freut, mich zu sehen? Was war ich nur für eine Närrin. Nur weil ich ihr zumindest ein wenig verziehen habe, bedeutet es nicht, dass sie es ebenso hält.

Sie stellte ihre Trage ab, hängte die Lampe an einen Haken und sah sich um. Dort, eingegraben in lockeren Sand, lagerten Rüben und Möhren. Die Äpfel des Vorjahres waren in mehreren Etagen flach auf dem Stroh ausgebreitet, und von der Decke hing schwarz geräuchertes Fleisch vom Schaf und Pferd.

Salbjörg benutzte noch immer die großen Tontöpfe ihrer Mutter, um sauer Eingelegtes herzustellen. In den meisten war sicher Kohl, von dem auch noch einige unverarbeitete Köpfe da waren. In einem anderen Regal gab es Gefäße voller Schmalz und mehrere Laibe Molkekäse, dessen süßer, buttriger Geschmack unvergesslich war. Verglichen mit anderen Bauern waren Joruns Schwester und ihr Mann reich. Das Talent, gut zu wirtschaften, hatte Salbjörg von ihrer Mutter.

Mittlerweile interessierte sich auch Jorun dafür, doch jetzt war es zu spät, ihre Mutter schon viele Jahre tot. Wollte sie jetzt etwas lernen, musste sie sich an ihre Schwester oder ihre Dienstherren halten.

Jorun beeilte sich, ihren durchweichten Rock auszuziehen und auch die langen Strümpfe zu tauschen, dann verharrte sie einen Moment. Es war merkwürdig, wieder daheim zu sein, eine Mischung aus fremd und vertraut. Ausgerechnet die Fremdheit ging von dem Menschen aus, der ihr einst am nächsten gestanden hatte. Ob sich dieses Gefühl noch verstärken oder mit der Zeit abschwächen würde?

Da wurde die Tür geöffnet, und Salbjörg lugte hinein. Als sie sah, dass Jorun bereits wieder angekleidet war, zog sie die Tür ganz auf, ging an ihrer Schwester vorbei zu einem Tontopf, der mit einem gewachsten Tuch verschlossen war, und griff hinein. Er war bis zum Rand gefüllt mit getrockneten Pilzen. Einige waren pechschwarz verfärbt, das mussten Birkenpilze und Heiderotkappen sein. Die hell gebliebenen waren Steinpilze. Wie sie jetzt schon dufteten! Jorun zog es den Magen zusammen.

Salbjörg legte eine gute Handvoll Pilze auf den mitgebrachten Holzteller und verschloss den Tontopf wieder sorgfältig. Dann musste sie sich auf die Zehenspitzen stellen, um die Kräuterbündel zu erreichen, die ganz oben auf dem Regal lagen.

«Soll ich dir helfen?», fragte Jorun erneut, die ein Stückchen größer gewachsen war als ihre Schwester.

«Nein, es ging bislang auch immer ohne dich», wehrte Salbjörg wieder kühl ab und erhaschte das gewünschte Bündel. Jorun erkannte sofort, dass es *Blóðberg* war. Der wilde Thymian, der auf sonnenzugewandten Hängen wuchs, passte wunderbar zu Pilzen.

Sie versuchte, die schroffe Art ihrer Schwester nicht zu sehr an sich heranzulassen, und raffte die nasse Kleidung zusammen. «Kann ich die Sachen irgendwo trocknen?»

«Am besten in der Küche, da ist es warm», meinte Salbjörg. Schon verließ sie die Speisekammer mit den Kräutern und den getrockneten Pilzen.

Die Küche befand sich gleich nebenan. Jorun folgte Salbjörg und hängte ihre Kleidung an einen Nagel direkt neben den Herd. Salbjörg warf unterdessen Pilze und

Blóðberg in einen dampfenden Topf. Es war eng in dem kleinen Kochraum, aber deshalb auch besonders warm.

Was dort kochte, war ein kleines Festmahl. Jorun zweifelte jedoch, dass Salbjörg es zubereitete, um ihre Schwester zu ehren. Vielmehr wollte sie zeigen, was sie in diesen schlechten Zeiten alles noch besaß.

Es war böse, ihr so etwas zu unterstellen, doch Jorun konnte nicht anders. Dafür kannte sie Salbjörg viel zu gut.

KAPITEL 10

So ist der Frauen Liebe,
die Falsches sinnen,
als reite man auf Glatteis
ein Ross ohne Stollen,
ein wildes, zweijähriges,
das noch wenig gezähmt …

Die Edda, Einzelstrophen und Splitter, Strophe 10

Salbjörg konnte nicht schlafen. Sie lag genau zwischen Torger und Jorun, die auf dem Boden auf einem frischgefüllten Strohsack schlummerte und sich auf der Seite liegend eng zusammengerollt hatte, als könnte die Welt ihr nichts anhaben, wenn sie sich nur klein genug machte.

So hat sie früher schon geschlafen, dachte Salbjörg.

Als sie beide noch Kinder gewesen waren, hatten sie sich ein Bett geteilt und immer so lange miteinander geflüstert, bis Mutter sie zur Ruhe gemahnte. Die Erinnerung gab ihr einen Stich ins Herz.

Hinter ihr schnarchte Torger. Er hatte vorgeschlagen, dass Jorun mit ihnen das Bett teilen könne, und damit in Salbjörg wilde Eifersucht entfacht. Ihr war sofort aufgefallen, wie er ihre hübschere, jüngere Schwester ansah. Sosehr sie diesen Mann auch verabscheute, würde sie doch nicht zulassen, dass er seinen Willen bekam.

Im Nachhinein kam sie sich ein wenig töricht vor. Was

konnte schon passieren, solange sie zwischen den beiden lag? Zudem hatte Jorun nur zu bereitwillig verzichtet und den Platz auf dem Boden gewählt. Vielleicht gereichte Torgers erwachtes Interesse an Jorun Salbjörg sogar zum Vorteil. Wenn sein Kopf und sein Schwanz ihrer Schwester hinterherhechelten, würde er es womöglich sogar begrüßen, wenn Salbjörg häufiger unter einem Vorwand davonritt, um Erlendur zu pflegen.

Wenn Jorun einige Wochen blieb, hatte sie freie Bahn. Salbjörg merkte, wie sie die Dunkelheit anlächelte.

Warum bin ich vorhin nur so schrecklich abweisend gewesen?

Sie nahm sich vor, Jorun von nun an freundlicher zu begegnen. Es bedeutete nicht, dass sie ihr verzieh, aber sie würde versuchen, mit ihr auszukommen.

* * *

Erlendur humpelte ins Freie. Auf zwei Stöcke gestützt, schaffte er es unter größter Anstrengung bis zur Tür des kleinen Stalls. Er öffnete sie und lehnte sich an den Rahmen, um Atem zu schöpfen. Die Entzündung sog alle Kraft aus seinem Körper. Er fühlte sich, als hätte er Bleigewichte anstelle von Muskeln im Leib. Wann hörte das endlich auf?

Würde mit seiner Gesundheit auch die Erinnerung zurückkehren? Schon seit Tagen versuchte er krampfhaft zu verstehen, was vorgefallen war. In seinem Leben klaffte eine gewaltige Lücke. Auch heute Nacht würde er wieder versuchen, sie zu schließen.

Immer wieder begann er mit dem Morgen seines Aufbruchs: Er war losgeritten, um am Strand nach Treibholz zu suchen. Oder bin ich bereits auf dem Rückweg gewesen?, dachte er bei sich.

Er musste unbedingt herausfinden, was geschehen war.

«Ich bin ein Mörder», sagte er leise, aber deutlich.

Die Worte klangen eckig und irgendwie verkehrt.

«Ich bin unschuldig», versuchte Erlendur es nun, und wie auf einen geheimen Befehl hin kam eine Windbö und riss die Worte mit sich davon.

Um sie in die Welt hinauszutragen? Oder um sie verschwinden zu lassen, weil sie nicht der Wahrheit entsprachen?

Erlendur war kein abergläubischer Mensch, aber er wünschte, er wäre es. Es war leichter, sich so sein Schicksal zu erklären – vielleicht ein Schälchen Sahne zu einem Feenhügel zu tragen und einen vom verborgenen Volk um Hilfe zu bitten.

«Ich bin losgeritten. Es war früh am Morgen», begann er und sah auf die nächtliche Landschaft hinaus.

Wahrscheinlich hatte er den Hauptweg gewählt, abseits davon war es zu schlammig, um schnell voranzukommen. Zum Strand brauchte er nicht lange. Der Pfad führte auf beinahe geradem Wege südwärts, zuerst über einige Weiden, die schon früh im Jahr eisfrei waren, und später am Ufer eines Bachs entlang, der ein weites Delta geschaffen hatte. Der feine Sand des Wasserlaufs aus den Bergen lud zu einem schnellen Ritt ein, den Sleipnir und er beide genossen hatten.

Erlendur erinnerte sich, dass es bisher einer der schönsten Tage des Frühjahrs gewesen war. Nach einem kurzen Schauer am Morgen schien die Sonne bis zum Mittag. Längere Zeit verbrachte er eigentlich nie am Strand. Manchmal ritt er danach noch zu benachbarten Höfen, um kleinere Geschäfte zu tätigen.

Die Leute vom Straumehof hatten angeboten, für den Sommer einige Schafböcke auszutauschen, um frisches Blut in die Herden zu bringen. Erlendur wollte sich die Tiere ansehen und dann die Nacht auf Straume verbringen, bevor sein Weg ihn weiter nach Reykjavík führen sollte, wo er weitere Besorgungen erledigen und seinen Freund, den Sattler Thorstein, besuchen wollte, der auf einem Hof in der Nähe von Reykjavík lebte. Am späten Nachmittag hätte er bei dem Hof ankommen sollen, aber er war nicht weit gekommen. Allenfalls ein Viertel des Weges hatte er hinter sich gebracht, bevor etwas geschehen war.

Hatten die Brüder ihm aufgelauert? Und wer war die schattenhafte Gestalt, an die er sich zu erinnern glaubte? Ein Freund der Atlisöhne, der nun gegen ihn aussagte? Ein Zeuge, der jedem erzählen würde, wie er die Brüder erschlagen hatte? Oder gab es keinen weiteren Mann, und seine Erinnerung spielte ihm nur einen Streich?

Sicher waren viele Menschen insgeheim froh, dass es so gekommen war. Brynjar und Jón waren Betrüger, die es sich mit fast allen Mitgliedern der Gemeinde verdorben hatten. Sie spielten ihr falsches Spiel, wo sie nur konnten.

Wahrscheinlich war die Ursache der blutigen Auseinandersetzung genau dort zu suchen. Wie oft hatte er sich gewünscht, die beiden einfach zu erschlagen!

Und wenn es doch die Wahrheit war? Wenn sie ihn ein Mal zu oft gereizt hatten?

«Ich wurde angegriffen, ich habe nur mein Leben verteidigt», sagte er laut. Es klang richtig, aber war es das auch?

Er wusste, dass er leicht zu reizen war, aber eigentlich hatte er sich immer unter Kontrolle. Wirklich immer?

Sie hatten sein Pferd umgebracht. Er konnte sich vorstellen, dass ihn eine solch gemeine Tat wütend genug machte, um zu töten.

«Ich bin nach vom Strand aus nach Straume geritten», begann er von vorn, «aber ich weiß nicht, wie weit ich auf meiner Reise gekommen bin.»

* * *

Schweigend saß Jorun mit Schwester und Schwager am Tisch und aß das Morgenmahl. Die Eheleute hatten sich offensichtlich nicht viel zu sagen. Torger löffelte seine Grütze, ohne auch nur einmal aufzusehen. Im Gegensatz zu Salbjörg und Jorun hatte er einen Teller mit zwei kleinen Würsten und einem Stück Speck neben seiner Schüssel stehen.

Joruns Grütze schmeckte gut. Ihre Schwester hatte nicht an Butter gegeizt, und ihr Teller war gut gefüllt. Nach so einem Frühstück ging einem die bevorstehende Arbeit sicher gut von der Hand. Jorun hatte vor, sich nützlich zu machen und Salbjörg zu beweisen, dass sie sich längst nicht mehr vor der Arbeit drückte wie früher als kleines Mädchen.

Sie hatte erstaunlich gut geschlafen. Es war die erste Nacht ohne Albträume seit langem gewesen, und das obwohl ihr Empfang alles andere als freundlich ausgefallen war. Die Ungewissheit war also doch viel schlimmer gewesen, als sie sich selbst hatte eingestehen wollen.

«Würdest du mir heute zur Hand gehen?», erkundigte sich Salbjörg plötzlich mit einer Freundlichkeit, die Jorun in Staunen versetzte.

«Natürlich, ich erledige alles, was du brauchst, Schwester.»

«Ich will die Lücken in den Hauswänden, durch die es zieht, stopfen und danach noch Wolle verarbeiten.»

«Da helfe ich dir gerne.»

Torger nickte zufrieden. «Zu zweit schafft ihr die Ausbesserungsarbeiten schnell. Ich werde zu Svend Garðarsson reiten und schauen, ob er noch Holz hat, das er mir verkaufen kann. Das Tor an der oberen Weide ist kaputt und das Holz so morsch, dass es nicht mit ein paar Flickereien getan ist.»

Jorun sah, wie Salbjörg kaum merklich lächelte. Sie verstand nicht, warum, aber eigentlich war es auch gleich. Das Wichtigste war doch, dass ihre Schwester besser gelaunt war und ihre alte Feindschaft für eine Weile begrub.

«Willst du mit Torger reiten und dich dort nach einer Anstellung umhören?», fragte Salbjörg und versetzte damit alle Anwesenden in Erstaunen.

Torger lachte. «Ich würde mich natürlich nicht gegen ihre Begleitung wehren, aber der Mann ist so arm, dass ich hoffe, er gibt mir das Holz für einen Schinken. Eine Magd kann er sich bestimmt nicht leisten.»

Salbjörg schien diese Antwort zu missfallen, was sie sich aber nicht anmerken lassen wollte. Bei ihrem Ehemann hatte sie damit Erfolg, aber Jorun kannte sie noch immer zu gut, vor ihr konnte die Ältere ihre Gefühle nicht so leicht verbergen. Sie wusste genau, was es bedeutete, wenn Salbjörg die Brauen kaum merklich zusammenzog und dann kurz die Mundwinkel nach oben zuckten.

Aber Jorun schwieg, wie sie zum meisten auf Steinurshof schweigen würde, das hatte sie sich zumindest fest vorgenommen. Sie wollte keinen Streit, weder den alten aufflammen lassen noch einen neuen beginnen.

Schnell war das Mahl beendet, und Torger machte sich zum Aufbruch bereit. Er fing zwei der stärkeren Pferde von den noch immer kargen Weiden ein. Sie sollten ihm als Packtiere dienen, falls sein Tauschgeschäft erfolgreich verlief. Was er plante, war kein fairer Handel, denn gutes Holz war wertvoll auf Island, viel wertvoller als ein Schinken, und war er auch noch so prächtig.

Aber so war Torger schon gewesen, als Jorun ihn vor Jahren kennengelernt hatte, und er sah an seinem Tun noch nicht einmal etwas Falsches. Da er nicht an der Armut des Nachbarn schuld war, war es in seinen Augen rechtens, aus dem Unglück des anderen einen Vorteil zu schlagen.

Salbjörg schien nicht erwarten zu können, dass ihr Mann endlich den Hof verließ. Geflissentlich ging sie ihm zur Hand, damit er schneller aufbrach.

Das war früher ganz anders gewesen, da war sie ihm kaum von der Seite gewichen und hätte ihn angefleht, sie mitzunehmen.

In den vergangenen Jahren musste viel geschehen sein. Jorun hoffte, Salbjörg würde ihr davon erzählen.

Kurz nach Torgers Abritt brachen auch die beiden Schwestern auf. Sie gingen zu Fuß, jede eine leere Trage auf dem Rücken. Salbjörg führte ihre gescheckte Stute an der Hand, ein freundliches, fleißiges Tier.

«Ein schönes Pferd hast du da», sagte Jorun anerkennend und brach die Stille, die seit dem Frühstück zwischen ihnen herrschte.

Salbjörg strich der Stute gut gelaunt über die Nüstern. «Sie ist das letzte Fohlen von der Gescheckten.»

«Das habe ich mir schon gedacht, sie sehen einander ähnlich», erwiderte Jorun.

Ungesagt blieb, was diese Worte auch bedeuteten. Dass ihr Lieblingspferd aus Kindertagen, das Reittier ihrer Mutter, tot war, entweder durch eine Krankheit gestorben, oder es war im Kochtopf geendet wie die meisten alten Tiere. Das stimmte Jorun etwas traurig, auch wenn es der Lauf der Dinge war.

Bald erreichten sie ein altes, längst überwuchertes Geröllfeld. Die Steine waren von einer dünnen Humusschicht bedeckt, auf der große Teppiche von dichtem, weichem Moos wuchsen. Hier würden sie schnell gesammelt haben, was sie für die Ausbesserungsarbeiten benötigten.

Jorun hob die Pflanzen vorsichtig an, löste die Wurzeln und kleinen Äste der Kräuter, die dazwischen wuchsen, und rollte die Polster auf, bevor sie diese im Korb verstaute.

Salbjörg pflückte genau neben ihr. Es war fast wie früher, nur dass Jorun nicht mehr über die Felsen turnte, sondern fleißig ihrer Arbeit nachging.

«Sag, Schwester ...», begann Salbjörg, doch dann stockte sie. «Vielleicht sollte ich diese Frage lieber nicht stellen.»

«Frag nur», antwortete Jorun und hatte bereits eine Ahnung, worum es ging.

«Nun gut. Als du gegangen bist, warst du guter Hoffnung. Hast du es verloren?»

Jorun spürte einen schmerzhaften Stich im Herzen. «Auf gewisse Weise schon.»

«Was bedeutet das? Ging die Leibesfrucht zu früh ab? Dann hat uns Gott mit dem gleichen Schicksal gestraft.»

«Nein, nein, das nicht. Mir ist eine gesunde Tochter geboren worden. Aber wie hätte ich sie behalten sollen, in meiner Lage?»

«Du hast nicht ... du würdest doch nie ...?» Salbjörg richtete sich auf. Sie war ganz blass geworden.

«Gott bewahre! Niemals!» Allein der Gedanke an Kindsmord trieb Jorun beinahe die Tränen in die Augen. «Auf dem Hof, wo ich zu der Zeit war, hatte die Bäuerin nur zwei Tage zuvor ihr Kind bei der Geburt verloren. Sie nahm meine Kleine an dessen Stelle an. Mehr kann ich nicht sagen, ich habe geschworen zu schweigen. Nur so viel: Meine Tochter wird es eines Tages besser haben, als ich es je hatte. Sie ist dort das einzige Kind, und die Leute sind wohlhabend.» Sie seufzte, rollte ein weiteres Stück Moos auf und legte es in ihre Trage. «Ich habe versprochen, nie wieder dorthin zu gehen, damit ihr Geheimnis sicher ist.»

Salbjörg drückte sich eine Hand auf den Mund. Ihr war anzusehen, dass sie noch viele Fragen hatte, die sie nun alle nicht stellen würde.

Jorun war froh, dass sie es nicht tat. Es war auch so schon schwer genug, mit der Gewissheit zu leben, das eigene Kind niemals wiederzusehen. Auch wenn sie die Kleine nur drei Tage bei sich gehabt hatte, so war sie ihr doch in der kurzen gemeinsamen Zeit so sehr ans Herz gewachsen, dass sie ihr Kindchen jeden einzelnen Tag vermisste. Es verging keiner, an dem sie nicht überlegte, wie es ihr jetzt ging, was sie erlebte und wie groß sie mittlerweile sein musste.

«Manchmal ertappe ich mich bei dem Gedanken, wieder zu jenem Hof zu gehen und sie aus der Ferne zu beobachten. Nur um zu wissen, dass es ihr gutgeht.»

Salbjörgs Miene wurde weich. «Meinst du denn, du würdest sie wiedererkennen?»

Wenn es eine Erinnerung gab, die in Joruns ganzem Leben niemals verblassen würde, dann war es wohl die, wie sie ihre Tochter zum ersten Mal in den Armen hielt. Sie war so klein und zart, dass Jorun kaum wagte, sie zu berühren. Sie hatte rotes Haar wie sie selbst, und schon nach wenigen Stunden stand es ihr flaumig vom Kopf ab.

«Welche Mutter würde ihr Kind denn nicht wiedererkennen? Ich glaube, Gott hat zwischen Mutter und Kind eine besondere Verbindung geschaffen. Warum sonst habe ich manchmal das Gefühl, dass sie gerade traurig ist oder krank?»

«Merkwürdig.»

Jorun wollte nicht länger darüber nachdenken, und ihr gefiel auch Salbjörgs Blick nicht, der mit einem Mal kühl und regelrecht abweisend geworden war.

«Was ist denn mit dir?», fragte Jorun.

«Was soll mit mir sein?»

«Na, du weißt schon ... Kinder.»

Salbjörg wandte ihr den Rücken zu. «Natürlich. Es war klar, dass du herkommst und mir als Erstes ebenfalls Vorwürfe machst.»

«Was? Ich habe doch nur etwas gefragt. Warum suchst du in einer harmlosen Frage einen Vorwurf?»

Als Salbjörg nicht antwortete und nur mit hochgezogenen Schultern dastand, ging Jorun zu ihr. Sie hob die Hand, doch statt sie ihr tröstend auf die Schulter zu legen, ließ sie sie wieder sinken.

Ihre Schwester weinte, und Jorun begann zu ahnen, warum. «Wie viele?», fragte sie mit belegter Stimme. Der Wind trieb ihre Worte davon, als wäre zwischen ihnen eine Klamm, durch die er mit aller Macht hindurchfuhr.

«Drei», würgte sie hervor. «Drei, die groß genug waren, um ihre kleinen Gesichter und die winzigen Händchen zu sehen. Drei, die ich da vorne auf der kleinen Kuppe begraben habe, und wer weiß wie viele noch, die zu winzig waren dafür.»

«Es tut mir leid.»

Salbjörg schrie. Jorun versuchte, ihre Schwester zu beruhigen, doch die stieß sie nur von sich und stolperte weinend davon.

Jorun wusste nicht, was sie tun sollte, doch sie verstand, dass Salbjörg jetzt alleine sein wollte. Verstand es nur zu gut. Also blieb sie am Rand des Geröllfeldes stehen und sah ihr nach. Ihre Schwester stapfte weiter, die gescheckte Stute führte sie am Zügel mit sich.

Oder sollte sie ihr nicht vielleicht doch besser folgen? Andererseits hatte Salbjörg in den vergangenen Jahren auch allein mit der Trauer umgehen müssen.

Mit einem mulmigen Gefühl widmete sich Jorun wieder ihrer Arbeit. Das Moos schmiegte sich weich und kalt in ihre Hände. Sie schob die Finger zwischen die zarten grünen Verästelungen, zog ein wenig, bis sich das Polster vom Fels löste, und rollte es dann flink zusammen. Immer wieder suchte sie dabei die Erinnerung an ihre kleine Tochter heim.

Obwohl sie unentwegt den erdigen Duft des Mooses in der Nase hatte, meinte sie, zugleich den sauberen, weichen Duft des Neugeborenen wahrzunehmen.

Sie wusste noch genau, wie es sich angefühlt hatte, wie es war, wenn sich die winzigen Händchen suchend über ihre Brust bewegten. Die Augen, die so merkwürdig umherschauten, ihr räselhaftes Blau, das es so sonst nirgends gab.

Hastig wischte sich Jorun eine Träne von der Wange und schmierte sich dabei versehentlich Erde ins Gesicht. Sie richtete sich auf, wusch die Hände mit etwas Tau, der sich im Gras gesammelt hatte, streifte noch einige Tropfen davon ab und wischte sich das Gesicht sauber.

Es war lange her, seit sie zuletzt um ihr verlorenes Kind geweint hatte. Sie hatte den Schmerz fest in sich verschlossen geglaubt, wie in einer Muschel, aber jetzt hatte die Schale Risse bekommen.

Dabei kann ich mich verglichen mit Salbjörg noch glücklich schätzen. Immerhin hatte ich sie drei Tage, konnte sie halten und nähren und weiß, dass es ihr gutgeht, überlegte sie im Stillen. «So Gott will», sagte sie leise und schob sich schließlich die Trage auf den Rücken, die bis zum Rand gefüllt war. Das Moos sollte ausreichen, um auch ohne Salbjörgs vollen Korb alle Lücken zu stopfen.

Der Weg zurück zum Hof kam ihr lang vor, vielleicht weil sie ihn alleine ging. Auf dem Hinweg war die Zeit regelrecht verflogen. Es war erstaunlich, wie schnell man sich wieder an einen Menschen gewöhnte.

Endlich war das Gehöft zu erkennen; langgestreckt duckte es sich zwischen zwei grasbewachsenen Bodenfalten ins Tal.

Der Bach, den sie zuvor noch beinahe mühelos überquert hatte, schien in der Zwischenzeit angeschwollen zu sein. Doch vor diesem Gewässer, an dessen Ufer sie schon als kleines Mädchen gespielt hatte, ängstige sie sich nicht. Flink sprang sie über die Steine, zwischen denen es mächtig gurgelte.

In der Mitte des Wasserlaufs blieb sie stehen und sah nordwärts. Der Fluss kam von dort, wo sich dichte Wolken über dem Gletscher gesammelt hatten. Oder war das Rauch?

Man erzählte sich, dass ein Vulkan unter dem Eis schlief wie ein Riese unter einer frostigen Decke. War er aufgewacht? Nein, wahrscheinlich waren das nur Wolken, die dort ihre schwere Fracht ausgossen und so den Fluss zum Steigen brachten.

Und doch, das Wasser, das dort herangeschossen kam und sich strudelnd um die Felsen legte, war von einem milchigen Blaugrau. Es kam vom Gletscher.

Jorun beendete die wackelige Überquerung mit einem beherzten Sprung. Ihre Füße sanken tief in den Kies ein, und sie verlor zwei aufgerollte Moospolster aus der Kiepe. Sie ging in die Knie, um sie aufzuheben, da bemerkte sie Salbjörg, die sich soeben in den Sattel ihrer Stute schwang.

Sie wirkte nervös, offenbar wollte sie nicht gesehen werden. Jorun war froh, dass sie selbst gerade jetzt von einem großen Felsen verdeckt wurde.

Nachdem Salbjörg sich wohl davon überzeugt hatte, alleine zu sein, ritt sie davon. Sobald sie den Weg erreichte, der westwärts aus dem Tal führte, trieb sie ihr Pferd in den Galopp.

Hoffentlich war nichts passiert!

Jorun beschlich ein schreckliches Gefühl. Sie rannte zum Hof. Beinahe erwartete sie, Torger vorzufinden, der sich verletzt hatte. Doch die Gebäude waren verlassen, und nichts wies darauf hin, dass ihr Schwager bereits wieder zurück war.

Was war also geschehen? Warum hatte Salbjörg es so eilig fortzukommen? Hoffentlich lag es nicht an dem Gespräch über die verlorenen Kinder. Mit einem Mal spielte Joruns Vorstellungskraft verrückt. Sie hatte schon von Frauen gehört, die sich vor Verzweiflung über ihre Kinderlosigkeit ins Meer stürzten!

Hastig stellte sie die Kiepe ab und lief Salbjörg hinterher. Anfangs war es noch leicht, ihr zu folgen. Jorun hielt die Röcke hoch und rannte, so schnell sie konnte, doch bald keuchte sie vor Anstrengung, als der Weg immer steiler wurde. Schließlich konnte sie das Meer wie einen dünnen blauen Streifen am Horizont sehen.

Der Weg führte geradewegs an die Küste, und noch immer waren die Hufabdrücke deutlich zu erkennen. Jorun fiel es schwerer und schwerer zu atmen. Schließlich musste sie sich eingestehen, dass sie Salbjörg nicht mehr einholen würde.

Völlig verschwitzt ließ sie sich auf einen Felsbrocken am Wegesrand sinken, barg den Kopf in den Händen. Was sollte sie nur tun?

Was, wenn Salbjörg nun ins Meer ging, weil sie so unbedacht gewesen war und sie auf Kinder angesprochen hatte? Das würde Jorun sich niemals verzeihen.

Sie stand wieder auf und zwang sich, schnell weiterzugehen. Irgendwie musste es ihr gelingen, Salbjörg einzuholen.

KAPITEL 11

Für alle Worte,
die man andern sagt,
erlangt man oft den Lohn;
selbst wisse man's,
nicht sonst noch jemand,
das Dorf weiss, was drei wissen.

Die Edda, Das alte Sittengedicht, Strophe 52

Erlendur drückte sich den Handrücken auf die Stirn. War sein Fieber wirklich zurückgegangen, oder bildete er sich das nur ein? Seit langem hatte er sich nicht mehr so klar gefühlt.

Sonnenstrahlen fielen durch das löchrige Dach des Stalls und malten Flecken auf das alte Heu, das ihm als Lager diente.

Auf einmal kam ihm der kleine Stall vor wie eine Last, die auf ihn niederdrückte. Beinahe schien es ihm, als würden die Wände näher und näher rücken. Er hatte das Gefühl, es keinen Moment länger in seinem Versteck auszuhalten.

Energisch stützte sich Erlendur an der Wand ab, stand auf und griff nach dem Stock, der ihm als Krücke diente.

Eigentlich hatte er seiner unfreiwilligen Gastgeberin versprochen, die Hütte niemals bei Tageslicht zu verlassen. Aber jetzt musste es sein, sonst würde er sich bald etwas antun. Ohnehin war der Gedanke, sich mit seinem kleinen

Messer die Adern zu öffnen, mit jedem Tag weniger abwegig geworden. Zwei Schnitte, zweimal kurzer Schmerz, sicher gering verglichen mit dem, was er bereits hinter sich hatte, und es war vorbei.

An der Tür blieb Erlendur stehen und schob sie vorsichtig auf. Der Wind war eisig und belebend. Umso deutlicher stach ihm nun der Krankheitsgeruch in die Nase, den sein eigener Körper verströmte. Ihm wurde beinahe schlecht davon.

Das Land war lebendiger geworden, seit er hergekommen war. Hier und da spross etwas Grün durch die vom langen Winter braun verblichenen Wiesen.

Alles in Erlendur sehnte sich danach, dort hinauszugehen und endlich wieder dem stürmischen Wind entgegenzulaufen. Die Böen würden vor dem Gestank der Krankheit keinen Halt machen und ihn einfach fortwehen.

Was hinderte ihn eigentlich daran? Von Salbjörg war weit und breit nichts zu sehen, auch sonst war niemand da.

Kurz entschlossen warf Erlendur seine Decke über die Schulter zurück, fasste die Krücke fester und setzte den ersten Schritt nach draußen. Von da an konnte er sich nicht mehr bremsen. Ganz gleich, ob ihm schwindelig wurde oder das Bein mehr und mehr pochte, es gab kein Umkehren.

Erlendur richtete seinen Blick bergauf. Der Weg zurück würde später leichter werden, hoffte er.

Auf der Kuppe hinter dem Schafstall entdeckte er einige Felsen, die wirkten, als wären sie von Menschen aufgerichtet. Wie steingewordene Kreaturen standen sie dort oben und trotzten Wind und Wetter. Erlendur wollte sehen, was sie sahen. Mit dem neuen Ziel vor Augen kämpfte er sich weiter vorwärts.

Schließlich erreichte er mit letzter Kraft die Kuppe. Alles verschwamm vor seinen Augen. Ihm war so schwindelig, dass er sich einfach zu Boden sinken ließ und die Fäuste auf die Lider drückte, um die Welt da draußen davon abzuhalten, sich weiterhin wie verrückt zu drehen.

Es dauerte, bis er endlich wieder klar sehen und seinen Sinnen trauen konnte. Mühsam rutschte er ein Stückchen weiter vor, bis er einen Felsen im Rücken hatte, an den er sich anlehnen konnte und der ihn vor dem Wind schützte.

Über den mageren Wiesen ragte grau und schwarz Vulkangestein auf, durchstieß die Vegetation wie gebrochene Knochen. Ihn wunderte nicht, dass die Altvorderen einst geglaubt hatten, die Berge seien nichts anderes als die Gebeine erschlagener Riesen.

Der Landstrich ähnelte demjenigen, wo er einst seinen größten Triumph gefeiert hatte. Das Pferderennen von Mjördalur, an dem er einst teilgenommen und das zwei Männern und zahlreichen Pferden das Leben gekostet hatte, hatte nicht weit von hier stattgefunden.

Dort war er erneut mit Brynjar und Jón Atlisson aneinandergeraten. Sie hatten ihm die Sache mit dem Walfund nie verziehen und sannen auf Rache. Für Erlendur war der Tag beinahe tödlich geendet.

Vielleicht hat Gott unser Schicksal von Beginn an miteinander verknüpft, überlegte er. Vielleicht konnten wir keinen anderen Lauf nehmen, als immer wieder aufeinanderzuprallen. Jedes Mal etwas blutiger und mit etwas mehr Zorn, der sich aufstaut, bis es irgendwann in einem Verbrechen gipfeln muss.

Aber ich habe nicht getötet, dachte Erlendur.

In seinem Kopf klangen diese Worte längst nicht mehr nach Gewissheit. Mit jedem verstreichenden Tag ähnelten sie mehr und mehr einer Frage, auf die er keine Antwort wusste. Und er fürchtete sich vor dem Moment, an dem er die Wahrheit herausfinden würde.

Den Tod gewünscht hatte er den Brüdern schon oft. Womöglich hatten sie ihn sogar verdient.

Aber ich werde nicht den Rest meines Lebens in einem dänischen Gefängnis verbringen!

Erlendur rieb sich die brennenden Augen. Die Helligkeit des Frühlingstages war irritierend und belebend zugleich.

Ja, endlich fühlte er sich wieder etwas lebendig, nicht mehr reduziert auf das verrottende Fleisch an seinem Oberschenkel.

Vor einer Weile schon hatte der Wind den Klang von Pferdehufen herangetrieben. Da das Tier nirgends zu sehen gewesen war, hatte Erlendur sich nicht weiter darum gekümmert. Umso überraschter war er daher, als er plötzlich jemanden bemerkte. Eine Frau wanderte schnellen Schrittes über die Grate und sah sich dabei immer wieder suchend um. Böen rissen an ihrem Haar. Es war von leuchtender Farbe wie die Morgensonne oder die Lava, die er als Junge einmal beobachtet hatte.

Die Fremde war schon so nah, dass es keine Chance mehr gab, sich in sein Versteck zurückzuziehen. Für einen gesunden Mann wäre es kein Problem gewesen, aber seine Schwäche und das Hinken hätten ihn verraten.

Vielleicht gelang es ihm, sich an Ort und Stelle vor ihr zu verbergen? Erlendur duckte sich tief hinter den Felsen. Sein Atem kam ihm ungeheuer laut vor.

Die Schritte der Fremden raschelten durch das ausgeblichene Gras. Sie keuchte, als wäre sie eine weite Strecke gerannt.

Warum lief sie nur genau auf ihn zu?

«Salbjörg! Salbjörg, wo bist du?», rief sie gegen das Brausen des Windes an.

Salbjörg? Sie suchte nach seiner Retterin? Das konnte doch nicht sein. Erlendur wagte sich etwas hervor und spähte durch die gedrungenen Äste eines Strauchs, der sich in den Windschatten des Felsens duckte.

Die Frau war nur noch wenige Schritte entfernt. Er konnte den Schweiß auf ihrer Stirn glänzen sehen und hören, wie ihr der Wollumhang von den Böen um die Beine geschlagen wurde. Sie atmete schwer, dann blieb sie stehen und stützte die Hände in die Seiten. Ihr Gesicht war schmerzverzerrt, der Körper so schmal, dass er kaum diesen Strapazen gewachsen schien. Sie hatte etwas Elfenhaftes an sich und war auf beunruhigende Weise schön. Aus ihrem Zopf hatten sich feuerrote Strähnen gelöst, die in der Sonne glänzten. Sie sah aus wie das blühende Leben. Die rosigen Lippen vor Anstrengung geöffnet, kämpfte sie sich bis zur Kuppe hinauf. Oben angekommen, ließ sie den Blick schweifen und rief erneut nach Salbjörg. Als keine Antwort kam, ging sie langsam weiter auf ihn zu.

Erlendurs Herz schlug mit jedem ihrer Schritte schneller. Was sollte er nur tun, verdammt! Es war schlimm genug, dass seine Retterin über ihn Bescheid wusste, und er wollte nicht noch jemanden ins Vertrauen ziehen müssen. Dieses Mal würde er sicher nicht so viel Glück haben.

* * *

Jorun hatte heftiges Seitenstechen. Fast die ganze Zeit war sie gerannt und hatte Salbjörg doch nicht einholen können. Am Strand war ihre Schwester nicht gewesen.

Wie soll sie auch, wenn sie ins Wasser gegangen ist?, argumentiere eine böse Stimme in ihr.

Jorun weigerte sich, darauf zu hören. Immerhin waren weder die Stute noch deren Hufabdrücke im Sand zu finden gewesen, also war Jorun den ganzen Weg wieder zurückgeeilt und hatte auf beiden Seiten im Grund nach Spuren gesucht. Vielleicht hatte Salbjörg ja den Pfad verlassen? Oder womöglich war die Küste nie ihr Ziel gewesen?

Dann hatte sie deutliche Hufabdrücke entdeckt, die auf diese Erhebung führten. Im harten Boden waren sie dann wieder unauffindbar gewesen, doch Jorun wollte nicht so schnell aufgeben. Immerhin hatte sie von dem Grat aus einen guten Überblick.

An der höchsten Stelle ragten einige dunkle Felsblöcke auf. Die meisten gingen ihr wohl bis zum Oberschenkel, der größte überragte sie um Haupteslänge. Angeblich markierten die Steine das Grab eines Königs aus alter Zeit. Andere behaupteten, die Ansammlung der Gesteine sei ein Tanzplatz der Alfen. Vielleicht stimmte auch beides. Jorun gefiel keine der beiden Ideen.

Dann sah sie ihn.

Der Mann kauerte hinter dem vordersten Felsen, sprungbereit, als wollte er sich sofort auf sie stürzen.

Jorun dachte an die Gefahren der Straße, doch die waren nichts verglichen mit einem Überfall fernab davon. Hier konnte sie nicht hoffen, dass ihr andere Reisende zu Hilfe eilten, hier war sie einem Räuber schutzlos ausgeliefert und ganz auf sich allein gestellt.

Entschlossenheit vorspielend, fasste sie nach dem Griff ihres kleinen Messers, das an ihrem Gürtel hing. «Ich habe nichts!», rief sie, ihre Stimme zitterte nur ein wenig.

Nun versuchte der Räuber nicht mehr, sich zu verstecken. Er sah verwahrlost aus, seine Kleidung war an vielen Stellen dreckig und zerrissen. Und war das etwa Blut? Stammte es womöglich von seinem letzten Opfer?

Jorun zog das Messer.

«Ich will dir nichts tun», sagte der Fremde und hob beschwichtigend die Hände.

«Warum liegst du dann auf der Lauer?»

«Ich liege nicht auf der Lauer. Wenn ich jemanden überfallen wollte, würde ich das sicher nicht auf irgendeiner gottverlassenen Hügelkuppe tun, sondern am Hauptweg.»

Vor lauter Angstschweiß wurde Joruns Hand ganz feucht.

Dieser Kerl war schrecklich anzusehen, und er roch, als hätte er Jahre in der Missetäterwüste gehaust, ohne sich auch nur einmal zu waschen oder neue Kleidung anzuziehen.

«Womöglich bist du mir bis hierher gefolgt», sagte sie mutig. «Aber ich habe wirklich nichts außer meinem Leben – und du willst doch nicht zum Mörder werden.»

Der Fremde zuckte kaum merklich zusammen. «Vielleicht bin ich das ja schon. Aber nein, ich will dir nicht an Leib und Leben. Geh einfach und erzähle niemandem von unserer Begegnung.»

Jorun war schon fast von seiner Harmlosigkeit überzeugt, als er plötzlich einen Knüppel fasste und aufstand. Er war noch nicht ganz auf den Beinen, da trat sie zu und landete einen schlechtplatzierten Tritt gegen sein Bein. Eigentlich hatte sie den Schritt treffen wollen, wie es ihr von anderen Frauen immer wieder eingebläut worden war, erwischte aber nur den Oberschenkel.

Der Fremde schrie trotzdem wie am Spieß, fiel und stürzte dann einige Meter den Hang hinunter.

Jorun rannte ein Stück und blieb dann in sicherer Entfernung stehen, um sich nach dem Dieb umzusehen. Der Mann lag noch immer auf der Seite und umklammerte sein Bein.

Etwas stimmte dort nicht. Sie hatte ihn doch kaum getroffen, geschweige denn schwer verletzt? Jorun merkte, wie sie zitterte. Sie war hin- und hergerissen zwischen ihrer Angst und der Befürchtung, einem Fremden unrecht getan zu haben.

Zögernd ging sie schließlich näher, nahm ihr Messer kurz in die linke Hand, um die schweißnasse rechte am Rock trocken zu wischen. Neben der Steinformation lag der hölzerne Prügel des Mannes. Sie hob ihn auf und bemerkte eine Gabelung am oberen Ende. Fast wie bei einer Krücke, dachte sie überrascht.

Der Mann lag beinahe zehn Schritt von ihr entfernt hangabwärts und machte keine Anstalten aufzustehen. Zögernd stieg Jorun den rutschigen Hang hinab, an dem Schafe ihre Pfade hinterlassen hatten. In den parallel verlaufenden Stufen hatten sich Schneereste gesammelt.

Auf Höhe des Fremden blieb sie stehen. «Bist du verletzt?», fragte sie zögernd.

Er war sehr blass geworden, das dunkle Haar klebte ihm an den Schläfen. Der Mann nickte, die Lippen zu schmalen Strichen gepresst.

Hatte sie ihn schon einmal gesehen? Die Form seines Gesichts und auch die eckigen Brauen kamen ihr vertraut vor. Mit einem Mal sah sie sich wieder auf dem Ketilshof dem Hausherrn und seinen Söhnen gegenüber.

«Wer bist du?», fragte sie.

«Gib mir den Stock wieder, bitte, sonst muss ich hier weiter unwürdig im Dreck liegen», antwortete er rau und streckte vorsichtig die Hand aus, als erwarte er einen weiteren Tritt.

«Erst nennst du mir deinen Namen!»

Er seufzte und strich sich das strähnige dunkle Haar aus der Stirn. «Erlendur Ketilsson.»

Jorun traute ihren Ohren nicht. «Erlendur? Der Erlendur?»

«Den Stock, bitte.»

Sie warf das Holz in seine Reichweite und musterte ihn aus zusammengekniffenen Augen. Sie hatte sich diesen verschollenen Sohn anders vorgestellt. Vornehm wie die anderen Ketilssöhne, groß und breit in den Schultern wie Stiere. Erlendur, wenn er es denn wirklich war, schien eher schmal, wenn auch von hohem Wuchs. Was sie über ihn auf dem elterlichen Hof gehört hatte, waren beinahe Heldengeschichten gewesen – und nun sollte es dieser Kerl sein? Der war doch mehr tot als lebendig.

Er keuchte, während er sich die Krücke unter die Achsel schob und schwerfällig auf die Beine kam. Schwankend blieb er stehen, sein Blick irrte fiebrig umher. «Geh, Mädchen. Bitte geh jetzt und vergiss, dass du mich gesehen hast.»

«Aber warum denn? Deine Familie ist in Sorge um dich, sie suchen sicher noch immer nach dir.»

Einen Moment lang schien er wie versteinert. «Was weißt du von meiner Familie?», sagte er bedrohlich.

«Ich habe einige Tage auf Ketilshof gearbeitet. Dein Vater und deine Brüder sind jeden Morgen aufgebrochen, um nach dir zu suchen, und kamen jeden Abend erst sehr spät wieder …» Jorun zögerte. Sollte sie ihm von den Leichen erzählen, die gefunden worden waren? Oder gab das einem flüchtigen Mörder dann einen zusätzlichen Grund, auch sie zu töten?

Niemand durfte wissen, wo er sich aufhielt, das hatte er deutlich gesagt. Warum sonst sollte er sich verstecken, wenn nicht vor dem Gesetz?

Erlendur musterte sie lange und schien dabei jeden ihrer Gedanken lesen zu können. Dann wandte er sich ab und bahnte sich vorsichtig einen Weg über die Schafspfade hinab. «Ich hätte nie rausgehen sollen», hörte sie ihn murren.

Erlendur hielt eindeutig auf den alten Schafstall von Austurengi zu, der von ihrer Familie seit Generationen genutzt wurde. Hatte er sich seit seinem Verschwinden dort drin versteckt? Wussten Torger und Salbjörg womöglich davon?

Der Ketilsohn schien sehr schwach. Als er den Stall erreicht hatte, sah er sich nach allen Seiten um, dann trat er ein. Er benahm sich, als wäre er hier zu Hause.

Jorun zögerte kurz, dann folgte sie ihm.

In der Hütte humpelte Erlendur in den hintersten Winkel und ließ sich auf einen kläglichen Rest von altem Heu fallen. Hier hatte er also die vielen Tage nach seinem Verschwinden überdauert? Erstaunlich, dass er genug Proviant und Wasser dabeigehabt hatte.

Doch bevor sie den Gedanken zu Ende bringen konnte, bemerkte sie ein kleines Tonfässchen, das ihr nur allzu vertraut vorkam. Sie hob es auf. «Woher hast du das?»

«Was geht dich das an?», gab er mürrisch zurück, während er das Heu hinter sich feststopfte, um sich daraufzulegen.

«Das gehörte meiner Mutter. Sie hat sogar ihre Initialen in den Ton geschnitten!»

«Deiner Mutter? Dann bist du wirklich Salbjörgs Schwester?»

«Was? Ja, natürlich.»

Sie starrte ihn an, und er blickte genauso überrascht zurück. Was bedeutete das alles? Hatte er die Sachen gestohlen? In Gedanken spielte sie alle Möglichkeiten durch.

«Aber ... das würde Salbjörg nie tun», sagte sie leise. Ihre ältere Schwester hätte doch niemals hinter Torgers Rücken einen Fremden versteckt. Jorun schauderte bei der Vorstellung, wie ihr Schwager reagieren würde, wenn er von einem solchen Geheimnis seiner Frau erfuhr. Er war ein eifersüchtiger Mann.

«Was hat meine Schwester mit dir zu schaffen?», fragte sie schließlich kühl.

«Sie hat mir das Leben gerettet.» Erlendur schien diese Tatsache unangenehm, als hielte er es für unter seiner Würde, sich von jemandem helfen zu lassen. «Ich habe mir nicht gewünscht, dass es so passiert, glaube mir.»

Das glaubte sie ihm sofort.

Mittlerweile kam er ihr gar nicht mehr so gefährlich vor. Etwas verwildert sah er aus, wie die Pferde, die nach einem halben Jahr auf den Hochebenen sehnig und struppig, aber mit diesem besonderen Glanz in den Augen in die Täler zurückkehrten. Als Kind hatte sie sich immer ausgemalt, wie die Hengste dort oben mit wilden Tieren und Ungeheuern kämpften. Erlendur Ketilsson wirkte wie ein angeschlagener Krieger aus eben diesen Geschichten.

«Was ist passiert?», fragte sie schließlich, noch immer

nicht sicher, ob sie ihm von dem Leichenfund erzählen sollte oder nicht.

Erlendurs Blick verfinsterte sich. «Das ist meine Sache, ich ...» Da stocke er und hob einen Finger an die Lippen.

Jetzt hörte sie es auch. Hufgeklapper. Schnauben. Dort kam ein Reiter.

Erlendur griff nach einer Axt, die er offenbar neben sich im Heu verborgen gehalten hatte. Mit einem Schlag schnürte es Jorun die Kehle zu. Würde er jetzt wieder töten?

«Nein, nicht ...», stotterte sie.

«Scht. Kein Wort mehr.» Sein kalter Blick war einschüchternd wie ein Hieb ins Gesicht. Doch dann erinnerte sie sich, wie schwach er war. Ich habe ihn mit einem einzigen Tritt zu Fall gebracht, er kann mir nichts tun und wahrscheinlich auch keinem anderen, überlegte sie im Stillen.

Erlendur wies sie mit einem Handzeichen an, sich hinter einer kleinen Findlingsmauer zu verstecken. Sie war hüfthoch und ursprünglich errichtet worden, um kranke oder schwache Schafe von den anderen zu trennen. Das passende Tor gab es längst nicht mehr.

Jorun gehorchte. Sie hatte keine Wahl, denn um ungesehen hinauszulaufen, war es zu spät. Ganz gleich, wer dort kam, sie wollte nicht in der Nähe dieses Mannes gesehen werden.

Sie kauerte sich hin und versuchte, möglichst flach zu atmen. In dem abgetrennten Bereich war es sehr dunkel, die Nische war ein gutes Versteck. Durch eine Lücke zwischen zwei Feldsteinen konnte sie den Eingang und auch

Erlendur sehen. Der richtete sich gerade auf, indem er sich an der Wand abstützte. Mit der Linken hielt er die Waffe fest umklammert.

Der Reiter kam immer näher. Er umkreiste die Hütte zur Hälfte, Leder quietschte, Stoff raschelte. Offenbar war er vom Pferd abgestiegen.

Komm nicht hinein, es wird womöglich dein Unglück sein, flehte Jorun den Unbekannten stumm an.

«Erlendur? Ich bin es!», hörte sie plötzlich eine vertraute Frauenstimme.

Salbjörg? Hatte ihre Schwester sich mit diesem Kerl eingelassen? Jorun konnte es nicht fassen, sie war so überrascht, dass sie beinahe vergaß zu atmen.

Erlendur ließ seine Waffe fallen und schob sie mit einem Fuß wieder unter das Heu, dann setzte er sich und zog seine Decke zurecht, als hätte er soeben darunter geschlafen.

Warum diese Scharade, wenn Salbjörg doch offenbar von ihm wusste?

Joruns Schwester trat ein, über dem Arm eine prallgefüllte Tasche. Sie hatte also nie die Absicht gehabt, sich etwas anzutun, wurde Jorun klar. Und ich habe mir Sorgen gemacht, dass sie sich das Leben nehmen wollte!, schalt sie sich. Was bin ich nur für eine dumme Gans.

Die Erleichterung darüber, ihre Schwester wohlauf zu sehen, wich rasch Erstaunen, denn Salbjörg strahlte regelrecht. Sie hatte sich das Haar neu gebunden, um ihre Schultern lag ein hübsch besticktes Tuch, das mit einer silbernen Nadel festgesteckt war.

Ich bin durch die Gegend gerannt wie toll, und meine Schwester putzt sich unterdessen seelenruhig heraus, als wäre sie ein frisch erblühtes Mädchen!, wunderte sich Jorun. Womöglich hatte Salbjörg ihre Trauer nur vorgetäuscht, um schneller von ihr wegzukommen. Oh, sie war so zornig! Am liebsten wäre sie aus ihrem Versteck gesprungen, um der Älteren die Meinung zu sagen. Doch Jorun zwang sich zur Ruhe. Während sie versuchte, möglichst leise zu sein, merkte sie, wie die kurz entstandene Nähe zu ihrer Schwester wieder verschwand und sie vor Salbjörg erneut ihr Herz verschloss. So herausgeputzt hatte Jorun sie zuletzt bei ihrer Hochzeit mit Torger gesehen. Damals war es ihr genauso unheilvoll erschienen wie jetzt.

«Wie geht es dir?», fragte Salbjörg nun mit einem breiten Lächeln, das sie um Jahre jünger aussehen ließ.

«Unverändert, vielleicht ein wenig besser.»

«Gut, sehr gut. Ich habe dir einiges mitgebracht.»

Während Salbjörg ihre Taschen leerte, riskierte Erlendur einen Blick über ihre Schulter zu Joruns Versteck. Es kam Jorun vor, als würde er sie genau sehen, dabei stimmte das nicht, die Steine verbargen sie zuverlässig. Der winzige Schlitz, durch den sie die beiden beobachtete, gab sicher nichts von ihr preis.

«Bitte», formte er stumm mit den Lippen und wiederholte es gleich noch einmal. «Bitte.»

Er brauchte sie nicht zu bitten, sie wollte sich bestimmt nicht jetzt bemerkbar machen. Salbjörg würde ihr das nie verzeihen.

«Du bist heute so schweigsam», sagte diese gerade und berührte Erlendur am Arm.

Ihm schien die Nähe unangenehm. Jorun sah deutlich, wie er zurückwich und es wie eine zufällige Bewegung aussehen ließ.

Salbjörg fiel es nicht auf. Ihre Wangen glühten, als wäre sie auf einem Fest und hätte mehrere Runden mit ihrem Liebsten getanzt. Schämte sie sich denn nicht? Und das als verheiratete Frau.

Während Jorun zusah, wie Salbjörg sich um ihren Schützling kümmerte, wurde sie immer wütender auf ihre Schwester. Sie hatte doch alles bekommen, den Hof, einen Ehemann, alles! Jorun war fortgejagt worden, mit nicht viel mehr als ihrer Kleidung am Leib und dem ungeborenen Kindchen unter dem Herzen. Und Salbjörg gierte immer noch nach mehr. Jetzt wollte sie auch noch einen Liebhaber, weil ihr der Ehemann wohl nicht reichte.

Am liebsten wäre Jorun an den beiden vorbeigestürmt, hin zu Torger, und hätte ihm alles brühwarm erzählt. Dann würde er seiner Frau eine Tracht Prügel verpassen und sie womöglich verstoßen. Dann wäre auch Salbjörg heim- und mittellos. Diese Vorstellung war seltsam tröstlich.

«Du hast beim letzten Mal gesagt, du würdest dich gerne waschen, rasieren», sagte Salbjörg soeben. Sie hatte etwas in ein weiches Tuch eingeschlagen, das sie nun auspackte.

Es war ein Rasiermesser, eindeutig das von Torger, Jorun hatte ihn noch am Morgen damit hantieren sehen. Es besaß einen Horngriff mit goldenen Initialen.

Schon bald war das typische Schaben zu hören. Erlendur fluchte leise, während der dunkelbraune, kurze Vollbart dem Messer wich. Er sah jung aus darunter, erstaunlich jung. Mit glattrasierten Wangen kamen seine dunklen Brauen und die ungewöhnlich hellen Augen noch besser zur Geltung.

Männer und auch Frauen wie ihn gab es hin und wieder auf Island. Man sagte ihnen nach, dass sie von den geraubten Frauen abstammten, die einst von den Wikingern hierher verschleppt worden waren. Noch heute haftete ihnen etwas Geheimnisvolles an. Bestimmt hätte Joruns Großmutter es wieder auf die Alfen geschoben. Wechselbälger, vom heimlichen Volk ausgetauschte Kinder.

Nach einer Weile strich Erlendur sich das dunkle Haar aus der Stirn und seufzte erleichtert. Augenscheinlich fühlte er sich etwas sauberer und damit sicher auch wohler.

Salbjörg hatte ihm Wasser mitgebracht und ein kleines Stück Seife, das er sehr sparsam benutzte. Sie hatte sich auf eine gefährliche Gratwanderung eingelassen, die nicht für immer gutgehen konnte. Würde es Torger nicht auffallen, das etwas mit seinen Sachen geschehen war?

Erlendur rieb sich das Gesicht, an dem hier und da kleine Schnittverletzungen zu erkennen waren, und ließ dann zu, dass Salbjörg ihn mit einem sanften Stoß ins Heu drückte. Folgsam lehnte er sich zurück.

Jorun war fassungslos. Auch der dicke Verband an seinem Oberschenkel änderte nichts daran, wie Salbjörg ihn ansah. Wie ein lüsternes Weib, das sich über ihren Geliebten hermachte. Erlendurs Lächeln war wie weggewischt, sobald Salbjörg den Blick abwandte. Als sie den Verband löste, der voll mit frischem Blut war, wurde er blass.

«Die Wunde ist wieder aufgerissen, wie ist das passiert?», fragte Salbjörg. Geschickt wusch sie die Stelle aus.

«Ich bin gefallen. Mir ist plötzlich schwindelig geworden, und ich habe es nicht mehr rechtzeitig geschafft, mich zu setzen.»

Jorun war sofort klar, dass nicht ein Sturz die Ursache war. Ich bin das gewesen, deshalb hat der schwache Tritt gereicht, um ihn zu überwältigen, schoss ihr durch den Kopf. Er war schon vorher verletzt, deshalb versteckt er sich vermutlich auch hier. Er ist zu schwach, um weiter zu fliehen.

Sie zweifelte nicht daran, dass dieser Erlendur Ketilsson gefährlich sein konnte, ganz gleich, wie harmlos er sich auch gab. Wie ein verletztes Wild, das man in die Enge trieb, würde er angreifen, sobald er sich und sein Geheimnis bedroht sah. Doch Salbjörg begriff das nicht, stattdessen bezirzte sie ihn wie einen reichen Bauernsohn auf der Suche nach einer Braut.

Ich muss sie davon abbringen, dachte Jorun entschlossen, sonst ist es womöglich unser aller Ende.

Plötzlich zog Erlendur ein Messer. Jorun wollte aufschreien, doch da schob er sich schon den lederumwickelten Griff zwischen die Zähne, presste den Rücken ins Heu und ballte die Hände zu Fäusten.

Er schrie trotzdem. Nur ein Mal; dumpf drang der Schmerzenslaut an dem Griffleder vorbei.

Zu sehen, wie er sich aufbäumte, fuhr Jorun durch Mark und Bein. Salbjörgs Messer war blutig. Sie hatte ihn geschnitten! Mit spitzen Fingern hob Joruns Schwester einen roten Fetzen hoch und ließ ihn achtlos fallen. Das war ein Stück von ihm! Wie grauenhaft. Was tat Salbjörg da nur? Noch einmal senkte sich die Hand mit der Klinge, und Jorun drehte es beinahe den Magen um.

Bald lag Erlendur still, sein Atem jagend, das Gesicht blass wie bei einem Toten. Salbjörg strich ihm über die Stirn und durch das wirre dunkle Haar. Erlendur hob die Hand, wie um die ihre wegzustoßen, doch auch dafür war er zu schwach.

«Es wird gut, alles wird gut, dies war sicher das letzte Mal, ganz sicher», redete Salbjörg ihm zu. Auch für sie musste die Prozedur nicht einfach sein.

Nach einiger Zeit hatte sich Erlendur wieder so weit erholt, dass er den Messergriff ausspuckte und sich ein wenig aufrichtete, um hinter sich zu greifen. Aus dem Heu zog er eine Tasche und schob sie Salbjörg zu, die nicht anders konnte, als sie entgegenzunehmen. Es war Erlendurs höfliche Art, ihr zu zeigen, dass er von ihr nicht getröstet werden wollte. Salbjörg fügte sich seinem Wunsch. Sie verband ihn, doch schien sie auch das hinauszögern zu wollen.

«Du musst dich sicher beeilen, es ist schon spät, dein Ehemann …»

«Denk nicht an ihn, er ist verreist, er merkt heute nicht, wenn ich fort bin.» In Salbjörgs Worten klang das Angebot mit, zu bleiben und ihm noch Gesellschaft zu leisten.

Wie lange ging das wohl schon so? Dass sie zu ihm ging und nicht merkte, wie es um seine Gefühle stand?

Schließlich bat Erlendur darum, ihn jetzt schlafen zu lassen, er sei erschöpft. Jorun konnte am Gesicht ihrer Schwester deutlich ablesen, wie ihr seine Bitte missfiel. Diesen übellaunigen Blick hatte sie früher selbst oft zu sehen bekommen, wenn sie wieder nicht den Erwartungen der Älteren entsprochen hatte.

«Du musst morgen nicht herkommen, denke ich», sagte Erlendur zum Abschied. «Der Tiegel mit der Salbe ist noch gut gefüllt.»

Salbjörg setzte zu einer Erwiderung an. Sie schien sich kaum von ihrem Schützling trennen zu können, ließ die Schultern sinken und wandte den Blick ab.

«Wie du möchtest, dann hab eine gute Nacht», antwortete sie enttäuscht.

«Du auch», erwiderte er und lächelte, doch das konnte ihre Stimmung nicht mehr heben.

Salbjörg hatte nun nichts mehr von der gutgelaunten Frau an sich, die Jorun eben noch beobachtet hatte. Stattdessen war sie genauso wie in Torgers Nähe. Mit schlurfenden Schritten verließ sie die Hütte.

Jorun harrte in ihrem Versteck aus, bis der Rhythmus des davontrabenden Pferdes kaum noch zu hören war.

Erlendur setzte sich in einer fließenden Bewegung auf – so schwach war er also nicht. «Du solltest jetzt besser auch gehen.»

Jorun nickte und kroch hinter der Mauer hervor. Ihr linker Fuß war von der kauernden Haltung eingeschlafen. Während es in der Fußsohle kribbelte und stach, als wäre sie in ein Nest aus Nadeln getreten, waren ihre Zehen völlig taub. Jorun verzog das Gesicht und biss die Zähne zusammen. «Wie lange willst du noch hierbleiben?»

«Nur so lange wie unbedingt nötig. Das schwöre ich.»

«Du brauchst mir nichts zu schwören. Meine Schwester …»

Er hob die Hand. «Deine Schwester hat nichts zu befürchten. Wie du siehst, bin ich nicht das Ungeheuer, für das du mich gehalten hast.»

Jorun blieben die Worte im Hals stecken. Wieder musste sie an ihre kurze Zeit auf dem Ketilshof denken. Ihr war dort nur Gutes widerfahren, und sie zweifelte daran, dass so freundliche Menschen wie Ketil und Silja einen Mörder als Sohn hervorbringen konnten.

«Es tut mir leid, dass ich dich getreten habe.» Jorun wies auf seinen Oberschenkel.

«Vielleicht hatte ich es ja verdient.» Er zuckte mit den Schultern. «Gibt es noch etwas, das du mir erzählen kannst? Von daheim?»

Wie war das möglich? Woher wusste er, dass sie soeben an sein Zuhause gedacht hatte? «Deine Eltern suchen nach dir.»

Er lud sie ein, sich neben ihn ins Heu zu setzen. Erst zögerte Jorun, dann ließ sie sich nicht weit von ihm nieder, weil es noch immer anstrengend war zu stehen.

«Etwas gibt es noch ...» Ihr pochte der Puls bis in die plötzlich trockene Kehle. «Auf der Suche nach dir haben sie eine Leiche gefunden, Jón Atlisson.»

Erlendur verengte die Augen zu Schlitzen, sein Lächeln verschwand. «Weiter, erzähl weiter.»

Jorun beobachtete ihn genau, während sie weitersprach, berichtete, wie sie die Leiche gewaschen hatte und wie kurz darauf der *Sysselmann* mit seinen Leuten gekommen war. «Er hat mit deinem Vater beratschlagt, und sie haben allerhand Überlegungen angestellt. Am Tag danach haben sie zusammen gesucht und auch noch die Leiche von Brynjar Atlisson entdeckt. Deine Mutter hatte danach kaum noch Hoffnung, dich wiederzufinden, und deinen Vater gebeten, die Sache den Leuten des *Sysselmanns* zu überlassen. Mehr weiß ich nicht. Danach haben sie mich fortgeschickt, weil wieder genug Menschen zum Arbeiten da waren und ich nicht mehr gebraucht wurde.»

«Das heißt, sie suchen nicht mehr nach mir?»

«Nicht mehr so sehr. Der *Sysselmann* scheint jetzt allein die Suche zu leiten.»

Erlendur stand auf und griff plötzlich nach ihrer Schulter. Beschwörend sah er ihr in die Augen. «Meine Eltern, glauben sie, dass ich es war?»

Sie war sich nicht sicher. Aber was war die richtige Antwort? «Deine Mutter sicher nicht. Sie fürchtet, ihr könntet dem gleichen Verbrecher zum Opfer gefallen sein.» Jorun hatte gehofft, dass ihm die Antwort reichte, aber so leicht machte Erlendur es ihr nicht.

«Mein Vater, meine Brüder, was ist mit ihnen?» Hoffnung schimmerte in seinen blauen Augen, und Jorun ertappte sich dabei zu verstehen, warum Salbjörg ihn wider jedes gute Wissen mochte.

«Ich habe sie kaum gesehen, sie waren immer unterwegs. Erlendur, ich war als Tagelöhnerin dort, warum sollten die Herrschaften …»

Der Druck seiner Hand auf ihre Schulter wurde fester, unangenehm, aber nicht schmerzhaft – noch nicht. «Bitte, ich flehe dich an, bei meiner Mutter warst du dir doch auch sicher!»

«Ist es denn so wichtig, was sie denken? Du weißt doch selbst am besten, ob du ein reines Gewissen hast!»

In seinen Wangen arbeiteten die Kiefermuskeln. Mehrfach setzte er zu einer Antwort an. «Ich kann mich nicht erinnern», brachte er endlich hervor, «ich kann mich, verflucht noch mal, nicht erinnern!», schrie er zum Schluss, dann barg er sein Gesicht in den Händen. Die Ungewissheit schien ihn beinahe körperlich zu schmerzen.

Jorun zögerte. Wollte er alleine sein oder nicht? Es fühlte sich falsch an, jetzt zu gehen, besonders, wenn sie an seine Mutter dachte, der sie selbst so viel zu verdanken hatte.

Erlendur ließ die Hände wieder sinken. Sie waren sehnig und schmal, passend zu seiner Statur. «Ich habe mich selbst verloren», sagte er schließlich kehlig. «Was soll ich nur tun?»

«Vielleicht brauchst du nur Zeit.»

«Vielleicht.»

Er sah sie lange an, musterte sie. Jorun wurde abwechselnd heiß und kalt. Dieser Fremde schien ihr bis in die Seele schauen zu können. Es war eine Nähe, die ihm nicht zustand. Und war sie nicht eigentlich schon viel zu lange hier? Leise stand sie auf und ging davon. An der Tür blieb sie noch einmal stehen.

Erlendur hatte den Blick nun abgewandt. Zusammengekauert ballte er die Fäuste. Seine Schultern bebten. Vor Zorn oder Verzweiflung?

KAPITEL 12

Besitz stirbt,
Sippen sterben,
du selbst stirbst wie sie;
doch Nachruhm
stirbt nimmermehr,
den der Wackre gewinnt.

Die Edda, Das alte Sittengedicht, Strophe 68

Zwei Tage verstrichen, in denen Salbjörg zwar beständig an Erlendur dachte, aber nicht zum Schafstall von Austurengi hinaufritt. Sollte er doch ausprobieren, wie gut er alleine zurechtkam! Er hatte sie fortgeschickt. Und das nach allem, was sie für ihn getan hatte. Erlendur war undankbar – sie hätte ahnen müssen, dass alle Männer im Kern gleich waren.

Wie lästige Insekten schwirrten ihre Gedanken umher und kehrten immer wieder zu der Zeit mit ihm zurück.

Ihre Hände auf seiner fieberdurchglühten Haut. Nein! Daran durfte sie nicht denken. Nicht ausgerechnet daran!

Salbjörg verzwirbelte einen Strang Garn und zog ihn auf die Spindel, die sich langsam drehte. Das Wachs der Wolle machte ihre Finger geschmeidig. Sie versuchte, sich auf ihre Arbeit zu konzentrieren und alles andere auszublenden. Wenn sie genug Garn hatte, würde sie ihrer Schwester ein Paar neue Socken stricken. Ihr war nicht entgangen, wie ärmlich gekleidet sie von ihrer letzten Anstellung gekommen war.

Joruns Anwesenheit auf dem Steinurshof erwies sich als weniger unangenehm, als Salbjörg erwartet hatte. Nach dem schrecklichen Gespräch über die verlorenen Kinder schwieg sie die meiste Zeit und blieb, wenn sie nicht gemeinsam arbeiten mussten, für sich.

Die Hauswände hatten sie schnell ausgebessert und noch genug Material übrig gehabt, um auch Scheune und Stallwände abzudichten. Sie hatte Jorun als faules Mädchen in Erinnerung, das lieber trödelte und sich Geschichten ausdachte, als mit anzupacken. Die Zeit als Magd hatte ihr diese Unsitte offenbar ausgetrieben. Jetzt nutzte sie sogar die wenige freie Zeit, um Torf zu stechen oder Wolle zu kämmen. Vielleicht wollte sie auch wiedergutmachen, dass sie im magersten Monat des Jahres nach Steinurshof gekommen war.

Das Schweigen, das zumeist zwischen ihnen herrschte, kam Salbjörg immer anstrengender vor. Hin und wieder sah Jorun sie merkwürdig an, als wüsste sie irgendetwas und wäre kurz davor, es ihr zu erzählen. Wahrscheinlich schmutzigen Tratsch über die Kinderlose vom Steinurshof und ihren jähzornigen Mann. Die Augen ihrer Schwester nahmen dann einen unheilvollen Grünton an, ganz dunkel wurden sie. Unter diesen Blicken fühlte Salbjörg sich schmutzig und minderwertig. Aber was warf Jorun ihr vor? Was verbarg sie hinter diesen dunkelgrünen Augen? Sie konnte doch froh sein, dass sie überhaupt Aufnahme gefunden hatte!

Als Salbjörg endlich beschlossen hatte, die Jüngere zur Rede zu stellen, kehrte Torger von seiner Fahrt zurück. Seine Ankunft schien das Licht zu schlucken wie eine heraufziehende Schlechtwetterfront, und es wurde kalt auf Steinurshof.

Jorun, die im Hof Wolle verlas, sah ihn zuerst. «Torger kommt zurück!», rief sie und wies nach Norden. Dort war ein Mann auszumachen, der mehrere Pferde führte. Sie zogen lange Hölzer hinter sich her. Also ist er erfolgreich gewesen bei seinem Handel, dachte Salbjörg erleichtert. Gemeinsam mit Jorun lief sie ihm entgegen.

Torger schien erschöpft, aber guter Dinge. Sein Blick ruhte auffällig lange auf seiner Schwägerin, deren rote Haare in der Sonne schimmerten wie Granate. Salbjörg erstickte ihre aufwallende Eifersucht im Keim. Sollte er ruhig Jorun hinterhergaffen. Solange seine Aufmerksamkeit einer anderen galt, fühlte sich das Gewicht, das sonst auf ihren Schultern lastete, nur halb so schwer an.

«Für noch einen Sack Kartoffeln und Kohl dazu hätte Svend Garðarsson mir wahrscheinlich seine halbe Hütte verkauft», triumphierte er.

Salbjörg hätte nie aus der schlechten Situation der anderen Kapital geschlagen, aber sie widersprach Torger auch nicht. Es war eben seine Art. «Wann willst du anfangen, das Tor zu bauen?»

«Morgen.»

«Ich werde noch einmal zu den Entenkolonien reiten und schauen, dass sich keine weiteren Füchse eingenistet haben.»

Torger wollte etwas erwidern, doch Salbjörg redete schnell weiter. «Jorun kann dir zur Hand gehen, sie ist tüchtig.»

Ihre Schwester sah sie erschrocken an. Sie hatte also auch Angst vor ihm.

Torger jedoch schien erfreut über diese Aussicht und nickte. «Gut, gut, so machen wir es.»

* * *

Erlendur hatte geträumt, die Atlisöhne hätten seinem Hengst nicht die Kehle durchgeschnitten, sondern den Kopf abgehackt und ihn auf eine Stange gesteckt – ein uralter Brauch, um jemanden in Misskredit zu bringen. Oder war das die Wahrheit? Das hin und wieder zurückkehrende Fieber machte es ihm schwer, Träume und Erinnerungen auseinanderzuhalten.

Wenn diese Bilder Erinnerungen und keine Träume waren, dann steckte der Kopf nun weithin sichtbar auf dem Holz – der Neidstange –, darunter ein Zettel oder ein Brett mit seinem Namen. Dann konnte er versuchen, was er wollte, niemand würde ihm seine Unschuld glauben.

Erlendur schlug sich mit der flachen Hand vor die Stirn. Warum, verdammt, konnte er sich nicht erinnern?

Er rieb sich die Schläfen und horchte in sich hinein, wie sein Atem langsam wieder ruhiger wurde. Es gab keine Neidstange, dessen war er sich bald sicher. Aber wie kam er ausgerechnet jetzt auf diesen uralten Brauch, der noch aus der Zeit der Landnahme stammte? Er hatte einfach viel Zeit, viel zu viel Zeit zum Nachdenken.

Erlendur saß wieder auf der Kuppe bei den Felsen und sah in die Ferne, wo Regenwolken einander über die Ebenen und Gipfel jagten. Ein Unwetter zog herauf, wie damals beim Pferderennen.

Wie abwesend beobachtete er eine kleine Herde, die den Wetterumschwung ebenfalls bemerkt hatte und langsam ins geschützte Tal zog. Zwei Stuten führten bereits Fohlen und blieben immer wieder stehen, um auf die Jungtiere zu warten.

Jetzt war Frühling, doch das Pferderennen hatte nach dem Abtrieb im Herbst stattgefunden.

Die Woche zuvor war hart gewesen. Erlendur, seine Brüder und selbst seine Mutter hatten Tage in den Bergen damit zugebracht, um Schafe und Pferde von den Sommerweiden zu treiben. Es war wie ein riesengroßes Abenteuer. Erlendur liebte diese Zeit. Besonders, weil dieses Jahr auch sein bester Freund Thorstein mit dabei war. Er half seinem Onkel, dessen Hof nur einen halben Tagesritt vom Ketilshof lag.

Während Erlendur aufstand und sich wieder in den Schutz der Hütte zurückmühte, erlebte er alles noch einmal in seinen Erinnerungen.

Er hatte sich gut geschlagen, sogar mehrere Schafe aus einem reißenden Bergbach gezogen, bevor sie ertrunken waren. Das geschah immer wieder mal beim Abtrieb, wenn jemand die Tiere in Panik versetzte.

Der letzte Tag war mit dem Sortieren des Viehs am gemeinsamen Sammelplatz vorübergegangen, und am Vorabend des Rennens nahm seine Mutter ihn zur Seite. Ihre abgearbeiteten Hände lagen heiß und klein in seinen. In den vergangenen zwei Jahren war Erlendur gewachsen wie ein junger Baum im Windschatten, so sagte sie immer. Er fühlte sich als Mann, war es aber natürlich noch nicht.

«Überlege es dir noch einmal, Erlendur. Du kannst doch auch nächstes Jahr noch mitreiten», bat sie ihn.

Er zog den Kopf zurück, als sie ihn über die Wange streicheln wollte, und sah die sofortige Enttäuschung in ihrem Gesicht. Dennoch, sie sollte ihn nicht mehr wie ein Kind behandeln.

«Ich reite mit, ich habe das ganze Jahr dafür geübt», beharrte er.

«Dann übe noch ein Jahr. Mir zuliebe ...»

«Die Atlisöhne reiten auch mit!»

«Die Jungen vom Atli sind beide älter als du.»

«Na und? Dafür sind sie fett und dumm, gegen die gewinne ich!»

Da war Angst in den Augen seiner Mutter. Damals hatte er nicht verstanden, warum. Er kannte die Rennen nur als Zuschauer, sah nur, wie die Teilnehmer losritten und irgendwann wiederkehrten. Über manche Sieger erzählte man sich noch jahrelang Geschichten.

Zu jener Zeit träumte er davon, dass man irgendwann auch über ihn Geschichten erzählen würde. Über ihn, den dritten Sohn Ketil Bjarnarssons, der eigentlich keine guten Aussichten im Leben gehabt hätte – bis er den Wal gefunden hatte. Sein Glück hatte sich herumgesprochen und wohl auch sein Reichtum. Alle wussten von dem Wal. Jetzt wollte er den Leuten beweisen, dass er zu mehr taugte, als früh aufzustehen und ein Geschenk des Meeres zu finden.

«Ich reite, Mutter. Bitte mich um etwas anderes, und ich tue es, aber ich werde nicht auf das Rennen verzichten.»

Sie akzeptierte es. Das glaubte er zumindest, bis er in der Nacht Mutter und Vater bei einem ihrer seltenen Streitgespräche belauschte. Es ging um das Rennen. Arnar würde auch mitreiten, doch er war fünf Jahre älter als Erlendur und galt als besonnen. Um ihn machte sie sich weniger Sorgen als um ihren Jüngsten, den Heißsporn.

Der Vorwurf seiner Mutter war schrecklich. «Du erlaubst das nur, weil du immer noch genug Erben hast, wenn Erlendur sich das Genick bricht, deshalb!», schrie sie.

«Niemals, wirf mir nie wieder vor, einen meiner Söhne dem anderen vorzuziehen!»

«Dann beweise es mir und verbiete es ihm.»

«Halt den Mund, Weib. Der Junge nimmt teil», brüllte Ketil schließlich. Dann war es still.

Mit dem leisen Weinen seiner Mutter im Ohr schlief Erlendur ein.

Der nächste Tag kam und ging wie ein Traum. Noch vor Sonnenaufgang sattelte er Sleipnir und putzte das Pferd heraus. Auch Erlendurs guter Freund Thorstein ritt auf dem Rapphengst Náttar mit.

Am Start hatten sich fünfzig Reiter eingefunden, jeder hatte sein bestes Tier ausgewählt. Die Felle der Pferde glänzten wie polierter Speckstein. Die meisten waren Hengste, die einander mit gebleckten Zähnen und angelegten Ohren taxierten.

Es gab ein heftiges Gedränge, und Erlendurs Herz klopfte schon jetzt wie verrückt. Er hatte Mühe, Sleipnir unter Kontrolle zu halten, der sich wohl am liebsten auf den feuerroten Hengst gleich neben ihm gestürzt hätte.

An der Startlinie kam es zu einer wilden Keilerei, und die Zuschauer begannen zu jubeln und die kämpfenden Tiere anzufeuern. In diesem Moment wurde Erlendur klar, dass dort gerade keinesfalls ein Unglück geschah. Viele Reiter schienen es regelrecht darauf anzulegen, dass ihre Pferde schon vor dem Rennen die Konkurrenten aus dem Feld schlugen. Es knallte dumpf, als ein Hengst seinem Nachbarn mehrfach die Hinterhufe gegen den Bauch hämmerte, dann wurde auch der Reiter getroffen.

«Die sind doch wahnsinnig», rief Erlendur seinem Freund Thorstein zu, der sich mit ihm am Rand des Feldes aufhielt.

«Schau, der kann nicht reiten und der auch nicht!» Thorstein wies erst auf einen Schimmel, der schwer lahmte und einen blutigen Riss an der Schulter hatte, dann auf einen Braunen. Dem Tier stand weißschaumiger Schweiß auf dem Fell, es rollte mit den Augen und zitterte. Der Reiter war abgestiegen und untersuchte den verkrampften Bauch seines Pferdes.

Erlendur mochte sich gar nicht ausmalen, was er tun würde, wenn irgendein rücksichtsloser Kerl sein Reittier auf Sleipnir hetzte. Grimmig biss er die Zähne aufeinander und hielt die Zügel fest in der Hand.

Thorstein schien weniger Skrupel zu haben. «Zwei Gegner weniger», sagte er lapidar.

«Hoffentlich geht es bald los», schimpfte Erlendur. Sleipnir setzte zum Steigen an, er wies ihn zurecht und lenkte ihn in enge Kreise. Um sich selbst drehend, konnte das Pferd sich auf keinen Gegner konzentrieren.

Die Aufregung von Tieren und Reitern stieg weiter, der Boden wurde von den Hufen völlig zerwühlt. In der kühlen Luft stieg von den erhitzen Pferdeleibern Dampf auf. An der Startlinie nahm das Chaos stetig zu. Noch immer bissen und traten die Hengste nach einander, dabei würde es am Folgetag auch noch richtige Pferdekämpfe zu sehen geben. Ein Mann wurde in dem Gerangel abgeworfen und brach sich den Arm. Blass und mit zorniger Miene verließ er den Platz. Sein Pferd war auf und davon.

Jetzt reichte es auch dem *Umboðsmann* und seinen Helfern. «Zurück, zurück hinter die Linie!», schrie er und fuchtelte mit einer Gerte, mit der er die aufgeregten Pferde zurückdrängen wollte. Seine Männer legten Hand an, warfen sich mit den Schultern gegen aufsässige Tiere.

Erlendur hielt sich nahe bei seinem Freund, etwas abseits vom dichten Gedränge in der Mitte.

«Wenn wir noch länger hier hinten versauern, brauchen wir gar nicht erst loszureiten», sagte Thorstein missmutig.

«Gut, probieren wir es», erwiderte Elendur.

Gemeinsam versuchten sie, so weit wie möglich an die

Startlinie heranzureiten, eine Kerbe im matschigen Boden vor ihnen, die von den Pferdehufen schon fast bis zur Unkenntlichkeit zerstampft worden war.

Auf beiden Seiten hatten sich Dutzende Zuschauer eingefunden. Es waren fast nur Männer, denn in der Nähe der kämpfenden Hengste war es gefährlich. Erlendur entdeckte seine Mutter und das Gesinde auf einer kleinen Erhebung, von der man einen besseren Überblick hatte als im Gewimmel an der Startline. Sie reckte sich trotzdem, als wäre sie am liebsten zu ihm gerannt und hätte ihn aus der Menge gezerrt.

Mittlerweile verstand er ihre Sorge. Dieses Rennen war wirklich gefährlich, er hatte es falsch eingeschätzt, und plötzlich tat es ihm leid, dass er am Vortag so abweisend zu ihr gewesen war. Er nahm sich vor, ihr erst recht zu beweisen, dass er dem Unterfangen gewachsen war.

Jede Faser in Erlendurs Körper war bis zum Zerreißen angespannt. Nun befanden er und sein Freund sich mitten im Chaos hinter der Startlinie, aber wenigstens hatten die Kämpfe fast ganz aufgehört.

Thorstein trieb seinen Rappen langsam durch die Reihen nach vorne, bis er hinter einem geschlossenen Pulk stecken blieb. «Ich werde nicht auf dich warten, mein Freund!»,rief Thorstein dem Jüngeren zu und ließ Náttar einen engen Bogen laufen.

Erlendur wollte gerade noch etwas erwidern, als plötzlich eine Pistole abgefeuert wurde.

Der Startschuss!

Die Pferde rasten los. Erlendur wurde im Sattel nach hinten geschleudert, doch er verlor nicht den Halt. Schnell hielt er sich an der langen Mähne fest, während sein Hengst mit großen Sprüngen vorwärtsflog. Thorstein und sein Rappe Náttar waren direkt vor ihm.

Die Pferde liefen so dicht, dass die Reiter mit den Knien gegeneinanderstießen. Als Erlendur beobachtete, wie ein Mann schräg vor ihm dem Tier neben sich einen kräftigen Tritt in die Flanke verpasste, wurde ihm erneut klar, warum seine Mutter Angst um ihn hatte. Ihm wurde ganz flau. Und darauf hatte er sein junges Pferd monatelang vorbereitet, Sleipnirs Ausdauer und Vertrauen in den Reiter gestärkt? Nur damit irgendein Kerl ihn mit einem Tritt aus der Bahn warf? Das konnte in dem schwierigen Gelände für das Pferd schnell den Tod bedeuten.

Nein, Erlendur würde sich nicht auf einen Zweikampf mit einem anderen einlassen. Grimmig rieb er Sleipnir den schweißnassen Hals und versprach ihm in Gedanken, auf sich und ihn aufzupassen. Für einen Sinneswandel war es jetzt zu spät, und er hatte auch nicht vor, aus reiner Furcht aufzugeben.

Jetzt streckte sich das Feld, und Thorstein signalisierte ihm, etwas langsamer zu reiten. Erlendurs Hengst hätte die Gegner fast alle überholen können, doch der Ritt führte in die Berge, sie mussten mit den Kräften der Tiere haushalten.

Manch andere wussten das anscheinend nicht, denn sie peitschten ihre Pferde auf der Ebene vorwärts. Besonders einige der reichen Bauern, die viele Dutzend Hengste besaßen, kümmerten sich nicht, ob sie ihr Tier zuschanden ritten.

Schnell trennte sich das Rennen nun in zwei Gruppen. Die Spitze war bald nicht mehr zu sehen, eingehüllt in Staub raste sie dem Gebirge entgegen.

Die zweite Gruppe, in der sich auch Erlendur und Thorstein befanden, ritt die Pferde im schonenden Pass, den sie über Stunden durchhalten konnten. Bei ihnen waren fast nur erfahrene Männer, deren Pferde kaum schwitzten und gelassen liefen.

«Halte dich an diejenigen, die schon seit Jahren mit ihren Pferden heil durchs Ziel kommen», hatte sein Vater Erlendur geraten. «Du willst deinen Sleipnir doch auch noch in den nächsten Wochen und Jahren reiten. Wenn du dein Pferd zu Tode bringst, glaube nicht, dass du von mir ein neues bekommst», hatte Ketil ihm kurz vor dem Start eingebläut.

Erlendur hatte nicht vor, das Rennen auf Kosten seines geliebten Hengstes zu machen, lieber wäre er die ganze Strecke gelaufen und hätte Sleipnir geführt. Im vergangenen Jahr war er jeden Tag mit dem Tier unterwegs gewesen, und es war ihm, als wäre ein Teil seiner Seele in ihn übergegangen. Auch jetzt musste er nur daran denken, schneller zu reiten, und schon wechselte Sleipnir die Gangart.

Der Boden bestand aus feinem Sand und Asche, hier konnten sie Strecke gewinnen. Schwarzer Staub bedeckte sie schon nach kurzer Zeit. Das feine Sediment wurde von den Hufen aufgewirbelt und hing in der Luft, verkrustete die Augen und rieb auf der Haut.

Sleipnir galoppierte geschmeidig, die Aufregung des Starts hatte sich gelegt. Das Land war grau, Erlendur sah es an sich vorbeifliegen wie einen Schemen. Hier und da hatten Mineralien das Gestein verfärbt, als wäre es verrostet.

«Dort hoch?», rief er seinem Freund ungläubig zu, als er auf der anderen Seite des weiten Tals eine Felswand aufragen sah. Zwischen den verkanteten schwarzen Blöcken waren eindeutig Reiter auszumachen.

«Ja, was denkst du denn? Glaubt du, das hier ist ein Spazierritt?» Thorstein sah feixend zu ihm herüber, die Mähne seines Rappens peitschte ihm ins Gesicht.

«Natürlich nicht! Die holen wir ein!»

«Später!», rief ein anderer Reiter. «Lass die Verrückten vorpreschen. Sie verwechseln Kühnheit mit Idiotie.»

Wie recht er hatte, sollte sich bald zeigen. Am Fuß des Steilhangs trafen sie auf einen jungen Mann mit zerrissener Kleidung, der sein lahmes Pferd am Zügel führte. Offenbar war er gestürzt und hatte noch Glück im Unglück gehabt.

Erlendur und Thorstein sprangen aus dem Sattel, sie begannen den Aufstieg durch steile Kehren und über rutschiges Lavageröll zu Fuß. Immer wieder setzten sie kleine Lawinen in Gang, die wie Abertausende Glassplitter klangen.

Kurve um Kurve ging es hinauf. Bald brannten Erlendurs Oberschenkel vor Anstrengung wie Feuer. Doch er kannte diesen Schmerz, und er hatte gelernt, ihn zu überwinden.

Viel schlimmer war die bedrohlich finstere Unwetterfront hinter ihnen, die immer näher kam. Turmhohe Wolken verschlangen mehr und mehr Himmelblau. Mit etwas

Glück brachten sie nur Regen, aber Erlendur meinte, den Schnee schon riechen zu können.

Es wurde merklich kälter, trotzdem rann ihm der Schweiß aus den Haaren. Seinem Pferd erging es nicht besser, und die Feuchtigkeit gefror auf den Haarspitzen des dichten Winterfells.

Die Reiter aus ihrer Gruppe, die nicht abgestiegen waren, hatten zuerst Strecke gutgemacht, doch jetzt zahlte es sich aus, dass die Freunde liefen. Sie holten einen nach dem anderen ein und hatten bald niemanden mehr vor sich.

«Waren das alle?» Erlendur konnte sein Glück kaum fassen.

Thorstein lachte, musste vor Anstrengung husten und lachte dann wieder. «Fast, nicht mehr als zwanzig sind vor uns.»

Endlich erreichten sie das Hochplateau. Hier pfiff ein eisiger Wind; weit und breit wuchsen nur mageres Gras, Flechten und Moos. Die Hufe der anderen Pferde hatten den dünnen Bewuchs zerfetzt, der den schwarzen Sand bedeckte. Alte Lavaströme zerteilten die Sandflächen. Sie waren im Fluss erstarrt, das zähe Material hatte sich aufgeschoben, bis es aussah wie faltige alte Haut. Trollgesichter in den Felsen, runzlige Arme und gekrümmte Finger, die nach den Reitern zu greifen schienen. Der Wind pfiff durch die rostroten Kamine und verlieh ihnen schaurige Stimmen.

Erlendur schlug den Kragen hoch und führte Sleipnir vorsichtig über eine krustige Lavazunge, dann lag nur noch ebener Grund vor ihnen. Die beiden Freunde schwangen sich wieder in die Sättel. Ihre Pferde wirkten ausgeruht, nun mussten sie in Bewegung bleiben, damit sie nicht unterkühlten.

Es bestand kein Zweifel, welchen Weg sie einschlagen mussten, und der nächste Teilnehmer des Rennens vor ihnen war auch schon auszumachen.

«Da vorne, der Schecke, siehst du ihn?», schrie Thorstein gegen den Wind an.

«Den schnappen wir uns als Nächstes!», stimmte Erlendur begeistert zu.

Ihre Pferde waren begierig zu laufen, und so überholten sie den Reiter auf ebener Strecke im Galopp, während dessen Pferd nur im Pass lief. Dass sein Reiter es mit der Lederpeitsche schlug, nahm das Tier keuchend und mit angelegten Ohren hin, aber es wurde nicht schneller.

Schon zeichnete sich das nächste Hindernis ab: Wie eine fahle Schlange schob sich der Gletscher über die Hochebene. Das nahende Unwetter ließ das sonst blau schimmernde Eis grau aussehen, die Spalten wirkten wie schwarz klaffende Mäuler.

Erlendur kämpfte die aufsteigende Angst herunter. Sicher hatten die Richter einen guten Weg für die Überquerung des Gletschers gewählt. Steinmarkierungen leiteten sie an eine Stelle, wo das Eis relativ flach und von kleinen Steinen bedeckt war, die den Pferdehufen sicheren Halt bieten würden.

Dennoch scheute Sleipnir. Das Eis knackte unheimlich, es war in Bewegung.

Zweifelnd sah Thorstein seinen Freund Erlendur an. «Ich hatte mir diese Strecke kürzer vorgestellt. Letztes Jahr gab es einen anderen Übergang.»

«Wir packen das, los.» Erlendur trieb sein Pferd vorwärts, und Sleipnir gehorchte.

Es ging an tiefen Schlünden und Rissen vorbei, und für einen kurzen Augenblick tat sich eine Lücke in der Wolkendecke auf. Sonnenstrahlen ließen die dünne Schneedecke grellweiß glitzern.

Erlendur und Thorstein kniffen geblendet die Augen zusammen und ritten vorsichtig weiter. Sie waren sich der Gefahren mehr als bewusst, und auch die Pferde schienen zu ahnen, dass jeder fehlgegangene Tritt den Tod bedeuten konnte.

Als sie die Hälfte der Gletscherzunge überquert hatten, setzten die Graupelschauer ein. Wie Tausende kleine Nadeln prasselten die eisigen Körner Erlendur ins Gesicht. Erst fühlte sich seine Haut schmerzend kalt, dann taub an. Sleipnir lief mit angelegten Ohren und schiefgehaltenem Kopf, doch den immer dichter fallenden Eiskörnern konnten weder Mensch noch Tier entgehen.

Wind peitschte tief über das Land und nahm über der Hochebene noch mehr Geschwindigkeit auf. Erlendur hörte Thorstein fluchen, doch auch seine Schimpfworte wurden vom Sturm davongerissen.

«Ich kann keine Markierungen mehr sehen, eben waren sie noch da!» Erlendur versuchte, seine Augen abzuschirmen, doch er erkannte nur noch weiße Schemen. Aus dem

Graupelschauer wurde dichtes Schneetreiben, die Flocken wurden immer größer, trieben dichter und dichter über das Plateau.

«Hallo!», schrie da plötzlich jemand.

«Ja, hier!», antwortete Erlendur aus vollen Lungen. Für einen Augenblick meinte er, im schier undurchdringlichen Weiß eine Bewegung wahrzunehmen. Jemand schwenkte eine Jacke oder ein Tuch.

«Hier entlang», tönte die Stimme herüber.

«Wir haben Glück», sagte Thorstein erleichtert. Er stand dicht hinter Erlendur und versuchte ebenfalls, etwas zu sehen.

«Hier entlang», erschallte es wieder.

Erlendur stieg ab, streckte eine Hand aus, um nicht gegen aufragendes Eis zu stoßen, und ging langsam vorwärts.

Sleipnir schnaubte warnend und blieb im nächsten Moment abrupt stehen.

Erlendur zerrte an den Zügeln. «Nun komm, komm, du störrischer Kerl!» Er konnte die beiden Männer nun schon deutlicher durch den Nebel ausmachen. Entschlossen wickelte er sich die Zügel um die Hand und zerrte den Hengst weiter. Eis knisterte unter Erlendurs Füßen, und dann war da plötzlich nichts mehr.

Erlendur stürzte. Sein Magen schien die Bewegung in die Tiefe nicht mitzumachen. Freier Fall. Gletscherspalte, zuckte es durch seine Gedanken. Das war es jetzt.

Sein Arm wurde nach oben gerissen, der Fall abrupt gebremst. Erlendur hörte etwas Schweres stürzen, Hufe kratzen über Eis. Sleipnir! Er würde sein Pferd mit in die Tiefe reißen. Erlendur wollte schreien, doch er konnte nicht. Sein Körper pendelte hin und her, schlug gegen Eisrippen. Nur langsam wurden die Bewegungen weniger.

Erlendur blinzelte. Schneeflocken verklebten seine Wimpern.

«Mein Freund, halte durch!»

Schlagartig wurde Erlendur klar, dass er weder tot war noch schwebte, sondern von den Zügeln gehalten wurde, die sein Handgelenk einschnürten.

«Kannst du dich irgendwo festhalten? Ich schaffe es sonst nicht!», schrie Thorstein.

«Ich versuche es», antwortete er und tastete mit der freien Hand um sich, bis er etwas Festes spürte. Eis.

Es war scharfkantig und schnitt durch seinen Handschuh. Erlendur zog sich näher heran und versuchte, auch mit den Füßen Halt zu finden. Immer wieder rutschte er ab. Das Eis war zu glatten Zapfen gefroren; die dünnen brachen bei der kleinsten Berührung und fielen klirrend in die Tiefe.

Verzweifelt spreizte Erlendur einen Fuß nach rechts und fand endlich einen Absatz, der fester wirkte. Sein Herz jagte mittlerweile so sehr, dass er meinte, es müsste ihm jeden Moment aus der Brust springen.

Mit aller Kraft wuchtete Erlendur sich nach oben, gleichzeitig zerrte sein Freund an den Lederriemen, packte ihn dann unter dem Arm und zog. Das Eis unter seinem Fuß gab nach, doch da war es schon geschafft, und Erlendur blickte sich fassungslos um.

Sein Hengst Sleipnir lag auf dem Boden, der heftige Ruck an den Zügeln musste ihn aus dem Gleichgewicht gebracht haben. Die Hufe hatten auf dem rutschigen Grund kaum Halt gefunden, und Erlendur konnte nur Gott danken, dass er nicht mit in die Tiefe gestürzt war.

Thorstein riss seinen Freund in eine wüste Umarmung. Erlendur schaffte es nicht einmal, die Arme zu heben. Kurzzeitig fühlte er sich wie gelähmt.

«Du hast dir den Namen der Glückliche wirklich verdient, du lebensmüder Kerl!» Thorstein klopfte ihm so kräftig auf den Rücken, dass es weh tat.

Erlendur machte sich los. «Was ist mit Sleipnir?»

«Dein verrückter Gaul hat dir das Leben gerettet, und jetzt hat er, glaube ich, genauso weiche Knie wie du.»

Auch das Pferd musste nun eine Umarmung über sich ergehen lassen. Zugleich mit Erlendur sprang der Hengst auf und schüttelte sich. Die Flanken des Tieres zitterten.

«Was ist mit den anderen?», fragte Erlendur. «Wo sind sie?»

«Ich hoffe, der Sturm bringt sie um. Ohne die wären wir jetzt nicht hier.»

Erlendur mochte nicht glauben, dass ihre Konkurrenten so hinterhältig sein konnten. «Hast du gesehen, wer es war?»

«Ich bin mir nicht sicher. Aber ich glaube, ich habe eines der Pferde erkannt, als das Schneetreiben kurz schwächer war.»

«Uns wird doch niemand glauben, dass einer der anderen Reiter versucht hat, uns in den Tod zu locken.»

«Dafür müssen wir es erst mal hier herausschaffen und es jemandem erzählen, mein Freund.»

Mit einem Stock ertasteten sie sich den Weg durch das weiße Chaos zurück auf den markierten Pfad und froren mit jedem Schritt mehr. Sie mussten dringend von diesem verdammten Gletscher herunter und wieder schneller reiten, um warm zu werden. Es wurde immer schwieriger voranzukommen. Der Schnee fing sich in den Spalten, Verwehungen begruben schmale Risse und bildeten so tödliche Fallen für Pferde und Reiter.

Erlendur, der noch immer weiche Knie hatte, überließ seinem Freund die Führung. Thorstein lief langsam voraus und führte sie in Zickzacklinien über das Eis. Verwehungen mied er oder tastete sie mit dem Fuß ab, bevor er sie betrat. Es wurde immer kälter, schon spürte Erlendur seine Zehen nicht mehr. Sleipnir drängte sich dicht an ihn und versuchte, den Windschatten seines Reiters auszunutzen. Das Pferd kniff die Nüstern zusammen und hielt die Augen mit den eisverkrusteten Wimpern halb geschlossen.

Schließlich ging der Schnee in dichten Regen über. Die Sicht wurde besser, und sie kamen schneller voran, wenngleich das Wasser das Eis am Boden gefährlich glatt machte.

«Endlich», seufzte Thorstein auf, als die Hufe der Pferde wieder auf einer dicken Geröllschicht standen, und schwang sich sofort in den Sattel.

Erlendur zögerte, befühlte die Beine seines Hengstes.

«Los, dem fehlt nichts, rauf da. Du willst doch gewinnen!», ermutigte ihn Thorstein.

«Meinst du? Aber ich höre auf, sobald er lahmt, dann musst du allein weiter. Wer weiß, was bei dem Sturz ...»

«Erlendur! Du willst die anderen doch nicht einfach so gewinnen lassen.»

Ohne weiteren Protest stieg er auf. Der Regen peitschte ihnen ins Gesicht, aber das war immerhin besser als das Schneetreiben. Alles war besser als Schneetreiben, wenn man im Gebirge ritt. Die Kleidung hielt trotz der Nässe halbwegs warm, da die Wolle gefettet war, und auch Erlendurs vor Kälte schmerzende Füße wurden nach und nach besser.

Im Pass ging es über alte, glatte Lavafelder, die bald schrundiger wurden, wo die glühenden Ströme einst abgekühlt und in große Brocken zerborsten waren. Hier trafen sie auch auf den nächsten Teilnehmer.

Der Reiter stand einfach da, dicht in seinen Umhang gehüllt. Im Vorbeireiten sahen sie sein Pferd, tot auf der Seite liegend, blutiger Schaum lief dem Tier aus Maul und Nüstern. Der Mann war unter den Ersten gewesen, einer von denen, die schon direkt nach dem Start geritten waren wie der Teufel.

Erlendur machte keinen Hehl daraus, was er von solchen Menschen hielt, und offenbar zeigte sich dies auch in seinem Gesicht. Der Fremde erwiderte seinen Blick hasserfüllt.

Es verging nicht viel Zeit, bis sie die nächsten Konkurrenten überholten. Erlendur hatte aufgehört zu zählen, aber Thorsteins Grinsen wurde immer breiter. «Ich glaub's nicht, wir schaffen das!», rief er begeistert gegen den Sturm an.

Mittlerweile schwitzte Erlendur wieder, und auch Sleipnir troff das Fell vor dampfender Nässe. «Da, der Fluss!»

Es bestand kein Zweifel daran, dass sie jetzt auch noch schwimmen mussten. Kein Wunder, dass dies als eines der härtesten Rennen Islands galt.

Zwei Reiter waren schon im Wasser und kämpften mit der Strömung, denn das Unwetter hatte den Fluss anschwellen lassen. Einer wurde abgetrieben, schaffte es aber schließlich doch ans Ufer.

Die Freunde ritten durch ein lockeres Dickicht aus Birken und Weidenschösslingen, deren Blätter herbstgolden schimmerten, dann erreichten sie das Ufer und waren im nächsten Moment in den Fluten.

Das Wasser war eisig. Erlendur kam es vor, als ließe die Kälte seine Lunge auf die Hälfte schrumpfen. Um ihn herum gurgelte und strudelte zornig das aufgewühlte Wasser. Sleipnir ruderte keuchend mit den Beinen, die Nüstern gegen das eindringende Wasser zusammengekniffen. Erlendur redete ihm gut zu und schwamm den größten Teil der Strecke selbst. Jeder zurückgelegte Meter erschien ihm anstrengender. Immer tiefer kroch die Kälte in seine Glieder, sie drückte ihm den Brustkorb zusammen, bis er kaum noch atmen konnte. Seine Bewegungen wurden langsamer. Sleipnir strampelte neben ihm wie wild mit den Hufen und zog sie so beide vorwärts.

«Weiter, weiter so. Guter Junge», feuerte Erlendur ihn an, die einzelnen Worte zerhackt, weil seine Zähne so sehr klapperten.

Und dann, endlich! Wieder fester Boden unter den Füßen. Der Fels war glatt geschliffen von Wasser und Eis. Sleipnir rutschte kurz, dann fand er Halt und erklomm trockeneren Grund.

Erlendur stand bereits am Ufer und wrang seine Kleidung aus, als ihm klarwurde, dass Thorstein es noch nicht hinter sich hatte. Sein Pferd Náttar und er kämpften ein Stück flussabwärts gegen die Strudel, beide wurden mehrmals unter Wasser gezogen, bevor sie endlich das rettende Ufer erreichten. Erlendur rannte zu ihm. In diesem Moment war es ihm egal, ob sein Pferd das Weite suchte, doch Sleipnir schüttelte sich nur das Wasser aus dem Fell und folgte ihm dann treu wie ein Hund.

«Thorstein, was ist passiert?»

Sein Freund stand weit vornüber gebeugt, hustete und spuckte Wasser. Um seinen Rappen war es nicht viel besser bestellt. Náttar hielt den Kopf weit vorgestreckt, die Flanken bebten und pumpten.

«Verdammter Fluss», keuchte Thorstein und zog sein Pferd weiter, doch der Rappe lief nur langsam und mit steifen Gliedern. «Komm, komm schon, bitte.»

Erlendur stieg auf und wartete. Sie mussten weiter, schon waren einige Verfolger am anderen Ufer auszumachen.

Thorstein ließ eine bittere Schimpftirade ab, dann sah er Erlendur an, und sie wussten beide, dass er nicht mehr weiterreiten konnte. «Immerhin waren wir schneller, als ich dachte.»

«Thorstein …»

«Guck dir meinen Hengst an. Der ist fertig. Ich reite im Schritt zurück. Hau ab, mach unsere Leute stolz. Und zeig es diesen verdammten Atlisöhnen!»

Erlendur zögerte. «Aber es geht dir gut?»

«Gut genug, um nicht vom Pferd zu fallen. Und jetzt verschwinde!»

Sleipnir schien nur auf diesen Befehl gewartet zu haben und galoppierte los, ehe sein Reiter das Kommando geben konnte.

Erlendur sah zurück. Sein Freund winkte ihm und reckte die Faust zur Siegesgeste. «Lauf wie der Wind, wir müssen auch für sie gewinnen!», feuerte er Sleipnir an.

Jetzt lag die schwierigste Strecke hinter ihnen, und es ging nur noch über weites Grasland zurück zum Ausgangsort. In der Ferne bildeten die Berge eine dünne graublaue Linie. Die schier endlose Weite vor ihnen schien die Pferde anzuspornen.

Bald konnte Erlendur auch die anderen sehen. Sechs waren noch vor ihm, doch Sleipnir holte schnell auf. Dafür hatten sie so viele Tage und Monate geübt.

«Lauf, lauf!», schrie Erlendur, während sie zwei langsamere Reiter überholten.

Weiter weg zeichneten sich bereits mehrere Hütten und die großen Pferche ab, in denen die Schafe vom Herbstabtrieb untergebracht waren. Hier und da sprossen hüfthohe Bäumchen, denen der Wind die herbstlich gelben Blätter von den Ästen fetzte.

Meter um Meter näherten sie sich den nächsten Reitern.

Sie galoppierten so dicht nebeneinander, dass es fast kein Vorbeikommen gab, es sei denn, Erlendur wollte es riskieren und den sicheren Weg verlassen.

«Hey, lasst mich vorbei!»

Einer sah sich um, es war Brynjar Atlisson. «Du kannst mich mal!», schrie der zurück und trieb sein Pferd mit Tritten und Schlägen an.

Erlendur wusste nicht, was er jetzt tun sollte. Schließlich ließ er Sleipnir die Zügel lang und überließ die Entscheidung dem Pferd. Der Hengst schien zu wissen, worauf es ankam, und wurde nochmals schneller. Ganz dicht rückte er an die beiden anderen heran.

Die Hufe wirbelten Steine auf. Erlendur kniff die Augen zusammen und schirmte sie mit einer Hand ab.

«Verschwinde, Ketilsson, oder du wirst es bereuen!», rief Brynjar. «Sonst wirst du im Eis landen wie dein Kumpel Thorstein!»

Erlendur traute seinen Ohren nicht. Hatte Brynjar das wirklich gesagt? Glaubte dieser Dreckskerl etwa, Thorstein habe auf dem Gletscher den Tod gefunden? Hatten die Atlibrüder versucht, ihn in die Falle zu locken und es beinahe auch geschafft? Brynjars Pferd war rot-weiß gescheckt, es konnte gut dasjenige sein, das er auf der anderen Seite des Gletschers erahnt hatte. Ja, wenn er es genau bedachte, war er sich sicher. In Erlendur kochte die Wut hoch.

«Und wenn ich dir nicht das Feld überlasse, versuchst du dann noch einmal, mich umzubringen? Hier, wo es jeder sieht?»

Erlendur war jetzt schon fast mit den Brüdern gleichauf, als Jón ausholte und Sleipnir mit der Faust ins Gesicht schlug. Er verfehlte das Auge nur knapp. Erlendurs Pferd stolperte, dann fing es sich wieder, doch jetzt war es fast wieder eine Länge hinter den Brüdern.

Schnell schrumpfte der Abstand erneut, und dieses Mal war Erlendur vorbereitet. Er fing einen Tritt von Jón mit seinem eigenen Bein ab und wurde am Unterschenkel getroffen. Es tat höllisch weh, aber Sleipnir lief unbeirrt weiter, drohte den anderen Tieren mit angelegten Ohren und gebleckten Zähnen.

Nun versuchte Brynjar, seinen Konkurrenten vom Pferd zu stoßen, bekam ihn an der Jacke zu fassen und zog und zerrte. Erlendur wurde beinahe aus dem Sattel gerissen. Wild entschlossen, sich nicht so kurz vor dem Ziel geschlagen zu geben, fasste er mit einer Hand fest in Sleipnirs dichte Mähne. Mit der anderen gab er seiner Jacke einen kräftigen Ruck und war plötzlich wieder frei.

Brynjar schrie wütend auf. Er verlor den Halt, sein Pferd sprang zur Seite und rempelte das seines Bruders an, dann gab es einen schrecklichen Knall, als einer von ihnen stürzte.

Erlendur blickte nicht zurück. Das Ende des Rennens war nun schon in Sichtweite, ebenso die vielen Menschen, die dort warteten. Wie ein Pfeil flog Sleipnir an dem letzten Reiter vorbei und durch das Ziel.

Und wie die Leute jubelten! Er hatte gewonnen. Erlendur Ketilsson, der jüngste Teilnehmer des Rennens, hatte tatsächlich gewonnen! Diesen Ruhm würde ihm niemand mehr nehmen können.

Den Triumph des Sieges, aber auch die Feinde, die ich mir damals beim Rennen gemacht habe, wird mir niemand mehr nehmen, dachte Erlendur. Damals hatte er den Atlibrüdern den Tod gewünscht.

Nachdem Thorstein erst seinem eigenen Vater und dann auch Erlendurs Eltern davon erzählt hatte, wie Brynjar und Jón versucht hatten, sie in eine Gletscherspalte zu locken, musste Erlendur versprechen, nicht mehr an einem Rennen teilzunehmen, wenn diese beiden es taten. Insgeheim war er froh über diesen Schwur, der ihn zum Verzicht zwang, denn er ahnte, dass er nicht noch einmal so glimpflich davonkommen würde.

Und jetzt bin ich ein flüchtiger Verbrecher, das werden viele glauben. Ich muss beweisen, dass ich es nicht getan habe.

«Selbst wenn ich es vielleicht doch ...» Er sah auf seine Hände. An ihnen klebte kein Blut. Es wäre einfacher, wenn es so wäre.

Aber hatten Jón und Brynjar es nicht, verdammt noch mal, verdient? So vielen Menschen war durch diese Männer Unrecht geschehen.

Vielleicht fand er einen, der für ihn aussagte. Das würde sein Problem lösen.

KAPITEL 13

> Gehn soll man,
> nicht als Gast weilen
> stets an einem Ort:
> der Liebe wird Leid,
> wenn lange beim andern
> auf der Bank er bleibt.
>
> Die Edda, Das alte Sittengedicht, Strophe 27

Jorun wollte ihn nicht sehen lassen, dass sie Angst hatte. Angst hätte ihn nur noch darin bestärkt, sich ihr zu nähern.

Torger wartete bereits auf sie, und jetzt war auch die letzte Aufgabe, die ihr noch eingefallen war, erledigt. Das regelmäßige Klingen der Axt wies ihr den Weg hinter die Scheune, wo er die eingetauschten Holzstücke für ihre neue Verwendung formte.

Er arbeitete mit freiem Oberkörper. Dampf stieg von seiner bleichen Haut auf, sobald er innehielt. Sein Haar war schweißnass und klebte ihm am Kopf. Obwohl er fünfzehn Jahre älter war als seine Frau, stand er noch immer in voller Manneskraft. Ihn mit der Axt in der Hand zu sehen, verunsicherte Jorun noch mehr.

«Hier bin ich also, Schwager», sagte sie scheu.

Er wandte sich zu ihr um, musterte sie prüfend und wies ihr eine Aufgabe zu. Sie sollte den Rahmen für ein neues Fenster glätten, den er bereits gefertigt hatte.

Jorun machte sich sofort an die Arbeit. Mit Sand und einem alten, zähen Stück Pferdeleder, das wohl einst Teil einer Gamasche gewesen war, rieb sie über die Holzstücke, um Unebenheiten abzuschleifen.

Torger bearbeitete derweil einen neuen Pfosten. Mit Hammer und Beitel schlug er eine Aussparung hinein, nicht länger als eine Handspanne. Doch der Balken bewegte sich unter den Hieben und rollte immer wieder zur Seite. Jedes Mal, wenn er ihn wieder gerade rückte, tat er es mit energischeren Bewegungen.

Pass auf, dass er nicht wütend wird, hatte ihr Salbjörg geraten. Jorun kannte ihren Schwager gut genug, um zu wissen, dass die Warnung ernst zu nehmen war.

«Ich helfe dir», bot sie daher an.

Er hob eine Braue und bedeutete ihr mit einer Geste, wo sie das Holz am besten festhalten sollte. Dabei kam er ihr unangenehm nahe, doch sie konnte nicht zurückweichen, nicht jetzt, während sie ihm zur Hand ging.

Bald erzitterte der Balken unter ihren Fingern. Torger arbeitete schnell und geschickt, dass die Späne nur so flogen, und Jorun lenkte sich mit dem Gedanken ab, dass sie später die feinen Holzstücke einsammeln würde, um sie als Zunder für den Herd zu benutzen.

Sie brauchte ihre ganze Kraft, um das Holz festzuhalten, und kam schon bald ebenfalls ins Schwitzen, während ihre Arme von den Erschütterungen der Axthiebe nach und nach taub wurden.

«So, fertig», sagte Torger nach quälend langer Zeit.

Jorun richtete sich auf und drückte den schmerzenden Rücken durch.

«Dann brauchst du mich hier jetzt nicht mehr?», fragte sie hoffnungsvoll, wobei sie sich bemühte, ihn nicht hören zu lassen, wie sehr sie seiner Gegenwart zu entkommen suchte.

«Du bist eine tüchtige Frau, ganz anders, als ich dich in Erinnerung hatte, Schwägerin. Und hübsch geblieben bist du auch noch.»

Torger legte Hammer und Beitel zur Seite und trat zu ihr. Seinem Körper entstieg der Geruch von säuerlichem Schweiß.

Jorun war wie erstarrt, ihr Magen krampfte sich zusammen. Einst hatte sie geglaubt, sie würde verstehen, was ihre Schwester an diesem Mann fand, jetzt gab es da nur noch Ekel und die Angst, Torger könnte ihr antun, was ihr schon einmal widerfahren war. Sie wich zurück.

Torger folgte ihrer Bewegung wie ein guter Hütehund einem Schaf. «Was ist mit dem Kind geschehen, das du im Leib hattest?»

«Ich … ich habe es fortgegeben.»

«Aber es lebte?»

Jorun drückte sich gegen die Stallwand. Kein Zurückweichen, nicht jetzt. Ganz gleich, welche Wendung dieses Gespräch auch nahm, sie wollte nicht feige und duckmäuserisch davonrennen. Sie versuchte, sich innerlich so gut wie möglich zu wappnen, bevor sie seine Frage beantwortete. «Ja, das Kind war gesund und kräftig.»

«Dann bist du auch darin besser als deine Schwester, dieses vertrocknete Weib.»

Er war ihr jetzt so nah, dass sie seinen Atem in ihrem Gesicht spürte. Torger hob die Hand und strich ihr mit einem Finger über die Wange. Schwielen kratzten über ihre Haut. «Vielleicht sollte ich mich von meiner Frau trennen, was meinst du? Du würdest mir Kinder gebären, nicht wahr?»

Joruns Kehle war wie zugeschnürt, als lägen seine Hände um ihren Hals und drückten ihr die Luft ab. «Niemals!», brachte sie schließlich hervor, leise wie ein Windhauch.

Torger presste den Mund zu einem schmalen Strich zusammen. Seine Nasenlöcher blähten sich, während er Joruns Geruch einsog. Er wog den Zopf ihres schweren roten Haars in der Hand. «Bleib noch etwas bei uns, Jorun, und überlege es dir. Du musst nicht wieder fortgehen, du könntest Herrin auf Steinurshof sein.»

«Niemals!» Jorun duckte sich unter seinem Arm hinweg und huschte an der Wand des Schuppens entlang, dann hielt sie es nicht mehr aus und rannte los. Er hätte sie einholen können, sicher war er viel schneller als sie, doch als Jorun über die Schulter zurücksah, stand er noch immer da.

Hielt er wieder die Axt in der Hand? Oder spielte die Angst ihr einen Streich?

Aber was änderte das? Nichts. Sie musste fort vom Steinurshof. Am besten für den Rest des Tages, bis Salbjörg wieder von den Eiderentenkolonien zurückkehrte.

Das beklemmende Gefühl wich, nachdem sie Steinurshof nicht mehr sehen konnte und nur noch freies, weites Land vor sich hatte. Wiesen, die in der wärmenden Frühlingssonne dampften, und die Berge in der Ferne, die heute näher schienen als sonst. Sie konnte sogar das tiefe Kollern hören, wenn das Tauwetter eine Lawine zu Tal sandte oder der Gletscher kalbte.

Jorun merkte erst, wohin sie gegangen war, als sie das Tal Austurengi erreichte, an dessen Flanke der Schafstall stand. Moosbedeckt, die Wände so sehr mit den Wiesen verschmolzen, dass es aussah, als wäre der Bau dort gewachsen und nicht von Menschenhand errichtet worden. Aber sie musste ja nicht dort hoch, musste nicht zu Erlendur Ketilsson gehen. Sie wollte sich nur die Zeit bis zum Abend vertreiben.

Falls Salbjörg wieder zu ihm ging, würde sie ihre Schwester abfangen und zur Rede stellen. Sie musste ihren heimlichen Gast wegschicken.

Jorun lief am Bachlauf entlang, der sich durch die tiefste Stelle des Tals schlängelte. Im matschigen Uferbereich wuchsen die ersten Blumen. Winzig nur, doch sie weckten eine Hoffnung in Jorun. Die zarten gelben und violetten Tupfer zeigten, dass der Frühling nun nicht mehr auf sich warten ließ. Bald würde sie weiterziehen können und sich irgendwo eine neue Anstellung suchen.

«Du?», sagte plötzlich jemand.

Jorun zuckte zusammen. Hinter einem niedrigen Strauch voller Weidenkätzchen war jemand. Nein, nicht jemand. Erlendur Ketilsson! Zwischen den Zweigen, an denen das erste Grün spross, konnte sie erschreckend viel Haut ausmachen.

Schnell richtete sie den Blick auf das strudelnde Wasser. «Was machst du hier? Solltest du nicht in der Hütte sein?»

«Das sollte ich, natürlich. Aber ich ertrage es einfach nicht mehr dadrin. Abgesehen davon stinke ich wie ein drei Tage totes Schaf.»

Jorun musste gegen ihren Willen grinsen. Ja, auch ihr war aufgefallen, dass er wirklich ein Bad gebrauchen konnte.

«Ich bin nicht unbekleidet, du brauchst nicht so angestrengt auf die Wiese zu schauen.»

«Wirklich?» Jorun fühlte ihr Herz bis in den Hals schlagen. Nur langsam wagte sie sich vor, bis sie den Busch umrundet hatte. Und dort saß Erlendur, seinen Umhang um die Hüfte geschlungen, das Haar noch nass und dampfend vom Bad.

Die Frühlingssonne trocknete seine Kleidung, die er auf schwarzen Findlingen ausgebreitet hatte. An seinem Oberschenkel zeigte sich eine große Wunde, viele Bereiche wiesen bereits rötliches Narbengewebe auf.

«Setz dich. Wenn du hier herumstehst, sieht man dich schon von weitem», sagte er.

Jorun zögerte, dann nahm sie auf einem Stein Platz, der so weit von ihm entfernt war, dass er sie selbst mit ausgestrecktem Arm nicht erreichen konnte. Nun überragte sie das Weidengestrüpp, und Jorun konnte nur noch den Bachlauf mit seinem steinigen Ufer und den Himmel über sich sehen. Und natürlich Erlendur, der sämtliche Aufmerksamkeit auf sich lenkte, obwohl er einfach nur dasaß und sie prüfend ansah.

«Deine Schwester und du, ihr seid euch kaum ähnlich.»

Jorun zuckte zusammen. «Findest du?»

«Du bist viel hübscher. Deine Haare! Ich habe noch nie eine Frau mit solchem Haar gesehen.»

Ihre Wangen wurden warm, als ihr das Blut hineinschoss. Machte er ihr tatsächlich Komplimente?

Sie musste an Torger denken, der sie mit ähnlichem Blick angesehen hatte. Doch bei Erlendur machte ihr das keine Angst, und wenn, dann nur ein wenig.

«Wie geht es deinem Bein?»

«Besser. Sieh selbst, ich denke, es heilt jetzt endlich.»

Jorun beugte sich etwas vor und musste ihm recht geben. Jetzt, da sie ihm etwas näher war, wurde ihr umso deutlicher, dass er bis auf den Umhang kaum etwas anhatte. Sein bloßer Körper wirkte ausgezehrt. Die Krankheit hatte ihm zugesetzt, aber es war dennoch deutlich zu erkennen, dass er ein gutaussehender Mann war. Selbst Jorun, die geglaubt hatte, sich nichts aus Männern zu machen, weil ohnehin niemand eine mittellose Magd heiraten wollte, entging seine Attraktivität nicht. Er war schlank, aber nicht schmal. Wenn er sich bewegte, spannten sich auf seiner Brust die Muskeln. Um den Nabel zeigten sich einige schwarze Haare, und gleich daneben befand sich eine frische, rosige Narbe. Schnell hob sie wieder den Blick.

Erlendurs Lächeln war anziehend, dabei sollte sie ihn doch möglichst weit weg wünschen.

«Was wirst du tun, wenn du wieder gesund bist?» Durfte sie ihn das überhaupt fragen?

Erlendur zuckte mit den blassen Schultern. «Ehrlich gesagt – ich weiß es nicht. Ich muss meinen Eltern eine Nachricht übersenden, dass ich nicht tot bin, und herausfinden, was der *Sysselmann* über das alles denkt.»

«Du musst deine Unschuld beweisen.»

Erlendurs Blick verfinsterte sich. «Ja, das *muss* mir gelingen. Ich werde nicht nach Dänemark in ein Gefängnis gehen. Lieber sterbe ich.»

«Versündige dich nicht, so etwas darf man nicht sagen!»

«Stell dir vor, du müsstest den Rest deines Lebens in einem winzigen Raum verbringen, ohne Wind, ohne Sonne, ohne all das hier», er wies um sie herum auf die Berge und Wiesen. «Ich habe einen kleinen Geschmack davon bekommen, als ich dort in der Hütte lag und mich kaum bewegen konnte.»

Jorun malte sich aus, sie wäre an seiner Stelle, und ihr wurde klar, dass sie ihn tatsächlich verstehen konnte.

«Jorun.» Erlendur nahm ihre Hand, so schnell, dass sie sie nicht mehr zurückziehen konnte. Panik flammte in ihr auf. «Jorun, hör mich an, ich will dir nicht weh tun.» Seine Stimme hatte etwas Flehendes. Er ließ nicht locker.

«Lass mich los, Erlendur.»

«Versprich, dass du nicht wegläufst.»

«Ich … ich verspreche es.»

Er legte ihr etwas in die Hand und schloss ihre Finger darum, dann ließ er sie los. Joruns Herz jagte. Ihr war nichts passiert, er hatte nicht versucht, ihr etwas anzutun.

Zögernd öffnete sie die Finger. Er hatte ihr Geld gegeben. In ihrer Hand lagen Münzen, die mehr wert waren als alles, was sie bislang besessen hatte.

«Was soll ich damit?»

«Du kannst sie behalten, und ich gebe dir noch einmal so viel, wenn du nach Ketilshof reitest und mit meinen Eltern sprichst. Sie müssen wissen, dass ich lebe!»

«So viel Geld?»

«Glaubst du mir nicht, dass ich noch mehr habe?» Er lehnte sich zur Seite, zog seine nasse Hose von einem Stein und begann, in einer Tasche zu suchen. Jorun hörte Münzen klimpern. Noch mehr Kronen.

«Ich kann das nicht!» Sie hielt ihm das Geld hin, doch er wies sie mit einer Geste zurück.

«Bitte, ich flehe dich an. Ich schaffe es nicht bis dorthin, und vielleicht würde man mich verhaften. Salbjörg kann ich nicht fragen, und ich will es auch nicht, sie …»

«Erlendur …»

«Deine Schwester hat mir erzählt, dass du eine Magd bist und eine neue Anstellung suchst, du warst schon bei meinen Eltern, das hast du selbst gesagt. Es wird nicht auffallen, wenn du wieder auf Reisen gehst.»

Es schien, als hätte er alles schon durchdacht – dabei hatte er doch gar nicht sicher sein können, dass sie wiederkam. Doch in einem hatte er recht: Sie konnte reisen, ohne dass es jemandem merkwürdig erschien.

«Ich wäre Tage unterwegs. Ich muss den Weg laufen und sicher auch einmal übernachten.»

Aber war es nicht genau das, was sie wollte? Fort sein vom elterlichen Hof und ihrem Schwager? Immerhin wären es drei Tage, in denen ihr Schwager ihr nicht nachstellen konnte.

«Wirst du es tun?» Erlendur drückte ihre Hand und sah ihr fest in die Augen. Seine waren von einem hellen Blau, das in der Frühlingssonne regelrecht leuchtete. Winzige braune Pünktchen verteilten sich unregelmäßig auf den Iriden wie Wasservögel auf einem Gletschersee.

Jorun errötete, als ihr klarwurde, wie lange sie ihn angestarrt hatte. «Ja, ja. Ich mache es.»

«Danke! Ich werde dir für immer zu Dank verpflichtet sein.»

Jorun war es unangenehm, dass er so sehr auf sie setzte. Aber vielleicht konnten sie sich tatsächlich gegenseitig helfen, und er würde ihr, wenn er wieder mit seiner Familie vereint und die Verdächtigungen aus der Welt waren, eine Anstellung besorgen.

«Du musst meinem Vater sagen, dass er nicht herkommen soll, wenn es nicht sicher ist.»

«Was sollte nicht sicher sein?»

Noch immer hielt er ihre Hand, strich jetzt darüber, sodass ihre Haut bis zum Hals hinauf angenehm kribbelte. Das hatte noch kein Mann in ihr ausgelöst. Es fiel ihr schwer, sich auf Erlendurs Antwort zu konzentrieren.

«Wenn der *Sysselmann* Thorleif Sigurdsson glaubt, ich sei der Mörder, und nach mir sucht …» Er stockte kurz und fuhr sich durch das nasse Haar.

«Meine Familie soll nicht in Verruf geraten.»

Der Ernst seiner Worte erreichte sie kaum. Er durfte sie nicht berühren, sie sollte ihre Hand fortziehen, aber ein anderer Teil von ihr wollte, dass er sie weiterhin hielt und nicht mehr losließ.

«Kannst du morgen aufbrechen?», fragte er weich.

«Heute», antwortete Jorun, die Stimme nicht mehr als ein Flüstern.

«Wäre das nicht zu überraschend?»

Jorun schluckte und dachte an Torger, vor dem sie kurz zuvor geflohen war. Die Erinnerung brach Erlendurs Bann, und sie entzog sich seiner Berührung. «Nein, ich will nicht wieder dorthin zurück. Mein Schwager …» Ihr versagte die Stimme.

«Was ist das nur für ein Mann, der euch Schwestern solche Angst bereitet?»

«Salbjörg hat über ihn gesprochen?», fragte Jorun erstaunt.

Erlendur zuckte mit den Schultern. «Nein, das nicht, aber ich habe sie beobachtet, wenn sie von ihm redet, das genügt.» Plötzlich reckte er den Kopf in die Höhe. «Da kommt sie.»

Jorun erschrak. «Meine Schwester?»

«Ja, ich erkenne ihr Pferd. Dort.» Er wies hinter Jorun. Salbjörg war schon ganz nah, sie ritt im Schritt über die Wiese. Der weiche Grund schluckte den Klang der Hufe, der Wind blies ihr entgegen und trug die wenigen Geräusche mit sich fort.

Erlendur schlang den Umhang fester um seine Mitte und stand auf.

«Was machst du denn?», flüsterte Jorun aufgebracht, doch er winkte bereits. «Salbjörg, hier!»

Jorun hätte sich am liebsten wieder verkrochen, doch dieses Mal war es zu spät dafür. Ihre Schwester würde außer sich sein, wenn sie erfuhr, dass Jorun ihr Geheimnis kannte.

Salbjörg trieb ihre Stute auf dem letzten Stück des Weges an und erreichte den Bachlauf in einem ruckeligen Tölt. Mit frostigem Blick sah sie zwischen Jorun und Erlendur hin und her. «Was machst du hier? Was macht ihr beide hier?», fauchte sie und sprang aus dem Sattel.

«Ich musste dringend ein Bad nehmen, und deine Schwester hat mir Gesellschaft geleistet», erklärte Erlendur grinsend und trieb Jorun damit die Schamesröte ins Gesicht. Wie das klang! Als hätte sie … wie konnte er nur? Doch Jorun ahnte, warum er seiner Retterin eine derart zweideutige Antwort gab: Er wusste, dass er ihr gefiel, und er erwiderte ihre Gefühle nicht.

Salbjörg verschlug es die Sprache, und im Gegensatz zu Jorun wurde sie blass. Sie blieb neben Jorun stehen und sah sie an, als wünschte sie ihr in diesem Moment den Tod.

Erlendur pflückte unterdessen seine fast trockene Kleidung von den Steinen und hängte sie sich über den Arm.

Sie denkt, ich hätte ihn ihr weggenommen, dachte Jorun. Erlendur hatte taktiert, und seine Saat war aufgegangen. Am liebsten hätte sie jetzt einen Rückzieher gemacht und die Fahrt für ihn nicht unternommen. Doch die Münzen steckten tief in ihrer Tasche, und sie würde sie brauchen können, ganz gleich, was ihr in diesem Jahr noch bevorstand.

Erlendur schien unempfindlich für Salbjörgs stillen Zorn.

«Ich glaube, du willst gefasst werden», sagte diese nun. «Du hattest versprochen, niemals im Hellen nach draußen zu gehen.»

«Ich halte es dadrin nicht mehr aus. Wenn sie mich hier finden, passiert dir nichts, du brauchst dich nicht zu sorgen. Es ist mein Risiko.»

Salbjörgs Blick blieb kalt. Als ihre Stute zum Grasen den Kopf senken wollte, riss sie unsanft an den Zügeln.

«Ich denke, ich breche sofort auf», erklärte Jorun.

«Gut, danke. Vielleicht kann dir deine Schwester noch etwas zu essen mitgeben, sie hat mir sicher wieder mehr als genug mitgebracht.» Schnell berichtete er Salbjörg, was er mit Jorun vereinbart hatte, verschwieg jedoch das Geld.

«Den ganzen Weg zum Ketilshof willst du gehen?», fragte Salbjörg überrascht. «Jorun, es ist schon Nachmittag, es wird bald dunkel.»

«Du sorgst dich ausgerechnet jetzt um mich, wo ich so oft alleine reisen musste?», erwiderte Jorun fassungslos. «Du hast mich vom Hof gejagt, deine Sorge kommt einige Jahre zu spät. Ich komme zurecht. Auf der Straße ist es sicherer als unter eurem Dach.»

«Was soll das denn heißen?», protestierte Salbjörg und schnappte nach Luft, dann schien sie zu verstehen. Torger. «Ich gebe dir etwas Essen mit», lenkte sie ein, «aber nicht viel, sonst bleibt für Erlendur nichts.»

«Ich brauche nicht viel. Wenn Frau Silja nur halb so freigiebig ist wie beim letzten Mal …»

«Ja, meine Mutter ist ein herzensguter Mensch.» Noch einmal nahm Erlendur Joruns Hand in seine. Es fühlte sich nicht mehr so falsch an wie zuvor, auch wenn sie Salbjörgs bohrenden Blick auf sich spürte. Erlendur lächelte aufmunternd und brachte damit ihr Herz ein wenig aus dem Takt. «Grüß meine Sippe von mir. Ich danke dir, Jorun.»

«Ja, ich … gerne», stotterte sie und strich sich hastig eine Strähne aus der Stirn.

Obwohl es nichts mehr zu sagen gab, wollte sie doch nicht einfach loslaufen. Trotzdem war sie nur Augenblicke später auf dem Weg und folgte dem Wasserlauf aus dem Tal hinaus. Dabei fühlte sie sich seltsam beschwingt, als wäre sie auf der Reise in ihre eigene, bessere Zukunft.

Nachdem sie eine Weile gegangen war, änderte sich schleichend ihre Stimmung. Erlendurs Nähe hatte sie völlig durcheinandergebracht – wenn sie jetzt darüber nachdachte, so hatte er sich ihr und Salbjörg gegenüber mies verhalten. Mich hat er bloßgestellt und meiner Schwester womöglich das Herz gebrochen, und das mit voller Absicht, dachte sie. Wahrscheinlich wird die Kluft zwischen uns jetzt noch tiefer. Andererseits konnte sie ihn sogar verstehen; er wollte Salbjörgs Zuneigung nicht. Männer verhielten sich oft wie ungehobelte Klötze. Das machte es zwar nicht besser, aber böse Absichten hegte er vermutlich nicht. Am Ende blieb ein leiser Groll auf Erlendur.

Als sie zurücksah, konnte sie ihn und Salbjörg mit ihrer

Stute ausmachen. Sie gingen zu der Hütte hinauf, in der Erlendur bis zu Joruns Rückkehr ausharren würde. Zu gerne hätte sie verstanden, was ihre Schwester ihm jetzt sagte, doch sie hörte nur den ewigen Wind, der um die Felsen pfiff.

* * *

Salbjörg fühlte sich noch immer betrogen. Dabei war ihr bewusst, dass sie im Gegensatz zu ihrer Schwester nicht zum Ketilshof reisen konnte, ohne dass jemand argwöhnisch wurde. Torger hätte ihr ohnehin nie erlaubt, mehrere Tage fortzureiten. Und auch mit dem erwiesenen Gefallen würde es Jorun nicht gelingen, ihr Erlendur wegzunehmen. Er musste ihr für immer dankbar sein. Immerhin hatte sie ihm das Leben gerettet.

Doch in Salbjörg erwachten mehr und mehr Zweifel. Gestern noch war sie sicher gewesen, dass Erlendur sie mochte, vielleicht sogar mehr als jeder andere Mensch in den letzten Jahren. Er war immer freundlich gewesen, hatte sich gefreut, wenn sie kam, und sie nach ihrem Leben ausgefragt. All das war ganz anders als bei Torger. Erlendur machte sie glücklich. Wie kam es dann, dass sie jetzt so unglücklich war?

Eigentlich war ihr immer klar gewesen, dass er irgendwann wieder gehen würde, ja, gehen musste.

Aber doch nicht so bald! Zumindest den Frühsommer, wenn Torger für Wochen, manchmal Monate in der Fischerei arbeitete und sie Steinurshof ganz für sich alleine hatte, musste er bleiben. Dann konnte er bei ihr auf dem Hof wohnen und viel Zeit mit ihr verbringen.

Seine Nähe machte sie froh und weckte eine Wärme in ihr, die sie seit sehr, sehr langer Zeit nicht mehr empfunden hatte.

«Und Jorun muss fort sein», sagte sie leise und grub eine Hand tief in die Mähne ihrer Stute. *Ich muss eine neue Anstellung für meine Schwester finden, sonst wird diese rothaarige Teufelin noch alles verderben.*

Steinurshof lag wie verlassen da, doch Torger konnte nicht weit sein. Salbjörg spürte seine Anwesenheit wie ein Gift, das alles durchdrang: den Hof, das Land und auch sie selbst.

Wieso hatte er Jorun überhaupt fortgehen lassen? Er gierte doch nach ihr wie ein geiler Bock nach Schafen in der Ranz.

Salbjörg ahnte bereits, was ihr an diesem Abend bevorstand, wenn sie ihm erklären musste, dass Jorun nicht kommen würde, weil sie angeblich auf der Suche nach einer Anstellung war. Sie musste Torger von dieser Lüge überzeugen. Er würde zornig sein, sie wahrscheinlich schlagen und beschimpfen. Aber dabei würde er es nicht belassen. Den nächsten Tag würde sie wund sein, weil sie ihm zu Willen sein musste, wie es sich für eine Frau gehörte. Ihr Körper hatte sich daran gewöhnt wie an harte Arbeit und Winterkälte. Salbjörg stand der Lust ihres Mannes mit ebenjener erzwungenen Gleichgültigkeit gegenüber wie den restlichen Unbillen ihres Lebens.

Wahrscheinlich ist das die Strafe für den Hochmut, den ich als junge Frau gehegt habe, und es geschieht mir recht, überlegte sie. Aber habe ich nicht schon genug gelitten? Wurde ich nicht schon genug vorgeführt?

Sie selbst unfruchtbar und Jorun, die nicht mal einen Ehemann hatte, bekam ein Kind? Es war wie ein Schlag ins Gesicht. Salbjörg seufzte und zog die Zügel an, was die Stute mit zornigem Kopfschlagen quittierte. So kurz vor dem Stall wollte das Tier nicht noch einmal anhalten.

«Was soll's», sagte sie. «Es ändert nichts.»

Sie ließ dem Pferd seinen Willen und sich dem Unvermeidlichen entgegentragen. Und dann sah sie ihn, Torger, und sie kannte diesen Blick. Nun hatte sie doch Angst.

* * *

Jorun hatte die Schutzhütte kurz nach Einbruch der Dämmerung erreicht. Es war nicht viel mehr als eine Höhle; jemand hatte die nützliche Form der Felsen erkannt und die Stellen dazwischen mit Erdsoden abgedichtet. Als Feuerplatz diente ein natürlicher Kamin, die Tür war winzig und bestand aus einer alten Pferdehaut, die mit Knebeln am Fels befestigt wurde. Da der Eingang auf der windabgewandten Seite lag, zog es wenigstens nicht. Auch nachdem Jorun ein prasselndes Feuer entzündet hatte, strahlten die Steinwände Kälte aus, doch die Nächte waren in den vergangenen Tagen wärmer geworden.

Jorun wickelte sich fest in ihren Umhang. Sie schlief nie gut, wenn sie allein unterwegs war, und ein merkwürdiger

Traum über Erlendur ließ sie mehrfach aufschrecken. Darin sah sie ihn neben zwei toten Männern stehen. Seine Hände waren so sehr mit Blut besudelt, dass es von den Fingern heruntertropfte. Es tropfte und tropfte und tropfte. Plötzlich schien er sie zu bemerken, er hob den Kopf und sah sie mit bohrendem Blick an. Seine Stimme war unheimlich und klang ganz fremd: «Jorun, das hättest du nicht wissen dürfen, jetzt muss ich dich auch töten.»

Sie schreckte hoch, ihr Herz raste und drückte ihr die Luft ab. Jorun setzte sich auf. Draußen sangen bereits die Vögel, der Morgen war nah.

Nach und nach beruhigte sie sich. Warum träume ich so schreckliche Dinge?, grübelte sie. Will Gott mich vor Erlendur warnen, ist das die Art, wie er es offenbart?

Jorun wusste, woher das Bild mit den blutigen Händen stammte: Es war eine Kindheitserinnerung an den ersten Schlachttag, an dem sie hatte mithelfen müssen.

Nie wieder würde sie den Anblick vergessen. Vater hatte erst die Fohlen getötet. Ein Knecht hielt die Tiere fest, während Vater ihnen zuerst mit der stumpfen Seite seiner Axt auf den Kopf schlug und ihnen dann die Kehle aufschnitt. Es ging schnell, den Schnitt spürten die Tiere nicht mehr, aber das war Jorun damals egal. Es waren freundliche, liebe Fohlen gewesen, mit weichem Fell und dem Übermut aller jungen Lebewesen. Sie tot zu sehen war ein Albtraum.

Jorun bekam die Aufgabe, das aufgefangene Blut in einer Schüssel zu verrühren, bis Mutter daraus Würste herstellte. Sie wagte es nicht, Vater zu widersprechen – ihre Angst vor ihm war schrecklich, weil aus dem liebevollen Menschen, dem sie vertraute, ein Mörder geworden war. Der metallisch warme Blutgeruch hüllte sie ein, während sie den Holzlöffel kreisen ließ und dabei zusah, wie Vater die Fohlen häutete und zerlegte. Als schließlich die Stute an die Reihe kam, war Jorun zum Glück schon bei Mutter und Salbjörg im Kochhaus und bereitete Schlachtsuppe und Würste zu.

Oh, wie hatte sie geweint! An diesem Tag hatte sie nichts gegessen und auch am nächsten nichts von dem Fohlenbraten. Tagelang hatte sie nicht mehr mit ihrem Vater gesprochen. Seit jenem Ereignis hatte ihm immer etwas Dunkles angehaftet, dabei war er ein freundlicher und gütiger Mensch gewesen.

Später brachte sie das Fleisch nicht mehr so sehr mit den geliebten Tieren in Verbindung, doch damals war sie zu jung gewesen und hatte nicht verstanden, dass dies der Lauf der Dinge war.

Jorun lief ein kalter Schauer den Rücken hinunter. Vielleicht bedeutete der Traum von den blutigen Händen auch das: Erlendur war ein guter Mann, der nur den Anschein erweckte, etwas Schlimmes verbrochen zu haben?

Schnell verzehrte sie den letzten Rest Proviant. Salbjörg war wirklich geizig gewesen, mehr als ein Stückchen Brot und einen halben Salzfisch hatte sie ihr nicht gegeben. Jorun war nicht entgangen, dass für Erlendur noch zwei Würste, ein roter Herbstapfel, Brot und Fisch übrig geblieben waren. Dennoch konnte sie ihrer Schwester nicht wirklich böse sein.

Nach einem ordentlichen Schluck aus einem Bach brach sie auf. Die Wiesen waren weiß vom nächtlichen Frost, die Pfützen von dünnen Eisschichten bedeckt. Unter ihren Schritten brachen sie klirrend in funkelnde Scherben.

Noch herrschte Zwielicht, und mit den ersten Sonnenstrahlen kam der Nebel. Verlaufen würde sie sich nicht, es gab nur diesen einen Weg, der an den meisten Höfen dieser Gegend vorbeiführte. Die Abzweigung zum Ketilshof wurde durch den großen Findling angezeigt, der weit ab auf einer kargen Kuppe stand. Jorun waren die Malereien darauf schon als Kind aufgefallen, als sie zum ersten Mal mit ihren Eltern den langen Weg nach Reykjavík geritten war. Auch damals mussten sie auf dem Ketilshof haltgemacht haben, aber sie konnte sich nicht mehr daran erinnern.

Je näher sie der Küste kam, desto häufiger blies der kräftige Westwind Lücken in den Nebel. Reiter kamen und weckten die altbekannte Vorsicht in ihr. Es waren zwei Männer, die ihr entgegenritten.

«Heda, junge Frau!», rief einer ihr zu.

Beinahe hatte sie erwartet, Erlendurs Vater oder seine Brüder zu treffen, doch dies waren Fremde. Sie hielten ihre Pferde an und versperrten den Weg. «Woher kommst du?»

«Vom Steinurshof, und ich bin auf dem Weg nach Ketilshof.»

«Wir sind Dienstmänner von *Sysselmann* Thorleif Sigurdsson und suchen nach einem flüchtigen Mörder.»

Jorun zuckte zusammen. Erlendur, dachte sie, sie suchen nach Erlendur!

Die Reiter interpretierten ihr Schweigen als Furcht. «Du tätest gut daran, nicht alleine zu reisen. Niemand sollte das tun. Dieser Mann ist gefährlich. Dir ist nicht zufällig ein Fremder oder ein einzelner Wanderer aufgefallen, vielleicht auch ein Reiter? Er könnte ein Pferd gestohlen haben.»

«Nein, niemand. Ich war einige Tage auf dem Steinurshof, und wir haben keine Reisenden gesehen.»

Die Männer tauschten einen Blick und trieben ihre Pferde bereits wieder an, einen Abschied hatten sie für Jorun nicht übrig.

Jorun setzte ihren Weg fort. Am liebsten wäre sie gerannt, doch das hätte die Reiter sicher nachdenklich gestimmt.

Es ging bergauf, und da entdeckte sie auch schon den Runenstein an der Weggabelung. Kurze Zeit später konnte sie den reichen Hof sehen, der sich in das Tal schmiegte. Obwohl sie nur einige Tage dort verbracht hatte, fühlte es sich ein wenig an, als würde sie nach Hause kommen – weit mehr als bei ihrer Rückkehr nach Steinurshof.

Schon von weitem konnte sie die Frauen ausmachen, die über dampfenden Bottichen Wäsche wuschen und die nassen Stücke in die Sonne hängten. Mehrere Männer trieben eine größere Schafherde den gegenüberliegenden Hang hinauf. Auf Ketilshof schien alles den gewohnten Gang zu gehen. Was sollten die Leute auch sonst tun?

Sie hatten nach Erlendur gesucht und stattdessen zwei fremde Tote gefunden.

Jorun hielt direkt auf die Gruppe der Frauen zu. Mit jedem Schritt wurden ihre Knie weicher und ihre Kehle trockener.

Da stieß eine alte Magd die Hausherrin an. Frau Silja legte ein triefnasses Gewand wieder zurück in einen Korb und richtete sich auf. Sie erkannte ihren Gast sofort.

«Jorun vom Steinurshof, bist du das?»

«Ja, ich bin es.»

Die Bäuerin kam ihr entgegen und legte ihr freundschaftlich die Hand auf die Schulter. «Bist du schon wieder unterwegs? Ich dachte, du wolltest etwas länger bei deiner Schwester bleiben.»

«Dorthin will ich auch wieder zurück. Aber ...» Jorun wusste nicht, wie sie ihre Aufgabe angehen sollte, und stockte. «Ich muss alleine mit dir sprechen und am besten auch mit Herrn Ketil.»

«Dann komm mit.»

Jorun folgte der Bäuerin ins Haus, wo die Frauen sich in der *Baðstofa* an einen Tisch setzten, auf dem noch immer Käse und *Skyr* vom Morgenmahl standen. Silja bot ihr beides an, doch Jorun begnügte sich mit Wasser, um ihre trockene Kehle zu befeuchten.

«Kann uns wirklich niemand hören?», fragte sie endlich. Das Bauernhaus war groß und besaß viele Fenster, durch die Geräusche vom Innenhof hereindrangen.

«Sprich, Jorun, wir sind unter uns.» Silja faltete die Hände im Schoß und bewegte unruhig die Daumen.

«Es geht um Erlendur», begann Jorun. «Ich weiß, wo er ist.»

Silja riss eine Hand vor den Mund, ihre Augen füllten sich mit Tränen. «Er lebt?»

Jorun nickte, und dann erzählte sie alles, was sie wusste. Kaum hatte sie geendet, wurde sie von der Bäuerin umarmt und auf die Wangen geküsst. Ein Junge wurde herbeigerufen und ausgesandt, um Herrn Ketil zu holen. Dann wiederholte sie die ganze Geschichte noch einmal.

Am nächsten Tag brach Jorun früh am Morgen vom Ketilshof auf, nachdem sie wieder und wieder von Erlendur berichtet hatte. Sein Vater wollte nicht glauben, dass sein Sohn sich nicht erinnern konnte, ob er einen Mord begangen hatte oder nicht. Aber er stand hinter ihm, das hatte sie ihm angesehen.

Als sie Abschied nahm, führte Erlendurs Bruder Arnar plötzlich ein Pferd zu ihr. Es war eine schwarze, struppige Stute, deren Fell an einigen Stellen grau und stichelhaarig war, als wäre es voller Asche. Unscheinbar, beinahe hässlich, doch Jorun besaß genug Pferdeverstand, und ihr entging nicht, dass es ein junges und gut bemuskeltes Tier war.

«Nimm das Pferd und reite zu meinem Bruder, Jorun», sagte Arnar Ketilsson und reichte ihr die Zügel. «Die Stute ist schnell und ausdauernd. Wenn er fliehen muss, wird sie ihm gute Dienste leisten und trotzdem nicht auffallen.»

«In den Taschen ist Proviant und Kleidung für ihn», ergänzte Silja. «Grüß mir meinen Sohn und gib auf dich acht.»

«Das verspreche ich», sagte Jorun, und damit ritt sie los.

Die Stute flog nur so dahin. Jorun hatte lange nicht mehr

auf einem Pferd gesessen, doch auf diesem fühlte sie sich sicher. Fast hatte sie schon vergessen, wie angenehm und schnell es war zu reiten. Dieses Mal dauerte die Reise nicht einen Tag, sondern nur den Bruchteil davon.

Schon am Mittag erreichte sie die Kuppe hinter dem alten Schafstall von Austurengi. Menschen waren nirgends zu sehen, nur ein Adler kreiste im Aufwind und schraubte sich langsam höher.

Jorun lenkte das Pferd zur Scheune, wobei sie versuchte, ihre wachsende Nervosität zu ignorieren. «Erlendur, ich bin zurück!», rief sie, blieb aber noch im Sattel, bis sie ihn durch den Türsturz erkennen konnte.

Im Zwielicht erhob er sich und kam humpelnd näher. «Du warst schnell. Wie geht es meinen Eltern?»

«Gut, der ganzen Familie geht es gut, sie vermissen dich.» Vor dem Eingang zur Hütte glitt sie vom Pferderücken.

Erlendur fasste sie an den Schultern und küsste sie sacht auf die Stirn. «Danke, Jorun, du hast mir einen sehr großen Dienst erwiesen.»

«Ja», brachte sie nur hervor, so überrascht war sie von seiner Nähe, der weichen Berührung seines Mundes und dem leichten Kratzen seiner Bartstoppeln auf ihrer Stirn. «Ich soll dir das Pferd bringen. Es gibt auch Essen und Kleidung.»

«Das sehe ich. Aska, sie ist ein gutes Pferd.»

Sie nannten das Pferd Asche, nach seiner Fellfarbe? Aber ja, das war passend. Erlendur klopfte der Stute den Hals und machte sich am Gepäck zu schaffen.

«Warte, ich helfe dir.» Jorun band die Taschen los und nahm der Stute den Sattel ab, dann führte sie Aska hinter die Hütte und band ihr die Vorderbeine zusammen. So konnte das Tier fressen und trotzdem nicht zu weit weglaufen.

Als sie in den Stall zurückkam, fühlte sie sich noch immer erhitzt, was sicher nicht nur an dem schnellen Ritt, sondern vielmehr an Erlendur lag.

Er hatte sich frische Kleidung angezogen, eine braune Hose und ein hellblaues Hemd sowie eine dunkle Weste. Damit sah er wie verwandelt aus – aus dem Landstreicher in schmutziger Kleidung war ein respektabler Mann geworden. Jetzt passte er besser zu den Herren von Ketilshof, und Jorun konnte ihn sich gut bei seinen Eltern und den Brüdern vorstellen.

«Was schaust du so?»

«Ich hätte dich kaum wiedererkannt», gestand sie.

«Ich sehe nicht immer so aus, als hätte ich mein Dasein als Vaterloser in der Missetäterwüste verbracht. Komm her, Jorun.»

Sie zögerte. Schon jetzt schlug ihr Herz rasend schnell, und die Stelle an der Stirn, wo er sie geküsst hatte, fühlte sich ganz merkwürdig an. Ihre Füße raschelten über trockene Erde und durch altes, halb verrottetes Heu, dann stand sie vor ihm.

«Hier, ich hatte dir doch einen Lohn versprochen.» Er hielt ihr einige Münzen hin.

Jorun nahm sie an und war dennoch enttäuscht. Was

hatte sie erwartet? Etwa noch einen Kuss? Ich bin dumm, schalt sie sich im Stillen. Eigentlich sollte ich in den vergangenen Jahren gelernt haben, was von Kerlen zu erwarten ist. Eine Frau kann sich glücklich schätzen, wenn sie deren Lust unbeschadet entgeht.

Und doch stand sie in dieser Hütte und sehnte sich nach der unvertrauten Wärme, von der sich ein Teil in den Münzen bewahrt hatte. Erlendur musste sie dicht am Körper getragen haben, bevor er damit ihren Lohn bezahlte.

«Das ist sehr viel, zu viel. Ich war doch nur zwei Tage unterwegs.»

«Es ist angemessen. Du hast viel auf dich genommen, außerdem weiß ich, dass du gute Verwendung dafür hast.»

«Danke.» Zögernd steckte sie die Münzen ein. «Eure Familie hat der Himmel geschickt.»

Erlendur verzog zweifelnd den Mund; wahrscheinlich dachte er an sein eigenes Schicksal, das in seinen Augen pechschwarz aussehen musste. «Bleib noch und berichte mir alles», forderte er sie auf.

Bestimmt hatte er gemerkt, wie unsicher sie in seiner Nähe war. Hin- und hergerissen, ob sie bleiben oder das Weite suchen sollte, trat Jorun von einem Fuß auf den anderen, doch Erlendur tat so, als wäre nichts. Er kramte in den Satteltaschen und räumte sein kleines Lager um, versteckte schließlich einiges unter dem alten Heu und in einer kleinen Ritze zwischen zwei großen Steinen der Außenwand.

Jorun ging zur Tür und blieb dort stehen. Dort fühlte sie sich sicherer. Den Rücken an den Türsturz gelehnt, wurde sie ruhiger. Sie beobachtete den neuen Erlendur, der eigentlich alles andere als furchteinflößend war.

Immer wieder blies er sich eine dunkle Haarsträhne aus der Stirn, die ihm ins Gesicht rutschte, sobald er sich vorbeugte. Als er eine kleine Schachtel aus dem Gepäck zog, lächelte er versonnen. In Joruns Bauch begann es zu kribbeln.

«Was hast du da?», fragte sie neugierig.

«Eine Süßigkeit. Die hat meine Mutter mir als Kind immer gemacht, wenn ich traurig oder krank war. Seit Jahren habe ich keine mehr bekommen.» Erlendur humpelte zu ihr und hielt ihr die Schachtel aus weißer Birkenrinde hin wie eine Trophäe. Die Freude, die in seinen Augen blitzte, war ansteckend. «Hier, die musst du probieren.»

«Erlendur, sie hat sie für dich gemacht. Sicher möchte deine Mutter, dass du sie alle alleine aufisst.»

«Nimm zumindest ein Stückchen, das verlange ich von dir!»

«Ist das so?», antwortete sie lachend, und mit einem Mal fühlte sie sich ganz leicht.

«Ja», sagte er und sah ihr dabei fest in die Augen.

Jorun nahm eines der dunkelroten Stückchen und zerkaute es langsam. Preiselbeeren, Honig und ein mildes Fett. Genießerisch schloss sie die Lider. «Das ist das Leckerste, was ich je gekostet habe.»

«Sage ich doch», erwiderte Erlendur und grinste jungenhaft. «Komm, setzen wir uns, und du erzählst mir von zu Hause. Vielleicht bekommst du dann noch ein Stückchen.»

Als sie neben Erlendur auf der steinernen Türschwelle Platz nahm, pochte Joruns Herz vor Aufregung. Es gab nur wenig Platz, sie berührten sich beinahe. Aber nur beinahe, und noch lehnte sich Erlendur gegen die Türwange und damit von ihr weg.

Jorun berichtete ihm von ihrer beinahe ereignislosen Reise. «Als ich fast am Hof angelangt war, traf ich zwei Reiter, Dienstmänner des *Sysselmanns*. Sie scheinen die Gegend nach dir abzusuchen und haben mich ausgefragt.»

«Und du? Was hast du gesagt?»

Jorun blickte ihm fest ins Gesicht. «Ich habe gelogen, und ich denke, sie haben mir geglaubt.»

Erlendur schüttelte den Kopf. «Warum tust du das für mich?»

«Mein Gefühl sagt mir, dass dir unrecht getan wurde. Und eigentlich kann ich meinen Gefühlen immer trauen», antwortete sie. Im nächsten Moment wurde ihr wieder ganz heiß, und sie war froh, dass sie saß, denn ihre Knie wurden weich. Erlendur musterte sie, als hätte sie etwas ganz Außergewöhnliches gesagt, dabei hatte sie nur die Wahrheit ausgesprochen. Sie handelte immer nach ihren Gefühlen, etwas anderes besaß sie nicht. Immerhin war sie schon seit Jahren auf sich allein gestellt.

Erlendurs Blick wurde weich, dennoch war sein Gesicht von Sorge und überstandener Pein gezeichnet, Spuren, die vielleicht nie wieder verschwinden würden. Jorun ertappte sich dabei, ihn berühren zu wollen, um zu sehen, ob sie so nicht die dunklen Schatten vertreiben konnte.

Dann – sie wusste selbst nicht, woher sie den Mut nahm – tat sie es tatsächlich: Mit den Fingerspitzen fuhr sie die Konturen seiner Wangen entlang. Sie wagte kaum zu atmen, bis er vorsichtig lächelte und damit ihre Angst im Sturm davonfegte.

Erlendur schien genauso überrascht wie sie, und er versuchte weder, sie an sich zu ziehen, noch, unter ihren Rock zu fassen.

Nicht jeder Mann scheint eine Frau gleich nehmen zu wollen, sobald sie sich ihm gegenüber freundlich erweist, erkannte Jorun verwundert.

Er berührte ihre Haare, fuhr vorsichtig darüber, als fürchtete er, sich zu verbrennen. «Du bist wunderschön, weißt du das?», sagte er mit belegter Stimme.

Jorun wollte antworten, sie sei nur eine gewöhnliche Magd, eine ohne Anstellung und Einkommen noch dazu, doch da war er ihr auf einmal ganz nahe. Sein Gesicht so dicht an ihrem, dass sein Atem über ihre Haut strich und jede Faser ihres Körpers schrecklich sensibel machte.

Und dann küsste er sie.

Erst zaghaft, seine weichen Lippen ganz sacht auf ihren. Die Zungenspitze kitzelte ihren Mund, bis Jorun nicht mehr wusste, wie ihr geschah. Sie zog Erlendur in ihre Arme, und er küsste sie so leidenschaftlich, wie sie noch nie geküsst worden war. Sie wollte nicht, dass er je wieder aufhörte.

Nach einer Ewigkeit lösten sie sich voneinander, beide atemlos und lächelnd. Jorun fühlte sich, als hätte Erlendur einen Schatz mit ihr geteilt, von dessen Existenz sie bis zu diesem Moment nichts geahnt hatte.

«Ich bin froh, dass das Schicksal dich zu mir gesandt hat, Jorun vom Steinurshof», sagte Erlendur, während er mit einem Finger ihre feuchte Unterlippe entlangfuhr. Er lächelte geheimnisvoll. «Vielleicht darf ich mich doch weiterhin Erlendur der Glückliche nennen.»

Jorun hatte von seinem Ruf gehört, von dem Jungen, der den Wal gefunden und als jüngster Reiter das Pferderennen von Mjördalur gewonnen hatte, das gefährlichste Rennen von allen. Seltsamerweise hatte sie im Geiste nie die Verbindung zwischen ihm und dem jungen Mann hergestellt, der nun neben ihr saß und sie mit glänzenden Augen ansah.

Jorun nahm vorsichtig seine Hand in ihre. «Ich muss dir etwas sagen, Erlendur.»

«Alles, nur raus damit, ich will dich bald wieder küssen.»

Sie musste es ihm sagen, ja wirklich, aber trotzdem brannte die Schande in ihrer Kehle wie scharfer Schnaps und wollte nicht hinaus. «Es ist so ... du sollst wissen ...» Sie wandte ihren Blick durch den kleinen Türsturz ins Freie. «Ich bin keine ehrbare Frau.»

«Du bist eine Magd, aber das macht dich doch nicht ...»

«Hör mich an. Es gibt einen Grund, weshalb sie mich einst mittellos vom Hof gejagt haben. Wir kennen uns kaum, aber ich weiß um dein Geheimnis, und so sollst du auch meines erfahren.»

Er nickte und schwieg.

«Als sie mich vor Jahren fortschickten, trug ich ein Kind unter dem Herzen.»

Erlendur drückte ihre Hand, statt sie von sich zu stoßen. Das überraschte sie. «Was ist mit dem Vater, warum hat er sich deiner nicht angenommen? War er tot?»

«Nein, er lebt. Aber er ...», sie suchte nach den richtigen Worten, aber gab es die überhaupt? «Er hat eine Frau, und er hat mir nur ... Ich dachte, er sei ein netter Mann, bis er sein wahres Gesicht zeigte. Er hat mich ...»

Erlendur legte seine Hände an ihre Wangen und küsste sie erst auf die Stirn, dann auf die Augenlider, unter denen die ersten Tränen sich ihren Weg bahnten.

«Du bist keine ehrlose Frau, Jorun. Dieser Mann ist derjenige, der keine Ehre besitzt. Du solltest dich nicht schämen. Wenn jemand so etwas meiner Mutter oder meiner Schwester antäte, denkst du denn, ich würde mich gegen sie wenden?»

Jorun schluchzte und wusste keine Antwort. Bislang hatte sie geglaubt, dass jede andere Familie auf die gleiche Weise reagiert hätte wie die ihre, und der Gedanke hatte sie getröstet. «Das sagst du nur so, weil ...»

«Jorun, sei still», fiel Erlendur ihr aufgebracht ins Wort und nahm sie in den Arm. Er hielt sie so fest, dass sie für einen Moment Angst bekam, doch dann lehnte sie den Kopf an seine Schulter und hielt ganz still. Konnte sein Herz pochen hören und fühlen, wie sich sein Brustkorb hob, wenn er einatmete. Seine Kleidung roch nach Seife und ein wenig nach der Wiese, auf der sie zum Trocknen ausgelegt worden war. Darunter war der ureigene Duft seiner Haut, weich und männlich.

Ihre Tränen nässten den Stoff, dann versiegten sie.

Erlendur strich ihr langsam über den Hinterkopf und teilte ihre schweren Strähnen mit den Fingern.

Jorun umschlang seine Mitte und drückte sich fest an ihn. Bei ihm fühlte sie sich geborgen. Als sie schließlich den Kopf hob, drückte er seinen Mund auf ihren. Der Kuss war nicht so leidenschaftlich wie zuvor, sondern zart und tröstlich, beinahe wie ein Versprechen. Aber sie kannte Erlendur doch kaum, wie sollte sie ihm da glauben?

Dennoch gelang es ihm, sie zu trösten. Noch nie hatte ein Mann sie auf diese Weise in den Armen gehalten. Der andere, damals, hatte sie nur einmal geküsst und sie dann auf den Boden gedrückt und sie ausgezogen. Er hatte seinen Willen mit ihr gehabt, während sie einfach nur dalag und hinaufstarrte zum Vollmond. Das Gestirn war ihr einziger Zeuge. Schließlich war ihr Leib angeschwollen und genauso prall und rund geworden.

Jorun ertappte sich bei der Überlegung, ob Erlendur auch so mit ihr verfahren würde. Eine andere Magd hatte einmal behauptet, dass alle Männer es so machten. Guck dir einen Schafbock an, hatte sie gesagt. Hast du gesehen, dass er freundlich zu seinem Weib ist, dass er sich noch für sie interessiert, nachdem er sie besprungen hat? Genauso ist es mit den Männern. Spar dir deine Liebe für deine Kinder auf, Jorun, an Männern ist sie verschwendet.

Erlendur drückte sie an sich und stellte keine Fragen.

Sein Schweigen tat wohl wie Balsam. So saßen sie einfach da und waren einander nahe. Jorun kam es vor, als würde sie ein Stück weit heilen, nachdem sie so lange zerbrochen gewesen war. Es war merkwürdig, dass ausgerechnet dieser Fremde die Macht dazu besaß.

«Ich werde dir niemals weh tun, das verspreche ich», sagte Erlendur nach einer langen Weile des Schweigens und strich ihr sacht das Haar aus der Stirn. Jorun sah in seine Augen und glaubte ihm.

Und mit einem Mal war die Angst zurück. Jetzt fürchtete sie sich nicht vor ihm, sondern um ihn. Es wäre typisch, wenn sie Erlendur wieder verlöre. Ein wenig Glück, und schon kam der nächste Schlag. So hatte sie erst ihre Familie verloren, dann ihr Neugeborenes. Nun würde es Erlendur treffen, den ersten Mann, dem es gelungen war, dass sie nicht nur Schlechtes in ihm sah. Die Dienstmänner des *Sysselmanns* waren ihm schon auf den Fersen. Sie durften ihn nicht verhaften und ins Gefängnis stecken!

Jorun wand sich aus seinem Arm, um ihm ins Gesicht zu sehen. Er starrte vor sich hin. Auf seiner Stirn kringelten sich einige Locken, die seine Augen beschatteten.

«Was willst du jetzt tun?», fragte sie.

Er seufzte, die Schatten über seinen Augen wurden noch dunkler. «Ich muss einen Weg finden, die Leute von meiner Unschuld zu überzeugen. Bislang stehen leider alle Zeichen gegen mich.»

«Aber wie willst du das erreichen? Und was ist überhaupt geschehen?»

Erlendur atmete tief ein und aus. Sein Blick war in die Ferne gerichtet, und Jorun meinte, an seinem Gesicht ablesen zu können, wie er mit sich rang. Er war nicht sicher, ob er ihr trauen konnte. Für ihn stand genauso viel auf dem Spiel wie für sie. Er biss die Zähne aufeinander, was seine Wangen noch kantiger aussehen ließ.

Wenn er nicht bereit ist, mit mir zu reden, dann muss er es nicht, dachte Jorun mit leiser Enttäuschung. Ich weiß ja selbst nicht, warum ich mich ihm als Erstem anvertraut habe. «Du musst es mir nicht erzählen, Erlendur», sagte sie schließlich und strich mit der Hand über sein angespanntes Gesicht.

«Wenn das so einfach wäre», seufzte er. «Ich will dich nicht noch tiefer in die Sache hineinziehen. Was, wenn ich verhaftet werde und sie dich auch einsperren wollen, weil du mir hilfst?»

«Wir werden vorsichtig sein. Vielleicht ist es leichter, die Lücken in deiner Erinnerung zu schließen, wenn du mit jemandem sprichst.»

Er nickte langsam und sah weiter angestrengt auf das Land hinaus. Schließlich schien Erlendur einen Entschluss gefasst zu haben, und er richtete sich gerader auf. «Ich weiß nur, dass ich zum Strand reiten wollte, um nach Treibgut zu sehen», begann er. «Dann wollte ich weiter nach Reykjavík, dort einige Dinge kaufen und mich mit einem Freund treffen. Das Nächste, woran ich mich erinnere, ist, dass ich dort lag, schwer verletzt. Die beiden Atlisöhne waren tot, ihre Körper lagen nicht weit von mir. Auch mein Pferd war tot, jemand hatte ihm die Kehle durchgeschnitten. Das zweite, das frei mitgelaufen war, war auf und davon.»

«Es ist zum Hof deiner Eltern gelaufen, so wussten sie, dass etwas passiert war.»

«Mag sein.» Er rieb sich über das Gesicht. «Als ich aufwachte, wusste ich nicht, was geschehen war. Aber mir war klar, wie es für andere aussehen musste. Ich hatte Angst, also habe ich die Toten versteckt. Was hätte ich sonst tun sollen? Ich konnte sie ja nicht wieder ins Leben zurückbringen.»

«Und diese Brüder und du …»

«Wir waren so etwas wie Feinde. Schon unsere Väter und Vorväter hassten sich und stritten um Land. Beim Pferderennen haben die Brüder versucht, mich umzubringen, aber davon wissen nur wenige.»

Jorun schluckte und drückte Erlendurs Hand. «Niemand wird dir glauben.»

«Ich weiß.» Seine hellblauen Augen schienen einen dunkleren Farbton anzunehmen, und plötzlich sah er nicht mehr so unschuldig aus wie noch Momente zuvor. Jorun konnte nicht festmachen, woran dieser Stimmungswechsel lag, aber er machte sie ein wenig bang. Erlendurs Gesicht hatte etwas Verschlagenes bekommen.

«Ich denke, ich sollte jetzt gehen», sagte sie hastig und zog ihre Hand aus seiner.

«Willst du mir nicht noch einen Kuss zum Abschied geben?»

Gegen ihren inneren Widerstand beugte sie sich noch

einmal zu ihm und drückte ihre Lippen flüchtig auf seinen Mund, der kalt war und fest.

Erlendur blieb sitzen, während sie sich zum Aufbruch bereit machte, den Umhang aus kratzigem *Vaðmál* anlegte und ihn eng um die Schultern zog, als könnte sie sich so vor der unheimlichen Stimmungsänderung schützen.

«Kommst du bald wieder?», rief er ihr nach, und sie nickte nur.

Ein Teil von ihr, der mit dem fiebrigen Herzklopfen, wollte sofort zu ihm zurückrennen und sich in seine Arme werfen, der andere wollte möglichst viel Abstand zwischen sich und ihn bringen.

Er sah ihr nach, während sie ins Tal hinabging. Sie spürte seinen Blick im Rücken, bis sie den Wasserlauf erreichte, dem sie bis zum Steinurshof folgen würde. Jetzt fühlte sie sich wieder besser. Das Herzklopfen und auch die unbestimmte Furcht ließen nach.

Zudem drängte sich ein viel größeres Problem als Erlendur und sein Geheimnis in den Vordergrund. Nun würde sie bald wieder ihrem Schwager gegenüberstehen und ihm erklären müssen, wo sie in den vergangenen zwei Tagen gesteckt hatte. Torger würde sich nicht leicht täuschen lassen, und Jorun war schon immer eine schlechte Lügnerin gewesen. Schon als Kind war sie immer ertappt worden.

Vielleicht steht mir Salbjörg bei, überlegte sie. Immerhin hegte ihre spröde Schwester Gefühle für Erlendur. Dass Jorun ihn geküsst hatte, durfte sie deshalb niemals erfahren.

KAPITEL 14

Früh soll aufstehn,
wer vom andern begehrt
Leben oder Land:
Raub gewinnt selten
der ruhende Wolf
noch der Schläfer die Schlacht.

Die Edda, Das alte Sittengedicht, Strophe 57

Erlendur sah Jorun nach. Dabei fühlte er sich, als wäre es den Atlisöhnen endgültig gelungen, ihn in den gierigen Rachen eines Gletschers zu locken, und es würde nur noch Augenblicke dauern, bis das eisige Wasser in seine Lunge drang und er jämmerlich ertrank. Sein Brustkorb krampfte sich zusammen, die Rippen fühlten sich an, als würden sie unerbittlich in einer Schraubzwinge gequetscht.

Als Erlendur auf seine Hände sah, waren sie rot vor Blut, warm und dick lief es zwischen den Fingern herab.

Die Erinnerung war zurück.

«Mörder, Mörder, Mörder!», würgte Erlendur hervor.

Die Hoffnung, die Bilder seien nicht mehr als ein Streich seines Fiebers, verwarf er wieder. Schon seit Tagen hatte die Hitze ihn nicht mehr heimgesucht, war er frei von wirren Träumen.

Während er Jorun erzählt hatte, woran er sich erinnerte, hatten sich nach und nach die Lücken geschlossen. Es war, als hätte sich ein Nebel, der bis dahin über seinem Gedächtnis gelegen hatte, plötzlich gehoben.

Er hatte es getan.

Jetzt wusste er es wieder genau. Und Jorun hatte es ihm im Moment des Erkennens angesehen, deshalb war sie so plötzlich aufgebrochen. War er blass geworden? Vor sich selbst erschrocken? Hatte sich in seinem Gesicht derselbe Zorn gespiegelt, der nötig gewesen war, um die Atlibrüder zu töten?

Der vierte Mann, den er immer wieder als eine Art Schemen wahrgenommen hatte, existierte nicht. Vermutlich hatte er sich den Mord nicht eingestehen, seine Phantasie einen Schuldigen erschaffen wollen. Erlendur wollte unschuldig sein, doch er war alles andere als das. Ich bin wirklich nicht mehr der Glückliche, dachte er. Bestimmt wird sie mich jetzt verraten. Und habe ich es nicht verdient?

Müde schleppte Erlendur sich zu seinem Heulager zurück und wühlte so lange darin herum, bis er ein kleines Messer in den Händen hielt.

Ich sollte mir hier und jetzt das Leben nehmen, wie ich es vorhatte, für den Fall, dass es keinen Ausweg mehr aus der drohenden Gefängnisstrafe gibt.

Fest umklammerte er die Klinge, dann stürmten die Bilder auf ihn ein wie ein Schwarm böswilliger Krähen.

Noch vor der Morgendämmerung hatte er sich vorbereitet, Sleipnir gesattelt und war gleich beim ersten Licht aufgebrochen.

Rasch flog sein Hengst den Küstenweg entlang, noch immer so leichtfüßig wie beim Rennen Jahre zuvor. Der Wallach, den er zum Wechseln mitgenommen hatte, folgte ihnen dichtauf. Erlendur genoss den schnellen Ritt. Er mochte den Winter nicht, wenn er Abend für Abend im Haus zubringen und sich die immer gleichen Geschichten der Alten anhören musste.

Anfangs gab es noch viel zu tun, doch über die Monate wurde die Arbeit weniger und die Zeit lang. Früher, als Junge, hatte er den Frauen beim Verarbeiten der Wolle geholfen, doch in seinem jetzigen Alter hätte er von den Brüdern und seinem Vater nur noch Spott dafür geerntet.

Nun waren die Wege endlich wieder passierbar und die unsicheren Schneefelder geschmolzen. Nach einem kurzen Abstecher zum Strand, wo außer zwei angeschwemmten Hölzern nichts zu holen war, setzte er seinen Weg fort.

Der Ritt nach Reykjavík erschien ihm wie ein Befreiungsschlag. So musste sich ein Vogel fühlen, der aus einem Käfig ausbrach und in die Freiheit zurückkehrte, welcher er einst durch grobe Hände entrissen worden war.

Von der Küste wehte ein beständig starker Wind, der mal nach Schnee roch und dann wieder nach Frühling. In den nächsten Wochen würde der Wechsel der Jahreszeiten wie ein Kampf hin und her wogen, doch der Gewinner stand schon fest. Der Winter versuchte nur noch, mit erhobenem Haupt und ohne seinen Ruf zu gefährden, das Schlachtfeld zu verlassen.

Erlendur war noch nicht lange geritten, als er ein klägliches Blöken wahrnahm. Es kam aus einem Labyrinth scharfkantiger Gerölle, das sich im Norden erstreckte. Als Kinder hatten er und seine Brüder sich immer vorgestellt, dass in solchen Felsformationen Trolle und dunkle Alfen hausten, die von dort ihre Raubzüge gegen die Menschen unternahmen, Vieh stahlen und kleine Kinder. Erlendur hatte diese Gruselgeschichten geliebt.

«Komm, Sleipnir, sehen wir nach, ob sich die Trolle ein Schaf geholt haben.»

Er lenkte sein Pferd auf einen schmalen Trampelpfad, in der Hoffnung, dort am einfachsten vorwärtszukommen. Der Wallach folgte Sleipnir ruhig. Ein kurzes Stück führte der Pfad noch über Wiesen, wenngleich noch winterbraun, dann zeichneten sich die Felsen ab wie narbige Risse im Grund. Schwarz und schartig weiteten sie sich zu einem schmalen Tal. Auf der Wetterseite wies das Gestein rostige Verkrustungen auf.

Trollblut, dachte Erlendur, noch immer in Kindheitserinnerungen gefangen.

Das klägliche Blöken war nun schon ganz nah. Erlendur sprang aus dem Sattel und warf die Zügel über eine Felsnase.

«Schrei nicht so, ich komme ja!», rief er und erklomm einen kleinen Grat, auf dem sich einige Büschel Gras hielten, denen das Tier vermutlich hinterhergestiegen war. Hungrige Schafe brachten sich oft in brenzlige Situationen.

Dann sah er sie. Es waren drei Tiere. Eines war bereits verendet, ein anderes schwer verletzt, seine Hinterbeine waren eingeklemmt und gebrochen. Nur das dritte Schaf, ein junges aus dem Vorjahr, schien gesund. Offenbar waren alle drei hinter dem Grat in eine Senke gestürzt.

Erlendur hielt sich mit beiden Händen an den schroffen Felsen fest und ertastete mit den Füßen einen Weg hinab zu den Tieren. Es war nicht tief, er konnte über den Grat schauen, doch für die Schafe war es eine Todesfalle.

Ohne lange zu überlegen, beendete er das Leben des verwundeten Tieres mit einem einzigen Messerstich. Kurzerhand trennte er die eingeklemmten Hinterläufe ab. Er hatte genügend Herbstschlachtungen miterlebt, um die richtigen Stellen und Schnitttechniken zu kennen. Dann packte er das tote Tier in der Wolle, wuchtete es über den Rand und warf den Kadaver auf den Weg hinab. Es wäre unsinnig, das gute Fleisch verderben zu lassen. Das unverletzte Schaf beäugte ihn panisch. Mit weit aufgerissenen Augen versuchte es, vor Erlendur zu fliehen, doch in der Senke war kaum Platz. Schnell stand es mit dem Hinterteil gegen die Wand gepresst und senkte abwehrbereit den Kopf mit den kleinen spitzen Hörnern.

Erlendur nahm sich Zeit, sein Messer sauber zu wischen und zu verstauen, bevor er mit zwei Schritten bei dem Schaf war. Den Kopfstoß wehrte er mit der Hand ab und packte auch dieses Tier in der Wolle. Das dichte Fell war fettig und warm, und er musste achtgeben, wo er zupackte. Hier und da, wo das Sommerfell zum Vorschein kam, war die Wolle schon lose. Schließlich hievte er das Schaf auf den Grat, kletterte ebenfalls hinauf, hob es sich dann auf die Schulter und begann vorsichtig den Abstieg.

«Ein wenig mehr Grips würde euch nicht schaden», sagte er zu dem blökenden, zappelnden Tier, das versuchte, sich mit Tritten und Stößen aus seinem Griff zu befreien.

Endlich erreichte er den Pfad, wo er das Schaf abstellte. Es schüttelte sich und blieb stehen. Offenbar wusste es nicht, wohin es gehen sollte, um zu seiner Herde zurückzufinden.

Erlendur seufzte nur.

Er lud das tote Schaf auf Sleipnirs Rücken, packte das lebende bei einem der kurzen Hörner und zog es hinter sich her, den Pfad aus dem Felslabyrinth hinauf. Sleipnir folgte ihm wie ein treuer Hund, hinter sich den Wallach.

Oben angekommen, trabte das Schaf ein paar Schritte und begann dann sofort zu fressen. Offenbar hatte es eine ganze Weile ohne Nahrung zugebracht, und die toten Artgenossen waren angesichts des sprießenden Grüns schnell vergessen.

Erlendur wischte sich das Wollfett von den Händen. Er war noch dabei, das Sattelzeug zu richten, als Sleipnir plötzlich den Kopf hochriss und warnend schnaubte. Das Beipferd galoppierte ein Stück davon. Erlendur zuckte überrascht zusammen. Dort kam jemand.

«Wen haben wir denn da?»

«Sieht ganz nach einem Viehdieb aus.»

Erlendur wurde heiß und kalt. Ich hätte den verdammten Kadaver liegen lassen sollen, schoss es ihm durch den Kopf.

Langsam drehte er sich um. Seine schlimmsten Befürchtungen bestätigten sich: Dort kamen die Atlisöhne. Sie waren zu Fuß unterwegs, ausgerüstet für einen Tag in der Wildnis. Vielleicht waren sie auf der Jagd nach Gänsen, die um diese Zeit die Binnenseen bevölkerten.

«Brynjar und Jón Atlisson», stellte er fest.

«Erlendur der Unglückliche», feixte Jón und spuckte vor ihm aus. «Nicht mal Viehdiebstahl will dir glücken.»

Erlendur zwang sich, ruhig zu bleiben. «Lasst mich erklären ...»

«Es gibt nichts zu erklären, glaubst du denn, wir sind blind und dumm?», fiel ihm Brynjar scharf ins Wort.

Ja, die beiden sind blind und blöd wie ihre Schafe, dachte Erlendur im Stillen. Flink löste er die Schnüre, mit denen er den Kadaver festgebunden hatte, und stieß ihn vom Pferderücken direkt vor die Füße der Atlisöhne.

Erschreckt sprang Jón zurück. «Die Hinterbeine fehlen!»

«Die hängen noch unten in dem Felsen, in dem das Vieh feststeckte. Ihr solltet besser auf eure Tiere aufpassen, sonst enden sie bald alle als Krähenfutter.»

«War das eine Drohung?»

Erlendur wollte nur noch eines, so schnell wie möglich weg von diesen Idioten. «Natürlich war das keine Drohung, nur die Wahrheit. Wäre ich nicht hier entlanggeritten und dort unten durch die Felsen gestiegen, hättet ihr jetzt nicht zwei tote Schafe, sondern drei!» Er nahm Sleipnir bei den Zügeln und setzte seinen Weg zu Fuß fort.

«Hey, du kannst jetzt nicht einfach abhauen.» Mit ein paar Sätzen war Brynjar neben ihm.

Erlendur hatte schon befürchtet, dass die beiden nicht

lockerlassen würden. «Nehmt euer blödes Schaf und lauft heim zu eurem Vater.»

«Wir werden dich beim *Sysselmann* anzeigen, Ketilsson, und dann werden wir sehen …»

«Was werden wir sehen? Der *Sysselmann* ist klug. Er kann die Wahrheit finden, verlasst euch drauf. Und jetzt lass mich in Frieden.» Erlendur lief schneller. Sleipnir, der ihm mit angelegten Ohren folgte, trabte immer wieder kurze Stücke, um mit seinem Herrn Schritt zu halten. Das Beipferd folgte in einigem Abstand zu ihnen und spürte wohl genau die brodelnde Stimmung zwischen den Männern.

Sie erreichten eine kleine Kuppe, von der aus man das Meer sehen konnte. Möwen segelten im Aufwind der Steilküste, ihre schrillen Rufe hallten weit über das Land.

Als Sleipnir versuchte, nach einem der Brüder zu treten, musste Erlendur innerlich lächeln. Der Hengst konnte die beiden genauso wenig leiden wie er.

Jón und Brynjar klebten an ihnen wie die Fliegen.

«Die beiden Schafe waren gute Zuchttiere und zusammen sicher mehr wert als deine hässliche Schindmäre.»

Erlendur bemühte sich, seinen Zorn zu schlucken. Sollten sie doch hinter ihm herrennen und ihn beleidigen. Er wusste, dass es nicht stimmte. Den Brüdern würde es sicher bald langweilig werden, wenn er sich nicht auf ihre Provokationen einließ. Starr geradeaus blickend, marschierte er weiter, bis er einen plötzlichen Ruck an den Zügeln spürte. Sleipnir gab ein seltsam gurgelndes Schnaufen von sich.

Als Erlendur sich umdrehte, war es schon zu spät.

Blut ergoss sich wie ein wilder Sturzbach aus der offenen Kehle seines Pferdes. Sleipnir wich mit hochgerissenem Kopf rückwärts, doch er konnte dem Schmerz nicht entfliehen.

«Jetzt sind wir quitt», höhnte Jón, das blutige Messer noch in der Hand.

Doch Erlendur sah in diesem Moment nur noch sein Pferd, das auf die Hinterbeine stieg, strauchelte und dann mit einem dumpfen Keuchen zusammenbrach. Erlendur kniete sich neben Sleipnir und legte ihm die Hand auf die bebenden Nüstern, aus denen der Atem nur noch stoßweise ging.

«Ich bin hier, Junge», flüsterte er, wie er es früher schon getan hatte, wenn er ihn durch schwierige Situationen leitete. Die hellen Augen des Pferdes trübten sich. Als seine Hinterbeine dann wie wild zu schlagen begannen, wusste Erlendur, dass es vorbei war.

Langsam erhob er sich und fühlte mit einem Mal eine schreckliche Wut in sich aufsteigen. Sleipnir verenden zu sehen hatte etwas in ihm freigesetzt, das er zuvor mit aller Macht im Zaum gehalten hatte. Der ganze angestaute Hass auf die Brüder brannte wie Feuer in seinen Adern. In seinen Ohren entstand ein seltsamer Druck, durch den er alles nur noch gedämpft hörte, nur sein Puls dröhnte laut wie Trommelschläge und übertönte mühelos den letzten Rest von Vernunft, die zur Ruhe mahnte.

Die Atlisöhne hatten etwas Abstand genommen, betrachteten von dort das Schauspiel.

«Wie rührend.» Brynjar tat so, als wischte er sich eine Träne aus den Augen.

Erlendur stand stocksteif und mit geballten Fäusten da und meinte, sein Zorn müsse ihn im nächsten Moment zerreißen.

«Du hättest als Weib geboren werden sollen!» Jón strich das Messer an seiner Hose ab, Sleipnirs Blut verschwand im dunkelbrauen Wollstoff.

Als Jón nach der Messerscheide griff, um es wegzustecken, stürzte sich Erlendur auf ihn.

Der erste Faustschlag zertrümmerte die Nase seines Gegners und warf ihn zu Boden. Dann rammte ihm Brynjar wie ein angreifender Stier den Kopf vor die Brust. Schmerz explodierte und presste die Luft aus Erlendurs Lungen, doch er gab nicht so schnell auf. Er stieß Brynjar von sich und duckte sich unter einem Hieb hinweg, aber auch sein Gegner kämpfte mit lange aufgestauter Wut.

«Wir machen dich fertig, Erlendur, brauchst dich gar nicht erst zu wehren», schnaufte er und zog ein langes Grindwalmesser.

Dagegen hatte Erlendur mit seinen Fäusten keine Chance. Er wich den ersten beiden Schlägen aus und lief einige Schritte rückwärts. Brynjar sah sich schon siegen, doch Erlendur wollte nur näher an sein totes Pferd und den Sattel, an dem er die Axt befestigt hatte.

Im letzten Moment riss er sie aus dem Futteral und schlug damit das Messer zur Seite, nur hatte er nicht gemerkt, wie Jón wieder auf die Beine gekommen war.

Der blonde Atlisson stieß ihm das Messer, mit dem er auch schon Sleipnir getötet hatte, tief ins Bein.

Erlendur schrie auf und wirbelte herum. Er traf Brynjar quer über die Brust, dann riss er sich Jóns Messer aus dem Bein und stieß es Brynjar in die Kehle. Der große Mann strauchelte vorwärts und hieb blindwütig nach Erlendur.

Der Stich, der ihn im Unterleib traf, war nicht mehr als ein kurzes Brennen, so berauscht war Erlendur vom Kampf und von dem Anblick, wie Brynjar die Kraft verließ.

Es war vorbei, sein Gegner weigerte sich nur noch, dem Tod ins Auge zu sehen.

«Du Wahnsinniger!», brüllte Jón. «Mein Bruder!»

«Ich habe gesagt, ihr sollt mich in Ruhe lassen!», schrie Erlendur zurück. Der Griff seiner Axt war glitschig geworden von all dem Blut. Er merkte, wie Jóns Mut sank, als er sah, dass Brynjar sich nicht mehr bewegte.

«Das wirst du büßen!», schrie Jón, wandte sich ab und rannte los.

Erlendur warf seine Axt, bevor er mehr als drei Schritte tun konnte.

Jón schrie nicht. Er fiel einfach der Länge nach hin und regte sich nicht mehr. Nun waren sie beide tot.

Die plötzlich einsetzende Stille war gespenstisch. Erlendur schwankte. Der Hass, der wie Vulkanfeuer in ihm gewallt hatte, verebbte. Jetzt setzte auch der Schmerz ein, und der Zorn, der ihm zuvor geholfen hatte, die Auseinandersetzung durchzustehen, zog sich feige zurück und ließ ihn mit seiner Schuld allein.

Der Wind ließ das Blut an seinen Händen rasch erkalten; Erlendur spürte es dadurch umso deutlicher. Aber er verstand noch immer nicht, was gerade geschehen war, wollte nicht wahrhaben, dass er zum Mörder geworden war.

«Ich habe das nicht getan!», schrie er gegen den Wind, dann wurden ihm die Knie weich, und er sank neben dem Kadaver seines Pferdes zu Boden. Zitternd schob er die kalten, blutbesudelten Hände unter Sleipnirs Mähne, wo sich noch etwas Körperwärme hielt.

Jetzt sah er sie nicht mehr, diese Mörderhände. Vielleicht verschwand damit auch der Rest.

Die Welt verschwamm vor seinen Augen.

Geschieht mir ganz recht, wenn es jetzt auch mit mir zu Ende geht, dachte er. Es musste der Blutverlust sein, der ihm die Sinne raubte. Bald konzentrierten sich all seine Empfindungen auf den strudelnden Schmerz in seinem Bauch, dann kam die Schwärze.

Erlendur starrte auf seine Hände. Kein Blut. Nach dem Bad im Bach waren sie sogar richtig sauber, selbst unter den Nägeln hing kaum noch Dreck.

Aber die Schuld ließ sich nicht so einfach abwaschen. Er hatte es getan, jetzt war er sich sicher. Warum nur hatte sich die Wahrheit so lange vor ihm verborgen?

Aber auf gewisse Weise haben die beiden es verdient, dachte er. Sie hätten niemals Sleipnir töten dürfen. Niemals.

Erlendur seufzte und drückte seine Fäuste auf die Augen, bis er nur noch rote Wirbel und weiße Sterne blitzen sah, als tobte das Nordlicht in seinem Schädel. Ob sein Freund, der Sattler Thorstein Gunnarsson, bereit wäre, ihm in dieser schier ausweglosen Situation zu helfen?

Immerhin hatte auch er jeden Grund, den Atlisöhnen den Tod zu wünschen. Seit dem Rennen von Mjördalur hatten sie immer wieder darüber gesprochen, dass es nicht recht gewesen war, sie einfach so davonkommen zu lassen. Doch damals hatten Erlendur und Thorstein beschlossen, die Sache ruhen zu lassen. Wie hätten sie auch beweisen sollen, dass die zwei tatsächlich versucht hatten, die Freunde in die Gletscherspalte zu locken? Bei Pferderennen geschahen immer wieder schreckliche Unfälle. Nebel und Schneestürme reichten, dazu brauchte es keine Mordabsichten.

All die Jahre danach hatte Thorstein vor Dritten über den Vorfall geschwiegen, wie auch Erlendur und sein Vater es hielten. Das sprach für ihn, sein Freund konnte schweigen. Aber war er auch bereit, für Erlendur zu lügen?

Es gab nur einen Weg, das herauszufinden: Er musste zu ihm reiten. Jorun hatte ihm vom Ketilshof alles mitgebracht, was er dafür brauchte. Unauffällige Kleidung, Essen und ein tüchtiges, aber unscheinbares Pferd.

Erlendur stand auf und begann, in der Hütte auf und ab zu laufen. Sein Körper war schwach, er musste wieder zu Kräften kommen. Am liebsten hätte er die Krücke zu Hilfe genommen und das Bein entlastet, aber er musste es schaffen, allein zu gehen – besser noch, zu rennen.

* * *

Jorun bemerkte sofort, dass etwas nicht stimmte. Die Art, wie Salbjörg ihre Arbeit verrichtete, ihre gebeugten Schultern, einfach alles wies darauf hin.

Sie sah ihre Schwester schon von weitem. Auf der kleinen Weide bei der Hofstatt grasten die ersten Mutterschafe mit ihren winzigen Lämmern. Salbjörg ging den Steinwall entlang, der die Weide eingrenzte, rückte hier und da Findlinge gerade oder setzte neue ein, wo es Lücken gab.

Etwas war geschehen. Jorun lief schneller, rannte beinahe den Hang hinab zu ihr. Die Mutterschafe rissen erschrocken die Köpfe hoch, zwei Lämmer flüchteten in ungelenken Sprüngen, und nun blickte auch Salbjörg auf.

Joruns Schritte gerieten ins Stocken.

Jetzt wurde ihr alles klar: Torger hatte sie geschlagen. Salbjörgs linke Gesichtshälfte sah furchtbar aus, das Auge war vollständig zugeschwollen, auf der Wange war die Haut aufgerissen und mit dickem Schorf verkrustet.

«Jorun», sagte sie nur und wandte sich wieder ab. Schämte sie sich? «Ich hatte gehofft, du würdest erst morgen wiederkommen.»

«Wie konnte er nur?», stotterte Jorun.

«Torger braucht keinen Grund dafür, aber er findet immer einen.»

Jorun kletterte über die Mauer und wollte ihre Schwester in den Arm nehmen, doch die wich ihr aus. «Nicht, lass mich in Frieden, Jorun. Mach es nicht schlimmer, als es ist.»

Ratlos ließ Jorun die Hände sinken. «Du musst etwas unternehmen. So kann er doch nicht mit dir umgehen.»

«Und was soll ich machen? Du hast gut reden, du bist frei!»

Jorun ignorierte den Zorn ihrer Schwester. Es war nur verständlich, dass Salbjörg durcheinander war. «Du solltest zum Pfarrer gehen. Er muss mit Torger reden, und wenn er sich nicht bessert ...»

Salbjörg lachte laut und falsch. «Dann sollen wir vielleicht geschieden werden? Weißt du, wie alle mich dann ansehen werden? Die unfruchtbare Frau, die so undankbar ist, dass sie ihren Mann zum Teufel jagt?»

«Aber Schwester! Du kannst so nicht mit ihm zusammenleben!»

«Ich kann nicht? Aber ich muss! Wenn er weg ist, wie soll ich dann alleine den Hof bewirtschaften?»

«Dann nimmst du dir eben einen neuen Mann», erwiderte Jorun aufgebracht und wollte schon anführen, warum ihre Schwester bestimmt jemanden finden würde: vielleicht einen jungen Witwer mit Kindern, die sie als ihre eigenen aufziehen könnte, als Salbjörg ihr mit einer wütenden Geste das Wort abschnitt.

«Ich will keinen neuen Mann. Glaubst du denn, der wäre besser?»

«Dann bleibe ich, und wir bewirtschaften Steinurshof gemeinsam. Oder du stellst einen Knecht ein.»

«Darum geht es dir? Du willst den Hof haben? Vergiss es, Schwester.» Sie spie das letzte Wort aus wie ein Stück Dreck.

Jorun wich einen Schritt zurück. «So sehr hasst du mich also ...? Ich verstehe. Morgen gehe ich von hier fort, dann musst du meine Nähe nicht länger ertragen.» Doch Salbjörg antwortete nicht. Plötzlich ging ihr Atem keuchend.

«Was hast du?»

«Nichts, woran du etwas ändern könntest.» Sie wandte sich ab und griff nach der Mauer, um sich abzustützen. Kurz schien sie den Halt zu verlieren, dann presste sie die freie Hand auf den Bauch. «Nein, bitte nicht», wimmerte sie gequält.

«Hat er dich auch dorthin geschlagen?»

Salbjörg war aschfahl geworden und presste die Lippen aufeinander. In diesem Moment war der Streit vergessen. Jorun griff ihr unter die Arme und half ihr, sich aufzurichten.

«Wie lange tut dir denn schon der Bauch weh?»

Mit finsterem Blick sah Salbjörg sie an. «Seit gestern.»

Und plötzlich verstand Jorun. «Du bist schwanger?»

«War», keuchte Salbjörg und drückte wieder eine Hand auf den Unterleib. «Seit dem Morgen blute ich, und es kommen die Wehen. Ich kann nichts mehr tun, es ist tot. Nur heraus muss es noch.»

«Und dann schleppst du hier Steine?», fragte Jorun fassungslos, die eigenen Wehen in lebhafter Erinnerung. Auch wenn Salbjörgs Kind tot und viel zu früh kam, so musste sie doch große Schmerzen haben.

Salbjörg rüttelte an einem Stein, bis er in die passende Lücke rutschte. «Ich muss etwas tun. Ich kann nicht nutzlos herumsitzen und die ganze Zeit darüber nachdenken, was ich wieder nicht bekomme.» Sie hielt die Luft an, schloss die Augen und lehnte sich mit beiden Händen gegen die

Mauer. Als der Krampf vorüber war, glitzerten Tränen auf ihren Wangen. «Wenn meine Hände etwas zu tun haben, ist es leichter zu ertragen. Und jetzt lass mich allein.»

«Nein, Schwester, ich will dir doch helfen!»

Salbjörg wischte sich energisch über die Augen und spie dann aus. In ihrem Blick lag jetzt nur noch Verachtung. «Helfen willst du mir? Es ist doch deine Schuld.» Erneut wurde sie von einer Wehe unterbrochen. «Alles deine Schuld», wiederholte sie nach einer endlosen Pause gequält.

Jorun traute ihren Ohren nicht. «Was hast du gesagt? Warum meine Schuld?»

«Du bist doch einfach ohne ein Wort zu Torger abgehauen, und ich musste es ausbaden. Wärst du doch nie hergekommen! Dann würde ich es jetzt nicht verlieren.»

«Das meinst du nicht so», erwiderte Jorun bestimmt und versuchte, sich nicht anmerken zu lassen, wie sehr Salbjörgs Worte sie trafen. Sie hatte geahnt, dass ihr Schwager wütend sein würde, wenn sie sich seiner Lüsternheit entzog. Aber den Vorwurf ihrer Schwester konnte sie trotzdem nicht gelten lassen. Es war ganz allein Torgers Schuld, dass Salbjörg sich so quälte, nicht die ihre.

«Komm, ich bringe dich hinein, du musst dich hinlegen.»

«Nein, nicht auf das Bett dieses Teufels.»

«Dann nicht.» Mit einer Hand löste Jorun ihren Umhang und breitete den dunkelgrünen *Vaðmál* aus, damit Salbjörg sich daraufsetzen konnte.

Doch die ließ sich daneben auf die Wiese gleiten und lehnte sich an die Mauer. «Der wird nur schmutzig.» Dann krampfte sie wieder. «Jetzt wird es nicht mehr lange dauern.» Sie presste die Hände auf den schmerzenden Leib. «Zieh meinen Rock hoch, bitte.»

Jorun schob den Stoff über Salbjörgs Knie und zog ihn auch unter ihrem Hintern weg. «Dieses verdammte Schwein», fluchte sie laut, während ihre Schwester sich unter der nächsten Wehe vorbeugte und keuchte. Weil sie nicht wusste, wie sie Salbjörg Linderung verschaffen konnte, rieb sie ihr mit kreisenden Bewegungen über den Rücken.

Das erste Blut ergoss sich auf den Boden. Salbjörg schlug mit einer Faust gegen die Mauer hinter sich.

Während die Wehen immer häufiger kamen, musste Jorun daran denken, wie oft ihre Schwester dieses Schicksal bereits erlitten hatte. Wahrscheinlich war sie dabei jedes Mal allein gewesen.

Als Salbjörg zum ersten Mal laut schrie, begann der Hofhund zu jaulen. Es war gespenstisch. In der Nähe grasten die Schafe mit ihren neugeborenen Lämmern. In diesem Moment gönnte Jorun den Tieren das Mutterglück nicht.

Salbjörg umfasste ihre Knie und lehnte sich zurück, dann kam die nächste Wehe und mit ihr das Kind.

Sprachlos sah Jorun auf das winzige Wesen hinab. Es war nicht größer als ein Gänseei, aber es hatte schon winzige Arme und Beine und einen kleinen, unförmigen Kopf. Es war bläulich verfärbt. Jorun kannte diesen Anblick von jungen Tieren, die im Mutterleib verendet waren. Salbjörg hatte trotz des Unheils Glück gehabt, sie hätte daran sterben können, konnte es immer noch.

«Ist es raus?»

«Ja», flüsterte Jorun. Vorsichtig hob sie das Kindchen auf und legte es auf das kurze, leuchtend grüne Frühlingsgras. Noch war der winzige Körper warm, doch es war Salbjörgs Wärme und nicht seine eigene, und die würde in der kühlen Luft schnell schwinden.

Salbjörg lehnte sich mit geschlossenen Augen zurück, den Kopf weit in den Nacken. Unter den Bögen ihrer Wimpern sickerten Tränen hervor. «Lebt es noch?», wisperte sie.

«Nein.» Jorun setzte sich neben sie und nahm ihre Schwester in den Arm. Zuerst sträubte Salbjörg sich, doch dann lehnte sie den Kopf an ihre Schulter.

Eine Weile saßen sie einfach nur da. Jorun sah auf die Wiesen und das hügelige Land dahinter, in das der Frühling Einzug hielt. Zwischen den Wolken schickte die Sonne ihre Strahlen hinab, als wollte sie mit langen Lichtfingern über das erwachende Gras streichen.

Der Tod ist nur hier, dachte sie bitter. Warum ist das Leben so schrecklich ungerecht? Warum kann Gott das Elend nicht in ein anderes Haus schicken, nicht immer nur nach Steinurshof?

Salbjörg stöhnte auf. Die Nachgeburt kam. Jorun nahm die Hand ihrer Schwester, und sie erwiderte den Druck. Schließlich war es vorbei.

«Jorun?»

«Ja?»

«Bring es weg, ich will es nicht sehen.»

Suchend sah Jorun sich um, doch da war nichts, worin

sie den kleinen Leichnam hätte einwickeln können. Sie zögerte nur ganz kurz, dann nahm sie ihn vorsichtig in die Hände und verbarg ihn vor Salbjörgs Blicken. «Wohin?»

«Dort oben, auf die Kuppe bei der kleinen Birke. Zwei Schritt nach links.»

«Bleibst du hier?»

«Ja.» Mit leeren Augen starrte Jorun zu den Mutterschafen mit ihren zarten Lämmern. Es musste ihr wie Hohn vorkommen, dass die meisten zwei Junge hatten, eines sogar drei, und sie selbst verlor ein einzelnes Kind.

Jorun riss sich los und begann den Aufstieg. Der kleine Körper in ihren Händen verlor seine Wärme viel zu schnell. Als sie die Kuppe hinter dem Haus erreicht hatte, war er vollständig kalt.

Hier oben, bei einer längst zusammengebrochenen Steinmauer, auf der das Moos dichte Teppiche bildete, begrub Salbjörg also ihre verlorenen Kinder.

Die Birke war wirklich nicht groß, Wind und Schnee schienen immer wieder die Spitze abzubrechen. Ihr weißer Stamm war sehnig und verdreht, dick wie ein Unterarm. Auf dem Boden davor lagen mehrere Steine. Jorun ging zwei Schritte nach links und legte den kleinen Körper vorsichtig ins Gras.

Sie fühlte sich wie betäubt, als wäre sie nur halb wach.

Dort an der Wand lehnte ein flacher Stein, der fast aussah wie eine Schaufel. Sie benutzte ihn, um ein flaches Grab auszuheben, polsterte es mit Moos aus und legte dann den kleinen Leichnam hinein.

«Kristín Salbjörgsdottir, ich hoffe, du findest im Himmelreich deinen Frieden.» Vorsichtig strich sie mit einem Finger über die winzige Stirn, dann deckte sie Kristín mit einem dicken Moospolster zu und füllte das Grab mit Erde auf. Mit einem Stein aus der Mauer beschwerte sie die dunkle Erde und legte noch einige der winzigen violetten Blumen darauf, die jetzt überall sprossen – winzig genug, um dem kleinen toten Menschlein keine Last zu sein.

Dann fiel ihr Blick wieder auf die anderen Steine, die neben der Birke lagen und zum Teil völlig überwuchert waren. Markierten sie alle kleine Gräber? Jorun wollte sich das nicht vorstellen.

«Wir Schwestern scheinen unsere Kinder niemals behalten zu dürfen», flüsterte sie.

Langsam stieg sie den Hang hinab. Bei der Mauer fand sie Salbjörg genau so vor, wie sie sie verlassen hatte. «Ich habe sie Kristín genannt. Gott nehme sich ihrer Seele an.»

Salbjörg streckte eine Hand nach ihr aus und ließ sich aufhelfen. Jorun folgte ihr schweigend zu einer Wassertonne, wo Salbjörg sich das Blut von den Beinen wusch. «Ich wünschte, ich würde einfach nicht mehr empfangen», sagte sie schließlich und wischte sich eine einzelne Träne von der Wange.

KAPITEL 15

> Die Föhre dorrt,
> steht sie frei auf dem Berg,
> nicht schützt sie Borke noch Blatt;
> so ist's mit dem Mann,
> den alle meiden,
> was lebt er länger noch?
>
> Die Edda, Das alte Sittengedicht, Strophe 36

Schon seit einer ganzen Weile saßen sie an dem kleinen Tisch der *Baðstofa* und stickten bei Kerzenschein. Torger war an diesem Abend nicht nach Hause gekommen, er jagte mit einigen anderen Männern an der Küste nach Papageitauchern. Sie fingen die rundlichen Vögel mit Keschern, wenn die Tiere knapp über den Klippen dahinflogen.

Jorun hätte Torgers Anwesenheit an diesem Abend nicht ertragen. Verstohlen musterte sie immer wieder ihre Schwester. Das weiche Licht der Tranlampe milderte ein wenig das Aussehen ihres blau geschlagenen Gesichts. Salbjörg nahm den Verlust des Kindes mit erschreckender Gelassenheit hin.

Seit dem Nachmittag hatte sie kein Wort mehr darüber gesprochen. Sie hatte sich eine Weile hingelegt und war erschöpft eingeschlafen. Jorun hatte die Nachgeburt beseitigt und bis zum Abend die Arbeit an der Mauer allein zu Ende gebracht, die Schafe gemolken und die frische Mich gesäuert.

Als sie schließlich ein schlichtes Abendessen kochte, erwachte Salbjörg. Sie aß auf ihrem Bett sitzend am Tisch, so eng war es in der kleinen Wohnschlafstube. Dann widmeten sie sich den Handarbeiten. Mehrere Tranlampen an Wand und Tisch gaben gerade genug Licht dafür ab. Salbjörg redete nur das Nötigste, doch Jorun machte die Stille mehr und mehr zu schaffen. Sie konnte das Geschehene nicht einfach totschweigen.

«Er trägt die Schuld, Schwester.»

Salbjörg antwortete nicht, sah nicht einmal auf. Ihre Finger bewegten sich flink über den Stoff, als führten sie einen Tanz auf, anders als ihr restlicher Körper, der beinahe unheimlich still war.

«Ich bin mir sicher, dass du deine Kinder behalten würdest, wenn er dich nicht ständig verprügeln würde. Er hat dir doch auch in den Bauch geschlagen, oder?»

«Ja», antwortete Salbjörg flüsternd.

Jorun legte das Stickzeug beiseite und zwang sich, ruhig zu bleiben. «Er tut nicht nur dir weh, sondern er bringt auch deine Kinder um! Er ist ein Mörder!»

«Gott wird wissen, warum er mir diesen Mann gegeben hat.» Joruns Schwester fasste an ein kleines Silberkreuz, das ihr um den Hals hing.

«Nein, das glaube ich nicht!» Jorun sprang auf und lief in dem kleinen, engen Raum auf und ab. «Vater hat dir diesen Kerl zum Mann gewählt, und du selber hast ihn ausgesucht, nicht Gott.»

«Jorun ...» Salbjörg sah Jorun an wie ein Tier auf der

Schlachtbank, das bereits jeden Lebenswillen verloren hatte.

Ihre Schwester hatte sich aufgegeben, und das nicht erst jetzt. Warum war ihr das nicht gleich aufgefallen? Es schmerzte Jorun, sie so zu sehen.

Sie nahm Salbjörgs Hände in ihre. «Du musst weg von ihm. Irgendwann bringt er dich um. Schwöre mir, dass du ihn verlässt.»

Salbjörg presste den Mund zu einem dünnen Strich zusammen. In ihren Augen glitzerten Tränen, doch sie brachte es nicht über sich zu antworten.

«Bitte, Salbjörg, ich flehe dich an. Ich weiß, wir haben unsere Meinungsverschiedenheiten, aber wir sind doch Schwestern. Wir sollten zusammenhalten. Und ich ertrage es nicht, dich so leiden zu sehen. Als ich nach Steinurshof zurückkam, hatte ich erwartet, dich glücklich zu sehen. All die Jahre habe ich mir vorgestellt, dass es wenigstens eine von uns gut getroffen hat.»

Salbjörg zog ihre Hände aus Joruns, sie stand auf, ihr Blick wurde kalt. «Du hast Torger doch auch gewollt. Tu jetzt nicht so, als hättest du damals nicht jeden unbeobachteten Moment genutzt, um ihn mir abspenstig zu machen.»

«Das habe ich nicht, ich ...» Jorun zögerte, denn immerhin besaßen die Worte ihrer Schwester einen wahren Kern. Damals war sie eifersüchtig auf Salbjörgs Glück gewesen, hatte sich nach etwas Ähnlichem gesehnt, nach einem Mann, der um sie warb und ihr Geschenke brachte. «Ich war doch nicht viel mehr als ein dummes Kind, Salbjörg.

Ich wusste gar nicht, was ich anrichtete. Ja, ich war neidisch auf dich.»

«Neidisch.» Salbjörg schüttelte den Kopf. «Wenn du dich damals nicht jedem Kerl an den Hals geworfen und Schande über die ganze Familie gebracht hättest ...»

Jorun blieben die Worte beinahe im Hals stecken. «Wenn du wüsstest! Ich habe mich niemandem an den Hals geworfen.»

«Und woher hattest du dann den prallen Bauch, mit dem du umherstolziert bist wie eine prämierte Stute? Vater hatte keine andere Wahl, als dich davonzujagen.»

«Natürlich hatte er eine Wahl.» Jorun konnte die Tränen nicht mehr aufhalten.

«Er hat sich zu Tode gegrämt, Schwester. Deinetwegen.»

«Vater hat sich sicher nicht zu Tode gegrämt!», schrie Jorun nun. «Er war selber schuld, dass er nur noch eine Tochter haben wollte. Du warst ja schon immer sein Liebling.» Sie rang nach Atem. «Außerdem hatte er schon seit Jahren Herzschmerzen, das weißt du genauso gut wie ich.»

Salbjörg stand kerzengerade vor ihr, den Rücken fest an einen Balken gepresst, als wäre sie mit ihm verwachsen. Ihr Gesicht war grau wie morsches Leder. Jetzt sah sie alt und verhärmt aus, Torger hatte ihr über die Jahre schier das Leben aus dem Leib geprügelt.

Jorun wollte nicht mehr wütend auf sie sein. Ihre Schwester hatte mehr gelitten als die meisten anderen Frauen, die sie kannte. «Vielleicht ist es an der Zeit, dass du es erfährst, Salbjörg. Setzen wir uns besser.»

Jorun fühlte sich, als würde sie von innen heraus verglühen. Ihr Herz jagte, pochte in ihrer Kehle und schien sie daran hindern zu wollen, ihrer Schwester endgültig das Herz zu brechen. Doch Salbjörg musste es erfahren. Vielleicht war gerade dieser schreckliche Tag der richtige dafür.

Salbjörg schien etwas zu ahnen. Sie starrte Jorun an wie einen Geist und blieb an die Wand gelehnt stehen.

«Erinnerst du dich noch an den Sommer, in dem du geheiratet hast? Es war Frühsommer, Torger war bei den Nachbarn auf dem Mikkelhof eingezogen und war fast jeden Tag hier, um Vater beim Bau des neuen Stalls zur Hand zu gehen.»

«Natürlich erinnere ich mich.» Salbjörg schnaufte abfällig. «Ich hielt mich für die glücklichste Frau der Welt. Ich war verliebt.»

«Ja, und Vater hat versucht, dich und Torger auseinanderzuhalten, damit du auch garantiert noch als Jungfrau in die Ehe gehst.»

Salbjörg verzog den Mund zu einem falschen Lächeln – vermutlich dachte sie, wie naiv sie damals gewesen war. «Er kannte ihn ja schon viele Jahre und wusste wohl, dass an den Gerüchten, die man sich so erzählte, etwas dran war.»

Schon damals hatte Torger als Frauenheld gegolten, deshalb wollte wohl auch kaum jemand seine Tochter an ihn verheiraten. Zu dieser Zeit war Torger gerade ein Jahr verwitwet, nachdem seine erste junge Frau Opfer eines tragischen Unfalls geworden war. Angeblich war sie bei einem Viehtrieb abgestürzt. Torger war der Einzige, der gesehen hatte, wie sie auf dem schmalen Pfad den Halt verlor. So etwas geschah hin und wieder, besonders, wenn das Wetter schlecht war und Nebel oder Regen die Sicht erschwerten. Deshalb hatte niemand an seiner Aussage gezweifelt. Es hatte Tage gedauert, bis die Leiche geborgen worden war.

Früher hatte Jorun ihrem Schwager ebenfalls geglaubt und ihn bedauert, mittlerweile bezweifelte sie den Wahrheitsgehalt dieser Geschichte. Womöglich verlor er irgendwann auch Salbjörg bei einem angeblichen Unfall, schlug sie in Wirklichkeit tot. Bei einem Sturz in den Bergen war das später nicht mehr zu erkennen.

«Vater hat dafür gesorgt, dass er nie mit dir alleine war, Salbjörg. Aber auf mich hat er nicht achtgegeben.»

«Was sagst du?»

«Ich wünschte, er hätte nicht nur auf dich, sondern auch auf mich aufgepasst.» Mit jedem Wort schrumpfte Jorun ein wenig mehr und wurde wieder zu dem unbedarften Mädchen, das sie damals gewesen war.

Trotzdem erzählte sie weiter, musste es einfach, nach all den Jahren des Schweigens. «Du dachtest immer, ich würde deinem Verlobten schöne Augen machen. Vielleicht war das so, vielleicht lächelte ich ihn hin und wieder an in den ersten Wochen, aber er war freundlich, und er machte dich glücklich, warum sollte ich nicht lächeln? Ich sah doch, wie gut er dir tat. Ich dachte mir nichts dabei, aber er ... er schon.»

Jorun wischte sich über die Lider, aber da waren keine Tränen. Die Augen brannten nur, weil sie trocken waren. Alle Tränen hatte sie schon vor Jahren geweint.

Salbjörg starrte sie wie gebannt an. Sie krallte ihre linke Faust in die Schürze und presste die Finger in den Stoff. «Was hast du getan?»

«Ich habe nichts getan. Ich war nur so dumm, mit ihm zu gehen, als er mich darum bat. Er sagte, er brauche meine Hilfe, ich solle etwas auswählen, das er dir schenken wolle.»

Jorun sah alles wieder genau vor sich. Er hatte sie abends nach dem Buttern abgepasst, eine anstrengende Arbeit. Er hatte ihr dabei zugesehen, wie sie die Sahne erst im Fass gestoßen und dann das Fett geknetet und geformt hatte.

Sein Blick ... Sie erinnerte sich noch genau an seinen Blick. Heute vertraute sie keinem Mann mehr, der sie so ansah und sie dann bat, mit ihm zu kommen. Damals hatte sie nicht geahnt, wozu Torger fähig war.

Gut gelaunt war sie ihm gefolgt, hatte über die bevorstehende Hochzeit und hübsche Kleidung geschwatzt.

«Freust du dich darauf zu tanzen?» hatte er gefragt.

«Oh ja, ich war noch nie auf einem richtigen Tanz.»

«Tanz mit mir. Ich kann es dir beibringen.» Er hatte sie an den Hüften gepackt und herumgewirbelt, wieder und wieder im Kreis, bis sie atemlos kicherte. Und dann hatte er plötzlich seinen Mund auf ihren gedrückt und seine Zunge in ihren Mund geschoben. Jorun hatte ihn gebissen, daraufhin hatte er sie geschlagen, mit der Faust gegen den Kopf, sodass sie hinfiel.

Dann war er plötzlich über ihr gewesen, hatte sie mit seinem Körpergewicht heruntergepresst, seinen Mund ganz dicht an ihr Ohr gedrängt und geflüstert: «Wenn du schreist, werde ich Salbjörg in der Kirche vor dem Altar stehen lassen. Sie wird zum Gespött der Leute werden, und ich werde ihr auch sagen, wer schuld daran ist.»

Jorun hatte stillgehalten, während er seinen Willen mit ihr bekam.

«Als ich begriff, das ich schwanger war, wart ihr längst verheiratet. Ich sagte es ihm, doch er wollte von mir und dem Kind nichts wissen. Er drohte mir wieder, und ich musste schwören, niemals zu verraten, von wem es ist. In den nächsten Wochen erzählte er jedem, dass ich den jungen Männern nachstellte wie eine brünftige Stute. Als man meinen Bauch sehen konnte, wunderte sich niemand mehr. Er war derjenige, der Vater dazu gebracht hat, mich fortzujagen.»

Ganz langsam, wie vom Donner gerührt, setzte Salbjörg sich an den Tisch. «Das kann nicht sein.»

«Glaubst du mir immer noch nicht?»

«Das Kind, das du fortgeben musstest, war Torgers Kind?»

«Ja. Aber es war auch meins.»

«Dann liegt es wirklich nur an mir, dass ich sie verliere. Und er weiß es, er weiß es die ganze Zeit.»

Diese Wendung hatte Jorun beim besten Willen nicht vorhergesehen.

Salbjörgs Augen glänzten fiebrig. «Wir sollten dorthin und dein Kind holen. Ich kann es als mein eigenes aufziehen.»

«Nein!»

«Es ist unser Fleisch und Blut!»

«Niemals lasse ich mein Kind in die Nähe dieses Kerls. Er schlägt es tot, bevor es zehn Jahre alt ist.»

Salbjörgs Wangen verfärbten sich rötlich. «Geh weg, Jorun. Du machst alles kaputt.»

* * *

Sie wusste nicht, wohin Jorun gegangen war, es kümmerte sie auch nicht. Salbjörg lag in ihrem Bett und starrte in die Nachtschwärze, die sich unter den Dachbalken gesammelt hatte. Draußen zog der Regen ums Haus.

Sie hielt beide Hände auf den Unterleib gepresst, in dem es zog und schmerzte. Zwischen ihren Beinen war es schon wieder feucht, aber sie fühlte sich zu schwach, um die Binde auszuwechseln. Wenn sie sich bewegte, entstieg der Wärme unter der Decke metallischer Blutgeruch, von dem ihr übel wurde.

Ihr Kindchen lag nun in der kalten Erde. Ob es fror, dort oben auf dem Hügel? Hatte Gott seine Seele schon zu sich geholt? Oder war es so, wie Großmutter immer behauptet hatte, dass die ungetaufen Kinder von den Alfen geholt wurden?

Jorun hatte das Kleine Kristín genannt, nach ihrer Tante. Also war es ein Mädchen. Ihre Schwester hatte nicht ahnen können, dass dort oben bereits eine Kristín begraben lag, Salbjörgs zweite Fehlgeburt. Sie hatte noch einen halben Tag gelebt und mit großen fischblauen Augen in die

Welt gestarrt. Nicht einen Laut hatte sie von sich gegeben, war still gekommen und still gegangen.

Keines ihrer Verlorenen war getauft worden. Der nächste Alfenhügel war nicht weit; sich vorzustellen, ihre kleinen Seelen würden dort nun für alle Ewigkeit mit den Unsterblichen tanzen, war tröstend und verstörend zugleich.

Wenn ich doch nur einfach nicht mehr empfangen würde, dachte Salbjörg wieder gequält und rieb sich über den schmerzenden Unterleib.

Dann schlugen ihre Gedanken den Weg ein, den sie nicht gehen wollte. Torger hatte Jorun ein Kind gemacht, und ihre Schwester hatte es natürlich heil zur Welt gebracht. Sie war noch immer wütend auf sie. So lange hatte sie ihr Geheimnis für sich behalten.

Natürlich hätte ich sie gehasst, aber ich hätte sie nicht fortgejagt wie Vater, überlegte sie. Sich vorzustellen, dass die Kleine nun bei einer fremden Familie lebt – dabei könnte sie hier bei uns sein!

Salbjörg keuchte auf, der nächste Unterleibskrampf kam und ging und erschien ihr wie eine Antwort ihres Körpers. Sie musste dieses Mädchen holen, ihre kleine Nichte, ganz gleich, wie Jorun darüber dachte. Sollte ihre Schwester doch einfach wieder verschwinden und die ganzen Vorwürfe mit sich nehmen.

Dann gäbe es endlich wieder Kinderlachen auf Steinurshof, hell und glockenklar. Jemanden, mit dem sie die Zeit verbringen und den sie Dinge lehren könnte. Eine Erbin, eine Zukunft.

Wahrscheinlich erschien ihr der Gedanke an diesem finsteren Tag, an dem sie wieder ein Kind verloren hatte, besonders tröstlich. Salbjörg machte sich keine Illusionen. Sie würde Torger niemals aus ihrem Leben verbannen können. Jorun hatte gut reden, sie musste ja nicht tagein, tagaus auf dem Hof mit ihm zusammenleben. Immerhin war er tüchtig und im Kirchspiel angesehen, das konnte man nicht von vielen Männern behaupten. Vor allem nicht von jenen, die eine kinderlose Frau heiraten würden, die sich von ihrem Mann losgesagt hatte.

Nein, Jorun wusste wirklich nicht, wie es war.

Salbjörg wunderte sich selbst, wie gelassen sie Joruns Offenbarung aufnahm. Eifersüchtig war sie nicht. Männer hatten stärkere Triebe, so war das nun mal, so hatte Gott alle Lebewesen geschaffen. Oder vielleicht hatte da auch der Teufel seine Hände im Spiel gehabt, wer wusste das schon so genau.

Er wird seine Strafe schon noch bekommen, dachte Salbjörg mit einen Anflug von Zorn, der sich aber schnell wieder legte. Sie hatte gelernt, ihre Gefühle zu kontrollieren. Es war besser, wenn Torger sie nicht bemerkte. Je weniger ihm an ihr auffiel, desto unsichtbarer wurde sie für seine Launen. Und wenn er Jorun hinterherlief in seiner Geilheit, dann hatte sie wenigstens für einige Tage und Wochen Ruhe.

Wenn Jorun nicht für Erlendur zum Ketilshof gereist wäre, hätte Torger mich nicht geschlagen und das Kindchen wäre noch in meinem Leib, mutmaßte sie. Aber daran konnte sie Jorun keine Schuld geben. Torger allein hatte seine eigene Tochter auf dem Gewissen. Irgendwann fand sie vielleicht den Mut, es ihm zu sagen. Aber ändern würde sich nichts. Torger würde sich niemals eingestehen, dass er die Schuld an ihrer Kinderlosigkeit trug.

Salbjörg drückte die Hände auf den Bauch. War er schmaler geworden? Schwächer gewölbt? Vielleicht ein wenig. Kristín war noch zu klein gewesen, um sie stärker zu runden. Niemand hätte ihr unter den dicken Röcken angesehen, dass sie guter Hoffnung war.

Auch Torger hatte es nicht gemerkt. Er merkte es so gut wie nie.

* * *

Jorun hatte sich in den Schafstall zurückgezogen, nachdem Salbjörg sie davongeschickt hatte. Es machte ihr nichts aus, bei den Tieren zu sein. Die Schafe gaben viel Wärme von sich, und es war schön und tröstend, den winzigen Lämmern zuzusehen, die dicht an ihre Mütter gedrängt im Stroh schliefen.

Sie wickelte sich fest in den Umhang aus *Vaðmál* ein. Jorun fror nicht, obwohl es zwischen den Steinen zog, aus denen die Wände aufgerichtet waren, und ihr Atem kalte Wasserperlen auf dem Stoff wachsen ließ.

Eine Weile sann sie über ihre Schwester nach, bis ihre Gedanken zu Erlendur wanderten. Mittlerweile bereute sie ihren überstürzten Aufbruch, und sie konnte nicht mehr verstehen, warum ihr in seiner Nähe plötzlich so unwohl gewesen war.

Der Kuss … Sie war noch nie so geküsst worden. Auch jetzt noch wurde ihr bei der Erinnerung daran ganz warm, und ihr Mund begann zu kribbeln, als wären darin ein Dutzend Ameisen erwacht. Ameisen, was für ein dummer Vergleich! Aber genau so fühlte es sich an.

Jorun strich sich mit dem Zeigefinger erst über die Oberlippe, dann über die Unterlippe. War ihr Mund immer schon so gewesen, oder war er nach ihrem ersten richtigen Kuss voller geworden? Und weicher, ja. Er war jetzt weicher.

«Ich werde dich wieder küssen, Erlendur Ketilsson», flüsterte sie und fühlte ihre Wangen glühen. Nur gut, dass sie niemand sehen konnte.

Am liebsten wäre sie wieder aufgestanden und zu ihm gegangen, doch das wäre nicht nur dumm, sondern geradewegs unmöglich gewesen. Es war dicht bewölkt, und weder das Licht der Sterne noch der Mondschein konnten ihr den Weg weisen. Sie musste sich wohl bis zum nächsten Tag gedulden.

Langsam dämmerte sie in den Schlaf und erwachte erst, als draußen plötzlich der Hofhund bellte und die Lämmer erschreckte, die aufsprangen und auf ihren langen dünnen Beinchen umherstolperten.

Reiter! Dort kamen Reiter! Und Torger war nicht unter ihnen, denn dann hätte der Hund nicht angeschlagen.

Jorun war sofort auf den Beinen und klopfte sich das Stroh aus dem Umhang. Zwischen den Lücken in den Wandsteinen fiel schon ein wenig Licht hindurch. Der Morgen musste schon weit vorangeschritten sein, sie hatte verschlafen. Augenreibend drängte sie sich an den Schafen und Lämmern vorbei zum Tor.

Wirklich, dort waren zwei Reiter. Der Hund sprang aufgeregt um ihre Pferde herum, bis ein scharfer Pfiff erklang und er mit hängendem Kopf zu Salbjörg trabte. Die Hausherrin stand in der Tür des Wohnhauses und wirkte, als wäre auch sie gerade erst wach geworden. Jorun sah zu ihrer Schwester herüber, doch die hatte offenbar beschlossen, sie zu ignorieren.

«Guten Morgen», begrüßte sie die Männer und trat in den Hof.

Jorun folgte ihr einige Schritte, bis ihr klarwurde, dass sie die beiden schon einmal gesehen hatte: Es waren die Dienstmänner des *Sysselmanns.* Der Reiter des Rappen hatte ein rundliches Gesicht mit einem üppigen blonden Bart. Der auf dem Schecken trug eine Kappe auf dem kahlen Haupt und erinnerte mit seiner hageren Statur und der dunklen Kleidung an eine Krähe. Ja, das waren dieselben Reiter, daran bestand kein Zweifel.

Ob sie mich auch wiedererkennen?, dachte sie mit wachsender Unruhe. Aber selbst wenn, so können sie mir nichts vorwerfen. Sie wissen ja nicht, warum ich auf dem Ketilshof war.

«Ist der Bauer da?», erkundigte sich der Dürre auf dem Schecken und schwang sich aus dem Sattel.

«Nein, mein Mann ist an der Küste. Wahrscheinlich kehrt er heute zurück, vielleicht auch erst morgen. Er ist auf der Jagd nach Papageitauchern.»

«Das sind viele. Auf den meisten Höfen im Umkreis sind nur Frauen und Alte, ideal für Gesetzlose auf der Suche nach leichter Beute.» Er sah sich nach seinem blonden Begleiter um, der im Sattel geblieben war und Ausschau hielt, als erwartete er, aus dem Hinterhalt überfallen zu werden.

Salbjörg trat den Fremden, die sich noch immer nicht vorgestellt hatten, mutig entgegen. «Hier gibt es nichts zu holen!»

Nun redete der Mann mit gesenkter Stimme weiter, sodass Jorun nicht alles verstand. Als sie näherkam, hörte sie gerade noch, wie er den *Sysselmann* erwähnte. «Gab es Vorkommnisse in letzter Zeit? Sind vielleicht Vorräte verschwunden, oder ist Vieh gestohlen worden?»

«Nichts dergleichen, hier war alles friedlich», antwortete Salbjörg vielleicht ein wenig zu schnell, doch die Männer bemerkten nichts. Sie kannten sie nicht und wussten daher auch nicht um den Unterschied.

Jorun bemerkte einen Blutfleck auf der Rückseite von Salbjörgs braunem Kleid, der vermutlich noch von gestern stammte. Der Stoff war dunkel und mehrfach geflickt, sodass die Stelle kaum auffiel.

«Alles friedlich ...», wiederholte der Mann ihre Worte. «Dann macht es sicher nichts aus, wenn wir uns mal umsehen. Vielleicht ist euch Frauen ja entgangen, dass ihr einen heimlichen Gast unter dem Dach beherbergt.»

«Was fällt dir ein!», protestierte Salbjörg, doch der Mann lief einfach an ihr vorbei. Sein schwarzer Umhang wehte hinter ihm her wie das Gefieder einer Krähe, und schon war er im Haus verschwunden.

Sicher zieht er nicht die Stiefel aus, wenn er die *Baðstofa* betritt, dachte Jorun, und wunderte sich gleich im nächsten Moment darüber, warum sie das so sehr störte. Es war ja nicht einmal mehr ihr eigenes Zuhause.

Töpfe klirrten. Das Geräusch kam eindeutig aus der Vorratskammer; wahrscheinlich bediente sich dieser Kerl gerade an den Räucherwürsten.

Salbjörg zuckte zusammen. «Das geht zu weit!» Sie lief dem ungebetenen Gast hinterher.

«Dich kenne ich doch», sagte nun der Bärtige zu Jorun, die auf dem Platz vor dem Haus zurückgeblieben war.

«Ja, wir sind uns begegnet, als ich unterwegs zum Ketilshof war.»

«Und was hattest du für einen Eindruck von den Leuten dort?», fragte er. Seine Augen verengten sich, was ihm einen verschlagenen Ausdruck gab, und er lehnte sich im Sattel vor.

Joruns Herz begann zu jagen. Wenn ich lüge, wird er es mir sofort ansehen, dachte sie panisch. Ich muss ruhig bleiben, damit er nichts merkt.

Um den Anschein von Ruhe zu wecken, trat sie etwas näher an den Gefolgsmann des *Sýslumaður* heran und richtete dabei ihre Schürze. «Sie waren freundlich, wie sie es immer sind, aber sie trauern um ihren Sohn.»

Der Bärtige spuckte aus, er wirkte unzufrieden. Das war offenbar nicht die Antwort, die er erhofft hatte.

In diesem Augenblick verließ der Hagere das Haupthaus, überquerte den Innenhof und verschwand im Stall, dicht gefolgt von Salbjörg, der ihre Wut anzusehen war wie ein Mal auf der Stirn.

«Wir sind auf dem Weg hierher auf eine gehobbelte Stute gestoßen, weit weg von der Herde. Das Pferd ist unmarkiert.»

Die Männer hatten Erlendurs Pferd gefunden? Das wurde ja immer schlimmer. Jetzt musste sie sich dringend etwas einfallen lassen. «Ach, die Aschefarbene. Ich habe sie auf dem Ketilshof gekauft und will sie noch nicht zu den anderen Tieren lassen», sagte sie schnell. «Ich werde bald weiterziehen und mir auf einem anderen Hof eine Anstellung als Magd suchen. Aber du hast recht, ich sollte sie nicht dort oben lassen, wenn ein Dieb frei herumläuft.»

«Ach, die Mähre ist so hässlich, bis die jemand mitnimmt ...», er lachte ungewöhnlich schrill für einen Mann seiner Statur, dann tätschelte er seinem Rappen den Hals, als wollte er sagen: Sieh her, so sieht ein gutes Pferd aus.

Jorun zwang sich zu einem Lächeln. Bei sich dachte sie, dass Erlendurs Bruder mit der unscheinbaren aschefarbenen Stute genau das richtige Pferd ausgesucht hatte.

Wenn die Männer bei der Hütte gewesen waren, ohne Erlendur zu finden, konnte sie aufatmen. Wahrscheinlich hatte er sich irgendwo verborgen und wartete ab.

Trotzdem muss ich zu ihm, sobald sie weitergeritten sind, dachte sie. Jetzt umso mehr.

Es dauerte quälend lange, bis die Dienstmänner aufbrachen, sie erleichterten Salbjörg sogar um ein Stück Rauchfleisch. Nebeneinanderstehend sahen die Schwestern ihnen nach.

«Wird Torger nicht merken, dass etwas aus der Vorratskammer fehlt?», fragte Jorun.

«Sicher, aber ich werde ihm sagen, wie es war. Außerdem war das Fleisch fast schon verdorben. Er wird von der Jagd dutzende Vögel mitbringen.»

«Sicher hast du recht. Wohin reiten die Männer jetzt?»

«Nach Hjördishof und dann weiter westwärts.»

«Also kommen sie auf dem Rückweg nicht mehr hier vorbei.» Jorun holte erleichtert Luft. «Er hat mich nach der Stute gefragt, die ich für Erlendur mitgebracht habe. Sie haben sie gesehen. Ich musste lügen.»

«Was hast du gesagt?»

«Dass ich sie auf dem Ketilshof für mich gekauft habe.»

«Und das hat er geglaubt?»

Jorun nickte. «Ich will, so schnell es geht, zu Erlendur.»

Ihre Schwester sah sie zweifelnd an. «Warum du? Du warst doch gestern erst bei ihm. Ich muss nach seiner Wunde sehen.»

«Ich denke, es geht ihm so weit gut, Salbjörg», antwortete Jorun und musste schmunzeln, doch ihrer Schwester war nicht nach Freundlichkeiten. Sie wollte ihr Geheimnis, das sie all die Zeit gehütet hatte, nicht so einfach teilen.

«Du bleibst, auf dem Hof gibt es genug zu tun», bestimmte Salbjörg energisch und schien keinen Widerstand zu dulden.

«Ich habe ihm versprochen wiederzukommen. Ich gehe!», erwiderte Jorun energisch.

Salbjörg sah ihr wohl an, dass sie nicht von ihrer Entscheidung abzubringen war, und wandte sich enttäuscht ab.

* * *

Es war nicht leicht, die Aschefarbene zu finden. Trotz der gehobbelten Vorderbeine hatte die Stute in der Nacht eine weite Strecke zurückgelegt.

Als Erlendur sie schließlich auf einem Grat entdeckte, ritten aus der anderen Richtung zwei Reiter genau auf sie zu. Erlendur hatte gerade noch genug Zeit, sich in eine Bodenwelle fallen zu lassen und sich tief zu ducken. Zwischen den Zweigen einer Kriechbirke hindurchspähend, beobachtete er, wie die Männer die Stute einfingen und sie nach Brandzeichen absuchten.

Sie würden keines entdecken. Vater verweigerte Tieren, auf die er nicht stolz war, seit jeher das Zeichen seines Hauses. Keiner der Nachbarn hätte gewagt, von Ketil zu stehlen, mit oder ohne Zeichen.

Erlendur wagte kaum zu atmen. Er fühlte den Puls in seiner Verletzung pochen. Zugleich sog sich seine Kleidung mit Wasser voll. Es war Tauwasser. Als er sich in die schmale Senke geduckt hatte, war unter seinem Gewicht Eis gebrochen, das sich in der Nacht als dünne Schicht auf der Pfütze gebildet hatte.

Wenn die Männer in seine Richtung weiterritten, war er verloren. Und er hatte nicht einmal seine Axt dabei. Aber nein, er hätte sie nicht benutzt. Wenn Gott wollte, dass sie ihn fanden, würde er sich seiner Strafe nicht entziehen.

Doch dann ritten sie davon und ließen die Aschefarbene zurück.

Erlendur harrte lange in seinem kleinen Versteck aus. Mittlerweile zitterte er vor Kälte. Noch viel länger, und er würde sich gar nicht mehr bewegen können. Schließlich stand er auf und hinkte zu seinem Pferd.

Erst erschrak die Stute, dann erkannte sie ihn.

«Hey, du», sagte er leise und streckte die Hand aus. «Bringst du Grüße von daheim, Aska?»

Die Aschefarbene drückte ihr Maul in seine Hand und schnaubte.

Erlendur legte ihr den mitgebrachten Zaum an, löste das Seil von ihren Vorderbeinen und schwang sich auf den bloßen Pferderücken, was seine Verletzung mit einem scharfen Schmerz quittierte.

Wenigstens musste er den Weg zurück zur Hütte nicht laufen. Mit einem leisen Schnalzen trieb er die Stute an. Jeder ihrer Schritte fand ein Echo in seinem wunden Oberschenkel. Die Pein steigerte sich schnell, doch Erlendur biss grimmig die Zähne zusammen. Es war erträglich, so erträglich gar, dass er sich vorstellen konnte aufzubrechen, auch wenn dies Tage im Sattel bedeutete, in denen der Schmerz immer weiter zunehmen würde.

Aber ich werde frei sein. Wieder unter dem endlosen Himmel reiten, das Gesicht in den schneidenden Wind halten.

Falls sie ihn doch aufspürten, wollte er zumindest bis zum letzten Augenblick ein wahrlich freier Mann sein.

Sobald der Stall von Austurengi in Sichtweite erschien, kam es ihm vor, als verlöre die Welt einen Teil ihrer Farbe. Die Berge in der Ferne, sonst braun, rostrot und manchmal gelb vom Schwefel, verblichen wie altes Leinen. Eine Nacht musste er noch dort verbringen, Jorun vielleicht noch einmal wiedersehen, das machte es etwas besser. Hoffentlich hielt sie ihr Versprechen und kam.

Erlendur rieb sich über die Brust, wo der nasse Stoff vom Wind noch eisiger wurde und an seiner Haut klebte. Er trieb die Stute in den Tölt, denn er musste schnell wieder in den Schutz des Stalls. Hier draußen würde er in der nassen Kleidung gefährlich auskühlen; in seinem geschwächten Zustand konnte das schlimme Folgen haben.

Als er den Bau fast erreicht hatte, bemerkte er Salbjörg auf ihrer Stute.

Warum sie? Seine Stimmung sank. Er würde ihr etwas Geld für ihre Hilfe geben und sich dann verabschieden. Er brauchte ihren Beistand nicht mehr.

Und dann sah er sie: Weit abgeschlagen hinter ihrer berittenen Schwester stieg Jorun den Hang hinauf. Sie hatte ihren Rock mit beiden Händen gerafft und eilte Salbjörg hinterher. Als sie den Kopf hob und ihn entdeckte, meinte er, sie lächeln zu sehen, dabei war sie dafür noch viel zu weit entfernt.

Vor dem Stall ließ er sich vorsichtig vom Pferderücken gleiten und fing den Aufprall nur mit dem gesunden Bein ab. Der Oberschenkel des anderen pochte dennoch. Er machte die Stute fest und humpelte hastig durch die niedrige Tür ins Innere. Einer Ahnung folgend, hatte er seine wenigen Habseligkeiten sorgfältig im alten Heu verborgen und alle Spuren, die auf seine Anwesenheit hindeuteten, beseitigt. Das war sein Glück.

Die Dienstmänner waren eindeutig in der Hütte gewesen. Einer hatte sich sogar direkt neben der Tür erleichtert, die Steine waren noch nass von seinem Urin. Schnell kontrollierte Erlendur, ob etwas verschwunden war.

Der kostbare Sattel und das Zaumzeug, das einst Sleipnir getragen hatte, waren unberührt. Er hatte beides in einem Winkel regelrecht eingemauert, sodass es aussah wie ein Haufen Feldsteine, die für Ausbesserungsarbeiten herangeschafft worden waren.

Erlendur stieß das Heu zur Seite, nahm trockene Kleidung aus der Satteltasche und zog sich um, als auch schon Salbjörgs Stute zu hören war. Mit einem schrillen Wiehern gab das Tier der Aschefarbenen zu verstehen, dass es Aska nicht leiden konnte.

Salbjörg fluchte und schrie die streitlustigen Stuten an, die sich offenbar nicht so einfach trennen ließen. Als sie schließlich eintrat, kam er ihr schon entgegen, die nasse Kleidung über dem Arm.

«Erlendur! Ich bin so erleichtert, dich zu sehen», sagte sie mit einem Strahlen und konnte auf diese Weise beinahe überspielen, wie abgekämpft sie aussah. Ihre Haut war so fahl wie nach einer schweren überstandenen Krankheit.

Aber was hatte seiner Retterin in den vergangenen Tagen so sehr zugesetzt?

Erlendur ließ zu, dass sie ihre Hand auf seinen Arm legte und zu ihm aufsah, als wäre er der Balsam für ihre geschundene Seele.

«Was ist passiert?», fragte er.

«Männer vom *Sysselmann* haben den Hof durchsucht und nichts gefunden.»

«Hier waren sie auch. Aber ich meinte dich, was ist mit dir geschehen?»

«Nichts, was ich nicht schon häufiger erlebt hätte.»

Er trat näher an die Türöffnung, und als sie ihm folgte, sah er die blauen Schatten unter ihren Augen und einen tiefen Riss auf ihrer Wange. Ihr Mann musste sie geschlagen haben. «Dieses Schwein, wie kann er ...»

«Nein, fang du nicht auch noch an. Er hat hier nichts verloren, nicht in meinen Worten oder deinen, nicht in meinem Kopf. Erzähl mir lieber von dir. Wie geht es dir?»

«Gut, die Wunde hat sich endlich geschlossen. Trotzdem behandle ich sie jeden Tag mit deiner Salbe.»

Sie nickte, wollte etwas sagen und schwieg dann doch. Noch immer lag ihre Hand auf seinem Arm, doch mittlerweile wurde ihm die Berührung mit jedem verstreichenden Moment unangenehmer. Gleich würde Jorun da sein, und sie sollte ihn nicht so mit ihrer Schwester sehen und womöglich einen falschen Eindruck gewinnen.

«Ich muss die Kleidung trocknen», erklärte er und wandte sich von Salbjörg ab, um sich ihrer Suche nach Nähe zu entziehen. Gerade noch rechtzeitig, denn dort kam Jorun, die Wangen gerötet vom Aufstieg, das dichte Haar ein wenig zerzaust.

Die Schwestern waren unterschiedlich wie Tag und Nacht. Die eine verlebt, mit schwermütigem Blick und erfüllt von einer tiefen Sehnsucht, das blonde Haar ordentlich geflochten und aufgesteckt, als wäre es der einzige Teil ihres Lebens, den sie mit absoluter Kontrolle beherrschte. Die andere wild und stürmisch wie das Land, in ärmlicher Kleidung, aber reich im Herzen. Wen wunderte es da, dass es ihn mehr zu Jorun hinzog?

Sie rannte die letzten Schritte zu ihm und blieb dann mit vor Anstrengung leicht geöffnetem Mund vor ihm stehen. Am liebsten hätte er sie gleich wieder geküsst. Der Wunsch war so überwältigend, dass ihm die Kehle trocken wurde.

In ihren grünen Augen blitzte es verführerisch. Jetzt fielen ihm auch die Sommersprossen auf. Ganz blass noch verteilten sie sich auf Nase und Wangen.

«Schön, dass du gekommen bist, Jorun.»

«Ja», antwortete sie außer Atem und lächelte. Sie hob die Hände, um sich die Haare zu richten, nachlässig bugsierte sie ein paar einzelne Strähnen zurück in ihren Zopf.

Erlendur hatte nur Augen für die zarte Haut an ihrem Hals und die Stelle etwas tiefer, wo der Stoff hin und wieder etwas aufklaffte und ihn den Ansatz ihrer Brüste erahnen ließ.

«Ach, es ist hoffnungslos», seufzte sie und zerrte den dicken roten Zopf nach vorn.

Erlendur griff danach und berührte wie durch Zufall ihre Hand. «Ich habe mir schon seit heute Morgen vorgestellt, wie es sein würde, dich noch einmal zu küssen», raunte er, überrascht von seinem eigenen Mut.

Sie wandte den Blick ab, und er stellte sich auf eine Enttäuschung ein, doch dann räusperte sie sich verstohlen. «Ich auch», gab sie zu, ihre Stimme ging beinahe im böigen Wind unter.

Erlendurs Herzklopfen steigerte sich zu einem ohrenbetäubenden Hämmern. Vorsichtig strich er ihr über die Wange, bis sie das Kinn hob und ihren Mund dem seinen entgegenreckte.

Ihre Lippen waren warm, ihr Atem streifte sein Gesicht heiß. Wie gerne hätte er sie so lange geküsst, bis sie beide keine Luft mehr bekamen – doch da war Salbjörg. Sie stand nicht weit von ihnen entfernt, und er konnte spüren, wie wütend sie war. Wie Alfenpfeile bohrten sich ihre Blicke in seinen Rücken.

Eigentlich hätte er Jorun gar nicht küssen sollen, solange sie sich in der Nähe befand. Doch er hatte einfach nicht warten können, und er wollte, dass Salbjörg endlich verstand, dass er ihr zwar dankbar war, sich darüber hinaus aber keine weiteren Gefühle für sie ergaben.

Er fasste Jorun an den Schultern und schob sie sanft von sich. «Deine Schwester», sagte er leise.

Sie nickte schuldbewusst und trat zur Seite.

Salbjörg stand da wie angewurzelt und starrte sie beide an.

Er hatte geahnt, dass seine Zurückweisung sie treffen würde, aber erst jetzt wurde ihm klar, wie sehr.

In ihren Augen glitzerten Tränen. «So gut geht es dir also?»

«Salbjörg ...»

Sie hob abwehrend die Hand, zupfte ihre Kleidung zurecht. Erlendur trat zu ihr, ihm war ganz flau. «Versteh doch ...»

«Ich verstehe. Es ist wie immer. Jorun bekommt, was sie will, und ich bin die Dumme.»

«Du bist nicht die Dumme. Du bist eine gute Frau, du hast mir das Leben gerettet. Aber du bist auch eine angesehene Bäuerin und seit langem verheiratet. Ich bin nicht mehr als ein vogelfreier Junge. Ich weiß, dass du mich gern hast, Salbjörg, ich bin nicht blind, aber ich habe dir nie Hoffnungen gemacht. Das ... ich ...», er rang nach Atem wie auch Worten. «Ich bin unter deiner Würde.»

«Das stimmt nicht», presste sie hervor. «In den vergangenen Wochen habe ich mich endlich wieder lebendig gefühlt und zu etwas nütze.»

«Salbjörg, was sagst du denn da?»

«Ich gehe jetzt. Ich hoffe, dass du bald Gerechtigkeit findest und zum Ketilshof zurückkehren kannst.»

Wenn sie nur ahnte, was sie ihm da wünschte!

Sie wies vor den Stall. «Dort steht noch etwas Essen. Gott sei mit dir, Erlendur Ketilsson.»

Sie griff nach den Zügeln ihrer Stute und zerrte sie vom Gras fort. Als sie sich in den Sattel schwang, verhedderte sie sich in ihrem Rock und wäre beinahe gestürzt. Hastig riss sie den Stoff frei und galoppierte davon.

Jorun und Erlendur blickten ihr nach, bis sie nur noch als kleiner Punkt vor den zackigen Linien der nahen Bergkette zu erkennen war.

Endlich brach Jorun die Stille. «Das tut mir leid. Ich weiß gar nicht, wie ich ihr jetzt noch unter die Augen treten kann.»

Erlendur legte ihr einen Arm um die Schulter. «Geh zu meinen Eltern nach Ketilshof, wenn du nicht weiterweißt. Ich gebe dir ein Schreiben mit, dass sie dir Obdach gewähren sollen, solange du willst.»

* * *

Jorun atmete tief ein und aus, als könnte die klare Luft sie reinigen. Sie fühlte sich auf seltsame Art schmutzig, als hätte sie ihre Schwester auf das Schlimmste betrogen.

Salbjörg war also wirklich in Erlendur verliebt gewesen. Aber sie wusste doch, wie aussichtslos das war! Wenn sie sich ohnehin nicht von Torger trennen wollte, was hatte sie dann erwartet?

«Sie hat so viel verloren», sagte sie leise.

Erlendur seufzte und küsste sie auf die Schläfe, dann wandte er sich ab. «Ich muss morgen aufbrechen, Jorun.»

«Morgen schon?»

«Ja, und vorher möchte ich noch mit dir reden.»

Jorun horchte auf. Erlendurs Stimme hatte sich verändert, sie war auf eine unheimliche Art tiefer geworden.

Wieder beschlich sie das Gefühl, sie sollte besser gehen, doch im Gegensatz zum Vortag blieb sie.

«Es gibt Dinge, die sagt man besser unter freiem Himmel.» Er nahm sie bei der Hand und zog sie sanft mit sich. Seine Finger waren verschwitzt, als hätte er vor etwas Angst, aber die Art, wie er sie festhielt, fühlte sich dennoch gut an.

Erlendur hinkte hinauf zu der Steinsetzung, wo sie einander zum ersten Mal begegnet waren. Das alte Wikingergrab schien ihm der richtige Ort, um sein Geheimnis preiszugeben, und sie ahnte, dass ihr sein Geständnis nicht gefallen würde.

Die Dunkelheit, die sie am Vortag in seiner Nähe verspürt hatte, war zurück und breitete sich aus wie ein länger werdender Schatten. Doch heute würde sie sich anhören, was er zu sagen hatte.

Erlendur blieb stehen, beugte sich vor und presste keuchend eine Hand auf seinen Oberschenkel. «Verdammt!»

«Tut es sehr weh?»

Seine grimmig gebleckten Zähne waren ihr Antwort genug.

«Wir müssen nicht bis auf die Kuppe steigen, lass uns hier reden. Hier ist es auch gut.»

Er schüttelte den Kopf und zog sie weiter, als plötzlich der Boden zu beben begann. Es war ein heftiger Stoß. Jorun versuchte noch, sich abzufangen, doch sie hatte nur eine Hand frei und fiel erst auf die Knie und schlug dann der Länge nach hin.

Dann hörte es wieder auf, ganz plötzlich, so wie es begonnen hatte.

Über den Wiesen schwirrten verschreckte kleine Vögel. Von dem Hang gegenüber löste sich eine kleine Lawine, eine schmutzig graue Mischung aus Geröll, Eis und Schnee, und rauschte bergab, bis sie in der Talsohle zur Ruhe kam und dort den kleinen Bach überdeckte.

Jorun starrte wie gebannt dorthin, bis eine Bewegung ihren Blick weiterzog. Die Schafe rannten ängstlich und kopflos umher. Hoffentlich hielten sie vor dem Geröllfeld an.

Neben der Hütte tobte Erlendurs Stute. Sie war angebunden und konnte nicht fort. Verzweifelt stieg sie auf die Hinterbeine und riss an den Zügeln.

Dann erst kam der Knall.

Er war ohrenbetäubend. Jorun fühlte die Druckwelle in ihrem Bauch und bis in die letzte Faser ihres Leibes.

Erlendur nahm sie in die Arme, er sagte etwas, doch sie hörte nur ein helles Pfeifen.

Es bestand kein Zweifel daran, was soeben geschehen war. Jorun wandte ihren Blick landeinwärts, dorthin, wo sich eine schier endlose Wüste aus Eis erstrecke, ein weißes Land des Todes. Dort herrschten Katla und ihre Töchter, feuerspeiende Berge, die schon viele Menschen ins Unglück gestürzt hatten. Schon seit frühester Kindheit kannte Jorun die Geschichten von fließender Lava, alles erstickendem Ascheregen und Wiesen, die plötzlich davonflossen, als wären sie zu Wasser geworden.

Über den Schneefeldern des Mýrdalsjökull stieg eine Rauchsäule in den blauen Himmel. Sie war sehr dünn, nicht das, was Jorun nach solch einem Knall erwartet hätte.

«Es ist weit weg», hörte sie Erlendurs Stimme nun deutlicher.

Das Pfeifen verschwand, der Boden hatte längst aufgehört zu beben. Der Spuk war vorbei.

Die Schafherde hatte kurz vor dem Geröllfeld kehrtgemacht, und am Stall stand die Aschefarbene wieder ruhiger da, auch wenn Jorun sehen konnte, wie der Angstschweiß aus ihrem Fell dampfte.

«So heftig habe ich es noch nie erlebt», sagte Jorun und atmete erleichtert aus.

«Ich auch nicht. Aber schau, der Rauch wird schon wieder weniger», erwiderte er.

Und wirklich, über dem Eisfeld wuchs der schwarze Rauchpilz nicht weiter an, stattdessen folgte nun weißer Dampf, der fast aussah wie eine Wolke, die dicht über dem Gletscher schwebte.

Erlendur stand auf und zog Jorun mit auf die Beine. Ihre Knie fühlten sich noch ein wenig zitterig an, und sie war sich nicht sicher, ob sie jetzt einfach so laufen konnte.

Sie drückte sich an Erlendur, als könnte er sie vor aller Unbill beschützen. «Ich hoffe, auf Steinurshof ist alles in Ordnung.»

«Sicher ist es das. Wenn der alte Schafstall hier oben noch steht, dann musst du dir um den Hof keine Gedanken machen.»

Jorun überzeugte das nicht. Aber wenigstens war Salbjörg zum Zeitpunkt des Knalls sicher noch nicht dort gewesen, und in den Ställen waren während des Tages keine Tiere untergebracht. Falls etwas geschehen war, so hatte es genug Zeit bis zu ihrer Rückkehr.

«Dann los, gehen wir hinauf, von dort oben sehen wir vielleicht auch mehr.»

KAPITEL 16

Der ängstliche Mann
meint ewig zu leben,
meidet er Männerkampf;
einmal aber
bricht das Alter den Frieden,
den der Ger ihm gab.

Die Edda, Das alte Sittengedicht, Strophe 54

Der Vulkanausbruch war wie ein Zeichen Gottes, so zumindest kam es Salbjörg vor, als die Erde zu beben begann und ihr Pferd sie beinahe abwarf. Nach einigen Bocksprüngen galoppierte die Gescheckte in blinder Panik los und ließ sich weder lenken noch anhalten. Salbjörg konnte nichts weiter tun, als sich festzuhalten und auf einen Absprung vorzubereiten, falls das Pferd auf eine Klippe zupreschte.

Eine Weile schrumpften all ihre Gedanken auf ihr eigenes Überleben zusammen. Erlendur spielte keine Rolle mehr, auch Jorun nicht oder Torger. Links und rechts huschten Wiesen und Felder vorbei, verschwammen zu graugrünen Schemen. Salbjörg saß weit vorgebeugt, eine Hand in der dicken Mähne, die andere am Sattel. Unter den Pferdehufen flog der Boden nur so vorbei, Sand, Kiesel, Gras.

Seltsamerweise musste Salbjörg trotz ihrer Angst an einen Abend in ihrer Kindheit zurückdenken, an dem sie zum ersten Mal von dem Vulkan gehört hatte, der unter der weiten Eiskappe des Mýrdalsjökull schlief. Sie war nicht älter als zehn Jahre gewesen. Damals lebte ihre Großmutter noch mit auf dem Steinurshof und brachte Salbjörg oft zu Bett, während Mutter sich um Jorun kümmerte, die abends oft weinte.

Die Worte ihrer Großmutter kamen ihr in den Sinn, sie meinte sogar, ihre Stimme zu hören, die von den vielen Wintern in den verrauchten Torfhäusern ganz rau und leise geworden war.

«Weißt du, warum sich die Erde heute Morgen gerüttelt und geschüttelt hat, mein kleines Vögelchen?»

«Nein, Oma, aber du weißt es, nicht wahr?»

«Ja, meine Kleine. Vor langer, langer Zeit lebte nicht weit von hier in Þykkvabæjarklaustur eine Frau namens Katla. Sie war eine sehr tüchtige, aber auch eine sehr reizbare Frau, und sie besaß einen Schatz. Es waren Wunderhosen. Vielleicht hatten die Alfen sie gemacht. Auf jeden Fall wurde derjenige, der sie trug, niemals müde. Nun geschah es, dass ein Hirtenjunge namens Barði alle Schafe aus den Bergen holen sollte.»

«Ganz alleine?», fragte Salbjörg ungläubig und kuschelte sich noch tiefer unter ihre Decke.

«Ganz alleine. Und weil er wusste, dass er das niemals schaffen würde, schlich er heimlich in Katlas Haus und lieh sich ihre Wunderhosen. Du kannst dir schon denken, was passierte, als er mit den Schafen zurückkam?»

«Katla war wütend.»

«Wütend wie ein Trollweib und genauso böse. Sie nahm den armen Barði, schlug ihn tot und versteckte seine Leiche in einer Tonne mit *Skyr*. Dann kam der Winter. Als der *Skyr* im Laufe des Winters zur Neige ging, bekam Katla Angst, man könne den Jungen entdecken. In einer sternenklaren Nacht lief die böse Katla auf den benachbarten Berg und verschwand darin.»

«In dem Berg?»

«Ja, aber sie musste graben und stoßen, um hineinzukommen. So sehr wütete sie dort oben, dass sie einen Gletscherlauf auslöste und das Eis zu kochen begann. Viele Menschen und viele Tiere starben in dem Wasser und Geröll.»

«Und die böse Katla tobt noch immer dort oben?»

«Ja. Besonders, wenn sie wütend ist, weil sie an Barði denkt oder jemand ihrem Versteck zu nahe kommt.»

In der Nacht hatte Salbjörg kaum schlafen können. Auch heute Nacht würde sie wohl kaum ein Auge zubekommen.

Endlich wurde ihre Stute langsamer. Sie erreichten Steinurshof, wohin das Pferd in seiner Angst gelaufen war. Salbjörg lenkte es in enge Kreise. Alles sah aus wie immer, sie mochte ihren Augen kaum trauen.

Völlig verschwitzt blieb die Stute dann im Hof stehen und schnaubte laut. Salbjörgs Knie waren ganz weich. Sie brauchte einen Moment, bis sie sich stark genug fühlte, um aus dem Sattel zu steigen.

Noch einmal Glück gehabt.

Sie sprach ein schnelles Gebet und starrte dabei in Richtung Norden, wo sich eine dichte Wolke aus Rauch und Wasserdampf ausbreitete. Wie eine Säule stieg sie über dem Mýrdalsjökull auf und wurde von einem schwachen Wind nach Osten abgedrängt.

War es das schon gewesen? Würde das Feuer, das tief im Reich der Gletscher hauste, jetzt wieder Ruhe geben? Salbjörg bezweifelte es. Und doch kam ihr das Ereignis wie eine Warnung vor, sich mit dem zufriedenzugeben, was sie hatte.

Soll Jorun doch mit Erlendur Unzucht treiben. Mich ficht das nicht an, redete sie sich selbst zu. Ihre kleine Schwester war seit jeher zu einfältig und zu sprunghaft gewesen, um zu einer anständigen Frau heranzuwachsen.

Salbjörg nahm ihrer Stute den Sattel vom verschwitzten Rücken und sperrte sie in das Gatter zu den Schafen mit ihren Lämmern, die alle wohlauf waren.

«Von heute an werde ich nicht mehr an Erlendur Ketilsson denken, das verspreche ich», sagte sie laut. «Ich habe meine Christenpflicht getan, und das war es.»

Salbjörg musste sich gegen den drückenden Schmerz in ihrer Brust stemmen, der sich bei der Erinnerung an Jorun und Erlendur in ihr breitmachen wollte. Wie sie einander geküsst hatten! Noch nie hatte jemand sie so geküsst.

Zornig warf sie den Sattel über eine Stange in der Scheune, dann stützte sie die Hände daneben und schloss die Augen. Atmete ein und aus, bis der Schmerz nachließ und sie wieder ruhiger wurde.

Der Ritt hatte doch sehr an ihren Nerven gezerrt. Sie hatte Todesängste ausgestanden, das war ein Schatten, der sich nicht so schnell abschütteln ließ. Vielleicht war es am besten, wenn sie erst einmal einen Rundgang machte und nachsah, was das Beben für Schäden verursacht hatte.

Torger kehrte am frühen Abend heim. Zuerst sah sie ihn nur als Silhouette: er auf seinem Hengst, dahinter das Packpferd. Es war hoch beladen, offenbar war die Jagd gut verlaufen.

Salbjörg stand im Freien an einem Holzrahmen, auf den sie die Fuchsfelle aufgespannt hatte, und schabte die letzten Fleischfetzen und losen Hautreste von der Innenseite. Es war eine unangenehme Arbeit, die nur durch den steten Wind erträglicher wurde, der den Gestank nach Harn und faulem Fleisch davontrug. Aber einen Vorteil hatte sie doch: Torger würde sie heute in Ruhe lassen.

Mit einer kurzen Drehung des Handgelenks schleuderte sie einen weiteren bleichen Fleischfetzen auf den Boden und schabte dann an einer anderen Stelle weiter. Die Bauchseite war am schwierigsten, dort und hinter den Vorderläufen war die Haut besonders dünn und riss in diesem aufgeweichten Zustand schnell ein.

Endlich legte Salbjörg den Schaber zur Seite und wischte sich die Hände an ihrer Schürze sauber, der ältesten, die sie besaß und die sie nur noch für die dreckigste Arbeit anzog.

Als Torger auf den Hof ritt, hatte sie sich bereits die Hände gewaschen und die Schürze abgelegt.

«Guten Tag, Salbjörg», begrüßte er sie und sprang aus dem Sattel.

Überrascht fand sie sich in seinen Armen wieder. Er hatte sie an seine Brust gerissen und drückte nun seine Nase in ihr Haar. Stocksteif stand sie da, während er ihr einen Kuss auf die Stirn gab und sie schließlich wieder losließ.

«Es tut mir leid, dass wir uns im Streit getrennt haben», sagte er – seine Worte dafür, dass er sie geschlagen hatte. «Ich dachte schon, wir sehen uns nie wieder!»

«Das Beben?»

«Ja. An der Küste sind riesige Felsen abgebrochen. Thormundr ist gestürzt und hat sich den Arm gebrochen. Sein Packpferd ist ins Meer gefallen, mitsamt der Hälfte seiner Vögel.»

«Und du?», fragte Salbjörg. Sie musste sich nicht verstellen, sie hatte wirklich Sorge, was ihm zugestoßen war.

«Die Kante, auf der ich auf der Lauer lag, ist auch abgerutscht, aber mein Sturz war nicht tief und wurde durch weichen Boden gedämpft. Ein paar Kratzer habe ich nur, und das Netz ist weg.»

«Ein Glück. Gott muss dich beschützt haben.»

Er lachte. «Oder die Trolle hatten mit Tormundrs Pferd das Maul so voll, dass sie auf mich verzichten konnten.»

«Sprich nicht solch abergläubisches Zeug.»

«Ach, Weib, hab dich nicht so.»

Er sah zum Gletscher, wo sich die Rauchsäule einem grauen Schleier gleich mittlerweile fast bis zum östlichen Horizont erstreckte.

Torger zog nachdenklich die Brauen zusammen, auf seiner Stirn wuchs eine scharfe Falte. «Mal sehen, was die nächsten Tage so bringen. Der Wind steht gut und treibt die Asche ins Ödland. Wenn es so bleibt, brauchen wir uns keine Sorgen zu machen.»

«Das hoffe ich. Hier auf dem Hof ist alles in Ordnung, nur in der Nordwand vom Stall ist ein kleines Loch.»

«Darum kümmere ich mich morgen», versprach er, und dann drehte er sich um und klopfte stolz auf den prallen Ledersack, der am Packsattel seines Saumpferdes hing. «Über vier Dutzend!»

«Das ist sehr gut. Ich habe einen Mann, auf den ich stolz sein kann. Alles ist vorbereitet im Räucherhaus. Ich habe auch die Tranlampen aufgefüllt, damit wir nicht auf das Tageslicht angewiesen sind.»

Es dauerte nicht lange, bis sie schweigend im Hof nebeneinandersaßen, zwischen sich den Berg praller weißer Vogelleiber, der langsam, aber stetig abnahm.

Torger suchte sich die kleineren, mageren Tiere heraus. Mit seinen starken Händen brach er sie einfach auseinander und warf die Brust samt Knochen in eine große Schale. Die Herzen aß er roh, die Lebern brieten sie in einer kleinen Pfanne auf einem Torffeuer. Die Reste schmiss Torger dem Hofhund zu, der schon so satt war, dass er sie davonschleppte und irgendwo vergrub.

Die fetteren Vögel waren Salbjörgs Aufgabe. Bei ihnen lohnte sich das Rupfen, um sie im Ganzen haltbar zu machen. Immer wieder beugte sie sich zu der kleinen gusseisernen Pfanne vor und schob sich eine fettige gebratene Leber in den Mund.

Es war ein guter Abend, und Salbjörg war froh, dass Jorun noch immer nicht zurück war. Torger fragte nicht nach ihr. Vielleicht war auch er zu dem Entschluss gekommen, dass ihm seine von Gott gegebene Ehefrau genug sein sollte. Sie hoffte es.

Als sie ihn ansah, erwiderte er ihren Blick ganz ohne Feindseligkeit.

«Wo ist der Hund nun hin?», fragte er schließlich und sah sich suchend um. Vor ihm lagen wieder einige Schlachtabfälle, und das Tier hatte sie noch nicht weggeschleppt. Das Licht der Tranlampen und des kleinen Feuers reichte nicht weit.

«Wahrscheinlich ist er so vollgefressen, dass er sich irgendwo schlafen gelegt hat», mutmaßte Salbjörg und zuckte mit den Schultern.

«Ich bin auch schon müde.» Torger grinste und schob sich den letzten Bissen aus der Pfanne in den Mund. «Und vollgefressen. Aber den Rest schaffen wir auch noch.»

«Ja, den schaffen wir», sagte Salbjörg versonnen und nahm einen weiteren Vogel. Ihr taten schon die Hände weh vom dauernden Rupfen, aber sie würde es sich nicht anmerken lassen und kein Wort der Klage über ihre Lippen bringen. Dieser Abend war kostbar. Er fühlte sich an wie ein Neubeginn.

Als sie beinahe fertig waren und sich der Himmel pechschwarz und von Sternen übersät über sie spannte, begann mit einem Mal der Hund zu jaulen, dann bebte die Erde erneut.

Unter das Wiehern der erschrockenen Pferde mischte sich ein tiefes Grollen, und dann war im Norden plötzlich der Himmel rot, als hätte er Feuer gefangen.

«Das Eis brennt!», sagte Salbjörg erschrocken.

«Nicht das Eis. Die Erde.»

* * *

Die Nacht war schneller hereingebrochen, als Jorun erwartet hatte. Sie waren lange dort oben auf der Kuppe geblieben und hatten dem Glühen über dem Eis zugesehen, wie es langsam an- und abschwoll. Wie Polarlicht tanzte der Feuerschein in allen erdenklichen Rot- und Orangetönen. Es war ein schöner und zugleich schauriger Anblick. So einen Vulkanausbruch hatte sie in ihrem gesamten Leben noch nicht gesehen. Zum Glück lebte dort oben niemand.

Jorun hatte ihren Rücken an Erlendurs Brust gelehnt, so dicht, dass seine warme Stimme in ihrem Körper widerhallte. Es war ein wunderschönes Gefühl, ihm so nahe zu sein – ganz im Gegensatz zu der Erzählung, die unablässig aus ihm herausgesprudelt war.

Er hatte ihr alles berichtet, die gesamte Geschichte der Feindschaft zwischen ihm und den Atlisöhnen Brynjar und Jón. Auch wie sie geendet hatte.

Zuerst war sie entsetzt gewesen. Nein, eigentlich war sie es immer noch, aber sie konnte dennoch verstehen, warum der Zwist diesen Ausgang genommen hatte. Schon während er noch sprach, hatte sie ihnen ein blutiges Ende gewünscht.

«Ich hoffe, dein Freund ist dir Freund genug, dass er für dich falsches Zeugnis ablegt.»

«Das hoffe ich auch», sagte er, klang dabei aber nicht sehr überzeugt. «Mehr kann ich nicht tun.»

Es war schon lange dunkel, als der auffrischende Nachtwind sie schließlich zurück zum Stall trieb. Jorun würde in dieser Dunkelheit nicht bis zum Steinurshof laufen können, das wussten sie beide.

Jorun schwieg dazu. Ein wenig fürchtete sie sich davor, dass Erlendur die Gelegenheit nutzen wollte, um an ihr seine Lust zu befriedigen. Es würde nur bestätigen, was sie über die Männer dachte. *Aber er wird mir nicht so weh tun, wie Torger es getan hat. Vielleicht kann ich es bei Erlendur besser ertragen.*

«Willst du bei mir liegen?», fragte er, die Stimme leise und tief, was ihr einen merkwürdigen Schauer über den Rücken jagte. «Ich verspreche, ich werde dich nicht berühren, wenn du es nicht willst, Jorun. Aber wir haben nur eine Decke.»

Wie festgefroren stand sie in der Mitte der Scheune. In ihrem Kopf jagte eine Erinnerung die andere, und keine davon war gut. Ihre Schultern verkrampften sich, während sie auf die Flamme der kleinen Tranlampe starrte, die an der Südwand hing und ganz leicht in einem Windzug schwankte, der zwischen den Feldsteinen ins Gebäude drang.

«Hier.» Erlendur legte ihr die Decke um, stellte sich vor sie und lächelte sie aufmunternd an. «Es wird schon irgendwie gehen. Es ist nicht mehr so kalt wie noch vor einigen Wochen.»

«Ich ... danke», stotterte Jorun und zog die Decke fest um ihren Körper, als könnte sich der Stoff in einen Panzer verwandeln, der sie vor allem schützte.

Erlendur nahm einen Armvoll von dem alten Heu und trug es zur Seite. Sie beobachtete ihn, wie er weitere Kleidung aus den Satteltaschen nahm und sie sich überzog, dann legte er sich hin und rollte sich fest in seinen Umhang ein.

Erst jetzt nahm das Gefühl der Bedrohung ab, und sie konnte sich wieder bewegen. Er hatte nicht versucht, sie zu etwas zu zwingen. Mit steifen Gliedern ging Jorun zu der kleinen Lampe und nahm sie vom Haken.

«Schlaf gut, Jorun», sagte Erlendur.

«Du auch.»

Jorun setzte sich ins Heu, dorthin, wo er die ganzen Nächte geschlafen hatte. Die Schicht unter ihr war dick und warm. Erlendur lag näher bei der Tür, wo es kalt war und hereinzog.

«Erlendur?»

«Ja?»

«Du musst da nicht frieren», kam es ihr nur ganz leise über die Lippen. «Aber, Erlendur?»

«Versprochen.»

Jorun wickelte sich noch ein wenig fester in die Decke, während sie zusah, wie er aufstand und zu ihr kam. Es kam ihr vor, als würde ihr Herz langsam in die Kehle hinaufwandern und dabei immer lauter und schneller pochen.

Erlendur setzte sich neben sie und verzog seinen Mund zu einem schiefen Lächeln. Er war schüchtern.

Jorun begann zu ahnen, dass er weniger Erfahrung mit Frauen hatte als sie selbst mit Männern.

«Soll ich das Licht anlassen? Es ist noch genug Tran da.»

«Ja, bitte.» Sie zupfte die Hälfte der Decke so zurecht, dass auch er sich zudecken konnte, und schloss die Augen.

Neben ihr raschelte das Heu, er bewegte sich. Ein großer Mann wie er konnte sie trotz seiner Verletzung schnell überwältigen. Alle ihre Muskeln verkrampften sich, und sie fühlte sich in der einsetzenden Stille bleischwer.

Erlendur lag jetzt genau vor ihr, sein Atem strich warm über ihr Gesicht. Sie zitterte und hielt die Augen fest geschlossen.

«Dir ist kalt, du hättest nicht hierbleiben sollen», sagte er betrübt, und dann berührte er sie doch. Was hätte sie auch anderes erwarten sollen?

Er zog an der Decke, bis sie ihr bis zum Hals reichte, und streichelte ihr über den Kopf. Wieder spürte sie seinen warmen Atem. Wie nah war er ihr schon gekommen?

Jorun schlug die Augen auf, doch Erlendur hatte seine bereits geschlossen und rührte sich nicht mehr. Das Pochen in ihrer Kehle wurde weniger, und sie schluckte gegen die Trockenheit an.

Erlendur lag einfach nur da. Im Zwielicht sah er nicht mehr so verhärmt aus, und gelblicher Lichtschein ließ die kurzen Stoppelhaare auf Kinn und Wangen schimmern. Einige Locken waren ihm in die Stirn gerutscht.

Jorun betrachtete seinen Mund, die geschwungene Linie der Oberlippe, die kleinen Fältchen darauf. Sein warmer Atem streifte sie noch immer wie eine ganz sachte Berührung. Das bewegte etwas in ihr, nahm die Angst fort, ganz langsam nur, aber sie schwand.

Erlendur würde sein Versprechen also wirklich halten.

«Schläfst du schon?»

«Nein», brummte er.

«Wenn du willst, kannst du doch das Licht ausmachen.»

Irgendwann in der Nacht nahm er sie in den Arm, aber da war es längst nicht mehr schlimm.

Als sie am Morgen aufwachte, hüllte er sie in seine Wärme ein. Es fühlte sich schön an, und sie wäre am liebsten niemals aufgestanden, doch Erlendur drängte zur Eile. Er wollte an diesem Tag noch eine große Strecke zurücklegen, und das durch unwegsames Gelände.

* * *

Er hatte sie fast bis zum Steinurshof gebracht. Der Abschied von Jorun war Erlendur schwergefallen, aber jetzt war er auf dem Weg zu seinem Freund Thorstein Gunnarsson, der ihm hoffentlich helfen würde.

Erlendur ritt landeinwärts, geradewegs auf die feuerspeiende Katla und ihren Eismantel zu, der sich mehrere Tagesritte weit über das Landesinnere erstreckte. Noch waren die Wiesen und Täler vom zarten Grün des Frühlings überzogen, doch mit jedem zurückgelegten Kilometer wurde die Vegetation karger, und die einzelnen Schneereste wuchsen zu großen, schmutzig grauen Feldern zusammen.

Kaum merklich, aber stetig stieg das Land an. Noch immer wurde Erlendurs Weg von dem Bachlauf begleitet, der auch am Steinurshof vorbeifloss. Er führte offenbar kein Gletscherwasser, denn er war klar und nicht milchig trüb von den Mineralien aus dem Eis. Hier und da mischten sich Schmelzbäche hinein, die aus den tauenden Schneefeldern kamen.

Erlendur ließ seine Stute an einem der Bäche trinken und stieg ab, um auch selbst einen Schluck zu nehmen. Das Wasser schmeckte schwach nach Schwefel, aber das tat es auf der Reise oft. Sein Bein schmerzte schon jetzt von der ungewohnten Belastung im Sattel. Hier war der Pfad eben, und er beschloss, ein Stück zu gehen. Die Wunde würde davon nicht weniger weh tun, aber ihm schien, dass sie besser heilte, wenn die Muskulatur darunter warm wurde. Warum sollte er nicht auch auf sich selbst anwenden, was er bei verletzten Pferden beobachtet hatte?

Aska folgte seinem langsamen Gang und rupfte hier und da an Gras und Birkenschösslingen. Solange das Tier dafür nicht stehen blieb, ließ er es gewähren. Sie beide würden ihre Kräfte noch brauchen, besonders, da Erlendur nur ein Pferd hatte. Üblicherweise führte er sonst eines, manchmal sogar zwei zum Wechseln mit.

Vom Vulkan tönte gelegentlich tiefes Rumpeln zu ihm herüber, doch bis auf die dichten Wolken über der Kuppe war nichts zu sehen. Aber es beunruhigte ihn, und er war froh, wenn er wieder von dem Ungetüm wegreiten konnte.

Es gab keinen anderen Weg, nicht für ihn. Um diese Jahreszeit reiste so gut wie niemand durch das Landesinnere. Fast alle Leute wählten den längeren, aber leichteren Pfad an der Küste entlang.

Zumindest die anständigen Leute, setzte er in Gedanken hinzu. Ich muss reisen wie ein Dieb und Mörder, aber das bin ich ja auch.

Als die Sonne ihren Zenit längst überschritten hatte, lag der Rand des Gletschers wie eine blauweiße Festung vor ihm. Erlendur blieb stehen und betrachtete ihn. Er würde sich nie daran sattsehen können, an den hohen blauen Türmen und schroffen Zinnen. Schneekappen lagen auf dem Eis wie die Hauben alter Frauen. Dunkle Linien aus Geröll und Asche unterteilten es in Schichten.

Doch dann entdeckte er etwas Merkwürdiges. Erst glaubte er, dass sich im Schatten des Eises Nebel hielt. Nach genauerem Hinsehen wurde ihm klar, dass es Wasserdampf war, denn er blieb nicht über dem milchigen Wasser hängen, sondern stieg auf.

Unter dem Gletscher floss ein gewaltiger Fluss, und er musste durch den Vulkanausbruch aufgeheizt worden sein! Durch ein gebogenes Tor in der Gletscherwand schoss er gischtend und sprudelnd hinaus.

Das ungewöhnlich warme Wasser setzte dem Eis merklich zu. Mit einem Krachen brach ein großes Stück aus dem Tunnelbogen, der den Fluss überwölbte, zerbrach und wurde in einen großen See gespült, in dem sich Eisbrocken, Schlamm und Wasser sammelten. Den See hatte es bei Erlendurs letzter Reise hierher noch nicht gegeben.

Er stieg in den Sattel. Eigentlich hatte er den Fluss hier überqueren wollen, wo sich die Furt auf mehrere hundert Meter verbreiterte und das Wasser flach war. Doch die Furt gab es nicht mehr. Stattdessen war da nun dieser See, von dem er keine Ahnung hatte, wie tief er gründete.

«Komm, suchen wir uns eine andere Stelle», sagte er zu Aska und wendete sie.

Vom Wasser klang das Knistern und Klirren aneinanderreibender Eisbrocken herüber. Es war der Aschefarbenen nicht geheuer, beständig drehte sie den Kopf und zuckte mit den Ohren.

Erlendur zog an den Zügeln und stellte sich in die Bügel, um besser sehen zu können. Eine Gerölllawine hatte den See aufgestaut, sie musste gestern beim Beben ausgelöst worden sein. Als er endlich das ganze Ausmaß erkannte, wurde ihm flau.

Der Damm war kurz davor zu brechen. Hier und da zwängten sich schon Rinnsale durch das Geröll, und Erlendur konnte dabei zuschauen, wie sie kräftiger wurden. Im Osten war der Damm am niedrigsten. Im Westen war die Mure abgegangen, hoch und breit türmte sie sich dort und versperrte den eigentlichen Hauptabfluss des Gletscherlaufs. Von dort waren Hochwasser bekannt.

«Wenn er jetzt bricht … Dann fließt alles ins lange Tal nach Steinurshof», sagte er fassungslos.

Ganz in der Ferne konnte er die kleine Ansammlung von Gebäuden sehen. Erst jetzt fiel ihm auf, wie nah sie in die Talsohle gebaut waren. Wenn der See auslief, würden sie unweigerlich unter der heranrasenden Flut begraben.

Sich selbst vor dem Gefängnis zu retten rückte schlagartig in den Hintergrund. Was sollte er mit seiner Freiheit, wenn er dafür drei weitere Leben auf dem Gewissen hatte? Und Jorun – er hatte Jorun versprochen, alles daranzusetzen, sie wiederzusehen.

Erlendur rammte der Aschefarbenen seine Fersen in den Bauch. Die Stute riss erschrocken den Kopf hoch und galoppierte los. Der plötzliche Vorwärtsruck entfachte einen brennenden Schmerz in Erlendurs Bein, doch das war ihm völlig gleich. Er biss die Zähne aufeinander und wickelte die linke Hand fest in die Mähne. Aska schien zu spüren, dass es um Leben und Tod ging, sie galoppierte, so schnell es der Pfad zuließ.

Erlendur feuerte sie mit Rufen an; dabei sah er sich immer wieder um, ob das Wasser ihm bereits wie ein wütender Lindwurm durch das Tal folgte. Jede Nebelschwade galt ihm als schlechtes Omen, aufsteigende Vögel wie Zeichen des nahenden Unheils.

Dann rollte ein tiefes Grollen über das Land.

KAPITEL 17

der Handlose hütet,
der Hinkende reitet,
tapfer der Taube kämpft;
blind ist besser,
als verbrannt zu sein:
nichts taugt mehr, wer tot.

Die Edda, Das alte Sittengedicht, Strophe 66

Salbjörg sagte nichts, als Jorun erst am Morgen auf den Hof zurückkehrte, doch ihre verächtlichen Blicke sprachen Bände.

Sie denkt wohl, dass ich mich mit ihm eingelassen habe, überlegte Jorun. Selbst wenn ich ihr sagen würde, dass bis auf einige Küsse nichts geschehen ist, wird sie mir nicht glauben. Ich hätte ja selbst nicht geglaubt, dass es Männer mit so viel Anstand gibt.

Dennoch, Jorun hatte einen Streit erwartet, stattdessen arbeiteten sie nun schweigend gemeinsam. Während Torger Ausbesserungsarbeiten an dem Viehstall vornahm, kümmerte sich Salbjörg darum, dass das Feuer im Räucherhaus stets brannte, aber nicht zu heiß wurde. Jorun war im Stall bei den Schafen und molk eines nach dem anderen. Besonders diejenigen, die zwei Lämmer geboren hatten, besaßen nur wenig überschüssige Milch, sodass sie nur einen größeren Eimer füllen konnte.

Sie brachte die Milch ins Freie, füllte sie zusammen mit der vom Vortag in eine große Metallschüssel und gab Lab dazu. Während sie langsam rührte, geronn die Flüssigkeit und verströmte einen schwach säuerlichen Geruch.

Jorun konnte nicht anders, als beständig in Richtung Norden zu blicken, wo über dem weißen Panzer des Mýrdalsjökull grauer Rauch aufstieg und ostwärts davongetrieben wurde. Der Himmel, der noch am Vortag strahlend blau gewesen war, wurde nun von gelblichen Schleiern überzogen, was ihm eine kränkliche Farbe verlieh.

Erlendur hatte nach Norden reiten wollen, um weitab vom nächsten Hof eine Furt zu suchen und dann durch das Hinterland in Richtung Reykjavík weiterzureisen. Vielleicht würde sie ihn nie wiedersehen.

Der Gedanke zog ihr die Brust zusammen. Sie hatte noch keinen Mann so gemocht wie ihn. Wenn seine List gelang und er aus diesem Kampf als freier Mann hervorging, dann würde sie ihm seinen Wunsch erfüllen. Sie hatte genau gespürt, dass er bei ihr liegen wollte und nicht nur neben ihr. Beinahe bereute sie es, darauf beharrt zu haben.

Wieder rumpelte es tief im Boden. Jorun zuckte zusammen und hielt den Blechbottich fest, in dem die geronnene Milch auseinanderbrach und hin und her schwappte.

Großmutter hätte jetzt gesagt, dass die Trolle unter der Erde reisten. Sie musste lächeln. Oma Akka war eine merkwürdige, abergläubische Frau gewesen.

«Heda, heda! Leute von Steinurshof!», hallte plötzlich ein Ruf über das Tal.

Jorun sprang sofort auf. Das war doch nicht …

Erlendur preschte auf seiner aschefarbenen Stute in den Hof, als wäre der Teufel hinter ihm her. Auf dem grauen Fell seines Pferdes stand schaumig der Schweiß, Askas Augen waren weit aufgerissen und gerötet. Die Stute tänzelte im Kreis, Erlendur hatte Mühe, sie zurückzuhalten.

Etwas musste geschehen sein, etwas Schreckliches.

«Leute von Steinurshof!», schrie er noch einmal, als würde er sie nicht alle mit Namen kennen.

Der Hofhund sprang mit wütendem Gekläff um ihn herum, und jetzt kamen auch Salbjörg und hinter ihr Torger angelaufen.

«Was ist, was willst du?»

«Nehmt euer Vieh und lauft auf die Kuppe, schnell. Es wird ein Gletscherlauf kommen!»

Torger stemmte die Hände in die Hüften. «Ein Gletscherlauf? Niemals. Das Eis entwässert nach Westen hin.»

«Nun hör doch!» Erlendur rang nach Atem. «Ich war eben an der Furt, es gab einen Erdrutsch. Der westliche Ablauf ist versperrt. Ein großer See ist dort aufgestaut, und durch den Vulkanausbruch fließt mehr und mehr heißes Wasser hinzu. Der Damm bricht …»

Die Aschefarbene riss den Kopf hoch, der Hofhund verstummte, und dann bebte die Erde erneut. Jorun strauchelte.

«Ich glaube ihm. Was verlieren wir, wenn wir das Vieh hochtreiben? Nichts.»

«Halt den Mund, Jorun», fuhr Torger sie an. Breitbeinig stand er da und sah aus, als wollte er sich jeden Moment auf Erlendur stürzen. Jorun traute ihm zu, dass er die Stute umwarf, um den Reiter aus dem Sattel zu holen.

«Ein Gletscherlauf? Bist du dir sicher?» Salbjörg starrte nach Norden, wo sich das Tal beinahe bis zum Horizont erstreckte. «Es ist fast kein Wasser im Fluss», stellte sie dann erstaunt fest.

«Weil er aufgestaut ist!», schrie Erlendur. «Wollt ihr leben oder nicht? Jorun, komm wenigstens du!»

Torger fasste nach den Zügeln der Aschefarbenen und zerrte sie in die Richtung, aus der Erlendur gekommen war. «Verschwinde hier!»

«Was soll das, Torger! Er will uns doch nur warnen.» Salbjörg legte ihrem Mann beschwichtigend die Hand auf den Arm, doch der stieß sie zur Seite.

Jorun hielt sie im letzten Moment fest, sonst wäre sie gefallen.

«Lass die Zügel fahren, dann verschwinde ich.» Erlendur versuchte, ruhig zu bleiben, doch Jorun sah genau, wie gefährlich nah seine Hand schon am Griff der Axt war, die er in seine Schlafrolle eingewickelt hatte. Er würde nicht zögern, sie zu benutzen. Erlendur hatte nichts mehr zu verlieren.

Doch Torger ließ nicht los. «Dich kenne ich doch. Du bist Erlendur Ketilsson.»

Jorun verschlug es den Atem. Er durfte Erlendur nicht erkennen, er durfte es einfach nicht! Wenn Torger bezeugte, dass Erlendur sich hier aufgehalten hatte, würde die List nicht mehr funktionieren. Erlendur würde nach Dänemark vor Gericht geschickt werden, und sie würden sich nie wiedersehen.

«Schwager, du vertust dich», stotterte sie.

Salbjörg nahm sie bei der Hand und versuchte, Jorun fortzuziehen. «Komm, lass die Männer ...»

«Nein, Schwester, ich bin nicht wie du, ich kann mich nicht immer nur ducken und stillhalten.»

Torger beachtete sie gar nicht. Seine gesamte Aufmerksamkeit galt Erlendur, der versuchte, seine Stute anzutreiben, damit sie sich aus Torgers Griff befreite. Doch die Aschefarbene war zu müde zum Kämpfen.

«Du hast die Atlisöhne auf dem Gewissen, nach dir wird überall gesucht! Steig ab, sofort!»

«Vergiss es, oder willst du enden wie sie?»

«Torger, lass ihn, er ist hergekommen, um uns zu warnen!», rief Jorun, doch es war zu spät.

Torger packte Erlendur beim Arm, um ihn vom Pferd zu ziehen, doch der gab nicht so schnell auf und trat Torger mit aller Kraft vor die Brust.

Mit Schrecken sah Jorun zu, wie ihr Schwager zurücktaumelte, die Zügel weiterhin fest in der Hand, und die Stute in den Vorderbeinen einknickte.

«Nein, nein! Ihr dürft nicht kämpfen.»

«Jorun, komm. Wenn Erlendur recht hat, bleibt uns nicht mehr lange. Treib die Schafe und Lämmer hoch, ich lasse die Pferde aus dem Gatter.»

Salbjörg rannte los, und auch Jorun lief nach kurzem Zögern zu der Umzäunung und öffnete das Tor, das zu den höher gelegenen Weiden führte. Schreiend und klatschend trieb sie die Mutterschafe mit ihren Jungen auf den Ausgang zu.

Sobald sich die Tiere in Bewegung gesetzt hatten, eilte sie zurück zu den Männern. Beide lagen nun am Boden, Torger drosch mit den Fäusten auf Erlendur ein, der sich nur noch halbherzig zur Wehr setzte. Torger kniete auf seinem verletztem Oberschenkel, die Schmerzen mussten fürchterlich sein.

Erlendur sah Jorun an. «Nimm mein Pferd und reite», keuchte er gequält.

Doch Jorun konnte ihn nicht einfach so zurücklassen, nicht nachdem er so gut zu ihr gewesen war. Torger würde ihn totschlagen und dann noch vor dem *Sysselmann* damit prahlen, dass er einen Verbrecher zur Strecke gebracht hatte.

Niemals würde sie das zulassen.

Ihr Zorn, all der Zorn, den Torger in den vergangenen Jahren in ihr hervorgerufen hatte, setze ihren Körper in Brand. Er hatte sie benutzt wie ein Stück Vieh, als sie noch ein halbes Kind gewesen war. Er war schuld, dass ihr Vater sie fortgejagt hatte. Er, nur er, war schuld, dass sie ihr Neugeborenes hatte fortgeben müssen.

Sie riss die Axt aus Erlendurs Satteltasche und fasste sie mit beiden Händen.

«Nein, Jorun!», schrie Erlendur, und irgendwo schrie auch ihre Schwester, doch da sauste die Waffe schon mit aller Wucht auf Torgers Kopf nieder.

Er brach augenblicklich zusammen.

«Was hast du getan?», gellte Salbjörgs Schrei von irgendwoher, doch Jorun konnte sich nicht umdrehen, sie konnte sich gar nicht mehr bewegen. Wie erstarrt stand sie da und umklammerte den Griff der Axt.

Mit letzter Kraft schob Erlendur Torger von sich herunter. Er blutete aus mehreren Verletzungen im Gesicht. Fassungslos blickte er erst zu Jorun hoch und dann auf seinen leblosen Gegner.

«Gib mir die Axt», brachte er schließlich hervor und nahm ihr das Werkzeug ab. Er stützte sich auf den Stiel und mühte sich auf die Beine. «Komm her.»

Jorun umarmte ihn, presste Erlendur so fest an sich, wie sie konnte, und stützte ihn gleichzeitig, weil er so geschwächt war, dass er schwankte.

«Habe ich ihn umgebracht?» Ihre Augen begannen zu brennen, alles verschwamm.

Salbjörg kniete sich neben Torger, berührte seinen Kopf und hob die Hände. Sie waren voller Blut. «Was hast du getan, Jorun?»

«Er wollte Erlendur umbringen!»

Salbjörg drehte Torger auf den Rücken. Er stöhnte, schlug aber die Augen nicht auf.

Dennoch war Jorun unendlich erleichtert. «Er lebt, mein Gott, er lebt!»

«Ihr müsst trotzdem von hier verschwinden, so schnell es geht.» Erlendur machte sich von Jorun los und schob die Axt zurück in seine Decke.

Jorun hielt es keinen Moment länger in der Nähe ihres blutenden Schwagers aus. «Ich hole die anderen Pferde.» Sie rannte zum Stall. Schnell sattelte sie Torgers Pferd und auch Salbjörgs Scheckstute und belud zwei weitere Tiere mit Packtaschen, in die sie alles Nötige stecken konnten. Das fünfte Pferd ließ sie einfach laufen, es würde sich schon selbst in Sicherheit bringen.

Es fiel kaum ein Wort, während Jorun ihrer Schwester half, Kleidung und Vorräte aus dem Haus nach draußen zu bringen und auf die Pferde zu verladen.

Gemeinsam mit Erlendur hob sie den ohnmächtigen Torger auf sein Pferd und band ihn dort fest, dann stieg sie selbst auf eines der Packpferde, vor sich ein Lamm, das sie gerade noch rechtzeitig bemerkt hatte. Es war so klein, dass es noch seine Nabelschnur besaß und ein wenig nass war von der Geburt.

«Reitet los, ich will nur noch meinen Schmuck holen», sagte Salbjörg plötzlich und zog Torgers Pferd und ihr eigenes hinter sich her in Richtung Wohnhaus.

«Beeil dich.» Jorun trieb ihr Packpferd an und lenkte es auf die Schafe zu, die den Hang nur ein kurzes Stück hinaufgegangen waren und dort nun die Köpfe ins Gras senkten.

Erlendur schloss sich ihr an, gemeinsam trieben sie die kleine Herde weiter hangaufwärts. Auf der Kuppe, wo sich Salbjörgs kleiner Friedhof bei der Birke befand, hielten sie an.

* * *

Salbjörg rannte in das Wohnhaus und suchte den wenigen Schmuck zusammen, den sie besaß. Es waren Erbstücke von Mutter und Großmutter, und dann war da noch das bestickte Tuch ... Wo hatte sie es nur hingetan?

Die Lampen in der *Baðstofa* klirrten, dann spürte sie es durch die Sohlen ihrer Stiefel: Die Erde bebte schon wieder, als wäre ihr Haus auf dem Rücken eines schlafenden Riesen gebaut, der nun langsam erwachte. Jemand schrie.

Das musste Jorun sein. Salbjörg lief es eisig den Rücken hinunter. Sie sollte das Tuch vergessen. Die kleine Schachtel mit der Silberbrosche an die Brust gedrückt, eilte sie nach draußen.

Ihre Stute zerrte panisch an den Zügeln, die Salbjörg an einem Pfahl festgemacht hatte. Selbst die Hühner flatterten wild im Hof umher.

Torger war noch immer nicht aufgewacht.

Salbjörg sah ihm ins Gesicht. Bis auf das dünne Rinnsal Blut, das ihm aus den Haaren lief, sah er aus, als würde er schlafen.

Wie sehr fürchtete sie sich morgens, wenn er aufwachte und sie nicht wusste, ob es ein guter Tag oder ein schrecklicher werden würde. Es wäre so leicht, keinen weiteren Tag in Angst leben zu müssen. Kein weiteres Kind tot und viel zu früh zur Welt zu bringen, weil er ihr in den Bauch trat und sie dabei für ihre Unfruchtbarkeit beschimpfte.

So leicht.

Durch das Tal hallte ein tiefer Ton, als würde es in der Ferne donnern. Doch da war nichts, keine Gewitterwolke, kein herannahendes Unheil. Sie reckte sich, um besser in die Ferne zu sehen, doch bis auf die Wiesen, die in den letzten Tagen zunehmend grüner geworden waren, entdeckte sie auch hier nichts.

«Verdammt, ah», stöhnte Torger gequält.

Salbjörgs Schultern verspannten sich, sobald sie seine Stimme hörte. Ihr Mut sank zu einem Häuflein Asche zusammen.

Torger versuchte sich aufzurichten, doch Erlendur hatte seine Arme mit den Steigbügelriemen fixiert, damit er nicht ohnmächtig vom Pferderücken rutschte.

«Ich mache dich los, warte.» Schnell öffnete Salbjörg die Knoten, und Torger, noch nicht ganz bei sich, glitt auf der anderen Seite des Pferdes zu Boden und landete auf den Knien.

«Wo ist dieses Dreckschwein?» Er sah sich suchend um und zog ein kleines Messer, das er immer am Gürtel bei sich trug. «Ich bringe ihn um.»

Da war sie wieder, die Seite ihres Mannes, vor der sie sich so fürchtete.

«Er ist mit Jorun losgeritten, sie warten auf der Kuppe auf uns. Sie haben das Vieh schon hochgetrieben.»

«Ihr dummen Weiber habt diesem Dieb geglaubt? Woher kennt er überhaupt deine Schwester, er hat sie beim Namen genannt, glaub nicht, dass ich es nicht gemerkt habe!» Torger wollte aufstehen, schaffte es aber nicht.

Salbjörg zog ihn auf die Beine. Für sie gab es keinen Zweifel an Erlendurs Warnung. Alles bestätigte nur dieses nagende Gefühl in ihrem Bauch, das sie schon seit Tagen verspürte: Unheil drohte.

«Komm, beeilen wir uns! Noch ist es nicht zu spät.»

In Torgers Augen blitzte es gefährlich. «Du hast mir nichts zu sagen, Weib. Ich bleibe hier!»

Sie hatte den Schlag nicht kommen sehen. Er traf sie im Gesicht, dort, wo die letzten blauen Flecke noch nicht verschwunden waren. Salbjörg taumelte zurück und musste sich am Sattel ihrer Stute festhalten.

Das war es, dachte sie. Eine sonderbare Kälte ergriff Besitz von ihr. Ruhig steckte sie ihre Schmuckschachtel in die Satteltasche. In der Ferne grollte es wieder, was das Pferd erneut tänzeln ließ.

Torger packte sie am Unterarm. Wie eiserne Zwingen gruben sich seine Finger in ihr Fleisch. «Du wirst jetzt nicht aufsteigen! Du bleibst hier.»

«Ja, ich bleibe hier», sagte sie kühl und blickte ihm mutig in die Augen. «Aber mein Pferd muss nicht hier mit uns sterben.»

Mit einer schnellen Bewegung löste sie die Zügel vom Anbindepfahl und schlug dem Tier auf die Flanke. Sofort preschte es mit angelegten Ohren los, den Hang hinauf in Sicherheit. Der Hengst folgte ihr nur Augenblicke später.

Torger sah sie fassungslos an.

Das Geräusch der galoppierenden Pferdehufe wurde leiser, und jetzt hörte er es offenkundig auch, das unheimliche Rauschen und Dröhnen, das sich von Norden auf sie zuwälzte.

Torger öffnete den Mund, um etwas zu sagen, doch der Anblick der heranrasenden Schlammmassen verschlug ihm die Sprache.

***

Jorun und Erlendur waren abgestiegen und sahen wie betäubt auf Steinurshof hinab. «Was dauert denn da so lange?» Jorun hielt das Warten kaum mehr aus. «Wir hätten sie nie dort zurücklassen dürfen!»

«Sie kommt schon noch.»

Ein fernes Donnergrollen rollte durch das Tal und schreckte die Vögel auf. Das war nicht der Vulkan, der Rauch über der weißen Gletscherkuppel hatte sich nicht verändert. Jetzt stieg im Norden plötzlich Dampf auf.

«Der Damm muss gebrochen sein!», sagte Erlendur. Jorun wollte loslaufen, zurück nach Steinurshof, um ihre Schwester zu holen, doch er hielt sie an der Schulter fest. «Es ist zu spät.»

«Nein, es ist nicht zu spät», widersprach sie mit Tränen in den Augen, dann schrie sie: «Salbjörg, Salbjörg, lauf!»

Da kam ein Pferd in großen Sprüngen den Hang hinaufgaloppiert. Es war die Scheckstute ihrer Schwester, dicht gefolgt von Torgers Rappen. Die Riemen, mit denen Torger festgebunden gewesen war, baumelten lose am Sattel.

«Nein! Salbjörg!»

Erlendur zog Jorun mit sich ein Stück weiter talabwärts, sodass sie an der Scheune vorbei auf den Hof sehen konnten. «Dort! Dort sind sie! Lauft, lauft doch!», schrie er.

Jetzt sah Jorun sie auch. Torger mühte sich den Hang hinauf, doch in seinem angeschlagenen Zustand taumelte er. Die Steinmauer, welche die kleine Weide für die Mutterschafe begrenzte, entpuppte sich für ihn als unüberwindbares Hindernis.

Und Salbjörg? Sie stand wie zur Salzsäule erstarrt im Hof und blickte nach Norden, wo sich eine graue Masse wie ein riesiger Wurm durch das Tal auf sie zuwälzte.

«Was macht sie nur, warum rennt sie nicht?»

Fast hatte die Spitze der grauen Flut den Hof schon erreicht. Schäumend schob das Wasser Steine und Eisbrocken vor sich her. Es dröhnte und donnerte ohrenbetäubend.

Salbjörg bewegte sich noch immer nicht.

Joruns Schreie gingen in dem Lärm unter wie die Rufe der Raben und Greifvögel, die über der Flut kreisten.

Schließlich drehte Salbjörg doch den Kopf zu ihnen und hob die Hand wie zum Abschied. Dann riss das Wasser sie davon.

Erlendur zog Jorun in die Arme und presste sie ganz fest an sich. «Sie hat es so gewollt», sagte er mit belegter Stimme, aber Jorun konnte es nicht glauben.

Längst grub sich der Strom einen Weg zwischen den Häusern hindurch und stieg beständig an. Torger war nun nur noch einen Meter vom Saum entfernt.

Durch einen Tränenschleier starrte Jorun ihren Schwager an, der sich mit beiden Händen an den Steinen der Mauer festhielt. Sie hasste ihn für alles, was er Salbjörg und ihr selbst angetan hatte.

Erlendur machte sich von ihr los und lief ein Stück den Hang hinab, doch es war zu spät. Ein riesiger blau schimmernder Eisbrocken schob sich erst an der Scheune vorbei, wo er ein großes Stück aus der Außenwand riss, und trudelte dann auf Torger zu. Er wurde im Rücken getroffen, sein Hilferuf steigerte sich zu einem markerschütternden Schmerzensschrei. Jorun meinte, Knochen brechen zu hören. Dann endete der Schrei abrupt, als Torger unter Wasser gezogen wurde und nicht wieder auftauchte.

Erlendur kehrte mit hängenden Schultern und aschfahlem Gesicht zu ihr zurück. Er sah aus, als würde er jeden Moment zusammenbrechen. Genauso fühlte sich Jorun. Entwurzelt, gelähmt, erschlagen.

«Meine Schwester ist tot», sagte sie tonlos und lehnte sich gegen die Mauer. Der Wind trieb die dürren Äste der kleinen Birke gegen ihre Hand. Es war ebenjenes Bäumchen, zu dessen Fuß Salbjörg ihre Kinder begraben hatte. An den Zweigen zeigte sich erstes Grün, grell und unwirklich war es und so unpassend für diese Welt des Todes aus grauem Schlamm.

Erlendur blieb neben Jorun stehen. Die Sonne zog über den strahlend blauen Frühlingshimmel. Jorun und Erlendur harrten einfach aus und sahen auf den mahlenden grauen Strom hinab, der nach und nach die Gebäude vom Steinurshof verschlang.

Gegen Abend wurde das Wasser weniger. Mehrere Eisblöcke blieben auf der nun sedimentgrauen Wiese zurück. Von dem Stallgebäude, das Torger noch am Morgen ausgebessert hatte, war nichts mehr da. Im Hof davor sammelten sich Findlinge. Die Grundmauern des Wohnhauses waren bis auf die beiden Seiten, die aus aufgeschichteten Feldsteinen bestanden, verschwunden.

«Ich denke, der Stausee ist jetzt ganz abgeflossen», durchbrach Erlendur schließlich die Stille. «Wir können nicht hierbleiben. Es wird bald Nacht.»

Jorun nickte langsam. «Denkst du, wir finden ihre Leiche?»

Erlendur schwieg lange, dann drückte er ihre Hand. Seine Finger fühlten sich so warm und lebendig an, dass es sie erschreckte. Ihre eigenen waren kalt und klamm, als wäre sie selbst schon dem Ende nah.

«Ich fürchte, sie ist bis ins Meer hinausgetragen worden.»

«Dann kann ich sie nicht hier bei ihren Kindern begraben.» Sie zog die Nase hoch und wies auf die flachen Steine zu Füßen der Birke. «Unter jedem dieser Steine liegt ein zu früh geborenes Kindchen. Sie hat keines behalten dürfen.»

Erlendur nahm Jorun in den Arm und gab ihr einen Kuss auf die Stirn. «Treiben wir die Schafe zusammen und reiten nach Austurengi. Dort haben wir es wenigstens trocken.»

Im Westen zog eine dunkle Wolkenfront auf. Jorun hatte sie zwar wahrgenommen, aber die Trauer hatte sie zu sehr gelähmt, zwischen den hohen Wolkentürmen und der bevorstehenden Nacht Schlüsse zu ziehen.

Es fiel ihr schwer, ihren Aussichtspunkt zu verlassen. Dort unten lag Steinurshof, ihr Geburtsort, unter dickem grauem Schlick begraben. Und Salbjörg … Salbjörg war nicht mehr.

Erlendur führte Torgers Rappen zu ihr und half ihr in den Sattel. Jede Bewegung fiel ihr schwer, als drückten Gewichte sie zu Boden.

Die Packpferde waren nicht weit gelaufen und schlossen sich Jorun und Erlendur an, sobald sie aufbrachen. Der Hund trieb die Schafe zusammen, und so erreichten sie bei Einbruch der Dunkelheit den Stall.

In der Luft hing bereits feiner Nieselregen, der alles kalt und klamm machte und in den letzten Strahlen der untergehenden Sonne eine schwefelgelbe Farbe angenommen hatte.

«Wir sollten die Lämmer reintreiben, was denkst du?»

«Ja», antwortete Jorun seufzend.

Sie half Erlendur erst mit den Schafen, dann sattelten sie die Pferde ab und trugen auch alles, was vom Hof gerettet worden war, hinein.

Mit einigen Stricken versperrten sie den Eingang so, dass die Schafe nicht nach draußen konnten. Es war gerade noch rechtzeitig. Mit einem lauten Donner verkündeten die Wolken, dass sie nun bereit waren, ihre nasse Fracht über dem Land abzuladen.

Jorun dachte nur noch an eines. Salbjörgs Körper, der von dem vielen Wasser, das nun von den Hängen strömte, endgültig ins Meer getragen wurde.

Das Gewitter wütete die ganze Nacht hindurch. Der Wind heulte wie ein Ungeheuer und peitschte den Regen vor sich her. Durch die löchrigen Wände drang nicht nur ein eisiger Luftzug hinein, sondern auch das grelle Licht der Blitze.

Einmal schlug es ganz in der Nähe ein, und Jorun meinte, der Boden unter ihr hallte wider davon.

Erlendur wachte nicht auf. Er schlief, als wäre er bewusstlos. Vielleicht war er das auch. Als sie sich näher an ihn drückte, rührte er sich nicht.

Bisher hatte sie keinen Gedanken daran verschwendet, ob er bei dem Kampf gegen Torger verletzt worden war. Erst jetzt erinnerte sie sich wieder, wie schwerfällig er sich seit ihrem Aufbruch bewegt hatte. Aber es änderte nichts, wenn sie ihn weckte und nachsah. Lieber sollte er schlafen und ausruhen.

Jorun beobachtete die Schafe, die zusammengedrängt dastanden und ängstlich atmeten. Die Blitze erhellten den Raum so oft, dass sie die Tiere immer wieder deutlich erkennen konnte. Das Licht spiegelte sich in ihren aufgerissenen Augen.

Was wird nur aus mir werden?, überlegte Jorun. Nach Salbjörgs Tod bin ich jetzt Erbin von Steinurshof. Aber Steinurshof gibt es nicht mehr. Doch die Wiesen und das Feld und die Tiere sind noch da.

In diesem Augenblick sehnte Jorun sich den Schlaf sehnlicher herbei als je zuvor. Schlafen und nicht denken, nicht trauern müssen. Den Schmerz vergessen, der in ihrer Brust nagte wie ein hungriges Tier.

Doch der Schlaf kam nicht.

Am Morgen ritt Erlendur davon, dieses Mal endgültig. Ob sie ihn jemals wiedersehen würde, wusste nur Gott. Doch zum Beten fehlte Jorun die Kraft.

Sie hatte Erlendur versprechen müssen, nicht einfach fortzulaufen, sondern den Weg anzunehmen, auf den das Schicksal sie so unsanft gestoßen hatte. Also molk Jorun die Schafe, trieb sie auf die Weide von Austurengi und ritt dann nach Steinurshof zurück – oder zu dem, was davon übrig war.

Der Bach floss nun wieder in seinem alten Bett. Der viele Regen hatte in der Nacht einen Teil des grauen Schlamms weggespült, doch die Felsen lagen unverrückbar im einstigen Innenhof, und auch die riesigen Eisbrocken tauten nur langsam.

Die alte Hofstätte sah fremd aus, wie ein Ort, der nur noch von Geistern bewohnt wurde. Jorun sah überall nach, zwischen den Felsbrocken und an den Mauern, die wie Fischernetze das Treibgut aufgefangen hatten.

Sie hoffte und fürchtete sich zugleich davor, den Körper ihrer toten Schwester zu entdecken. Aber bis auf den verrenkten Kadaver eines Lämmchens, das es offenbar nicht geschafft hatte, mit den anderen mitzuhalten, fand sie keine weiteren verendeten Lebewesen.

Gefasst suchte sie nach allem, was noch von Nutzen sein konnte. Weiter flussabwärts entdeckte sie einen Kupfertopf und das Butterfass. Einige der Hauptbalken vom Dachfirst lagen verkeilt zwischen mehreren Felsen an einer Engstelle, doch sie waren zu schwer, um sie alleine zu bergen.

Am Nachmittag fuhr ein weiterer Regenschauer über das Land. Jorun wartete ihn im Rauchhaus ab, das etwas hangaufwärts stand und den Gletscherlauf unbeschadet überstanden hatte. Sie aß einen der Papageitaucher, die Torger gefangen hatte. Das Fleisch war dunkelrot und saftig und gehörte eigentlich zu ihren Lieblingsessen, doch Jorun schmeckte kaum etwas. Die Trauer betäubte ihre Sinne, obwohl sie versuchte, den Schmerz so wenig wie möglich an sich heranzulassen.

Mit leerem Blick starrte sie durch die Tür auf die Verwüstung im Tal. Die Hölle war grau. Es würde Jahre dauern, bis in dem angespülten Sediment wieder Gras wuchs. War es überhaupt sinnvoll, was sie hier tat? Sollte sie Steinurshof nicht lieber den Rücken kehren und irgendwo ein neues Leben beginnen? Sie konnte als Magd auf einem reichen Hof arbeiten und sogar ihr eigenes Vieh mitbringen. Mit dieser Lebensversicherung würde man sie nie wieder mitten im Spätwinter fortschicken können.

Der Gedanke begann, ihr zu gefallen. Es war leichter, alle Verbindungen zu kappen, die sie mit diesem Ort verbanden, als sie neu aufzubauen.

Da wieherte draußen ein Pferd, und sie hörte die Stimmen mehrerer Männer.

Jorun wischte sich das verweinte Gesicht sauber und trat ins Freie. Und wirklich, dort waren zwei Reiter auf der Kuppe. Einer hatte sie bereits bemerkt und hob grüßend die Hand. Jorun lief ihnen entgegen, während die Männer ihre Pferde den Hang hinablenkten. Erst hatte sie gefürchtet, da kämen wieder die Dienstmänner des *Sysselmanns*, aber es waren Erlendurs Brüder Arnar und Eivar.

«Jorun, du bist es!», rief Arnar und sprang aus dem Sattel. Sein Blick sagte alles. Er war erstaunt, sie lebend vorzufinden. «Geht es dir gut?»

Jorun schniefte, und es kümmerte sie nicht, ob die Brüder sahen, dass sie geweint hatte. Es kümmerte sie überhaupt nichts mehr. Sie war den halben Tag durch kniehohen Schlamm gewatet, der nun überall an ihr klebte, hatte Holzbalken geschleppt und mit den bloßen Händen erfolglos nach Salbjörgs und Torgers Leichen gegraben.

«Meine Schwester und mein Schwager …», begann sie mit belegter Stimme, und schon fingen ihre Augen wieder an zu brennen.

«Unser Beileid. Gott möge ihrer Seelen gnädig sein. Wir haben den Gletscherlauf durch das Tal donnern hören. Als Mutter sah, dass auch Firstbalken mitgetrieben wurden, bat sie uns, herzureiten und nachzusehen, ob unsere Hilfe gebraucht wird.»

«Danke, das ist freundlich von euch und von Frau Silja. Steinurshof … Steinurshof ist nicht mehr.»

Die beiden Brüder betrachteten das ganze Ausmaß der Katastrophe.

«Es wird dauern, das alles wieder aufzubauen», meinte Eivar. «Es sind Leben und Gebäude verloren gegangen, aber Steinurshof muss nicht für immer verschwunden sein, so sehe ich es.»

«Ich sehe im Moment nur das», erwiderte Jorun mit

einer unsicheren Geste auf die Verwüstung. «Erlendur hat auch gesagt, ich soll den Hof wieder aufbauen ...»

«Unser Bruder war noch hier, als es passiert ist?», fragte Arnar erstaunt.

«Ja, er hat uns gestern noch im letzten Moment gewarnt und geholfen, das Vieh wegzutreiben. Heute Morgen ist er aufgebrochen. Aber er hat mir versprochen, dass er wiederkommt.»

«Du kannst mit zum Ketilshof kommen», sagte Eivar schnell. «Mutter würde sich bestimmt freuen.»

KAPITEL 18

Wenn du einen Freund hast,
dem du fest vertraust
und von dem du Gutes begehrst,
tausch mit ihm Gedanken
und bedenk ihn mit Gaben,
suche ihn oft auf!

Die Edda, Das alte Sittengedicht, Strophe 40

Erlendur war nun seit sechs Tagen unterwegs, drei davon durch das unwirtliche Hochland, in dem gerade erst die Schneeschmelze einsetzte. Er war froh, dass er von Jorun ein Pferd zum Wechseln geliehen hatte, denn noch immer fiel es ihm schwer, längere Strecken zu gehen.

Die Nächte verbrachte er in engen, zerschrundeten Tälern, deren schwarzes Vulkangestein ihn zumindest vor dem Wind schützte. Hier und da gab es Höhlen, in denen schon andere Wanderer vor ihm campiert hatten.

Unentwegt fühlte er sich hin- und hergerissen zwischen dem nagenden Schuldgefühl, Jorun allein gelassen zu haben, und dem Wunsch, seinen Freund so schnell wie möglich zu erreichen und um den größten Gefallen seines Lebens zu bitten. Immer wieder rechnete er durch, wie viel Geld er Thorstein bieten konnte, um dessen Lüge zu erkaufen.

Am späten Nachmittag des siebten Tages war es endlich so weit, und er konnte am Horizont die Esja ausmachen, den Gebirgszug, zu dessen Füßen die Stadt Reykjavík lag. Mit glatter Kuppe und schräg abfallend ragte er vor Erlendur auf und erinnerte ihn in seiner Form an einen gestrandeten Wal. Die Schneefelder reichten noch tief bis in die Täler hinunter.

Jetzt war es nicht mehr weit bis zum Hof seines Freundes, der sich an einem See inmitten eines weiten Tals befand, weitab von den Straßen in die Stadt. Der Grástörhof war nach der blau schimmernden Segge benannt, die in den sumpfigen Ausläufern des Sees gedieh. Er bestand erst seit einer Generation; Thorsteins Onkel hatte ihn errichtet, nachdem das Land durch einen Pass zugänglicher geworden war.

Noch immer trieben die Leute von Grástör im Winter und Frühjahr ihre Schafe näher zum Meer, weil die Weiden in Hofnähe nur für den Sommer genug Futter boten. Erlendur hoffte daher, seinen Freund alleine auf dem Hof anzutreffen, weil seine Knechte mit dem Vieh unterwegs waren.

Müde liefen die Pferde den steilen Reitweg entlang, der in engen Windungen ins Tal hinabführte. Immer wieder glitten der Aschefarbenen die Hinterbeine auf dem Geröll aus, sodass sie die Hinterhufe auf den Boden drückte, mit den Vorderbeinen bremste und so lange vorwärtsrutschte, bis sie wieder Halt fand.

Erst in der Abenddämmerung erreichte er die Talsohle. Wo er eben noch einen flammenden Sonnenuntergang hatte bestaunen können, trieben nun dichte Haufenwolken auf. Feiner Sprühregen peitschte ihm ins Gesicht. Die Tropfen waren so kalt, dass sich Erlendurs Haut schon nach kurzer Zeit so taub anfühlte, als gehörte sie nicht zu ihm.

Eigentlich machte ihm derlei Wetter nichts aus, doch heute war er nach der langen Reise so erschlagen, dass er meinte, es keinen Moment länger auszuhalten. Er trieb die Pferde an. Die Ohren gegen den Wind angelegt, trotteten sie auf die Gebäude zu; sie wussten ja nicht, dass dort ein Stall und Futter auf sie wartete.

Hunde begannen zu bellen. Licht bewegte sich in einem kleinen Fenster. Sofort machte sich in Erlendur Erleichterung breit. Der Hof war bewohnt. Heute Nacht würde er in einem Bett schlafen und eine warme Mahlzeit in den Bauch bekommen. Diese Aussicht überlagerte für einen kurzen Moment alles. Selbst die drohende Gefahr, den Rest seines Lebens im Gefängnis zu verbringen, schrumpfte zu einer Kleinigkeit zusammen.

Die Tür wurde geöffnet, und eine große Gestalt füllte den Rahmen aus. Das war Thorstein, kein Zweifel. Es gab kaum einen zweiten Mann wie ihn. Als er die Laterne hob, reflektierte das Licht auf seinem üppigen roten Vollbart.

«Wenn das mal nicht Erlendur der Glückliche ist!», dröhnte er mit einer Stimme, so kräftig, als könnte sie Lawinen auslösen.

«Eher der Unglückliche», gab Erlendur zurück und lächelte gequält.

«Ich hatte dich schon viel früher erwartet.»

«Mir ist etwas dazwischengekommen, aber jetzt bin ich ja hier.»

Erlendur wollte nicht mit allem herausplatzen, bevor er überhaupt einen Fuß auf den Boden gesetzt hatte.

Mühsam stieg er aus dem Sattel. Nach der langen Zeit in den Steigbügeln fühlten sich seine Fußgelenke krumm an, und sie schmerzten, sobald er sie belastete. «Ah ... ich werde alt.»

Thorstein lachte und schlug ihm auf die Schulter. «Was freue ich mich, mein Freund. Wir haben uns viel zu erzählen.»

«Das haben wir wirklich.»

Thorstein nahm ihm die Zügel des Packpferdes ab. «Komm, ich helfe dir. Leider kann ich dir wenig Annehmlichkeiten bieten, meine Magd und der Knecht sind auf den unteren Weiden.»

«Anders hatte ich es nicht erwartet. Aber ich bin schon froh, wenn ich heute ein Dach über dem Kopf habe.»

«Das sollst du bekommen, mein Freund.»

In Windeseile sattelte Thorstein die Pferde ab, warf jedem Tier etwas Heu hin, und bald fand sich Erlendur auf einer mit Schaffellen gepolsterten Sitzbank in der *Baðstofa* wieder. Vor ihm auf dem Tisch dampfte ein Becher mit gewürztem Wein. Er hielt die Hände darumgelegt, um sich aufzuwärmen.

Thorstein setzte einen Eintopf aus Schinken, Lammfleisch und Gerste an, der schon bald verführerisch duftete und Erlendurs Magen ein lautes Knurren entlockte.

«Ich bin froh, dass du hier bist», sagte Thorstein, als er sich endlich zu Erlendur setzte. Er hob seinen Becher. «Auf meinen besten Freund!»

Erlendur stieß seinen Becher gegen Thorsteins. «Auf die Freundschaft.»

Kaum merklich änderte sich Thorsteins Miene. Der üppige rote Bart verdeckte einen Großteil seines Gesichts, doch Erlendur reichte es zu sehen, wie die Fältchen um seine Augen verschwanden und eine steile Falte auf seiner Stirn wuchs, um zu wissen, dass die freundliche Begrüßung nun zu Ende war.

Die plötzliche Veränderung war wie eine Warnung. Erlendur wäre schlecht beraten gewesen, mit einem Menschen von der Statur und Größe eines Bären einen Streit anzufangen. Dennoch verkrampften sich seine Schultern, als erwartete er, angegriffen zu werden und sich verteidigen zu müssen.

Erlendur würde nicht kampflos aufgeben, auch wenn er gegen Thorstein fast nur verlieren konnte. Langsam löste er seine Hände von dem Weinbecher und sah sich nach etwas um, das ihm als Waffe dienen konnte.

Thorstein entging seine Reaktion augenscheinlich nicht, doch er blieb ruhig. «Man hört so einiges über dich, Erlendur, und weniges davon ist gut.»

«Was hört man denn?», fragte dieser lauernd.

Thorstein richtete sich ganz gerade auf seinem Stuhl auf und hielt noch immer seinen Becher fest. «Man sagt, dass Erlendur Ketilsson, genannt der Glückliche, ein Mörder ist. Man sagt, dass er zwei rechtschaffene Männer erschlagen hat und seitdem in der Missetäterwüste haust und von dort aus weitere Überfälle plant.»

Erlendur rauschte das Blut in den Ohren. Ihm brach kalter Schweiß aus, als wäre das Fieber zurück, als faulte sein Fleisch erneut an irgendeiner Stelle.

«Nicht alles davon ist wahr», antwortete er vorsichtig.

«Was ist unwahr?»

«Dass ich mich in der Missetäterwüste verstecke und Überfälle plane, so etwas würde ich nicht tun.»

«Dann stimmt es, dass du Brynjar und Jón Atlisson erschlagen hast?»

Erlendur hielt inne, aber er würde nicht für immer schweigen können. Die Wahrheit musste heraus, so schwer es ihm auch fiel, sie auszusprechen.

«Ich bin ein Mörder, Thorstein!»

* * *

Zwei Wochen waren vergangen, seit der Gletscherlauf Steinurshof dem Erdboden gleichgemacht hatte. Und noch immer erschien es Jorun, als lebte sie in einem nicht enden wollenden Albtraum.

Alle Menschen auf Ketilshof waren freundlich zu ihr. Sie behandelten Jorun respektvoll und mit besonderer Vorsicht, als könnte sie zerbrechen, wenn man sie zu laut oder zu plötzlich ansprach. Aber das änderte nichts daran, was geschehen war. Salbjörg wurde davon nicht wieder lebendig, ihr Geburtsort würde nicht wieder auftauchen. Eigentlich machte die Freundlichkeit der Leute die Dinge nur noch schlimmer, denn so wurde Jorun beständig daran erinnert, dass etwas nicht stimmte.

Frau Silja hatte sie über Erlendur ausgefragt, und es hatte Jorun gutgetan, über ihn zu reden. Er stand ihr jetzt auf der Welt am nächsten, und auf gewisse Weise war er auch mit den Erinnerungen an ihre Schwester verknüpft. Doch auch er war nicht da.

Gerade half Jorun der Hausherrin beim Käsen, als ihr einfiel, dass Erlendur ihr ein Schreiben für seine Mutter mitgegeben hatte. Sie hatte es völlig vergessen, weil sie auch ohne diesen Bittbrief auf Ketilshof aufgenommen worden war. Rasch entschuldigte sie sich und eilte zu ihrer Schlafstatt, wo sie ihr weniges Hab und Gut untergebracht hatte. Mit dem Schriftstück in der Hand kehrte sie zurück.

«Frau Silja, Erlendur hat mir einen Brief mitgegeben. Ich dachte, du möchtest ihn vielleicht lesen.»

Die Bäuerin wischte sich die Hände sorgfältig an ihrer Schürze ab und nahm das Papier dann wie einen kleinen Schatz entgegen. «Warum gibst du ihn mir erst jetzt?»

«Ich glaube, es ist ein Bittschreiben. Er hat es mir für den Fall gegeben, dass …» Jorun musste schlucken, sie wollte nichts Schlechtes über ihre Schwester sagen. Aber es war die Wahrheit, und immerhin war sie ja doch nicht eingetreten. «Für den Fall, dass meine Schwester mich vom Hof fortschickt. Er sagte, dann solle ich nach Ketilshof gehen, dir das hier geben und auf ihn warten.»

«Ich verstehe. Und da der Fall nie eingetreten ist …»

«Ja, aber ich dachte, du vermisst ihn doch auch so sehr.»

«Das ist lieb von dir.» Frau Silja faltete das Papier vorsichtig auseinander. Jorun sah ihr wie gebannt beim Lesen zu.

«Weißt du, was er geschrieben hat?», fragte Silja überrascht.

«Nein, der Brief war nicht für mich bestimmt.»

Die Bäuerin strich ihr über die Wange und legte eine Hand auf ihre Schulter. «Mein Sohn hat dich sehr gern, aber ich denke, das weißt du.»

Jorun fühlte, wie ihre Wangen zu glühen begannen. Was hatte Erlendur da nur aufgeschrieben? «Ich habe es gehofft», gestand sie, «denn ich habe ihn liebgewonnen, ganz gleich, was man über ihn sagt.»

«Hier steht, dass ich mich deiner annehmen soll, bis er wiederkommt. Sollte er verurteilt werden ...» Die Hausherrin stockte und strich sich eine Träne von der Wange. «Sollte das passieren und du würdest nicht hierbleiben wollen, soll ich dir ein Drittel von allem geben, was er besitzt.»

«Ich verstehe nicht.» Jorun schüttelte ungläubig den Kopf. Das konnte nicht sein Ernst sein!

«Ich werde die Bitte meines Sohnes respektieren, und mein Mann wird es auch tun, wenn ich ihm diesen Brief zeige.»

In Joruns Ohren klang das alles furchtbar, fast so, als wäre auch Erlendur gestorben und sie ordneten gerade seinen Nachlass. «Ich will davon nichts hören!», sagte sie mit geballten Fäusten. «Ich will fest daran glauben, dass alles wieder gut wird und er bald bei uns sein kann.»

«Recht hast du, Jorun. Wollen wir hoffen, dass es das Schicksal noch immer gut mit ihm meint.»

Silja faltete den Brief ganz klein zusammen und schob

ihn in ihre Rocktasche. «Den darf niemand sehen. Sobald sein Vater ihn gelesen hat, werde ich ihn verbrennen.»

«Natürlich, das verstehe ich», sagte Jorun traurig und bückte sich nach einem Eimer mit Süßmolke. Besser, sie lenkte sich mit Arbeit ab. Außerdem wollte sie den Leuten vom Ketilshof ihre Gastfreundschaft vergelten, so gut sie konnte.

Gemeinsam mit der Hausherrin verbrachte sie den Vormittag damit, die Süßmolke aus Ziegenmilch einzukochen, bis sie ganz dickflüssig wurde und eine bräunliche Farbe annahm. Das kleine Kochhaus, in dem sie arbeiteten, roch bald intensiv nach Milch und Karamell. Als sie soeben fertig geworden waren und sich Joruns Arme nach Stunden des Umrührens so schlapp anfühlten, als gehörten sie nicht mehr zu ihrem Körper, kam ein Reiter auf den Hof getrabt.

Er hielt sein Pferd genau in der Mitte des Platzes an und stellte sich in die Steigbügel, als hätte er etwas zu verkünden.

«Los, Jorun. Hol ihm einen Krug mit Wasser und dann bereite für unseren Gast etwas zu essen.»

«Ja, natürlich.» Sie eilte los, hielt dann aber doch inne, als der Reiter zu reden anhob.

«Leute vom Ketilshof, ich bringe Nachricht von Erlendur Ketilsson», rief er. «Er lebt, aber er ist schwer verletzt.»

Sofort lief die Bäuerin zu ihm, und das Gesinde folgte ihr. Auch Jorun wollte so nah wie möglich an ihn heran. Bald umringten sie den Fremden und flehten ihn an zu sprechen.

Silja und Jorun tauschten einen langen Blick. Sie mussten nun glaubhaft sein in ihrem Betragen, niemand durfte wissen, dass sie mit dem verschollen Geglaubten Kontakt gehabt hatten. Von dem Gesinde war niemand in das Geheimnis eingeweiht.

«Wer bist du, wo kommst du her, und was für Kunde bringst du von meinem Sohn?», fragte die Hausherrin.

«Björn Hakonsson ist mein Name, ich bin Knecht bei Thorstein vom Grástörhof. Erlendur Ketilsson hatte einen schweren Unfall, er ist mit seinem Pferd abgestürzt.»

Ein Raunen ging durch die Anwesenden, die junge Magd Alva schrie auf und wurde von einer runzeligen Alten in die Arme geschlossen.

«Lebt er, wie geht es ihm?», drängte Silja. «Guter Mann, so rede doch.»

«Er lebt. Er lebt, und er wird wieder gesund, so Gott will. Aber er ist noch sehr schwach. Das Wetter und die Wege waren so schlecht, dass wir euch erst jetzt Bescheid geben konnten.»

«Steig von deinem Pferd, Björn. Für diese gute Kunde sollst du ein Festmahl erhalten.»

Siljas Worte sandten Jorun endgültig in Richtung Küche. Am liebsten wäre sie das kurze Stück ausgelassen getanzt. Wenn Thorstein einen Boten schickte, dann hatte Erlendur ihn für seinen Plan gewinnen können. Jetzt mussten sie nur noch den *Sysselmann* Thorleif Sigurdsson von ihrem Schauspiel überzeugen, und dann würde alles gut werden.

Während Jorun Thorsteins Boten ein Festessen zusammenstellte, erlaubte sie sich zum ersten Mal, von einer gemeinsamen Zukunft mit Erlendur zu träumen.

Am nächsten Morgen ritt Jorun früh los. Sie hatte ein Pferd zum Wechseln und Proviant für einen ganzen Tag bei sich.

Herr Ketil und auch die Bäuerin hatten ihr nahegelegt, sich mit dem vertraut zu machen, was nun bald ihr gehören würde, Steinurshof mit seinen Ländereien und Gebäuden und dem Vieh, das derzeit wohl der größte Besitz war. Viele der jungen Schafe und Pferde waren noch unmarkiert.

Heute würde sie umherreiten und die Tiere zählen, damit sie später im Jahr mit den anderen auf die Hochweiden getrieben werden konnten.

Es war ein guter Tag, beinahe warm. Die beiden Pferde schwitzten, obwohl sie die Tiere nicht übermäßig trieb. Das Winterfell fiel ihnen nun in großen Flocken aus. Darunter kam glatt und glänzend das neue zum Vorschein. Das junge Gras, das nun überall spross, ließ den Winter schnell vergessen, auch wenn an vielen Stellen noch schmutziger Schnee zu sehen war. Den Pferden reichte das neue Grün. Jorun meinte, dabei zusehen zu können, wie die Tiere zunahmen, ihre Rippen unter Fettgewebe verschwanden und die Hüftknochen nicht mehr hervorstanden.

Jorun ritt Torgers Hengst. Mit der Stute ihrer Schwester verknüpfte sie zu viele Erinnerungen, und sie hatte vor, diesen Tag so tapfer wie möglich zu bewältigen.

Im flotten Tölt ging es zuerst nach Austurengi. Der Wind jagte große Wolken über den Himmel, deren Schattenspiel die hügelige Landschaft in ein Farbenmeer verwandelte. Helles und dunkles Grün, schwarzer Vulkanfels, rostrote Geröllfelder und das Blaugrau des alten Schnees.

Unter freiem Himmel ließ sich die Trauer leichter ertragen. Hier gab es keine anderen Menschen. Keine mitleidigen Blicke oder geflüsterten Vermutungen, dass sie auf eine Chance wie diese nur gewartet hätte. Nicht jeder beobachtete ihren Aufstieg von der Magd ohne Anstellung zur Freibäuerin neidlos.

Auf der Weide von Austurengi fand sie alles vor, wie sie es verlassen hatte. Die Schafe hatten den frühen Trieb auf die höher gelegene Weide gut überstanden. Es gab weitere Lämmer, Jorun zählte siebzehn, sowie acht Böcke und elf Muttertiere. Zehn weitere waren hoch tragend. Die Pferde des Steinurshofes hielten sich nicht weit von den Schafen auf, auch sie schienen auf den ersten Blick vollzählig. Aber es konnte gut sein, dass es noch weitere gab, die Salbjörg und Torger nicht so nahe am Hof gehalten hatten.

Jorun blieb daher nichts anderes übrig, als alle Weiden abzureiten.

Nachdem sie auf der Hofstatt nach dem Rechten gesehen hatte, begab sie sich am Nachmittag auf den Rückweg. Dieses Mal ritt sie das Tal entlang und folgte der Spur der Verwüstung, die der Gletscherlauf hinterlassen hatte. Mittlerweile war die Luft über dem Gletscher wieder klar. Der Boden bebte nicht mehr und der Vulkan schlief erneut.

Der Fluss führte nun dauerhaft mehr Wasser. Milchig trüb war es und kam aus dem Herzen des Eises. Es rauschte und tobte über die Felsen, die vom Gletscherlauf mit ungeheurer Kraft hertransportiert worden waren. Vom Fluss stieg Kälte auf, die sich im Tal ausbreitete. Immer wieder entdeckte Jorun im grauen Sediment Erinnerungen an den vernichteten Hof. Hier und da lagen Torfsoden, die einst die Wände gebildet hatten, und zerborstene Bretter von der Vertäfelung der *Baðstofa.*

Plötzlich scheute Joruns Pferd und blieb wie angewurzelt stehen. Dann roch sie es auch. Der scharfe, süßliche Gestank ließ keinen Zweifel zu. Irgendein Lebewesen war ganz in der Nähe gestorben.

Joruns Herz machte einen Satz. «Bitte nicht», flüsterte sie, doch hoffte sie auch ein wenig, dass ihre verzweifelte Suche hier ihr Ende finden würde.

Vom Geruch wurde ihr übel. Die Angst trieb ihren Puls an, bis sie meinte, ihn im gesamten Körper zu spüren.

Nicht ohnmächtig werden, dachte sie und ließ sich vorsichtig aus dem Sattel gleiten.

Langsam ging sie weiter, der Geruch wurde immer schlimmer. Nun war sie bald bei den kleinen Mühlhäuschen, wo die Leute vom Steinurshof seit jeher ihr Mehl gemahlen hatten.

«Nun komm schon», schimpfte Jorun und zerrte das Pferd hinter sich her, das tänzelnd an den Zügeln riss.

Dort, gleich hinter einem beinahe mannshohen Felsen dicht am Wasser, musste es sein. Jorun hielt den Atem an und wagte sich vor. Fliegen stoben auf.

Bloßliegendes Fleisch und Wolle. Ein totes Schaf.

Jorun setzte sich auf einen Moosbuckel und starrte ungläubig auf den Kadaver. Sie schwankte zwischen Erleichterung und Enttäuschung. Wieder keine Spur von Salbjörg.

Dann bemerkte sie noch etwas: Jemand hatte sich am Kadaver des Schafs zu schaffen gemacht. Die Spuren passten weder zu einem Fuchs noch zu Krähen oder Adlern. Hier war ein Mensch zu Werke gegangen.

Jorun warf einen schnellen Blick auf die Ohren des Schafs. Eindeutig, die Markierung war die vom Steinurshof. Ein Viehdieb hatte ein entlaufenes Schaf getötet. Als wäre die Lage nicht schon schlimm genug.

Ob er sie beobachtete? Nein, so alt, wie der Kadaver war, befand sich der Dieb sicher nicht mehr in der Nähe. Dennoch ließ sich das Gefühl nicht so schnell abschütteln, von irgendwo wäre ein Augenpaar auf sie gerichtet.

Jorun stieg wieder in den Sattel. Die Pferde hatten sich beruhigt, und sie lenkte sie zu den Mühlhäuschen, die von einem Schmelzwasserbach angetrieben wurden, der in den Fluss entwässerte. Drei der alten Bauten standen noch und schienen sich seit ihrer Kindheit nicht verändert zu haben.

Glockenblumen wuchsen aus den dicken Moospolstern auf den Dächern. Die Blüten hingen über den Rand hinab und pendelten in der schwachen Brise hin und her.

Doch etwas stimmte nicht. Jorun ließ den Blick schweifen, dann wusste sie, was es war. Die Tür des größten Mühlhäuschens stand offen. Nicht sperrangelweit, aber doch so, dass ein Mensch hindurchschlüpfen konnte.

Das Haus sollte geschlossen sein, dafür gab es an der Tür einen eisernen Riegel. Niemand ließ sie offen stehen und riskierte dadurch, dass Schafe oder andere Tiere die Mühle zum Schutz vor dem Wetter aufsuchten.

Jorun drückte dem Pferd die Fersen in die Flanken, es machte einige Schritte nach vorn, dann blieb es wie angewurzelt stehen und warf den Kopf hoch.

Jemand bewegte sich hinter der Tür.

«Heda, zeig dich!», rief Jorun, sie musste dazu ihren ganzen Mut zusammennehmen. Wenn dies der Räuber war, würde sie sofort die Pferde wenden und davongaloppieren.

Eine zerlumpte Gestalt wurde sichtbar. An dem Arm, mit dem der Mann die Tür weiter aufschob, hing der Stoff in Fetzen herunter. Seine große, kräftige Hand war voller Dreck und Blut. Jorun musste sofort an den Schafkadaver denken, aber vielleicht war der Mann auch verletzt?

«Wer bist du? Was machst du in unserer Mühle?»

Keine Antwort.

«Komm heraus, zeig dich!»

Joruns Pferd schnaubte und wollte zurückweichen, doch sie zwang es, stehen zu bleiben. Dann zuckte sie erschrocken zusammen und hätte beinahe geschrien.

«Torger?»

Er lebte.

* * *

Erlendur lehnte den Kopf in den Nacken, um seinen Freund anzusehen. «Wenn das so weitergeht, sterbe ich noch vor Langeweile!»

«Und wenn du nicht aufhörst zu nörgeln wie ein altes Weib, erschlage ich dich, bevor dir langweilig werden kann.»

«Aber mir ist schon langweilig!», schrie Erlendur gegen die heulenden Böen an, die vom Meer über das Land peitschten und ihm an Haaren und Kleidung zerrten.

Thorstein ritt auf einem ungewöhnlich großen Hengst neben ihm her, einem Tier von der gleichen roten Fellfarbe wie sein wild sprießender Bart, und sah damit aus wie ein Wikinger aus den alten Legenden. Sattel und Zaumzeug waren außerordentliche Prunkstücke, aber das war nur selbstverständlich, hatte sich Thorstein doch einen Namen als Sattler und Kürschner gemacht und verdiente wohl den Großteil seines Geldes damit. Das Bauerndasein liegt mir nicht, sagte er immer, wollte aber dennoch nicht ganz mit der Tradition seiner Familie brechen oder gar das geerbte Land aufgeben. Darum hatte er Knechte, die sich um das Vieh kümmerten, während er selbst Sättel und Zaumzeuge fertigte.

Thorstein musterte Erlendur in seiner misslichen Lage und lachte auf einmal lauthals los. «Du siehst wirklich jämmerlich aus, mein Freund.»

«Ja, ja, ich weiß. Und ich weiß auch, wie viel Freude es dir bereitet, mich so zu sehen.»

Schon seit zwei Tagen waren sie unterwegs, und schon genauso viel Zeit lag Erlendur auf einer Trage, die von zwei Pferden transportiert wurde. Sie schwankte wie ein Schiff auf hoher See.

Thorstein hatte eingewilligt, gemeinsam mit Erlendur eine Geschichte zu erfinden, die zu seinem Verschwinden passen und seine lange Abwesenheit erklären würde, denn dies war der einzige Grund, warum man ihn des Mordes bezichtigte.

Thorstein hatte die Atlibrüder nicht weniger verabscheut als Erlendur, und so war er schnell bereit gewesen, seinem Freund beizustehen. Damit er es sich nicht anders überlegte, hatte Erlendur versprochen, ihm in den nächsten Jahren mehrfach eine gewisse Summe Geld zu zahlen.

Zuerst hatte Thorstein abgelehnt, doch Erlendur hatte darauf bestanden. Kauf gute Pferde davon, hatte er gesagt, und wenn du willst, gibst du mir in zehn Jahren ein, zwei nachgezogene zurück. Damit war sein Freund einverstanden gewesen, denn sie teilten die Liebe für die Pferdezucht.

Erlendur hätte alles dafür gegeben, jetzt ebenfalls im Sattel zu sitzen. Doch er musste diese Scharade aufrechterhalten, bis jeder von seiner Unschuld überzeugt war.

Wenn sie abends auf Höfen einkehrten, fiel es ihm nicht schwer zu humpeln und Schwäche vorzugaukeln. Sein Bein tat noch immer weh, und er hatte beinahe die Hälfte der Muskulatur darin verloren.

Vier Tage würden sie noch bis zum Ketilshof brauchen, vier Tage, in denen er Thorsteins beißenden Spott und die vielsagenden Blicke der Fremden ertragen musste, wenn sie seinen Namen hörten.

Der *Sysselmann* musste wirklich dafür gesorgt haben, dass die Nachricht von Erlendurs Verschwinden und dem daraus resultierenden Mordverdacht verbreitet wurde.

Es war klug von Thorstein gewesen, seinen Knecht vorauszuschicken und herumzuerzählen, dass Erlendur die ganze Zeit auf Grástör gewesen sei und dort mit dem Tod gerungen habe. So waren die Leute vorgewarnt und weniger begierig darauf, ihn zu überwältigen und zum *Sysselmann* zu schleppen, um dort eine saftige Belohnung einzustreichen.

Einen Unschuldigen zu überfallen, dazu noch jemanden, der den Ruf besaß, das Glück auf seiner Seite zu haben, wagte keiner so schnell. Zudem hatte Erlendur mit Thorstein von Grástör einen eindrucksvollen Gefährten und Bewacher.

Thorstein war beliebt, und viele Männer träumten davon, ihr bestes Pferd irgendwann mit einem Sattel aus seiner Fertigung auszustatten. Auch Erlendur galt eigentlich als besonnen und als jemand, der Streitigkeiten lieber aus dem Weg ging – jedenfalls keiner, dem man einen Mord zutraute. Da gab es andere, die besser dazu taugten. Taugenichtse, Jähzornige und Männer, die für ihre Trunksucht bekannt waren.

Mittlerweile war Erlendur seinem Vater dafür dankbar, dass er Arnar, Eivar und ihn immer zur Mäßigung angehalten hatte. Seid mutig, hatte er immer gesagt, aber seid nicht übermütig, das führt nur zu Dummheit, und die lässt sich schwer wieder ausmerzen.

Oh, wie vermisste er seine Brüder und die Eltern, er hätte sich gerne mit ihnen beraten und sie zur Gänze in seinen Plan eingeweiht. So konnte er nur hoffen, dass sie wussten, was sie zu sagen und zu tun hatten, wenn Thorsteins Knecht auf dem Ketilshof auftauchte.

Dann war da noch Jorun. Er zweifelte nicht daran, dass es ihr fürchterlich gehen musste. Sie hatte ihre einzige Verwandte und ihr Heim verloren. Ganz gleich, wie sehr sich die Frauen entzweit hatten, war Salbjörg doch ihre Schwester gewesen.

Ich wünschte, ich könnte jetzt bei Jorun sein, dachte er und hätte zumindest gerne jemandem von dem Mädchen erzählt, das sein Herz berührt hatte.

Doch sein einziger Reisegefährte war Thorstein, und Erlendur wusste genau, wie es enden würde, wenn er ihm von Jorun berichtete: Sein Freund hätte noch einen Grund mehr, ihn aufzuziehen.

Thorstein behauptete immer, er selbst würde niemals heiraten. Nach seiner festen Überzeugung verwandelten sich alle Frauen früher oder später in Drachen, feuerspeiende Ungeheuer wie seine Mutter, eine kleine gebeugte Person mit einer hohen Stimme, der es noch heute gelang, ihren Sohn herumzukommandieren wie den niedersten Knecht.

Erlendur vermutete, dass sein Freund deshalb hinauf nach Grástör gezogen war.

Dort oben lebte er immer mit einer Magd in wilder Ehe, und jedes Jahr war es eine andere.

Mittlerweile war sein Ruf als Weiberheld derart weit verbreitet, dass er wohl keine ehrbare Ehefrau mehr finden würde. Aber das war Thorstein gerade recht, so ließ ihn seine herrschsüchtige Mutter mit ihren Plänen in Frieden.

* * *

Jorun stand hinter der Zimmertür und starrte durch eine Ritze hindurch auf Torger.

Seitdem sie ihn vor zwei Tagen nach Ketilshof gebracht hatten, war aus seinem Mund kein vernünftiges Wort herausgekommen. Ihr Schwager war von dem Gletscherlauf arg mitgenommen, er hatte einen gebrochenen Arm und einen verdrehten Fuß. Überall an seinem Körper waren riesige Blutergüsse, größer als ihre Hand. Sein linkes Auge hatte kein Weiß mehr, nur noch Rot.

Silja meinte, es sei ein Zeichen dafür, dass er einen Schlag auf den Kopf bekommen habe.

Jorun trat unruhig von einem Fuß auf den anderen, versuchte aber dennoch, leise zu sein. Es gab viele Stellen, an denen die Bodendielen knarrten.

Sie wartete darauf, dass ihr Schwager sich verriet. Für sein Verhalten gab es nur einen plausiblen Grund: Er verstellte sich! Es konnte doch nicht sein, das der malmende Geröllstrom ihm Verstand und Stimme geraubt hatte und nur den Körper wie eine leere Hülle ausspuckte.

Jorun wünschte, dort säße nicht Torger, sondern ihre Schwester Salbjörg. Ihr wurde die Kehle eng.

Jemand kam, es war die Hausherrin. Auf einen Wink Siljas verließ Jorun den Platz an der Tür und ging ihr auf Zehenspitzen entgegen. Erlendurs Mutter hatte tiefe Schatten unter den Augen. Wahrscheinlich schlief sie genauso schlecht wie Jorun, seit Torger gefunden worden war.

«Und?», fragte sie flüsternd.

«Nichts. Er sitzt einfach nur da und starrt vor die Wand. Wenn ich ihn so ansehe, denke ich, dass ein Tier mehr Verstand hat als er. Wie ist das möglich?»

Silja schüttelte den Kopf und zog sie am Arm in den hintersten Winkel des Flures. Dort konnte er sie sicher nicht mehr belauschen.

«Er ist der Einzige, der Erlendur außer dir gesehen hat. Wenn dein Schwager sich erinnert und redet, dann verliere ich meinen Sohn.»

«Ich weiß», sagte Jorun und ballte die Hände zu Fäusten, bis ihr die Nägel schmerzhaft in die Handflächen schnitten. «Wir müssen ihn irgendwie zum Reden bringen», überlegte sie laut.

Siljas Miene wurde hart. «Oder dafür sorgen, dass er nie eine Chance dazu bekommt.»

Jorun bekam eine schreckliche Ahnung. Ihr rann es eisig den Rücken hinunter. «Du meinst, du willst ...», stotterte sie.

«Ihn verstecken und notfalls einsperren, ja. Eine andere Lösung gibt es nicht.» Ihre Blicke begegneten sich. Sie wussten beide, dass es noch eine weitere Möglichkeit gab.

«Was denkt Herr Ketil darüber?», fragte Jorun und merkte sofort, dass sie die falsche Frage gestellt hatte.

«Mein Mann liebt seinen Sohn. Er würde alles für ihn tun», erwiderte die Hausherrin kühl.

Kurze Zeit darauf betrat Jorun Torgers Kammer mit einer dampfenden Schüssel Brei.

Er hockte immer noch auf seiner Pritsche, doch nun sah er mit tumbem Blick zu ihr hoch. Flackerte dort Erkennen auf?

Jorun wurden die Knie weich. «Hier, ich habe dir etwas zu essen mitgebracht.»

Er streckte beide Hände aus wie ein Kind und fletschte die Zähne zu einer Art Grinsen. Selbst sein Gesichtsausdruck hatte sich verändert, stellte sie mit Erstaunen fest.

Sie gab ihm die Schale und zog sich sofort einige Schritte zurück. Mit etwas Abstand setzte sie sich auf einen Hocker und sah Torger dabei zu, wie er langsam sein Essen löffelte. Er sah aus, als wäre ihm völlig gleichgültig, was er aß. Einmal biss er sogar in den Holzlöffel und schien es nicht zu merken.

War dies noch der Mann, der ihr Gewalt angetan und ihre Schwester über so viele Jahre gequält hatte, dass ihr der Tod als einzige Möglichkeit erschienen war, ihm zu entfliehen?

Jorun horchte in sich hinein. In Torgers Nähe hatte sie immer Angst gehabt. Die verspürte sie nun kaum noch, sondern der Mann, der vor ihr saß, versetzte sie in Sorge. Davor, dass er sich wieder in den alten Torger verwandelte. Ein falsches Wort von ihm, und sie verlor den einzigen Menschen, der ihr etwas bedeutete. «Erinnerst du dich an mich?»

Torger blickte wieder auf, schenkte ihr sein neues, seltsames Lächeln und legte die Hände zusammen, als wollte er beten. So dankte er seiner vermeintlichen Retterin. Jorun kannte diese Geste mittlerweile zur Genüge. Anscheinend meinte er, sie erst vor zwei Tagen kennengelernt zu haben.

Sie wies auf ihren eigenen Kopf. «Erinnerst du dich?»

Er nickte, grinste wieder. «Dein Name, weißt du, wie du heißt?»

Dieses Mal zuckte er mit den Schultern. Es war zum Verrücktwerden.

«Wo hast du gelebt?»

Wieder nichts. Am liebsten hätte sie ihn gepackt und so lange geschüttelt, bis endlich ein Ton über seine Lippen kam. «Aber du musst doch einen Namen haben. Wie soll ich dich nennen? Björn, Svend, Arvi?» Beim zweiten Namen nickte er heftig. «Svend? So soll ich dich nennen?»

Wieder nickte er und legte dankbar die Hände zusammen, dann richtete er seinen Blick wieder vor die Wand. Offenbar war das Gespräch damit für ihn beendet.

Jorun griff nach der leergegessenen Holzschüssel und verließ die Kammer. Von außen schloss sie sorgfältig ab. Solange sie nicht sicher waren, ob sein Verstand zurückkehrte, war er hier drinnen besser aufgehoben. Jorun wollte es zumindest so lange so halten, bis Erlendur vor den *Sysselmann* getreten war.

Torger für immer einzusperren schien ihr Unrecht. Vor allem, da sich dieser Mann nicht wie Torger benahm. Gott hatte ihn womöglich für seine Bösartigkeit gestraft, indem er ihm alles nahm, was ihn ausgemacht hatte. Mit viel Glück war dies nun wirklich ein schwachsinniger, aber harmloser Mann, wie auch auf dem Mikkelhof einer wohnte.

Ich werde Torger nur noch mit seinem neuen Namen ansprechen, überlegte Jorun. Vielleicht findet die Erinnerung dann wirklich nicht mehr zu ihm zurück.

* * *

Die Tage verstrichen elend langsam, und mit jedem wuchs Erlendurs Unruhe.

Je näher sie dem Ketilshof kamen, desto schwieriger wurde es, mit anderen Reisenden ins Gespräch zu kommen oder ein Nachtlager zu finden.

Dann, am letzten Tag ihrer Reise, passierte, was Erlendur schon die ganze Zeit mit Bangen erwartet hatte. Schon als er die drei Reiter am Horizont ausmachte, bekam er ein ungutes Gefühl.

Soeben überquerten sie eine weite Ebene, saftig grünes Grasland, das immer wieder von Wasserläufen zerteilt wurde. Große Herden von Pferden und Schafen grasten hier.

Immer wieder galt es, von der Schneeschmelze angeschwollene Bäche zu durchqueren; Erlendur hatte schon mehrmals mit dem eisigen Nass Bekanntschaft gemacht.

Die Furten schienen die entgegenkommenden Reiter nicht aufzuhalten. Sie hatten es eindeutig eilig und schonten ihre Tiere nicht.

In der offenen Landschaft reichte der Blick weit, und Thorstein und Erlendur bemerkten die anderen schon früh. Die Zeit bis zum Aufeinandertreffen verstrich quälend langsam. Dann, endlich, waren sie nah genug heran.

Thorstein richtete sich gerader im Sattel auf und beschattete die Augen gegen das Licht der tiefstehenden Frühjahrssonne.

«Du hattest recht, Erlendur, es ist der *Sysselmann*. Überlass mir das Reden. Jetzt kommt es darauf an, dass du deine Rolle überzeugend spielst.»

«Ich verlasse mich auf dich, mein Freund», antwortete Erlendur, und doch konnte er den Zweifel in seiner Stimme nicht verbergen. Jetzt würde sich zeigen, ob er sein Vertrauen in den richtigen Mann gesetzt hatte.

Aber hatte er eine Wahl gehabt? Nein. Neben seinen Brüdern war Thorstein derjenige, der ihm am nächsten stand.

So schwer es ihm fiel, er musste sich mit der passiven Rolle begnügen. Erlendur versuchte, möglichst geschwächt auszusehen. Er streckte Arme und Beine auf der Trage aus, als gehörten sie nicht zu ihm, und schloss die Augen.

Die Trage schaukelte zwischen den Pferden hin und her. Wenn er nichts sehen konnte, spürte er es noch deutlicher, hörte den Klang der Hufe und das vertraute Knarren des Ledergeschirrs.

«Siehst beinahe aus wie tot, Erlendur», sagte Thorstein leise und lachte. Ihm schien das alles wie ein großer Spaß zu sein, als wäre dies das Abenteuer, auf das er schon lange gewartet hatte.

Früher waren sie gemeinsam auf Gletscher und Vulkane geklettert, nur weil sie begierig gewesen waren, in die gefährlichen Spalte zu schauen. Übermütig hatten sie sich ganz nah an stinkende Schwefeltöpfe herangewagt, die anderen schon Angst einjagten, wenn sie diese nur aus der Ferne erahnten.

Einst hatte Erlendur Thorstein vor einem Sturz bewahrt, als dieser sich auf einem Hang aus Obsidianschutt zu weit vorgewagt hatte. Thorstein war ausgerutscht und glühender Lava entgegengerutscht, die nur von einer dünnen

Kruste bedeckt gewesen war. Erlendur hatte ihn im letzten Moment festgehalten und wäre dabei selber fast gestürzt.

«Du hast noch ein Leben bei mir gut», hatte Thorstein erst am Vortag ernst gesagt und ihn an dieses Ereignis erinnert.

Jetzt konnte Erlendur auch die anderen Pferde hören.

«Góðan og blessaðan daginn!», rief Thorstein förmlich.

«Góðan daginn», erwiderte der *Sysselmann* Thorleif Sigurdsson; die anderen beiden Männer erkannte Erlendur nicht an den Stimmen. Aber er vernahm, wie die Pferde atmeten und leise schnaubten, sie mussten einander also sehr nahe sein.

«Thorstein, der berühmte Sattelmacher. Was bringt dich in unsere Gegend? Wieder ein Besuch bei deinem Onkel?»

«Nein. Ich bringe meinen Freund Erlendur Ketilsson heim, der schwer verletzt auf meinem Hof wochenlang mit dem Tode gerungen hat. Er ist schwach, aber er hat mich gebeten, ihn zum Ketilshof zu bringen, damit er seine Familie noch einmal sehen kann. Seine Angehörigen haben ihn sicher schon sehr vermisst.»

Das klang selbst in Erlendurs Ohren etwas zu dramatisch, aber er hatte nun keine Mitsprache mehr.

«Vermisst?», erwiderte der *Sysselmann* spöttisch. «Ja, wir alle haben ihn vermisst. Aber wir haben ihn eher in *Ódáðahraun* vermutet als bei dir auf Grástör. Dein Knecht hat uns berichtet, dass er schon lange bei dir gewesen ist.»

«Das war er, seit die Schneeschmelze eingesetzt hat. Er wollte einen neuen Sattel für seinen Hengst in Auftrag geben, doch der hat den Unfall leider nicht überstanden. Wenigstens Erlendur ist auf dem Weg der Besserung.»

«Du weißt, dass er des Mordes verdächtigt wird?», fragte einer der Helfer des *Sysselmanns.*

«Sobald ich davon gehört hatte, schickte ich meinen Knecht los. Kurze Zeit später ritt ich nun selber her, um diese absurden Anschuldigungen aus der Welt zu schaffen.»

«Wenn das so ist, dann hast du sicher nichts dagegen einzuwenden, wenn wir Erlendur Ketilsson auf meinen Hof bringen. Dort werde ich ihn festhalten, bis ich entschieden habe, was zu tun ist.»

«Dann wirst du auch mir die Gastfreundschaft gewähren müssen», erwiderte Thorstein ruhig.

Erlendurs Herz begann, wie verrückt zu pochen. Jetzt sperrten sie ihn also doch ein! Und das Unerträglichste daran war, dass er seine letzte Zeit in Freiheit mit geschlossenen Augen auf einer Trage verbringen musste, als wäre er schon tot.

«Vigar, fessle ihm die Hände», sagte Sigurdsson.

Ein Mann sprang aus dem Sattel, und unwillkürlich versteifte Erlendur sich. Er hätte diesem Vigar am liebsten die Faust ins Gesicht gedonnert, doch auf Thorstein war Verlass.

«Das wird nicht nötig sein. Erlendur ist zu schwach, um zu flüchten, außerdem bürge ich für ihn.»

«Dagegen kann ich nichts einwenden. Also steig wieder auf, Vigar, machen wir, dass wir heimkommen.»

Erlendur merkte erst jetzt, das er den Atem angehalten

hatte. Langsam ließ er die Luft aus den Lungen entweichen, damit es niemandem auffiel.

Die Reiter schlugen einen raschen Tölt an, mit dem der *Sysselmann* klarmachte, wie wenig Rücksicht er auf seinen Gefangenen zu nehmen gedachte. Weil das vordere und das hintere Pferd in einem unterschiedlichen Takt liefen, wurde Erlendur kräftig durchgeschüttelt. Sein Bein begann wieder zu schmerzen.

Erst gestern hatten er und Thorstein sich zu einem radikalen Schritt durchgerungen. Mit einem Messer hatte Erlendur die soeben verheilte Wunde wieder geöffnet. Die dünne Narbenhaut, die sich auf einer Fläche von der Größe seiner Hand erstreckte, war uneben wie die Kraterlandschaft von Þórsmörk.

Es hatte nicht viel gebraucht, um die Wunde wieder lebensbedrohlich aussehen zu lassen. Wahrscheinlich schickte Gott ihm für diese Täuschung wieder Brand ins Blut – und Salbjörg war nicht mehr da, um die Entzündung daraus zu vertreiben.

Die wild hin und her schlagende Trage sorgte dafür, dass die frischen Krusten wieder aufbrachen. Der Schmerz war scharf und schneidend, als steckte ein Messer tief in Erlendurs Fleisch. Als das vordere Pferd auch noch stolperte und er ein Stück nach vorn geworfen wurde, keuchte er unwillkürlich auf und öffnete die Augen, die Hände krampfte er vor Schreck um die Ränder der Trage.

Sofort hielt Thorstein seine Pferde an. «Herr, das geht so nicht, wir müssen langsamer reiten.»

Endlich konnte Erlendur die Männer sehen. Jetzt nur die Ruhe bewahren und dich nicht verraten, dachte er – doch das war gar nicht so schwer, denn sein Schmerz war echt, und das frische Blut, das nun durch seinen Verband sickerte, versicherte mehr als alle Beteuerungen. Trotzdem rang Erlendur sich ein geplagtes Stöhnen ab und drückte die Hand auf sein Bein.

Thorleif Sigurdsson trieb sein Pferd neben die Trage und sah auf ihn hinab. «Erlendur Ketilsson, bist du also doch wach.»

Erlendur blinzelte ihn an, als sähe er ihn zum ersten Mal. «Herr *Sysselmann*, ich habe gar nicht gemerkt ...»

«Du hast geschlafen, während wir auf den *Sysselmann* und seine Leute getroffen sind», mischte Thorstein sich ein. «Wir werden zu seinem Hof reisen, damit du dort gegen die Anschuldigungen aussagen kannst.»

Erlendur rang sich dazu durch, den Mann freundlich anzusehen. «Vielen Dank, dass du mich anhören willst.»

«Was bleibt mir denn anderes übrig?», gab dieser missmutig zurück. «Ich schicke nur Isländer in dänische Gefängnisse, wenn sie wirklich schuldig sind. Sollte sich später herausstellen, dass es ein anderer war ... das wäre nicht gut für mich.»

Damit lenkte er sein Pferd wieder neben das von Thorstein, und diesmal schlugen die Reiter ein langsameres Tempo an.

KAPITEL 19

Zum Gericht reite man
rein und gespeist,
ist auch nicht kostbar das Kleid;
nicht schäme sich
seiner Schuhe und Hosen
und seiner Mähre der Mann!

Die Edda, Das alte Sittengedicht, Strophe 61

Jorun trug ihr bestes Kleid, als sie gemeinsam mit Frau Silja vom Ketilshof zum Sitz von *Sysselmann* Thorleif Sigurdsson ritt. Erlendurs Vater und seine Brüder würden später zu ihnen stoßen.

Am Morgen war Jorun von Silja geweckt worden. «Wach auf, Kind. Sie haben Erlendur zum *Sysselmann* gebracht und sperren ihn dort ein. Wir müssen zu ihm. Meinen Mann werden sie nicht durchlassen, aber uns. Komm, Jorun, eile dich.» Nach einem kargen Frühstück waren sie losgeritten. Sie hatten die Pferde nicht geschont, bis sie gegen Mittag den großen Hof erreichten.

Jorun sah sich staunend um, während sie bei den Tieren wartete. So einen reichen Bauernhof hatte sie noch nie gesehen. Es gab ein großes Wohngebäude und mehrere Stallungen. An Holz war nirgendwo gespart worden. Alle Bauten standen auf Findlingsmauern, die Obergeschosse bestanden aus gesägten Brettern. Und so viele Glasfenster!

Wenn Salbjörg nur sehen könnte, wie viele Fenster es hier gibt!, dachte sie bei sich. Doch schnell verdrängte sie den Gedanken an ihre Schwester. Sie wollte dem *Sysselmann* nicht mit verweintem Gesicht gegenübertreten.

Endlich kehrte Silja in Begleitung von Thorleif Sigurdsson zurück. Jorun erinnerte sich wieder an die letzte unangenehme Begegnung mit dem glatzköpfigen Mann, als sie ihn auf dem Ketilshof am Tisch bedient hatte. Seinen gierigen Blick hatte sie nicht vergessen.

Auch jetzt musterte er sie schon von weitem. Was Silja ihm nur über sie erzählt hatte?

«Darf ich vorstellen», begann die Bäuerin, «Jorun vom Steinurshof, sie ist die Schwester von Salbjörg Jakobsdóttir. Leider ist ihre Schwester vor zwei Wochen bei dem Gletscherlauf ums Leben gekommen. Wir haben alles abgesucht, aber ihre Leiche nicht entdeckt. Sie ist wohl bis ins Meer getragen worden. Joruns Schwager wurde vor einigen Tagen gefunden. Er ist von einem Schlag gegen den Kopf schwachsinnig geworden, spricht nicht mehr und ist tumber als ein Tier. Er versteht nicht einmal mehr seinen Namen.»

Silja schoss ihr einen bedeutsamen Blick zu. Die Geschichte war ihr glatt über die Lippen gegangen. Jetzt kam es auf Jorun an. Sie durfte nicht zu viel Aufmerksamkeit auf Torger lenken.

Der *Sysselmann* schob sich die Daumen in den Gürtel. «Dem Torger hat es also die Sinne geraubt.»

Jorun nickte. «Er schaut immer nur vor die Wand, Herr.»

«Dann bist du also die neue Herrin auf Steinurshof und übernimmst das Erbe deiner Schwester?»

Jorun schluckte. «Steinurshof gibt es nicht mehr, der Gletscherlauf ... es war furchtbar.»

Silja hakte sich bei ihr unter. «Ja, sie ist die neue Bäuerin vom Steinurshof, und ich bin mir sicher, das der Hof bald wieder aufgebaut und gut geführt sein wird. Aber nun würde ich gerne meinen Sohn sehen.»

Thorleif Sigurdsson seufzte. «Dann komm, deine Begleiterin kann sich so lange drinnen aufwärmen.»

«Jorun soll mit mir kommen.»

«Warum das?»

Überrascht beobachtete Jorun, wie Silja sich in der Gegenwart des Mannes verwandelte. Sie warf ihm einen vielsagenden Blick zu und flüsterte: «Jorun wird den Hof nicht alleine mit einem Schwachsinnigen bewirtschaften können, und Erlendur ist Ketils dritter Sohn.»

«Dann setzt du vielleicht zu viel Hoffnung in meine Entscheidung, Frau.»

«Ich bin seine Mutter, ich kenne ihn besser als jeder andere. Erlendur ist kein Mörder, und ich hoffe, dass du das ebenfalls erkennen wirst.»

Sie betraten ein Nebengebäude, in dem Lagerräume und Stallungen untergebracht waren. An einer der Türen hing ein großes Eisenschloss. Mit einem Schlüssel, der zuvor an seinem Hosenbund gehangen hatte, öffnete Thorleif Sigurdsson.

«Ich werde euch wieder einschließen und darauf vertrauen, dass Erlendur genug Anstand besitzt, zwei Frauen freundlich gegenüberzutreten.»

Zögernd betraten Jorun und Silja den Raum. Sofort fiel hinter ihnen die Tür zu und wurde verriegelt. Erlendur lag ausgestreckt auf einem Bett und hielt die Augen geschlossen.

Erleichtert sah Jorun, dass das Zimmer keineswegs so aussah, wie sie sich eine Gefängniszelle vorgestellt hatte. Es gab einen Schemel und einen kleinen Tisch mit etwas zu essen darauf. Durch ein Fenster – zu schmal, um sich hindurchzuzwängen – fiel genügend Licht, doch an den Wänden hingen auch zwei Tranlampen.

Silja eilte sofort zu ihrem Sohn, den sie seit Wochen nicht mehr gesehen hatte. Jorun blieb an der Tür stehen. Diesen Moment sollten die beiden für sich haben. Sie konnte nur ahnen, wie sehr Silja gelitten haben musste.

Draußen wurden die Schritte leiser. Der *Sysselmann* war fort. Darauf schien Erlendur nur gewartet zu haben. «Mutter!» Er richtete sich im Bett auf, um sie zu umarmen.

Silja drückte ihn an sich. «Oh, mein Junge, mein guter, guter Junge.»

Jorun wartete still. Wie er mich wohl begrüßen wird?, überlegte sie. Womöglich habe ich sein Verhalten falsch gedeutet, und ihm liegt weniger an mir als erhofft. Vielleicht würde er vor seiner Mutter sogar so tun, als kenne er sie gar nicht, dabei hatte sie diesen Moment so herbeigesehnt.

Dort lehnte eine Krücke an der Wand neben dem Bett. Das war verwunderlich. Während der letzten Tage in der Scheune von Austurengi war er doch schon ohne gelaufen.

«Wie geht es dir?» Frau Silja strich ihm immer wieder über das dunkle Haar, als hielte sie ihren kleinen Jungen im Arm und nicht einen erwachsenen Mann.

«Gut, Mutter», flüsterte Erlendur. «Aber ich täusche vor, kaum gehen zu können. Dann wird der *Sysselmann* meiner Geschichte eher Glauben schenken.»

Jorun musste lächeln, er hatte wirklich an alles gedacht.

«Ich habe dir jemanden mitgebracht», sagte Silja schließlich und löste sich aus seiner Umarmung.

Sobald Erlendurs Blick dem von Jorun begegnete, fiel eine Last von ihr ab. Der Schatten schwand, der sie seit seinem Aufbruch begleitet hatte, und sie fühlte sich endlich wieder lebendiger.

«Jorun?», fragte Erlendur ungläubig, stand auf, kam zu ihr gehumpelt und blieb stehen. Er war genau so ratlos, wie er sie begrüßen sollte, wie sie. Dabei mischte sich sein Atem schon mit ihrem. Jorun meinte, seine Haut riechen zu können, aufregend und vertraut.

Unschlüssig sah er über die Schulter zu Frau Silja und richtete dann seine gletscherblauen Augen wieder auf Jorun. «Du hast mir gefehlt», sagte er leise und nahm ihre Hand.

«Du mir auch. Wie lange wollen sie dich noch hier einsperren?» Jorun umschloss seine Hand mit ihrer anderen. So gerne hätte sie ihn jetzt geküsst!

«Wahrscheinlich entscheiden sie heute, ob ich nach Dänemark geschickt und in Kopenhagen vor Gericht gestellt werde.»

«Heute schon?» Die Angst, ihn zu verlieren, kehrte mit Macht zurück. «Aber sie ...»

«Jorun», sagte er auf eine weiche Art, wie noch nie jemand ihren Namen ausgesprochen hatte. «Du darfst nicht solche Angst um mich haben.» Zart wie ein Lufthauch berührte er ihre Wange und ließ die Hand gleich darauf wieder sinken.

«Kinder, Kinder», erklang plötzlich Siljas Stimme. Die Bäuerin trat zu ihnen und fuhr verschwörerisch fort: «Ich habe Jorun mitgebracht, um euch eine Freude zu machen. Ich bin doch nicht dumm und kann sehen, wie gern ihr euch habt. Darum stelle ich mich jetzt an die Tür und gebe acht, ob jemand kommt. Keine Sorge, ich kehre euch den Rücken zu.»

Erlendur sah seine Mutter fassungslos an. Wahrscheinlich hatte er diese Seite an ihr noch nie gesehen.

Dann legte er Jorun die Hände auf die Schultern und zog sie mit sich ans andere Ende seines Gefängnisses, einen unstillbaren Hunger in seinem Blick.

«Erlendur ...», hob Jorun an, doch da drückte er seinen Mund schon auf ihren und gab ihr einen langen, innigen Kuss. Mit den Fingern seiner Linken hielt er ihren Hinterkopf umfasst. Er grub sie tief in ihr Haar, was ihr einen wohligen Schauer den Rücken hinuntersandte.

Jorun drückte sich ganz fest an ihn, bis sie meinte, Erlendurs Herz an ihrer Brust schlagen zu fühlen. «Ich möchte dich gar nicht mehr loslassen», flüsterte sie ihm ins Ohr, und seine dunklen Locken kitzelten sie im Gesicht.

Er sah sie an und legte dabei den Kopf schräg. «Wenn ich hier herauskomme, würdest du dann dein Leben mit mir teilen?»

«Du meinst ...», stotterte sie.

«Ja. Wenn meine Eltern mir den Segen dazu geben. Aber Mutter muss ich vermutlich gar nicht fragen.» Er sah sich nach ihr um, und die Bäuerin nickte nur.

«Also, Jorun vom Steinurshof, was sagst du?»

Joruns Kehle war so eng geworden, dass sie keinen Ton mehr herausbrachte. Stattdessen küsste sie ihn. Küsste ihn so lange, bis Siljas warnende Stimme zu ihr durchdrang.

Erlendur löste sich hastig von ihr und schaffte es gerade noch rechtzeitig auf sein Bett, bevor die Tür geöffnet wurde.

«Das war lange genug», sagte der *Sysselmann.* «Bevor er nach Dänemark geschafft wird, dürft ihr noch einmal Abschied nehmen, aber jetzt reicht es.»

So sicher war sich Thorleif Sigurdsson, Erlendur nach Dänemark zu schaffen? Sie warf ihm einen letzten Blick zu. Dann verließ sie mit dem Gefühl, seinen Stoppelbart noch auf ihren Wangen zu spüren, das Zimmer.

«Wie geht es dir?», fragte Frau Silja leise.

«Ich glaube, mir ist ein wenig schwindelig.»

«Das wird wieder», antwortete die Bäuerin mit einem freundlichen Lächeln, hinter dem sie ihre Sorge aber nicht verbergen konnte.

* * *

Erlendur konnte sein Glück im Unglück noch immer kaum fassen. Jorun hatte ja gesagt!

Dabei war sein gestammelter Antrag eigentlich eine Schande gewesen. Er hatte sie erst später fragen wollen, nachdem über sein Schicksal entschieden worden war, aber dann war es ihm einfach so herausgerutscht. Weil sie zu ihm gekommen war und so schön aussah, dass er keinen Moment länger warten wollte. Sie sollte ihm gehören und er ihr, und jeder sollte es wissen!

Seit die Frauen gegangen waren, fühlte sich das kleine Zimmer leer an und irgendwie kälter. Bald war es so weit, und er musste seine Sache vor dem *Sysselmann* und dessen Beratern darlegen.

Mutter hatte ihm frische Kleidung mitgebracht, die er sich nun mühsam anzog, immer darauf bedacht, dass er seine Rolle überzeugend spielte, auch wenn er vermeintlich alleine war. Vielleicht stand genau jetzt jemand hinter der Tür und schaute durch das Schlüsselloch zu ihm hinein.

Als er fertig war, wurden im Flur erneut Stimmen und Schritte laut; mehrere Männer näherten sich. Erlendur erkannte Thorsteins durchdringende Stimme und die hellere, immer ein wenig aggressiv wirkende des Hausherrn. Er setzte sich auf das Bett, die Krücke griffbereit neben sich, als die Tür auch schon geöffnet wurde.

Die Besucher waren zu dritt.

«Das ist Erlendur Ketilsson», stellte der *Sysselmann* vor. «Erlendur, dies ist Jakop Egil Haukursson, er ist Arzt aus Reykjavík und soll sich deine Verletzung ansehen.»

So etwas hatte er zwar erwartet, dennoch begann sein Herz zu jagen. Jetzt durften sie nur nicht auffliegen. Erlendur hatte Thorstein aufs genauste beschrieben, was Salbjörg getan hatte, um sein Leben zu retten und den Brand aus seinem Körper zu treiben. Hoffentlich erinnerte er sich an alles.

Kurz darauf lag Erlendur mit entblößten Beinen auf dem Bett, und Haukursson drückte auf ihm herum. Dabei schnaufte er unregelmäßig und machte Erlendur damit nur noch nervöser.

«Wie ist das passiert?», fragte Haukursson schließlich.

«Ich war auf dem Weg nach Grástör und hatte mein Ziel schon fast erreicht. Dann kam ich in schlechtes Wetter – eigentlich war es zu früh für eine Reise durch das Hinterland. Auf einem steilen Hang rutschte mein Pferd aus und stürzte. Wir überschlugen uns mehrfach. Schließlich beendete ein Felsen meinen Sturz und spießte mich dabei auf.»

«Ich habe ihn am nächsten Tag gefunden. Durch Zufall bemerkte ich das verendete Pferd, es war bis ins Tal gerutscht», sagte Thorstein nun. «Ich erkannte den Hengst sofort und begann, nach meinem Freund zu suchen. Erlendur war mehr tot als lebendig, als ich ihn entdeckte.»

«Ich bekam Brand, Thorstein rettete mir das Leben.»

«Über viele Tage schnitt ich immer wieder faules Fleisch weg. Sobald es besser wurde, brachten wir ihn hierher. Meinen Knecht schickte ich los, sobald ich von den wilden Anschuldigungen gehört hatte, die gegen meinen Freund vorgebracht werden.»

Der *Sysselmann* gebot ihm mit einer schnellen Handbewegung zu schweigen. «Jakop Egil, du bist Arzt. Sag mir, wie alt diese Verletzung ist.»

Der Mann drückte das helle Narbengewebe zusammen, schien mit seinen Fingern die tief darunterliegenden Muskel zu ertasten. «Das ist bei so einer Verletzung schwer zu sagen, sie kann Wochen alt sein. Dass sie brandig war, das sehe ich. Erlendur hat großes Glück, dass der Herrgott ihn nicht zu sich geholt hat. Was uns einen guten Hinweis gibt, ist der Unterschied zwischen beiden Beinen. So dünn wird ein krankes Bein nicht in einigen Tagen. Er muss schon lange, sehr lange bei Thorstein gewesen sein.»

«Dann glaubst du ihm?» Thorleif Sigurdsson schien nicht zufrieden mit der Einschätzung.

Der Arzt verengte die Augen wie ein in die Enge gedrängter Fuchs, der sich nur noch durch einen Angriff zu retten weiß. Wieder atmete er stoßweise aus, dann nickte er. «Was ich hier sehe, spricht für ihn.»

«Aber seit wann kann er wieder laufen, reiten?»

«Da die Wunde offenbar sogar aufbricht, wenn er auf der Trage liegt ...» Er schüttelte den Kopf. «Der Mörder, den du suchst, ist vermutlich noch da draußen. Diesen jungen Mann nach Dänemark zu schicken, davon würde ich dir abraten.»

Der *Sysselmann* stieß ein zorniges Grunzen aus und funkelte Erlendur wütend an, als hätte er ihn trotzdem gerne als Mörder präsentiert. Das erinnerte Erlendur wieder daran, dass der Rechtsprecher mit dem Vater der toten

Brüder befreundet war. Nun musste er Atli Ormsson erklären, dass dort draußen immer noch ein gefährlicher Mann herumlief.

Erlendur versuchte, sich seine Erleichterung nicht anmerken zu lassen. «Darf ich mich wieder ankleiden?» Als ihm niemand antwortete, zerrte er einfach seine Hose hoch und schloss den Gürtel.

«Ich habe doch gesagt, dass sich alles schnell aufklären wird», meinte Thorstein und schlug ihm aufmunternd auf die Schulter, bevor er ihm die Krücken reichte.

Erlendur klemmte sie sich unter die Arme und stand mit Hilfe seines Freundes auf.

«Dass du gehen kannst, habe ich nicht gesagt», meinte der *Sysselmann* kühl, doch Thorstein schob Erlendur einfach weiter in Richtung Tür.

«Mit welchem Recht willst du ihn hier einsperren? Du hast den Doktor doch gehört. Erlendur ist unschuldig. Einen unschuldigen Mann sperrt man nicht ein!»

Thorleif Sigurdsson antwortete nicht. Aber er schloss die Tür auf, und gemeinsam mit dem Arzt trat er in den Flur. Dann drehte er sich zu Erlendur und Thorstein um. «Ich habe zwei geachtete Männer eingeladen, die mich in dieser Angelegenheit beraten sollen. Ihr werdet ihnen noch einmal schildern, was in den letzten Wochen vorgefallen ist. Deinen Knecht habe ich schon befragt, Thorstein, und seine Aussage unterscheidet sich von deiner.»

Erlendur verging die gerade erwachte Zuversicht mit einem Schlag. Humpelnd folgte er den Männern ins Freie, dann weiter ins Haupthaus in einen großen Saal. In der Mitte stand ein langer Tisch mit bestickten Leinendecken darauf. Verzierte Bronzeleuchter spendeten Licht, und in der Mitte standen mehrere funkelnde Pokale für die Gäste des *Sysselmanns* bereit.

Erlendur hatte noch nie so eine Pracht gesehen. Die Wände waren vollständig mit Holz getäfelt, an einer hing ein großer Teppich. In leuchtenden Farben bildete er eine Jagdszene mit mehreren Reitern und Hunden ab, die einem Wild nachstellten, das Erlendur unbekannt war. Es hatte einen Speer in der Flanke und rührte sein Mitleid. Das Schicksal des Tiers schien so absehbar wie sein eigenes.

* * *

Jorun hatte nur einen kurzen Blick auf Erlendur erhaschen können, wie er gebeugt hinter den anderen herhumpelte, doch es reichte, um ihrer Hoffnung einen ordentlichen Schlag zu versetzen. Zwar war er nicht mehr eingesperrt, aber so, wie er lief, war er offenbar auch weit davon entfernt, als freier Mann zu gelten.

Er hatte nicht einmal den Kopf gehoben und nach ihr Ausschau gehalten. So verhielt sich niemand, der erwartete, bald in Freiheit zu sein und sein Leben fortsetzen zu können.

«Ich habe schreckliche Angst um ihn», sagte sie leise und drückte Siljas Hand.

Jetzt konnten sie nur noch abwarten.

Am Nachmittag trafen zwei angesehene Bauern ein,

kurz darauf auch die Männer vom Ketilshof. Nur Erlendurs Vater wurde zur Versammlung zugelassen.

Die Dämmerung war längst heraufgezogen, als die Berater endlich wieder ins Freie traten. Jorun rannte sofort los, noch unterwegs wurde sie von Erlendurs Brüdern überholt.

«Er ist frei», sagte Thorleif Sigurdsson nur und verschwand gleich darauf wieder im Gebäude.

Erlendur humpelte, auf Vater und Freund gestützt, nach draußen und strahlte über das ganze Gesicht. Er sah Jorun kurz an, doch er wusste genauso gut wie sie, dass sie ihre Zuneigung zueinander nicht hier, vor den Augen des *Sysselmanns* und seiner Leute, bekannt machen sollten. Vielleicht stellte sonst jemand die falschen Fragen.

Erlendur umarmte seine Brüder, die ihn ein Stück hochhoben und im Kreis trugen.

«Hier bleibe ich keinen Tag länger!», rief Erlendur, und sie machten sich trotz der einbrechenden Nacht bereit zum Aufbruch. Die Leute vom Ketilshof besaßen Freunde im nächsten Tal, dorthin wollten sie im Licht des Mondes und einiger Laternen noch reiten.

Erlendur bestieg wieder die Trage, Jorun deckte ihn mit Fellen zu und stopfte sie auf beiden Seiten gut fest. «Ich werde dir nicht immer so hilflos ausgeliefert sein», flüsterte er und berührte heimlich ihre Hand.

Alle anderen waren schon aufgestiegen und warteten nur noch auf Jorun, als die Pferde plötzlich unruhig wurden.

Zwei Reiter kamen in vollem Galopp in den Hof geprescht.

«Wo ist der Mörder!», schrie der vordere – kein anderer als Atli Ormsson, der Vater der ermordeten Brüder. Als er Ketil und seiner Sippe gewahr wurde, riss er sein Pferd herum und brachte es zu einem plötzlichen Halt.

Sein wilder Blick traf Erlendur. «Was soll das? Warum ist er nicht eingesperrt?», brüllte er. Sein Pferd tänzelte in engen Kreisen, die Flanken bebend und schweißnass.

Der *Sysselmann* erschien im Hof, näherte sich ihm mit Vorsicht, um nicht versehentlich niedergeritten zu werden, und hob beschwichtigend die Hände. «Mein Freund, mein Freund. Beruhige dich!»

Atli Ormsson schien gar nicht daran zu denken. «Was hat das zu bedeuten?»

«Er war es nicht, ich kann ihm nichts nachweisen.»

«Du lässt ihn gehen?»

«Ich muss! Atli ... beruhige dich.»

Mittlerweile waren auch die beiden Dienstmänner des Rechtsprechers in den Hof getreten und drängten sich vor ihren Herrn, um ihn zu schützen.

Jorun bekam Angst. Wie erstarrt harrte sie neben Erlendur aus, der nichts anderes tun konnte, als abzuwarten.

«Er hat meine Jungen ermordet, er war es!», brüllte Atli außer sich. Sein Gesicht war feuerrot. Er wandte sich im Sattel um, und plötzlich hielt er ein Gewehr in der Hand. «Ich lasse nicht zu, dass er einfach so davonkommt.»

Jorun wusste, dass er nicht zögern würde. Alles wurde still um sie herum. Die Männer, die wild aufeinander einschrien, hörte sie nur noch wie aus weiter Ferne. Alles übertönend wummerte ihr eigener Herzschlag. Er schien die Welt zu beherrschen, die auf einen kleinen Fleck zusammenschrumpfte, in der es nur noch sie gab und Atli mit dem Gewehr im Anschlag und Erlendur.

Ich werde nicht noch einen Menschen verlieren.

Arnar sprang aus dem Sattel und griff nach den Zügeln von Atlis Pferd. Jorun bewegte sich wie eine Marionette mit dem zur Seite schwingenden Gewehrlauf. Erlendur versuchte, sie wegzustoßen, dann zerbarst die Stille.

Jorun wurde von einem Schlag zurückgeworfen und fiel auf Erlendur. Er schrie ihren Namen, wieder und wieder.

Atli Ormsson wurde die rauchende Waffe aus der Hand gerissen, er wurde vom Pferd gezogen. Arnar schlug ihm die Faust ins Gesicht, als er schon am Boden lag.

Das Warme, das muss mein Blut sein, dachte Jorun.

EPILOG

Erlendur steuerte den kleinen Kahn vorsichtig zwischen verwunschenen Felseilanden hindurch und machte ihn mit einem kleinen Anker im weichen Grasgrund fest. Am Himmel kreisten die Seeschwalben, und Möwen und schrien ihre Lieder.

Jorun hatte darauf bestanden mitzukommen, auch wenn sie keine große Hilfe sein konnte. Erlendur half ihr auszusteigen und trug beide Körbe, den für die Daunen und den mit dem weichen Moos und Stroh.

«Wo müssen wir lang?», fragte er und sah sich ratlos um.

«Dort, Salbjörg hat die Nester markiert.»

Jorun lief voraus, zwischen grasigen Buckeln hindurch, zwischen denen die Eiderenten und ihre Nester kaum zu entdecken waren. Erst im letzten Moment flohen die braun gefiederten Weibchen laut schnatternd.

Vorsichtig nahm Jorun ein Ei heraus und pflückte das weiche Daunenpolster aus dem Nest. Sie reichte es an Erlendur weiter. «Gib mir etwas von dem Stroh.» Nun kleidete Jorun das Nest behutsam mit etwas Stroh aus, legte das Ei zurück und deckte es zu. Im Nu würde die Ente zurückkehren und es wärmen. «Komm, gehen wir weiter», flüsterte sie.

Erlendur folgte ihr wie ein Schatten. Nach jedem dritten Nest erbat er sich einen Kuss für seine Dienste.

«So werden wir niemals fertig», seufzte Jorun und stieß ihn spielerisch von sich. «Du willst doch die Daunen für unser Bett, oder?»

«Ja», antwortete er zerknirscht. «Aber findest du nicht, dass das Moos dort drüben auch verführerisch weich aussieht?»

«Wag es nicht ...»

Er stellte sich ihr in den Weg; der Wind riss an seinen Locken, als wollte er ihn hin zum moosigen Plätzchen ziehen. Er kniff die gletscherblauen Augen zusammen und verzog den Mund zu einem schiefen Lächeln, das so wenig unschuldig war wie die Gedanken, die ihr bei seinem Anblick kamen.

«Es reicht, wenn die Decke zum Herbst fertig ist», sagte sie und fühlte, wie ihre Wangen sich röteten.

Ja, es war richtig gewesen, sich der Gewehrkugel entgegenzustellen, die ihm gegolten hatte. Jeder Kuss würde sie daran erinnern, wofür die Narbe an ihrem Arm stand.

Wieder stellte Erlendur die Körbe ab, zog Jorun in eine leidenschaftliche Umarmung, doch etwas ließ sie aufmerken. Seine Begierde schien auf eine seltsame Art nicht ehrlich zu sein, als versuchte er, etwas dahinter zu verbergen. Sie schob ihn von sich und sah ihm in die Augen, doch Erlendur wich ihrem Blick aus.

«Was sagst du mir nicht?», fragte sie. Zugleich beschlich sie eine schreckliche Ahnung.

«Nichts.» Er streifte ihre Hände von sich ab und griff nach den abgestellten Körben, doch sie hielt ihn zurück.

«Nein, du wirst jetzt nicht einfach gehen und so tun, als wäre nichts.»

«Jorun», seufzte er und sah sie mit gesenktem Kopf an.

«Raus damit.»

«Torger spricht wieder, seit heute Morgen.»

«Und das wolltest du mir verheimlichen?»

«Sprechen ist vielleicht übertrieben. Er macht Geräusche, und er hat gelacht.»

«Was ist, wenn er sich wieder erinnert? Er wird dich … er wird uns verraten.»

«Das wird niemals passieren», versuchte er, sie zu beruhigen, doch Jorun nahm ihm seine Zuversicht nicht ab.

«Und wenn doch?»

«Dann müssen wir dafür sorgen, dass er nie die Chance dazu bekommt.» Seine Stimme war frostig geworden.

Mit einem Mal verlor der warme Tag seine Leichtigkeit. Jorun fühlte sich an den Moment erinnert, als Erlendur selbst klargeworden war, dass er die Atlisöhne ermordet hatte. Damals war die gleiche Veränderung mit ihm vorgegangen wie jetzt.

«Ich lasse nicht zu, dass er unsere Zukunft zerstört, Jorun.» Er fasste nach ihrer Hand, und sie musste sich zusammennehmen, um sie ihm nicht zu entziehen.

«Wenn wir erst einmal auf Steinurshof wohnen, werden wir dafür sorgen, dass er mit keinem Besucher alleine ist. Wir sorgen auch dafür, dass er sich nie erinnert. Wir müssen ihn Svend nennen, nie bei seinem richtigen Namen», sagte sie beschwörend.

Erlendur nickte. «Wenn es das ist, was du willst.»

«Ja.» Sie drückte ihm einen Korb in die Hand. «Komm, da vorne ist das nächste Nest.»

NACHWORT UND DANKSAGUNG

Vor langer, langer Zeit (genauer 2006) hieß dieser Roman noch *Brachland* und war ein Drehbuch für einen kammerspielartigen Fernsehfilm. Doch damit nicht genug, die Geschichte der Schwestern spielte 1943 im deutsch-französischen Grenzgebiet auf einem Bauernhof. Erlendur hieß Mathieu und war ein schwer verwundeter Widerstandskämpfer, Torger ein trinkender Nationalsozialist.

Nur die äußeren Gegebenheiten haben sich geändert, der Rest der Geschichte ist geblieben. 2006 bat mich eine große Produktionsfirma, das Drehbuch umzuschreiben – und zwar in die Gegenwart und mit «Bankräubern».

Ja, richtig gelesen. Das war das sprichwörtliche Tröpfchen, das das Fass zum Überlaufen brachte. In meiner Zeit als Drehbuchautorin habe ich sehr, sehr viel umgeschrieben, und stets blieb ein flaues Gefühl. Ich wollte meine Geschichten erzählen, wie sie waren, ohne auf Budget und Fördergelder Rücksicht nehmen zu müssen.

Ich beschloss also, fortan Romane zu schreiben und der Filmwelt den Rücken zu kehren, was ich bis heute nicht bereut habe.

Brachland gab ich das Versprechen, dass es nicht auf ewig in der Schublade verschwinden würde, nur eine Weile. Meiner Agentin Nina Arrowsmith legte ich das Drehbuch gleich 2008 vor, doch sie machte mir wenig Hoffnung, den Stoff als Erstling zu verkaufen. Für solch eine Geschichte solle ich einige Jahre warten (und recht hatte sie).

Brachland wurde wieder zur Seite gelegt, aber nicht vergessen, denn mein Herz hing sehr an diesem Stoff.

2015 war es dann endlich so weit. Der Kern der Geschichte wurde verpflanzt, und es schien mir vom ersten Moment an, als wäre Island der Ort, wo sie schon immer hingehört hatte.

Mit Rowohlt hat *Brachland*/*Die Schwestern vom Eisfluss* einen renommierten Verlag als Heim gefunden.

Ich danke auch meiner Lektorin Iris Homann, dass sie sich so für das Buch eingesetzt und es von Anfang bis zum Ende engagiert begleitet hat.

Eigentlich ist es erstaunlich, dass ich erst jetzt einen Islandroman schreibe, kann ich doch einen Magister in Skandinavistik mein Eigen nennen. Obwohl mein Interesse anfangs hauptsächlich den Wikingern und der Runenkunde galt, wusste meine Professorin Frau Dr. Else Ebel mich auch für die neuere Geschichte des hohen Nordens zu begeistern. Ihr ist dieses Buch gewidmet.

Des Weiteren gilt mein Dank meiner Mutter Růžena Pax, meiner Schwester Rafaela Pax und ihrer Familie. Meinen Freunden und Mit-Islandreisenden Melanie Panz, Brandon Lopez und Meishya Yang. Zudem meinen Freunden Timo Sauer, Melanie Hohmann, Michael Widemann, Angela Kaufmann und Hörnchenkönigin Anke Koopmann.

Was wäre die Schreiberei ohne die lieben Kollegen und Buchmenschen im virtuellen Büro? Schrecklich einsam. Von daher danke ich euch Buchstabenzauberern von Herzen für Tratsch, Durchhalteparolen, gemeinsames Jubeln und Grübeln und so manch getauschtes Buch. Das gilt besonders für Jennifer Benkau, Markus Heitz, Bernhard Stäber, Tom Finn, Karla Paul und Kai Meyer.

Zuletzt die vierbeinigen Unterstützer. Yuri und Luis, was seid ihr doch für großartige, schnurrende Nervensägen, es wäre so langweilig ohne euch. Da *Die Schwestern vom Eisfluss* ein sehr pferdiges Buch ist, darf ein Pferd natürlich nicht fehlen. Grace, du Mischung aus spanischem Esel und Prinzessinnenpferd, danke für das Gefühl von Freiheit auf deinem Rücken.